王牌男主播

WangPai NanZhuBo

陶晓 著

山东文艺出版社

目　录

一、三个轮子的行李箱 …………………………… 1
二、宋宇的搭档会是谁 …………………………… 17
三、一场特别的直播 ……………………………… 25
四、救了郝静一命 ………………………………… 33
五、还了一命 ……………………………………… 43
六、特异功能 ……………………………………… 55
七、迎战首席主播 ………………………………… 66
八、一个彩色的线圈 ……………………………… 80
九、一条石头项链 ………………………………… 91
十、生死相依 ……………………………………… 101
十一、打一个油田的名字 ………………………… 114
十二、厦门之旅 …………………………………… 127
十三、郝静去了文艺 ……………………………… 142
十四、彼此心安自我纠结 ………………………… 159
十五、石头老板 …………………………………… 179
十六、尚昊集团的潜在危机 ……………………… 192
十七、温小夏回来了 ……………………………… 202

十八、拯救尚昊的神秘人物 …………… 216

十九、她到底是谁 …………… 223

二十、突发的疫情 …………… 238

二十一、郝静被隔离了 …………… 250

二十二、温小夏订终身 …………… 258

二十三、一场突如其来的大火 …………… 267

二十四、郝静终于见到轩然 …………… 270

一、三个轮子的行李箱

　　清晨的奥克兰大学校园是静谧的,在这里读企业管理的宋宇特别喜欢这样的早晨,他总感觉这里的风是从家乡吹来的,因为他的老家门前便是海,他习惯了呼吸这种来自大海的味道。还有,温小夏起不了早,少了她的纠缠,他觉得很惬意。

　　就在这样一个早上,宋宇接到爸爸调他回国的命令,那时他正在校园的操场上晨跑。

　　就在前一天,宋宇父亲的公司尚昊集团发生了些变故。

　　那天宋董事长正在办公室里欣赏白色的热带鱼,突然敲门声响起,他慢悠悠应了一声,一个衣着干练、面目姣好的女助理急急地走了进来。

　　宋董事长回头,见她神色紧张,便问:"什么事,这么着急忙慌的?"

　　女子定了定神说:"董事长,人教科总监突然要辞职,底下各部门的总监也都有辞职的想法了。据我了解,这几个部门的总监都是人教科总监当年高薪招聘来的。"

　　"你是干什么的,不是让你把好人事关的吗?管理层的人,不管是谁推荐来的,咱们必须牢牢捏住他们的心!"

　　女子紧张道:"是的,董事长,我就是这么做的。现在人教科总监铁了心要辞职,我已经尽了最大努力劝说其他部门的几个总监,还是有挽回余地的。"

　　宋董事长深深地叹了一口气:"知道人教科总监的去向吗?"

　　"知道,是新入驻我市的深蓝集团。他们出价很高,我们底下的几个总监难免会禁不住诱惑。"助理道。

　　宋董事长说:"我就知道,深蓝集团一来,必定会盯上我们……"

　　女子说:"我建议董事长尽快把长公子宋宇叫回来,毕竟您送他出国留学的目的,不就是让他将来有一天可以独当一面吗?以他的才能,完全能够胜任这个总监职位。深蓝集团来势凶猛,我怕我们会吃亏。"

宋董事长哼了一声:"一个外来企业,没有根基,树冠越大,风险越大,有什么好怕的?"

这是新西兰的夏末,有些知了欢唱了一个夏天后有点疲惫,但依然还有亢奋地扯着嗓子狂欢的,虽没几个音符,但热情饱满,就像温小夏对宋宇的感情,即使宋宇对她非常冷漠,她的热情也从来没有丝毫减弱过。如何既不伤害温小夏,又能甩掉她呢?这让宋宇非常头疼。

温小夏知道宋宇的软肋,他最害怕伤害别人,所以温小夏每次见宋宇想逃,就使出绝招——寻死觅活,这样宋宇就妥协了,他真的太害怕生死离别了,万一温小夏真的离开了人世,那宋宇一辈子都无法原谅自己。

接到爸爸电话的宋宇仿佛突然找到了一条逃脱的路径,就像大学毕业那年,爸爸通知他去新西兰一样。但谁也没有想到,他到奥克兰大学后不久,温小夏就跟来了。所以这次,他不会急着告诉温小夏他要回国,他打算上了飞机再通知她,听说距离会冲淡感情,而且温小夏的父母最近来新西兰玩了,有她的父母在,他觉得她是安全的。

父亲让宋宇火速回国,接管人教科总监的职位,他知道一切都要听从父亲的安排。因为,当初来新西兰学企业管理也是父亲的决定,他只是执行命令罢了。他唯一独立做的选择是偷偷修了播音主持专业,因为他太爱主持这个行业了。

小时候,宋宇的父母还没有这么大的家业,只是一个很普通的家庭。因为他和弟弟宋翔是双胞胎,爸妈实在照应不过来两个孩子和那时刚刚起步的事业,所以,宋宇就被送到了爷爷奶奶家。说是事业,其实也就是父母在城里替一个老板照看着几栋楼。那老板机缘巧合开始投资房产,因为缺乏经验,第一次建设的楼盘设计不行,没有卖出去,他自然顾不上这几栋卖不出去的楼,因为他忙着开发更大的项目。那老板随手将这几栋楼交给宋宇爸爸打理,只要赚回他的物业管理费,租出去多少他都不管。没想到宋宇爸爸不但租出去了所有的房子,最后还陆续帮老板把房子卖了出去,狠狠地赚了一笔。宋宇爸爸的事业就是这样发展起来的,他算是真正的白手起家,现在已经是一家大集团的总裁,拥有房地产公司、物业公司等多家企业。

宋宇刚刚被父母送到爷爷家的时候,爸妈来探看的次数还比较多,后来可能是太忙了,宋宇就几乎见不到爸妈了。由爷爷和奶奶照顾大的宋宇,性格上还是与宋翔有一些不同的。他比较喜欢独处,唯一的爱好是跟着爷爷听收音机,所以他从小就喜欢上了广播。直到上高中了,他依然还是保持着这个爱好。那时候,学校的电台主持就是宋宇了,温小夏就是在广播站认识并迷上他的,曾经他为了甩开她故意在她面前不注意形象，可这依然让她无比喜欢，宋宇最后也是没什么招了，才任她去了。这次，他能摆脱温小夏吗？

宋宇被父亲紧急召回，连机票都是父亲安排人买的，国内转机时机票紧张，宋宇发现对他一向比较苛刻的父亲，这次居然给了他一次坐头等舱的机会。

宋宇做了各种保密工作，才没有让温小夏知道他要回国的秘密。他从学校跑出来，打车到机场，几乎是小跑着进行的。他算着时间，不能提前太早，最好是到了机场就可以登机，这样，即使温小夏追出来也赶不上了。但宋宇拖行李箱出来自然逃不过温小夏的眼线。她正在做头发，给他打电话询问，宋宇谎称行李箱坏了，需要去修理一下，温小夏信以为真，让他把修箱子的地址发给她，待她做完头发就去找他。他要掐着温小夏的点，趁间隙逃跑，就连他平常背的那个肩包都是他提前寄存在机场的，所以准确地说，他是从国外"逃"回来的。

在奥克兰机场的时候，一直把心提在嗓子眼的宋宇，突然接到了温小夏的电话，宋宇不敢接电话，任温小夏三个字在手机屏幕上疯狂闪烁。他四处张望，生怕温小夏拦截了他的回国之路，紧张之下却不小心把电话接通了，温小夏仿佛有特异功能一样，她的声音叽叽喳地就冒了出来，吓得宋宇差点把手机丢掉。

温小夏大喊："宋宇！你敢骗我？修行李箱，你以为我会信吗？我告诉你，我已经追过来了，你要干吗去？你想撇开我，一个人回国是不是？你给我等着，我一会儿就到！"

宋宇吓得四处张望："小夏，你不要冲动，因为我爸让我快点回去，说有十万火急的事情，我来不及跟你解释。"

温小夏说："就算十八万火急，你就不能告诉我实话吗？还修行李箱，这种话，你怎么不去骗鬼？"

宋宇根本招架不了，他慌里慌张道："好了，小夏，我马上登机了，要关机了，再见。"

电话那端的温小夏大喊："哎！你敢……"

宋宇登上回国的飞机后心里还是不安，他一直祈祷着飞机快点起飞，不然温小夏追来，那他就完了，温小夏会当着所有人的面给他难堪，她是女生，他能拿她怎样？

终于，宋宇感受到了飞机起飞前的颠簸，以往令宋宇厌烦的飞机爬升时的不适感，此时都成了享受。

直到飞机在国内机场停落，宋宇才如释重负，悠闲地走在转机大厅。温小夏在电话里劈头盖脸地对着宋宇大叫："你以为我追不到你了？你以为只有一趟航班是不是？我温小夏厉害得很，我已在国内机场转机了，我已经看见你了，你给我回头看看!"话一说完,电话就挂掉了。

宋宇吓得赶紧四处张望,他真的害怕温小夏追到这里,所以他拎着箱子急急慌慌地跑了起来,边跑边关了机,仿佛那温小夏可以从他手机里跑出来抓他一样。

宋宇只顾躲闪神出鬼没的温小夏,慌乱间迎面撞在一个女孩的行李箱上,那箱子被迎头一撞,里面的衣服一下子散落了一地,其中还有一件抢眼的红色内衣。女孩尴尬到无地自容,宋宇一边道歉,一边帮她收拾箱子,他顺便环顾了一下,四周压根就没有什么温小夏的影子。想起温小夏一向是个爱故弄玄虚的人,而自己也事先认真查看过航班,这个时间她是不可能出现在国内机场的。

那女孩有点恼羞成怒,她面带使劲挤出来的微笑说:"这位先生,您的眼睛是长在胯上吗?"宋宇一听,既好气又好笑,也平静地回复道:"其实也不能全怪我眼睛长在胯上,你看,我还比较靠右,可是您呢?第一,箱子只有三个轮了还在超载、超期服役;第二,你走路时眼睛只盯在手机上;第三,那么宽的通道非要在中间走,这事故的责任你七我三。"

那女孩气哼哼的,又不想让愤怒使自己容颜扭曲,只好继续极力保持着冷静说:"一个男人,这么喜欢和女人掰理,也真是朵奇葩呢。"

宋宇满心欢喜地看着她,他那颗被温小夏纠缠了很久的、有点扭曲的心让他觉得,眼前这个女孩连吵架都不失礼,也顾及别人面子,所以,他不由自主地冲那女孩笑了。他真的好喜欢这趟回国之旅。

可能那女孩也意识到了自己的不对,又看见宋宇那副温和的样子,收拾好东西赶紧逃开了。宋宇站在那里满心欢喜地愣了一会儿,待女子走远后,他发现地上有一个檀木制作的东西,一看就是刚才从女孩箱子里掉出来的。宋宇捡起来想追上去,却发现那女孩早已没有了踪影。

宋宇这一路像逃命一样,加上刚才的突然冲撞,直到坐进候机的 VIP 厅里,心绪才真正平息了下来。这是他平生第一次坐头等舱,多少还是有一些不习惯,不过他很快就接受了这个事实,他是国内知名民营企业家的长子,坐个头等舱也是正常的,他得对得起自己的身份,所以宋宇仰了仰头,摆出了一副孤傲的样子。

当然,头等舱里并没有几个人,可能没有太多人愿意多花两倍的钱,去坐在同一时间到达同一目的地的同一个交通工具吧?他倒想看看天天坐头等舱的都是些什么人。

很快来了一位面相姣好,身材高挑,头发稍长,眼睛是那种看一眼就能让人记住的女子。她叫郝静,是宋宇老家电台的一名主持人。刚才在机场大厅,宋宇就是撞翻了她的只有三个轮的行李箱。宋宇虽然心里一惊,但还是故作淡定地笑了笑。

宋宇从她的神情里判断,这个人一定也是第一次坐头等舱。因为她行动中处处透露着小心翼翼,生怕碰坏了什么或者冒犯了什么。宋宇的嘴角露出了一丝难以察觉的笑意,他心里顿时踏实了很多。人吧,有时就是很奇怪,在同一个环境下,当你觉得身边有一个比你还局促的人时,你的局促感就荡然无存了。宋宇安然地坐在椅子上,他很想躺下来,可是他不想四处找那些按钮,觉得有失身份。为了不露怯,他装作淡定地招呼了一下空姐,空姐赶紧蹲下来问他需要什么服务。他懒懒地说:"帮我调一下座位,哎呀,好累,你会按摩吗?颈椎这个位置,有点不舒服。"空姐赶紧熟练地给他调好座位,并问他哪里不舒服。宋宇指指自己的脖子。

空姐说:"真对不起,这个我还真不会,您需要医生的帮助吗?"

宋宇装作无所谓的样子,扬扬手:"算了算了,就知道你也不会。"

郝静确实是第一次坐头等舱,她心里多少有一些紧张。她本来是出来度假的,突然接到了单位总监苏可的电话,让她火速赶回,单位需要立刻举办主持人招聘会。可是飞机只剩下头等舱了,郝静可不舍得花那么多钱去坐头等舱,但苏可总监说了,必须马上回来。其实郝静就是一个比较得力的主持人而已,可是苏可在竞聘频道总监的时候,参加竞聘的还有安艺,安艺没有竞选上,只好做了节目副总监,安艺一直心存芥蒂,总以为苏可对她有成见,所以处处戒备,苏可自然是能感知到的,很多事情让安艺去做,总是疙疙瘩瘩的,不如派郝静更简单顺畅,所以郝静就成了苏可可以随时调遣的得力助手。郝静呢,也乐于助人,总是傻呵呵的,有求必应,从不讲条件。在这种情况下,郝静只好硬着头皮买了头等舱票,可能也是因为慌慌张张的,刚才在下台阶时,她没有提起来,箱子的一个轮子就被磕掉了。她尴尬到了极点,坐头等舱的人居然拉着一个掉了轮子的箱子,这也太丢人了吧!当在头等舱遇见刚才撞她箱子的男子时,她更加尴尬。她其实也很想躺下来休息一下,无奈她也搞不懂这庞大的座椅要怎么处理才能躺下,可是她又不好意思模仿宋宇找空姐帮忙,所以当空姐过来问她需不需要把座位调一下的时候,她居然来了一句:"不用,我这样坐着舒服。"空姐说如果有需要随时叫她,郝静心里想:一个和自己年纪差不多的男孩子,有什么必要坐头等舱!想必一定是不用自己掏钱的,看来又是一个富家公子。郝静尤其看不起这样的人,有本事自己挣钱自己花,拼爹有什么了不起的。

飞机一落地,熟悉的空气的味道让宋宇感觉十分亲切,在众人面前一向是冷傲的宋宇摆脱了和他纠缠不清的温小夏后突然变得异常活泼。仿佛捆在身上很久的绳子,突然松开了一样。不过奇怪的是,也许因为温小夏跟在屁股后面太久了,自己居然被传染了一种很贱的东西,一向对女孩不感冒的他,居然对身旁的这个眼睛里有故事的女孩非常好奇。他知道她一定是第一次坐头等舱,而且她还有一个掉了轮子的行李箱。以前都是温小夏招惹他,现在他居然有种想跟眼前这个女孩搭讪的冲动。他拿出刚才在大厅捡到的檀木,仔细端详着,他无法理解这到底是个什么玩意儿。

空姐送来饮品时,他故意问候了一下旁边的郝静:"这个航班的鸡尾酒调得还不错,可以尝尝。"

郝静朝他微微一笑:"请便。"

宋宇伸手把那块檀木递过去:"这个是不是你的?"

郝静一看,吃了一惊,赶紧一把抢了过来。

宋宇说:"不好意思,刚才在大厅撞翻了你的箱子,这个可能是那个时候掉出来的。"

郝静勉强道了声谢。

为了掩饰内心的窘迫,她开始把弄她的檀木。那是手工制作的大提琴音阶模拟器,这是她心灵手巧的小学同学毛小波特意为她制作的。郝静喜欢大提琴,在电台工作后,偶然的一个机会,她因为一首大提琴垫乐深深地迷上了大提琴,然后她就开始拜师学艺。人家都是从简单的单音开始练,她是从一首曲子——《月亮代表我的心》开始的。之后遇到什么学什么,这增加了她学习的热情。

那个模拟器是用一块檀木做的,其实也很简单,就是一个不到20厘米的大提琴指板,上面由毛小波按照尺寸刻上了四根横线,这样郝静就可以在指板上练习十几个音节,像《月亮代表我的心》,就完全可以用这个练习,不然外出带着一个大提琴是极不方便。她左手压弦时有个毛病,一个指头按压,所有的指头都高高地翘着,老师想纠正她的坏毛病,所以就有了这个大提琴音阶模拟器。此刻郝静不厌其烦地练习着指法,借以缓解眼前的窘迫。

晚餐开始了,宋宇接着刚才的话茬开始和郝静搭讪:"你手里的那宝贝是檀木的吧,是你的护身符吗?你是不是害怕坐飞机?"

郝静非常不想和他搭话,但是不说话又太不礼貌,加上刚才他也算是帮过自己,只好简单地回答了一句:"这是一个大提琴模拟器。"

宋宇更好奇了:"哦,可是这样子看起来最多也就是琴柄的一部分啊。"

郝静:"就是琴柄的一部分,我可以在无聊的时候练左手的指法,反正右手的弓没有多大的差别。"

宋宇紧追不放:"你觉得坐飞机无聊吗?其实也可以不那么无聊的,比如聊聊天,再比如站起来走走,都是可以的。再说,头等舱有这么多好吃的呢,你最喜欢吃哪个?"

郝静是电台的女主播,平时她口齿伶俐,非常健谈,可是因为十分厌烦这个貌似经常坐头等舱的小子,活泼好动的她变得异常局促。

过了一会儿,一个从经济舱过来的汉子见这边空位很多,就顺便在他俩前面的位子上坐下来,发现有按摩脚的东西,就干脆脱掉了鞋子想深度体验一下,不过他那鞋子离开脚之后,一种不可名状的味道迅速扩散开来。宋宇明知道是前面的汉子发出的,却故意对着旁边的郝静看了看,用流利的英语说:"小姐,味道好特别呀,会是谁的脚呢?"宋宇果然厉害,他用英语说,如果对方听不懂就不会理他,而郝静听懂了必然会出声,这叫逼着对方讲话。

郝静一开始没明白,宋宇又说了一遍,那个奇异的味道瞬间进入了她的鼻翼,她立刻反应过来,脸都微微红了,她不知道该怎么解释,那汉子嘻嘻笑着,龇牙咧嘴地享受着脚底按摩的酸爽。

宋宇又冲着郝静用英语说:"对不起,原来'生产源'在那里,那个人是你的亲戚吗?"

对于这样的问话,郝静不得不回答,当然她也用了英语:"我根本不认识他。"

"一般从经济舱来串门的,都是冲着自己亲戚来的,我是一个人登机的,我还以为是你的亲戚,不好意思。"宋宇很礼貌地说。

这些话让郝静心里非常别扭,但是又无懈可击。

宋宇今天话特别多,连他自己都难以理解自己的行为,仿佛在笼子里拴久了的小狗,一下子挣脱了绳子,撒了欢一样。

"那你还适应这个味道吗?你想不想让他回到他的位子上去?"

"当然,如果你有办法的话。"他们依然用英语对话。

"我该怎么撵他离开呢,你有没有高招?"

郝静想了想:"你就让他出示一下登机牌,让他按照座位坐好。"

宋宇说:"好办法,可是应该还有更好的办法,你瞧我的。"

宋宇走过去,郝静看到宋宇的背影,一看就知道他经常健身。他把手往后一背,对着那汉子低了一下腰:"先生您好,您需要升舱吗?头等舱环境舒适,而且今天比较空闲,而经济舱相对拥挤,您这富贵的身材一定很受委屈,您只需要再加两倍的钱就可以升为头等舱了。您的行李在哪?我帮您拎过来就是。"

那大汉一听加钱,赶紧站起身来:"不不不,我那个位置也挺好的,就不麻烦你了。"

宋宇站直了身子,一只手依然背在身后,直到这汉子离开了头等舱,他才得意地看了郝静一眼。郝静惊讶极了,她真没想到还有这样高明的撵人办法,就像他刚才和她搭讪一样。

宋宇的这一搞怪行为,早已被身后的空姐看在眼里。其实她正准备这样做,可是宋宇已经做了她该做的事。空姐被他逗得抿嘴直乐:"先生,谢谢您,您比我们乘务人员还要专业呢。"

宋宇得意地耍帅:"常坐头等舱的,谁还不会?"

这又让郝静心里很不舒服,她想起自己掉了轮子的行李箱,不知道自己该做些什么,才能像是经常坐头等舱的样子,这种尴尬让她浑身上下都不舒服。

最让郝静尴尬的还是在她起身想溜达一下的时候,她发现刚才那个漂亮的空姐正蹲在头等舱最前面吃饭。她还是第一次在飞机上看到空姐这样子吃饭,她一直以为空姐是自在优雅的代名词,而此时此刻她居然蹲在地上,像一个农民蹲在自己家的田间地头,看着自己的庄稼,吃着碗里的饭,她的心里不禁一阵酸楚。这时,空姐看见了郝静,赶紧把饭盒放下问郝静有什么需要她做的。郝静十分尴尬,说自己只是想站起来溜达一下,可是空姐还是没敢继续吃饭。郝静只好退了回来,却发现宋宇已经站在自己面前了。

"怎么?这是她们的工作而已,你是不是第一次坐头等舱?"

郝静的脸一阵红一阵白,这句话直击她的软肋。她一下子明白,这世界上,贫穷和咳嗽是最无法掩饰的,她又是一身冷汗,觉得宋宇像瘟疫一样,自己越想躲开,他越无处不在。就这样,头等舱上的相遇,让郝静对宋宇产生了莫名的反感……

有些人相识,期望将来会再次见到,而有些人却希望这辈子再也不要遇见。对郝静来说,宋宇属于后者。

宋宇回到家里,迎接他的当然少不了一场热闹的接风宴会。可热闹过后宋宇发现自己似乎又回到了以往那个话少、孤独、冷傲的模式。

宋宇终于明白父亲紧急召他回国的缘由。

尚昊集团的人教科总监跳槽了,还相继带走了几个以前的亲信,宋董很担心自己的人才会被陆续挖走,他推算宋宇的课程已经快结束了,所以赶紧调度他回国。他虽然有两个儿子,还是双胞胎,但他们真的是天壤之别。在爷爷身边长大的宋宇稳重踏实,而老二宋翔,跟在宋董身边长大,却不知道什么时候染上了吹嘘造假、懒散浮躁的坏毛病。当宋董把自己的想法告诉宋宇的时候,宋宇竟随口给他推荐了他的弟弟宋翔。

其实,宋翔对人教科总监的职务觊觎已久,可偏偏父亲看不上他。所以宋董听到宋宇推荐弟弟宋翔时就有些不悦,要是宋翔能胜任的话,他断然不会让宋宇这么火速回国。

宋宇在父亲那里了解到集团的现状，给父亲出了很多的主意，但是他也非常明确地告诉父亲，每个人都有自己的梦想，他的梦想就是做一名出色的主持人，他要给更多人以心灵的陪伴。听到宋宇的梦想是给更多人以心灵的陪伴时，宋董沉默了，他知道自己给孩子的陪伴太少了，也许正是缺什么就会去追寻什么吧，这份缺失的陪伴恰好又是永远无法弥补的。

宋宇答应父亲先在公司兼职一段时间，人事总监可以空着，他只做助理，有合适的人选再定。另外他要求父亲必须给他在家里建一间精致的录音间，有了机会，他必然要去追寻自己的梦想。

宋董自然答应，他觉得宋宇无非就是想做一个主持人，他可以给他在公司主持各种活动的机会，可是宋宇并不是想做一个简单的主持人。宋董语重心长地告诉了宋宇自己对深蓝集团的担心，宋宇恍然大悟，这才决定好好协助父亲渡过难关。

根据自己学习的企业管理知识，宋宇给集团规划了一个人才管理、培训计划，并拿出了一套自己设计的方案，组织了一场别开生面的中层集训，然后又让中层复制这一个模式，对各分公司和部门的员工进行培训。一段时间后，员工的凝聚力果然得到了很大提升。宋宇继续从管理层入手，铺排每一阶段的发展计划。很快，企业人才外流的现象得到了有效的控制，宋董对宋宇的表现非常满意。

宋宇在和父亲的一次交谈中给了他提醒，企业管理绝对不能一成不变，一定要随着时代的变化而调整，一切远离人心的机械化管理只会使人的感情越来越淡漠，长此以往，就会陷入一种人才危机。换句话说，企业需要时刻提供最好的待遇，并且将企业发展前景与员工的内心愿景连接在一起，不然，只要另一家公司比你的出价高一点，就能把人才挖走。

宋宇在中层中做了一个全面的新一年计划和目标管理方案，尚昊集团一直以来都是部门定好目标，按月考核，工资绩效都是按照年初的任务目标，分配到各个月份，按完成情况来发放，一切都是程序化，不看过程只要结果。只是每一年会根据上一年的任务量，进行一个提升，这个时候大家都比较紧张，生怕今年的任务提升得太高，自己部门会比较吃力，由此影响自己部门的工资发放。这个弊端还在于，每个部门都会在自己任务范围内工作而不敢超额，一旦超额，虽然是有奖励，但是，下一年的任务会大幅度提升，因为老板们会认为，这是市场的增长，而非经营者的能力和智慧，所以这种机制某种程度上制约了企业销售的增速。

当宋宇发了一个表格让大家填的时候，引起了一阵短时间的喧哗。大家惊讶地发现，这一年的目标，每个人都是三个维度的，而且第一个并不是任务量。

第一个，居然是健康目标。这个词的出现，着实让每一个部门管理者心里都暖了一下。因为，他们工作了很多年，也有很多是从别的公司跳槽过来的，把自己的健康列进任务目标的情况还是第一次遇到。他们为了完成任务目标其实是蛮拼的，周末加班加点，节假日更是不敢休班，在客户最闲的时候他们要抢生意，在客户忙的时候还要随时服务他们，所以，很多人羡慕高层楼宇里的白领一族，羡慕他们精致的着装，干练的举止，得体的语言，体面的工作，却很少有人理解他们疲惫不堪的心。

所以，宋宇设定的这一健康目标，深深打动了所有人的心。大家开始兴致高昂地写健康计划，有的写新的一年要开始健身，每周去健身房五次；有的写，要每天跑步五公里，每周保持五天。女性管理者写的是，每周瑜伽练习不少于五天。从来不健身的人都兴致勃勃地写出了一年的健康计划，而宋宇依然还是量化到每一个月，每一个周，每一天。

健康目标看似基于个人，对集团并没有什么直接的益处，其实，这里面大有文章。当管理层的健康指数提高的时候，生产力也会提高。因为，运动可以产生快乐的因子，让人处在快乐的情绪中，对事物充满好奇和热情，从而有效地提高工作效率，企业就间接受益了。

朱迪·布朗的《火》中有一句说：是什么让火焰燃烧？是薪柴之间的空隙，它们靠此呼吸……宋宇一直都懂得怎样给别人呼吸的空隙，而温小夏恰好就不是这样，她总是让宋宇窒息地活在她的世界里，这就是他无法真正喜欢上温小夏的原因。宋宇还有一个致命的弱点，他不太好意思拒绝别人。打个比方，曾经在培训班的宿舍里，临近高考，每个人都惜时如金，走着坐着都要拿着书看。这是一个考前培训班，价格昂贵，但也总有个别的学生破罐子破摔，但又无法抗拒父母的旨意，只好在培训班里混日子。有个被老师遗忘了的人，白天同学们上课，他一个人在宿舍睡觉，谁都不好意思拉开窗帘。中午回来，一些同学将饭带回来在宿舍里边看书边吃，但是多数人很将就这个人，虽是大白天也不好意思拉开窗帘。午餐时间，宋宇开门进来都小心翼翼的，生怕惊醒了这个睡觉的人，在拉着窗帘的屋里几乎是摸黑吃饭看书。直到有一个叫董蒙的同学进来，宋宇才反省自己的行为是不是太中庸了。那男生一进门，就把窗帘哗啦拉开，手臂一扫桌上的食品、垃圾，把自己的饭盒往桌上一放。宋宇吓了一跳，他真的很担心，睡在上铺的兄弟会一个黑虎下山，两个人打起来。即使不是武斗，也必将掀起一场血雨腥风的唇枪舌剑。

果然，上铺的兄弟清了一下嗓子，很厌烦地来了一句："吵什么呀，这么大声！没看到有人在睡觉吗？"

宋宇等待着董蒙回应。

"这是个大白天！是吃饭时间！这儿不是你家，没人惯着你！"

也许是上铺的兄弟太困了,也许是被这雄浑的声音压制住了,他怏怏地拉上了被子蒙着头继续睡去。

宋宇手里捧着书,心里琢磨了半天,到底谁是对的?宋宇是接受一切存在,尽量让别人满意,不影响别人,而董蒙却完全无视上铺兄弟的存在,直戳要害,这是公共场所,不能因个人的行为影响到多数人。宋宇思量了半天,他很想在下次类似的情形下效仿一下,他不知道这是一种什么样的体验。

宋宇在尚昊集团的第二个目标计划,是家庭目标,家庭和谐是安心工作的根本保障。最后一个才是真正的目标,在这个目标上,宋宇很巧妙地给了大家一个空间,宋宇让大家自己填写任务目标。一开始,宋宇在做计划之前,宋父一听,就不同意,哪有让员工去定任务目标的?谁会给自己定高的目标?这显然是一个很蠢的办法。然而宋宇执意如此,如果不按照他说的去做,他就会放弃这次计划。为了大局,宋父就勉强同意了宋宇的这个奇怪的方式。

然而最后,当所有部门的任务目标拿到宋父面前的时候,他大吃一惊,他真的没有想到,每一个部门都定出了比他预期要高的目标。他吃惊地看着宋宇。

宋宇很淡定地告诉他:"我制定的不仅仅是一个任务目标,我是先基于人的健康和成长,在此基础上才让他们定目标的,这样他们自然带着挑战和激情去行动,你们以前是死的任务,两者当然是不一样的。"

宋父被宋宇深深地折服了,不过,愈是如此,宋董就愈依赖宋宇,他真的需要他留在身边,毕竟像宋宇这样智慧的孩子太少了。

郝静虽然坐了一次头等舱,但是丝毫没有享受到喜悦的滋味,倒是那个倒霉的邻座让她几番尴尬。当她离开那架飞机时,她觉得那真是一个巨大的解脱,像极了考场上监考老师一直站在身边看你答题,最后终于走开一样,她真的希望这辈子都不要再见到他。

郝静之所以急着赶回来,是因为总监苏可让她赶紧回来组织主持人招聘工作,因为频道面临节目改版,正是主持人紧缺的时候。郝静目前主持两档节目,一档是晚间的《九点好静》,是一个情感类节目,有很多听众把自己的心事倾诉给郝静,郝静给予他们心灵的安抚。一档是早上八点到九点的《越听越爱》,是一档脱口秀节目。这两个不同风格的节目彰显了郝静性格的两个方面。其实,每一个人都有两种性格,一种是你发自内心的,不需要掩饰的,另一种是你的父母、老师甚至朋友给你框架出的性格,你必须得是那个样子才行。

当郝静把报名表收起来时,她清点了一下,一共三十个人参赛,其中十名男生,二十名女生。播音主持行业,女生总是多于男生,或许是因为女生天生就伶牙俐齿的缘故吧。郝静并没有发现宋宇其实也在其中,因为她并不知道他的名字,他的那张报名表就在郝静的手里,和众多报名的人一样,安静地被递交到总监苏可的桌子上。

比赛是在台三号演播厅进行的,没有观众,除了参赛选手,就是台里组织的评委们,评委一共有七个。郝静知道,节目副总监安艺是很不喜欢自己来做评委的。因为,安艺虽然是副总监,但是她的音乐节目收听率一直在郝静之下,因为这个,她一直很不爽,所以处处给郝静使绊子。幸好有天生能发现问题的苏可总监,她处理事情的方式让大家觉得非常舒服。就连安艺这样的人都没有讨厌苏可,不知道苏可到底有什么魔力。

苏可已经主持了近二十年的节目,至于郝静,属于资历最浅的一个了。她其实是跟着苏可走出来的一个主持人,当年主持都是照本宣科的模式,苏可是第一个开启互动和陪伴式风格的主持人,那时很多人还不认可,直到苏可和郝静的节目收听率一路飙升的时候,大家才不得不相信,这种陪伴式的主持模式已经是社会发展的新需求了。

宋宇是第七个走向舞台的,他显然有一些紧张,但这丝毫掩饰不住他博学和幽默的气质。郝静仔细端详着台上的宋宇,她认出他来了,他显然是出色的,简直是鹤立鸡群般地呈现在评委们面前。开始打分了,这让郝静非常纠结,她承认他是出色的,但她绝对不能让他进入她的生活范围,因为她觉得一个人的人品是最根本的,如果人品有问题,能力越高越是可怕。她觉得只有她了解他的底细,有些人看起来冠冕堂皇,实际上呢?而且这个人天生带有让她不安生的东西,她要淘汰他,所以,她着急忙慌地给他打了最低分,低到史无前例。可是,郝静没有想到,七个评委,去掉了她的最低分,以及另一位评委的最高分,丝毫不影响宋宇第一名的成绩。郝静抬起头无奈地看了一下演播厅的顶棚,顶棚上是无数各种型号的灯,默默地沉寂在那里,等待灯光师按下它的启动键。她好想祈祷一下,但是似乎又无济于事,她深深地叹了口气。

打最高分的是安艺。宋宇出现在她眼前的时候,她就眼前一亮。宋宇高挑健美的身材,不说话时冷峻寂寞的眼神,安分而博学,偶尔笑一下就展现了暖暖的、略带腼腆的一面。安艺喜不自胜地给他打了最高分,她对他的喜欢毫不掩饰。

当然,安艺不仅仅是喜欢宋宇的舞台表现,在报名的名单出来的时候,她早就偷偷地对每一个人的来历做了了解。她是一个特别有心机的人,关于宋宇,她自然查得清清楚楚。当她发现宋宇是尚昊集团的长公子时,简直喜不自胜。因为,她有一个大家都知道的愿望,她一定要嫁入豪门。

安艺在大学里,学的是播音主持,和同班女同学王莎是形影不离的闺蜜。哪知道,王莎居然抢走了她的男朋友,这让她实在无法接受。那个男朋友后来虽然和王莎分手了,却给安艺造成了巨大的创伤。从那以后,她关注的不再是前男友又找了谁,而是一直偷偷地关注王莎嫁给了谁。就在三年前,王莎居然嫁给了某地方一个大财团董事长的儿子,这让安艺不开心了。她想不通:论长相,王莎真的不如她;论专业,自己更是不在话下;论身高,王莎矮她半头;论身材,王莎哪里有她安艺婀娜?安艺百思不得其解,她到底比王莎差在哪里?从那天起,她就下定了决心,一定要嫁个更厉害的豪门!

站在台上的宋宇看不到是哪个评委给的最低分和最高分,也不知道曾经被他撞翻过行李箱的郝静在做评委。他只知道自己的平均分数是最高的,他抹了把额头上的细汗回到了座位上。

令郝静吃惊的是,在最后评委评议的过程中,宋宇居然被拿掉了,郝静按捺不住内心的激动,难道是刚才的祈祷起了作用?

直到最后公布名单,郝静从大厅挤到榜单前,看到新人名单上没有宋宇的名字,心里才终于松了口气。

苏可逮住郝静问:"喂,你为什么给那个男生打那么低的分?"

"他心理素质不行,你看他多紧张呀!"

"紧张是正常的,这三十多个选手哪个不紧张?"

"那就是萝卜白菜,各有所爱,我看那人就是不行,最后领导评议的环节,不还是被刷掉了?"

"那是因为选手爸爸的干涉,这位选手的爸爸打来电话,一再叮嘱分管台长,坚决不能录取他!"

郝静睁大了眼睛:"什么,你说他爸爸不让我们台录取他?"

"我也感觉奇怪,第一次遇到走后门不让录取自己孩子的。"说完,苏可忍不住笑了,她笑的时候喜欢紧闭着嘴,把嘴角硬生生地挤出两个酒窝,其中一个还不算标准。

不过新来的三位主持人中,郝静一个都没有看中。她知道自己需要一个能激发自己能量的人,可惜那个叫宋宇的人,在她人生中第一次坐头等舱的时候给了她诸多难堪。她宁愿自己一个人主持也不想宋宇出现在她的生活里。

三位新主播实习了不久后,苏可突然给大家介绍了一位新来的男主播——宋宇。郝静无比惊讶地看着这个新来的、被爹坑过的男生。她热切地希望,安艺快一点把他拿走,这么高的成绩最应该搭配给节目副总监了。然而,苏可宣布:"各位,宋宇从今天开始进入频道实习,他将会和我们频道收听率前三名的节目主持人搭档,一个节目搭档一个月,三个月后,根据收听率提升高低进行核算,决定他去留的同时也确定和他搭档的女主播。"

郝静心里像堵了一块砖石一样，但是苏可最后一句话让她看到了一丝希望，最好是他和谁搭档的节目都没有提升，最后走人，另外，她郝静会祝宋宇"一臂之力"的。还好，第一个和宋宇搭档的人是安艺，郝静还有那么一点点时间消化这突如其来的现实。

中午回到家里，郝静发现妈妈的好朋友李阿姨也在。

妈妈一改往日的唠叨，温情地拉着郝静的手和李阿姨聊天。李阿姨又是一番夸赞，郝静知道她明明前几天才来过，这会儿又像是好久不见了一样，必然有什么目的。

果然，一番寒暄过后，李阿姨开始给她介绍相亲对象了。显然妈妈和她之间早就沟通好了。反对妈妈很简单，可是妈妈搬出来李阿姨，郝静就不好推辞了。相亲时间定在晚上，地点是第六街咖啡馆。

其实，郝静一点都没想过找男朋友这事。虽然她已经二十八岁了，身边的同学有很多已经生了孩子，但是，对婚姻她一直没有安全感。她小的时候，父母一直吵架，吵得天翻地覆，吵得昏天暗地，吵得她魂不守舍、恐惧无比。在她幼小的心灵里已经深深地留下了一个烙印：婚姻是个可怕的东西，谁能预知婚姻的未来呢？所以，她不想思考这个问题，更不喜欢相亲，可是今天看来是逃不了了，她不得不装作开心的样子感谢李阿姨，并答应今晚去第六街咖啡馆见那个叫赵冬的男生。她从李阿姨那里得知，赵冬是一家知名企业的老板，年轻有为，实在是非常合适的结婚对象，妈妈的眼里都要冒出火花了。

赵冬收拾得比郝静想象的还要精致，一看就知道他经常穿行于上层领导之间，言谈举止和标志性的西装、锃亮的鞋子都与他挺立的发型配合得极其融洽。郝静横竖挑不出一点毛病。赵冬举止得当，礼仪周全，郝静有些动心了。但是她内心深处就是恐惧，那恐惧无法言说，无法挣脱。她时常接到一些婚姻出现问题的听众的电话，她要聆听，她要解答，她要分析，但毕竟分析解答的和聆听的都是婚姻不幸福的一面，这样一来，她对婚姻的恐惧慢慢延伸，甚至觉得男人极少有可靠的，尤其当一个男人不假思索地媚言奉迎、大献殷勤时，她更是无比厌恶。

赵冬和郝静各自做了自我介绍，赵冬把名片递给郝静，让她有事尽管打电话给他。

郝静的相亲结果要反馈给李阿姨，郝静只好说："没有什么不好的，但最近很忙，因为节目要改版。"郝静母亲听了无比开心，因为这次她没有像以前那样直接说三观不合。

李阿姨笑嘻嘻地说："赵冬也很忙的，他不会过分打扰的，慢慢相处吧，认识了就是朋友,不见得见一面就能决定什么。其实,这个赵冬也是你节目的粉丝,有一次我和赵冬妈妈坐赵冬车出去,他说起来你,我就揽过来介绍你们认识了。"

郝静只好呵呵了一下,赔着笑脸送走了李阿姨。

宋宇和安艺主持了一段时间,郝静有时也偷偷听一下。很明显,宋宇的主持能力是极强的,他应变自如,博学多才,加上他曾在国外留学,见多识广,听节目就能感受到"一个人两层皮"的滋味,说不出来哪里不好,也说不出来哪里好,就像郝静刚刚见过的赵冬那样。

一个夜色柔美的晚上,刚出差回来的毛小波约郝静吃饭。对于毛小波,郝静从来都不会爽约。毛小波是她的小学同学,这么多年了,感情却一如闺蜜那样美好,他总是无所不能、无所不知,随时随地帮助郝静解决看似无法解决的问题,毛小波连毛衣都会织。郝静的内心世界也是向毛小波敞开的,她的恐婚、她的困惑、她的苦恼,毛小波都知道,但是她也绝对不会往男女朋友上想,像是哥们一样,是一个活脱脱的男闺蜜。

郝静说起在飞机上的尴尬,说起电台招聘的奇葩事,毛小波吃惊地问:"你说宋宇?尚昊集团的大少爷?"

郝静看着毛小波:"我才不管他是谁家的大少爷,这个人我一辈子都不会饶了他,哼,你知道吗?我那次被迫坐头等舱,本来可以体验一下旅程的美好,可我的行李箱轮子居然掉了一个!天哪,他又偏偏在我失魂落魄的关卡撞翻了我的箱子,连内衣都撞飞在大厅的地板上!你知道吗?大红色的!每次出门我妈都让我带着,说是吉利!头等舱,我第一次坐,本身就很紧张,他一会儿赖我脚臭,一会儿嘲笑我第一次坐头等舱!他还不是仗着有个有钱的爹?他那机票钱都是他爹给的,有什么了不起的呀?就是嘚瑟!"

毛小波掩着嘴笑:"宋宇呀,那是我大学同学,我最近刚刚跳槽到尚昊集团的物业公司了呢。"

"啊?这都是什么时候的事?"

"我可是告诉过你的,你都不认真听,得有一个多星期了吧。"

"你是说过,你还说这家公司好大,有房地产有民营大学的那个?"

"对对对,没错了,我是在房地产的物业部。"

"但是,我最看不惯富家子弟了,有钱有什么了不起的,有钱就可以嘲笑别人吗?哼!"

"宋宇人挺好的,他的弟弟宋翔我不敢恭维,听说正在和哥哥宋宇抢人事总监的位子。"

"宋宇既然是尚昊集团的少爷,为什么还要来竞聘主持人呢?主持人有什么吸引他的？当大老板不比当主持人强呀？闲来无事他可以召集全体员工爱怎么当主持就怎么当主持呀！"

"这你就不懂了，宋宇从小在爷爷家长大，宋董那时只顾创业了，把双胞胎大儿子宋宇给爷爷奶奶照看，小儿子宋翔自己带。唉，宋翔带得那可真是，挺会花钱的，你想想，那当爹的多忙呀，给孩子塞俩钱，交给保姆管去，孩子都给带毁了，连个好大学都没考上，后来托关系勉强上了一个专科。半道又跑回来了，受不了那个罪。"

"看来是富家子弟毛病多呀。"

"也不能这么说，穷人家的孩子也有没教育好的，问题不在于富不富。"

郝静又和毛小波讲述了自己被迫相亲的事，毛小波一听是赵冬，对赵冬大加赞赏："深蓝集团呀，人家那地产公司，可有文化气息了！你看人家那楼盘的名字，都很有文艺范，什么月亮湾，什么湖左岸，哎呀，真是美妙极了，那楼卖的速度是相当快，等你和他结了姻缘，我可以拿个最低价吗？"

郝静白了他一眼："想什么呢？你又不是不知道，我压根就不想结婚。"

毛小波说："不结就不结呗，谈个恋爱，谁说谈就一定要结婚呢？"

郝静回答："我可不想耽误人家。"

毛小波把嘴一撇："啧啧啧，一个女孩子怕耽误了一个房地产老板的终身？哎哟哟，你可真是爱替人家着想，你以为人家会没人要吗？"

郝静不理他，拿出被自己磨得看不清横线的檀木琴柄。毛小波拿过来一看："你这用功不浅呀，这么深的线都给磨没了，我今晚再处理一下，明天就给你，你练会了大提琴，得第一个演奏给我听。"

郝静得意地仰着头，拿起手里的饮料吸了一口。

毛小波末了又加了一句："要不是哥们儿，我才懒得帮你。"

不愿接受的日子，还是无法阻挡地来了。郝静被苏可安排和宋宇搭档主持她的《越听越爱》！

宋宇见到郝静的时候也很吃惊，但是他是那种满怀喜悦的吃惊，他根本不知道郝静给他打了最低分，也根本不晓得郝静对他的仇视，对头等舱上发生的事情，他并没有什么记忆。郝静毫不买账，她没有让宋宇看出她对他的不满。

幸好已经和安艺搭档过一段时间了，宋宇心里多少有一些底。但毕竟郝静的节目不是安艺的那种简单的音乐节目，这个《越听越爱》是全台收听率最高的，他多少有一些担心自己可能会拉低收听率，那他的主播生涯就彻底玩完了。宋宇没有想到，第一次和郝静搭档，居然颠覆了他的一切想象……

二、宋宇的搭档会是谁

宋宇和安艺搭档时,安艺会事先和宋宇讨论这一期节目的音乐主题:准备播放哪些歌曲,对哪首歌进行解读。这样宋宇就可以回家做功课,搜索这些歌曲的编曲、作词、演唱者、发行时代、歌曲的背景和寓意等等。所以,做节目的时候,宋宇是不慌不忙,从容淡定的。可是,他来找郝静聊节目的时候,郝静面带微笑地对他说:"能跟你搭档感到无比荣幸和开心。我的节目名字叫《越听越爱》,主持风格是欢快喜悦的。你主持的时候适合软腭挺起,想笑就笑。我们节目的宗旨是陪伴开车一族,让他们在行程中开心的同时,又能获得信息有所感悟。我说得清楚吗?如果还有什么要问的,我可以继续回答;如果没有,我们开始准备。"

宋宇一下子蒙了:"那我……我需要准备些什么资料呢?"

郝静说:"随便就好,台上一分钟,台下十年功。主持人可不是照本宣科,主持我的《越听越爱》就是要随机应变,涉猎面广,你可要好好准备哦。"

宋宇只好答应着,这使他有些不适,因为和安艺搭档期间,他是很舒服的。安艺对他出奇地好,既客气又有礼数,在节目中尽可能帮助他了解更多的知识点,这和郝静截然不同。

其实,安艺之所以如此,是因为她早就听说宋宇是尚昊集团的大少爷,心里自然是有所期待的。她和郝静年纪相仿,都没有男友,但是两个人的恋爱观却完全不同。

第二天就要直播了,宋宇一个晚上都没闲着,在他爹给他打造的录音室里工作到很晚。他不知道自己要准备什么,也不知道要播什么,只知道他的命运是攥在郝静手里了。

第二天八点,节目正式开始,郝静不慌不忙地开始直播:"亲爱的朋友们,欢迎收听《越听越爱》。我是郝静,今天给大家介绍一位新主播——宋宇。"郝静就此停下,宋宇慌里慌张地不知道该怎么接话，只好顺势进行自我介绍："嗨，大家好！我是宋宇，'宋'是宋宇的'宋'，'宇'是宋宇的'宇'，这是我第一次主持《越听越爱》，希望大家能够喜欢和支持。"郝静挑了一下眉毛继续主持节目，心想：这小子倒挺会接话的。

郝静想让宋宇尝尝尴尬的滋味，所以在谈到咖啡时，突然来了一句："你知道世界上最早种植咖啡的是哪个国家吗？"宋宇是个爱喝咖啡的人，他脑子稍一转弯就接上了话："应该是埃塞俄比亚吧。"

其实郝静不知道答案，她料定宋宇答不出来，本想宋宇说"不知道"，然后她接个玩笑"不知道就算了，反正世界上还有好多我们不知道的事"，最后用众人的笑声当垫乐。他这一下子答了出来，出乎郝静的预料，她只好紧追不放："哎，宋宇，埃塞俄比亚的首都是哪儿呀？我们飞过去需要多久？"

其实在节目中，搭档最忌讳的就是这样的提问。一般情况下，应该是由知道的一方直接介绍出来，然后引出一个想介入的话题，而不是提问对方，除非事先做了沟通。否则，对方回答不上来会很尴尬，也会让受众觉得节目准备得不充分。所以，在办公室听节目的苏可，一边听节目，一边记录，清晰地感觉到郝静对这个搭档非常不满意，是在故意捉弄对方，从那天她给宋宇打了最低分就能看出来。

郝静非常无辜地看着宋宇，宋宇一下子蒙了，他哪里知道埃塞俄比亚的首都？又怎么知道需要多少个小时能飞过去？但是他稍微一停顿就接上了，不过不是接话，而是顺势来了一段精彩的 rap（说唱）："埃塞俄比亚的首都，在那遥远的地方，我们飞过去，要飞很长很长。"宋宇的 rap 功夫非常好，一下子把正在听节目的苏可逗乐了。她不禁点了点头，暗自夸奖了他。

郝静也察觉到了自己的过分。她看到宋宇额头上渗出了汗珠，知道他已经体会到了尴尬的滋味，所以就适可而止了，毕竟如果宋宇反过来提问她，那就很难说是什么结果了。每个人都有知识盲区，再说谁能记住那么多国家的首都呀！好在宋宇没有那样打回马枪。

郝静和宋宇之间这种除了幽默还有一些挑战性的对谈，让听众过足了瘾，纷纷发微信参与节目，一时热闹异常。

郝静本想用这样的办法弄走宋宇，可是没想到"害人反害己"，第三个月的评选结果是：郝静和宋宇主持的节目收听率增长了三个点。苏可立马宣布以后郝静和宋宇搭档主持！

郝静接到通知的时候，郁闷至极，找来毛小波谈心。毛小波这次没向着郝静说话，他用少有的语重心长的语调对郝静说："我可跟你说，这次你做的事我觉得真是不地道，这符合咱们郝静的'修为'吗？人家宋宇真不是你想象的那样，人家那么热爱主播行业,他的命运都在你手上了,你万一把人家的饭碗砸了,过意得去吗?"

郝静愣愣地听着毛小波的训斥,眼睛盯着桌子上的一枝并不怎么招摇的白玉兰发呆。她一句话也没说,只是盯着那枝花,又似乎不知道在盯着什么,眼角居然有泪水流下来,这可吓坏了毛小波。

毛小波伸手在郝静的眼前晃了一晃,见她没有动静,他急躁地站起来又坐下说:"哎,我说哥们儿,你别吓唬我呀,你哭啥呢?我只是说宋宇是个好人,不是你想的那样,你咋就哭上了?"

郝静的眼泪像珠串一样骨碌下来,哭诉道:"连我最好的朋友都不向着我了,我还有谁能依靠呢?我……我好孤独呀!"

毛小波急了:"哎呀,我错了,我理解你。宋宇,一个富家子弟,一个破主播的行业对他来说根本就是无所谓的,如果不是他在机场那样整你,你也绝对不会这样整他。郝静,我向着你,我誓死向着你,你可别吓我,我最看不得女孩子哭啦。"

郝静这才破涕为笑:"那你就给我记住了,在宋宇和郝静的问题上,你永远都得向着郝静。"

毛小波赔着笑:"那是当然了,别说在宋宇和郝静的问题上,就是在任何人和郝静的问题上,我都永远向着郝静。"

郝静问毛小波:"你能不能跟我说说,你那个大学同学怎么就那么讨厌呢?他干吗非让我和他搭档?他不会和安艺搭档吗?我不想和他一起主持节目,他一坐在我身边我就难受。"

毛小波说:"那是你先入为主了,宋宇真的是个很优秀的青年。"

郝静白了毛小波一眼,毛小波赶紧捂住自己的嘴。

过了一会儿,毛小波说:"其实,宋宇之所以喜欢主播这个行业也是有原因的,他和双胞胎弟弟宋翔是分开长大的。"

郝静好奇地听着。

毛小波接着说:"宋宇是被送到奶奶家养大的,宋翔是留在自己家长大。你想想,那个时候,他们的父母正在创业,多忙呀!两个孩子哪能照顾过来?宋宇喜欢上了爷爷的收音机,与其说是爷爷奶奶抚养大他的,不如说是收音机伴他长大的。"

郝静听了这段话,愣了半天,突然对自己的行为感到惭愧。

之后,郝静和宋宇主持节目时稍微好了一些,可开玩笑依然是剑走偏锋、出人意料,常常让监听节目的苏可忍俊不禁,但是郝静已经不会再用一开始的方式对付宋宇了,因为她明白富家子弟的内心也有不可碰触的痛处。

第一次遇见郝静,宋宇"贱"的一面就被激发出来了。如果说每个人都有两重性格的话,那么他在家和学校都展示出一种冷酷的性格,而遇到了郝静,他突然发现自己原来也有活泼有趣的一面。每次和郝静主持节目,宋宇都非常开心,甚至她可以激发他的灵感,就连她故意刁难,他也觉得非常有意思,但是他也隐约感觉到郝静是不喜欢他的,但他觉得这个不喜欢是可以改变的,他想挑战一下。

宋宇是个很细心的男孩子。有一次,节目垫乐突然跳到了另一首曲子上,音量突然大了起来,郝静和宋宇都赶紧伸手去拉垫乐的那一路键,两个人的手就恰好碰到了,郝静吓得赶紧把自己的手缩了回去。宋宇从郝静的表情看得出,她似乎非常排斥和不舒服。一般情况下,女孩子都不至于如此,不就是碰一下手吗?显然,她有不一样的感受:要么是喜欢,要么是讨厌。喜欢显然不是,那就只剩后者了。

两个人的主持非常有趣,比如谈到养宠物,宋宇说:"妈妈很喜欢养鱼,可是总也养不了多久,这不,前天又换了一批。"郝静很不客气地来一句:"今天气温骤降,你家的鱼还活着吗?"

宋宇接话:"昨天看起来还好,但不知道今天会不会猝死。"在办公室听节目的苏可刚喝了一口水,差一点笑喷。

他们还谈过一个话题,是"每晚熬到几点",郝静会说:"哎,宋宇,从一个地方就可以看出你喜欢熬夜不。"

宋宇问:"哪里?"

郝静说:"眼袋呀!你瞧你,我真担心你走路会踩到了眼袋。"

这时候郝静和宋宇并不知道,路上开车的、工厂里正在作业的、杂货店里正在收拾东西的,反正只要是正在听节目的,听到这里都禁不住笑得前仰后合。

宋宇也很会接茬:"那您也挺能熬的,今晚气温不高,如果冷的话,您可以把眼袋搭在身上当被子了。"

他们就这样你来我往,让大家都舍不得离开这个频道。这样一来,不仅这个节目的收听率提高了很多,就连前一个节目和后一个节目的收听率也明显被拉升了。有的听众直接发来微信说:为了听你俩的节目,我就锁定这个频道了,一整天都不换台,我可是铁杆粉丝呀。

每当苏可看到这样的微信,都会会心一笑,觉得自己的决定是对的。

郝静被迫和宋宇搭档直播,她越是想甩掉他这个障眼钉,节目收听率越是持续走高。在与毛小波的那次谈话之后,郝静渐渐收起了对宋宇的不满情绪,甚至看到收听率提高时,还会在他面前夸他一下:"你还是不错的嘛!你一来,我们节目的收听率提高了好几个点,从频道第一直接攀升到全台第一了。"

"其实,收听率代表不了什么。"

郝静奇怪地看着宋宇。

宋宇说:"当一些奇异的事情发生时,会有很多人围观。换句话说,被围观的不一定全是好事。"

郝静明白了,宋宇的意思是说:如果收听率是靠听众的猎奇心获得的,那么节目和一个笑话没什么两样。她对他刚刚建立起的一点好感,又顿时消失了。

郝静非常不服气地说:"我晚间还有一档心理节目,九点开始,你不妨听一下,那可是一个直击心灵的节目。"郝静的言外之意是:如果你觉得这个节目肤浅,是和你一起搭档导致的,晚间的节目可是深奥的,你都不一定能听懂。

"我听过那个节目,还是不错的。在这个城市,能有一档原创的心理节目已经非常不简单了。不过,你也可以去听一个叫《你在听吗》的节目,对你或许会有一些启发。"

"哪个台的?"

"是一档网络节目,在微信账号上做的一个音频加文字的节目,每晚十点更新。"

郝静毫不掩饰地笑了,说:"我还以为是哪个台的呢,网络直播呀,档次太低了,我才懒得听呢!"

"你可别小瞧网络直播,虽然是音频,但是粉丝量不亚于我们《越听越爱》节目的。"

"你不是说过吗,被围观的不一定就是美好的事情。"

宋宇笑笑:"我不是那个意思,我建议你去打听一下,或许你身边的人早就关注了呢!"

"我才懒得打听,你是怎么知道这个《你在听吗》节目的?你不会一直在听吧?"

"当然,我需要从各个主播那里学习不同的知识来提升自己的主持能力。"

"我劝你还是多听听正规的广播主持人的节目吧。"

"我会的。"

二人不欢而散。郝静总觉得和宋宇谈不到一个点上。

说来也奇怪,自从宋宇对郝静提了这个《你在听吗》之后,虽然郝静说自己才懒得打听,可她不由自主地会探询身边的一些人,问他们知不知道这个网络节目。他们都说知道,并且夸这个节目主持得非常好,说自己已经听了好几个月了。

郝静非常好奇,下班回到家里,已经十点半了,她突然想搜索《你在听吗》听一下主持人到底是怎么播的。可是她心里过不去那道坎,虽然宋宇不会知道她偷偷听了这个节目,但是她心里的那道坎就是过不去,于是就使劲忍住了。

21

全国主持人资格证考试,除了考过的,频道的其他主持人都要请假去省城参加考试,单位剩下的主持人寥寥无几。

在会上,苏可总监非常严肃地强调了替班制度,但没有安排宋宇单独替班,毕竟他还处在实习阶段,她不敢贸然把一个节目交给他。

苏可说:"郝静,明天你要主持所有重要的节目,除了五点三十分开机到八点这段时间,上午剩下的所有时间你都要负责起来。中午会有吴思替班,下午你还要主持两个小时,之后是韩美替班,晚八点到十点半之间所有的节目也都是你的,不过有些节目你可以选择和宋宇搭档,这样你可以休息一下。但是记住,不可以让宋宇一个人上节目。"

郝静道:"天哪,这可真是个大挑战!不过还好,这些节目我曾经都替过班,知道怎么做。苏总监,周末的节目都是大板块的,我可以做出几个主题的样式,您看行吗?"

苏可说:"当然可以,一下子让你主持那么多节目,你会非常累,但是我相信你一定可以主持得别有风味。"

郝静兴奋起来。她天生就是个喜欢挑战的女孩子,只要让她做别人一般做不到的事,她就来劲了。散了会,郝静回到自己的办公室,感觉浑身都是劲。苏可就是厉害,她总能找到别人性格的按钮,并巧妙地按到让人快乐而兴奋的节奏上。郝静一直想学学她的技巧,却发现完全摸不着套路。

虽说做自己喜欢的事情是不知疲惫的,但替了一天班的郝静已经筋疲力尽了。宋宇和她搭档了几档节目,但她还是觉得有种心被掏空的感觉。

这天,她又想起《你在听吗》,就鼓起勇气从微信上搜到了这个节目,然后偷偷地听了起来。她戴着耳机倚在床上,本以为没什么可听的,没想到居然被节目深深地吸引了。当晚,这个节目做的是"小时候你最依赖的人是谁"的话题,而且主播会在当天的节目中预告第二天晚上的节目主题,大家如果有相关问题需要沟通和咨询,可以加主播轩然的微信,他会在第二天的节目中给大家答复。

节目一下子把郝静带到了回忆中,轩然说的那些事情有很多仿佛是说给她听的,这就是主播的水平了。他能够让每一个听节目的人都觉得是在说自己,这就是《你在听吗》的妙处,让人不得不听。

郝静戴着耳机,听着节目,不知不觉地睡着了。那一晚,她居然梦见了自己的姥姥。其实在小的时候,她最依赖的人是自己的姥姥。

第二天是周日,依旧是按照前一天的套路来。苏总监说了,等参加考试的主持人一回来,就让郝静好好休息一天。郝静非常期待这一天结束,第二天就可以好好休息一下了。

然而,谁也没想到,突然降临的暴风雨让郝静再一次面临着巨大的挑战。

风是从早晨开始刮的,郝静起初也没当回事,可是到了下午,风居然越来越大。从气象局发来的信息看,这绝对不是一场简单的风暴。这个一般没有什么风暴的城市,这次却连风带雨一起来了,仿佛知道生活频道人手短缺,故意刁难一样。苏可接到上级命令召集会议时,郝静已经察觉到事情不妙,直播间开始隔一小时播出一次应急办发的防暴风雨预警。苏可当机立断,组成了包括四名记者在内的直播小组。

记者连线的线路已经安排好了,这就是苏可的高明之处。平常看似无用的应急预案,在这个多年不遇的特殊天气里派上了用场。路线只要按照之前铺排的去执行就可以了,这样一来就节省了很多时间,导播也已经拿到了计划连线的单位和部门信息。可是主持人怎么办?郝静已经连续主持了三个多小时,而这档节目如果开始直播,就得一直持续到暴风雨结束。按照气象部门的预报,这场暴风雨还要持续至少八个小时,谁来主持呢?全部靠郝静是不可能的,因为人的精力是有限的,她无法支撑到最后。怎么办?

苏可立刻调了一名本该下午值班的主播到现在的时段先顶着,让郝静休息一下,准备暴风雨特别节目的直播。宋宇是实习生,他不能单独直播。

兵分几路,各司其职,屋子里就剩下苏可和郝静。

苏可问:"我们还有谁可以用?"

郝静说:"所有广播主持人都去考试了,每个频道都只留了几个主持人在家。"

"那还有谁能和你一起主持?你一个人主持那么久是不行的。"

郝静思索片刻,突然惊喜地嚷道:"有了,我的搭档!我和宋宇一起主持!"

"宋宇?这种应急的主持,不知道他能不能行。"

其实苏可心里明镜一样,知道宋宇是可以的。可是她在日常节目中早就看出了郝静对宋宇有意见,虽然这几天两个人的关系好转了很多,但是他俩仿佛是风干的水饺皮子,虽然都是一个品质,但无论怎么捏都捏不合。这样严肃的直播,她必须从郝静那里得到她愿意和宋宇搭档的确切信息,她才敢放手交给他们;否则,她万万不敢冒险。

苏可对郝静说:"你先和宋宇联系一下,让他赶紧来台里做直播准备,我去和应急办沟通。时间不多了,我们两个一起行动。"

宋宇接到郝静的电话,犹豫了一下,说他晚上有事。郝静告诉他这个直播非常重要,宋宇只好放下自己的事来台里搭档直播了。

正在省城考试的安艺一直不开心。她想:凭什么郝静去年考一次就过关了,这让她非常丢脸,去年她已经在心里生过一次闷气了,可偏偏这次,她喜欢的宋宇,又成了郝静的搭档!

安艺在心里暗暗下了决心:绝对不能输给郝静,她要想办法把宋宇变成自己的搭档。

郝静见到宋宇后,立刻给他讲解即将开始的直播。她在一张白纸上给宋宇写了一个提纲,像是恐龙的骨架,哪里是头、哪里是背、哪里是尾都勾画出来。这与她和宋宇第一次搭档的情形完全不同,因为她知道这次节目的重要性,这个可不是闹着玩的。宋宇聚精会神地听着。

应急办果然把应急级别从黄色转为红色。郝静和宋宇坐到直播间里,戴上耳机,开始了一段无法预见结果的直播。

这次节目的名字就叫《和你在一起》。

三、一场特别的直播

当晚，由市政府各级领导组成的抗灾小组来到容易发生问题的地方。其实当天下午，市里已经让相关部门通知部分沿海地区的居民撤离海边，特别是那些渔民。但那些老同志觉得他们祖祖辈辈都在这儿居住，就没见过哪次风能把人给吹跑，横竖就是风力大了一点，一会儿也就过去了。场面见多了，就玩起了"躲猫猫"，你让我撤我就撤，监督的人走了，我再回来。

电台这边，一路记者跟着市里抗灾指挥车前往现场连线播报，第二路记者去了应急办，用直播的形式发布紧急通知，第三路记者去了金水湾村，每一次暴风雨发生时，这里都会发生海水倒灌的情况。还有一路记者随机采访。

郝静和宋宇手里没有什么资料可用，他们只有一个连线大纲。宋宇一开始非常紧张，他看着郝静，仿佛一切问题的答案都在郝静的脸上一样。没有文字，没有资料，只有无数的热线和导播用内联电脑发来的即时通知，要么标注着应急办，要么写着排水处或是气象局。导播也已经忙得无法照应正在直播的主持人，他一手记着笔记，另一只手等着把刚才接进去的热线按出来。

宋宇第一次主持需要接热线的节目，那些按键他根本不知道怎么用，因为平常的节目都是读一下网络上的互动信息和两个人提前准备好的话题。而且宋宇和安艺主持节目时，安艺特别照顾他，该推起哪个键，拉弱哪个声音时，安艺都会直接替他做好，而郝静只会在节目开始前挨个告诉你哪个键是干什么的，逼着宋宇自己牢牢记住这些。郝静还会在节目开始前告诉宋宇，除了节目中必须要说的话，其他的，一概不准说。这样一来，即便他按错了键，只要他不乱说话就不会有问题。

现在看来，非常照顾宋宇的安艺让他几乎没有任何进步，他现在会的，都是被郝静逼着学出来的，虽然郝静时常让他心里觉得不舒服。怪不得在新西兰学企业管理那会儿,老师一再强调要突破自己的舒适区,他现在才理解了这个道理。

今夜的暴风雨着实有一些疯狂,乌云黑压压地扑过来,豆大的雨点噼里啪啦地打在各种物体上,树木被风狠狠地吹着,吹得大树晕头转向,稍细一些的枝丫最终被风雨撕断、咬碎。

趁着放片花的空档,郝静问宋宇:"紧张吗?很正常,其实我也很紧张。来,深呼吸,然后放松你的肩膀和手臂,身体放松下来,心也就放松了。"

宋宇随机应变的能力很快凸显了出来。无论什么问题,宋宇都能巧妙地接住。两人像是合作了多年的搭档一样,尤其在今天这样的场合,郝静忘了自己对宋宇的所有不满,她的目标只有一个:一定要把节目主持好!

直播间里的郝静和宋宇通过微信群里大家发来的视频可以了解室外的场景,郝静的心情被这场风暴牵引着。

有一瞬间,她想起小时候那次经历:中午放学回家吃饭,父母又吵架了。母亲躺在床上哭泣,父亲不在家,出去躲着了。郝静忍着饿收拾好杂乱不堪的家。上学时间到了,她又赶紧跑去学校,在恐惧和担忧中度过了一个下午。放学时,狂风大作,别的孩子都有父母接,自己只能迎着大风,艰难地赶回家去。郝静根本喘不动气,那风硬生生地往她鼻子里、嘴里灌,甚至灌满了她没有一粒饭的胃。这感觉深深地印在了她的脑海里,之后只要一刮风下雨,那份凄凉和恐惧的情绪就冒出来了,这情绪死死地堵在她的心口,让她根本无力招架。

但她顾不上多想,因为摆在面前的,是一项更加艰巨的任务。

郝静已经连续主持了近六个小时,加上这场直播非常紧急,她的嗓子已经有些哑了,宋宇同情地看着她。直播间是不允许喝水的,但苏总监还是派人送上来了一杯一楼咖啡厅做的热饮。来送热饮的人一再叮嘱——把杯子放在旁边闲置的桌子上,千万不能放在机器上。

郝静知道,他是担心主播不小心弄倒了杯子,水会撒到调音台上。

天气原因,宋翔没有朋友可约,于是他想找哥哥聊一聊,却发现哥哥的房间里没有人,宋翔沮丧地离开了。他觉得哥哥像是在躲着他,他想:哥哥是不是本就不想把人事总监的位子留出来?

宋翔琢磨着该如何做才能引起哥哥或爸爸的注意,让他们两个能够意识到这里有个叫宋翔的人一直被冷落着。

直播间里,一个声音听起来极其焦急的听众说:"主持人,我是金水湾的居民,我们现在被困在家里了,水已经漫过了我们的膝盖……"

宋宇为了让郝静少说一点话,赶紧接上话茬:"别急,告诉我您的准确位置。"郝静赶紧拿出笔记录,两人配合得非常好。

挂掉这个电话后,又接到了好多个住在金水湾的人打来的电话。郝静他们预估那里有三百多人需要救助。原来这个村的村民接到让他们转移的通知后,假装转移了,实则偷偷藏在家中,谁也不愿意离开自己的家。当暴风雨真的威胁到他们生命的时候,他们才开始害怕了。可是现在,他们能躲到哪去呢?

宋宇想了一下,打开了话筒:"收音机前的听众朋友们,如果您在金水湾附近有闲置的房子可以让这些村民躲一下雨,请拨打我们的热线,我们在线上等您。情况非常危急,请各位让出四号线给我们金水湾附近的朋友。"郝静重复了一下热线电话和帮助方式,然后向宋宇竖起了大拇指。宋宇感受到了一种肯定,这是郝静第一次夸赞他。

"主持人,我在金水湾村后五百米处有一栋五层的楼房。我是开海鲜产品加工厂的,听说村民们家里进水了,如果愿意的话,可以到我这儿避一下雨,我这儿能容下五百人左右。"

一股暖流在郝静和宋宇的胸膛中荡漾,他们相互看了一眼,两个人的眼睛都湿润了。

郝静说:"这位朋友,感谢您在危急时刻的热心奉献,我想金水湾被水围困的村民们一定也听到了您温暖的呼唤,请大家赶紧去村后五百米处的海鲜加工厂,据气象部门预测,暴风雨还将持续十个小时左右。"

此时,一辆白色的奔驰车慢慢地驶进了一栋别墅的车库里,赵冬在车里听着节目。他用微信给郝静发了一个大大的赞的表情包。他知道郝静现在没时间看手机,等她下了播肯定就能看见。赵冬想了想,又加了一句:静,你真棒!辛苦了,我一直都在听。

赵冬一直默默喜欢着郝静,那次相亲,把他们之间的距离拉近了一点。只是,郝静仍然没有走进他的生活里。

导播敲了几行字过来:又有几个公司想接应附近的村民避雨。

此时,安艺也已经结束了考试。她从朋友圈里知道了老家这里正经受着暴风雨的摧残,她知道苏可一定会用紧急预案。她心里想着:这场直播会让谁来主持呢?

安艺好奇地拿起了耳机,调到了生活频道,她一下听到了郝静和宋宇的声音,她的心突然堵了起来。安艺总是如此,喜欢用自己没有的和别人拥有的东西比较。她有一个非常美好的家庭,父母感情和谐,都有不错的收入,爸爸还是一个部门的负责人。她一直被家庭的爱滋养着,但喜欢和别人比较的个性让她吃了不少苦头。

直播有一段空档时间,苏可进来说:"加油!你俩配合得非常默契!怨不得郝静一再坚持要找你做搭档呢,你临场发挥得非常好,市里抗灾小组都在听我们频道的节目。"

苏可巧妙地提到了郝静主动选择宋宇做搭档这一点,宋宇还是很感动的。他心里不由得暖了一下,陡然多了一些自信。

又有热线打进来了。

"主持人,我现在在沿海东路,橡树岛附近的路段上,路两旁的树都被风吹倒了,挡住了道路。前边我过不去,后面也退不回去了,太危险了,我害怕呀,我想要快点回家……"

打来电话的是个女生,宋宇赶紧安慰她说:"别怕,我们都和你在一起,您说一下您的具体位置,相关部门会去救助您的。"

其实宋宇也不知道哪个部门会去救助,但是他知道大家都在听节目,接下来的事等着就行了,一定有一个相应的部门会展开营救的。郝静点开了微信平台上的消息,后面紧跟着好多的留言,有的说自己也被堵在这条路上,心里正悬着呢,真是太感谢他们的节目了。

又一条热线打了进来:"我们是公路清障处的,听到橡树岛附近有车主被困,我们已经往那边赶了,大概十分钟后到达,请这位车主不要怕,我们来了。"

宋宇生出了一股使命感和责任感,他整晚都被激动和感动包裹着。

接下来打来的热线什么情况都有,郝静已经累得有些支撑不住了。宋宇端过郝静的热饮,想让她再喝一口。宋宇原以为郝静会接过去,让宋宇非常尴尬的是,郝静刚要去接,突然犹豫了,杯子一下子掉在了地上,两人都吃了一惊,谁都没有说话。

宋宇突然意识到,自己刚才把整个杯子都握住了,郝静为了避免碰到他的手才这样。他想起之前有一次他和她同时去拉垫乐的键时,两个人的手碰到一起的情景:郝静使劲搓着那只被碰到的手,仿佛他的手有毒一样。他不由得分散了心神。

宋宇拿了拖把,清理着地上的咖啡。他把杯子捡起来放进垃圾筐里,然后问郝静:"你是不是累了?要不你先到外面休息一下,我自己先应对着?"

郝静看着宋宇:"你确定你可以?我确实太累了,我已经连续主持了八九个小时,脑袋都麻木了。"郝静想为自己刚才打翻咖啡找个理由,同时也确实是太累了,郝静觉得自己随时都能睡着。

宋宇让她放心。

郝静走出直播间,她想起刚才的事情,心里无比懊恼,这让她的心不由得又紧缩了起来。虽然她在视频中已经看到了暴风雨的场面,可是当她实际听到窗外呼啸的风声和四处碰撞的声音时,她还是全身战栗了起来。她去了趟卫生间,卫生间的窗子缝隙里发出尖锐的啸叫声,郝静觉得仿佛有亿万个怪物正追赶着自己,她吓得浑身发抖,赶紧向直播间跑去。

宋宇那边,就在郝静刚走出直播间的时候,他接到了一个渔民的电话,电话里的声音非常嘈杂,对方近乎喊着:"主持人,我们是在海边造船的工人,下午的时候接到了撤离通知……我们也没料到风雨会这样大,所以……所以,我们几个工友藏在工棚里了。可是现在,现在……我们的工棚,四面墙只剩一面了,顶棚早被刮飞了,我们七个人……我们胳膊挽着胳膊顶着墙,这最后一面墙不能再倒了。我们就想知道,这风……这雨什么时候能结束呢?"

热线里的男子上气不接下气地哭诉着。

宋宇问清了对方的地址,相关部门迅速展开了救援。郝静从导播室的监听器中听着,欣慰地从隔音玻璃后看着宋宇。郝静第一次这么认真地看着主持节目的宋宇,她发现其实宋宇长得挺帅的,可是自己为什么那么讨厌他呢?

郝静刚走进直播间,宋宇就觉出了郝静心里的紧张,便问:"怎么?"

"你说,这场风雨能过去吗?"

宋宇说:"当然,一切都会过去的,明天的太阳会照常升起。"

"可是我好怕。"郝静第一次在宋宇面前真实地表现了她怯弱的一面,在这之前,她永远都是以聪明、干练的形象示人的。宋宇被一种柔和的情愫包裹着,他突然涌起一股想保护她的欲望。

宋宇温柔地看着郝静说:"不要怕,有我呢。"

郝静看着宋宇,心底升起一种无法言说的感动,宋宇没有看见此时的郝静眼里正含着泪水……

第一次有人在她害怕的时候说了这句话:不要怕,有我呢。

郝静再一次想起小时候的恐惧与无助,那个时候的她多么希望能有个人告诉自己这句话:不要怕,有我呢……可是,那时只有风雨……

风势似乎小了,这时,导播接进来一个电话,电话里传出了一个小女孩的声音。

小女孩怯生生地问:"叔叔,阿姨,外面风好大呀,我爸爸什么时候能回家呀?"

宋宇好奇地问:"小朋友,你爸爸去哪里了?"

"我爸爸去抗台风了,我好怕,窗子的玻璃碎了。"

"小朋友,不要怕,风跑得很快,马上就跑走了。你自己在家吗?"

"妈妈在,可是爸爸不在家,我还是害怕。"

"小朋友,不怕,你的爸爸,还有好多小孩子的爸爸都在一起守护着我们呢,还有叔叔阿姨和你们在一起,你就一直听着节目,直到爸爸回家好吗?"

"好,那你让我爸爸快点回来。"

一旁的郝静一句话也没有说,她眼里的泪水悄然溢了出来,她再一次想起自己的童年时光,她的爸爸经常去打麻将,晚间狂风大作,她很怕,可是爸爸并没有回来,她的心就一直紧缩着。那种紧缩的感觉她记到现在,很多时候,这种感觉会突然冒出来,让她又经历一番那种紧缩的感觉。而此时,她的紧缩感似乎被宋宇融化了,不知道是因为感动还是什么,她的眼泪不由自主地流淌了下来。

直播进行了整整十二个小时,这场暴风雨终于停了。郝静和宋宇累得直接瘫倒在椅子上,苏可和台里的领导们都进来夸赞他们,郝静强打起精神支撑着,旁边的宋宇知道她累,紧跟在身旁生怕她会突然晕倒了。台长当即决定,一定要奖励他们!直播间里响起了掌声,但郝静只想好好地睡一觉。

苏可给郝静和宋宇放了一天假,此时已经是凌晨了。

宋宇送郝静回家。凌晨时分,路上一片狼藉。无数枝叶趴在湿漉漉的地面上,像一个被大雨淋了的姑娘,凌乱的刘海粘在额上一般。也许是暴风雨刚刚结束的缘故,整座城市非常安静,往日非常堵的街道,现在几乎没有一个行人,也几乎见不到一辆车。

宋宇找了那首自己喜欢的《一念之间》播放了起来,里面正好有非常美妙的大提琴伴奏乐,郝静开心地说:"真好听,是我最喜欢的大提琴的声音。"

宋宇笑笑,他突然想起和郝静初识时,她的檀木的大提琴柄……

车一路向前开着,两个人沉浸在美妙的音乐中,宋宇突然觉得大提琴声果然很好听,不禁问了句:"你就这么喜欢大提琴吗?"

郝静没有回答,宋宇看了一下郝静,发现她居然歪着脑袋睡着了。

宋宇认真地看着她,嘴角浮起了微笑,他自始至终都没有讨厌过她。他觉得郝静和他身边的任何一个女孩都不同,她有自己的好恶,有自己的立场,还有很强的同情心。

宋宇想起了温小夏。温小夏和郝静就非常不同,温小夏喜欢控制他,在温小夏面前,他只能呆呆地做一块木头,然而温小夏却从未察觉到这一点。所以当宋宇遇到了郝静后,他像是看到了新鲜的风景。郝静仿佛是有着超强负氧离子的空气,让他觉得呼吸都变得如此美好,他感受到了从未有过的释放感。

宋宇尽量把车开稳了点,不想惊动了郝静。可是他也不知道该开到哪里去,因为郝静没告诉他住址,宋宇就自作主张开到了海边,一个可以看日出的地方。他把外套脱下来轻轻地盖在郝静的身上,看着她睡得香甜的样子,忍不住嘀咕:"一个女孩子居然敢随便在别人的车上睡着。"

宋宇把目光挪向海边,海面上翻滚着各种颜色的云,像一只愤怒的大鸟。他突然想起在机场撞翻了郝静三个轮子的行李箱,想起他故意和她搭话,故意把赤脚大汉当成她亲戚,不由得笑了。

宋宇也犯了困,不知什么时候也睡着了。

郝静醒来的时候,发现自己的面前是一片极美的海,阳光从云朵的间隙里照射出金光闪闪的光束。太阳刚刚升起,像从水里沐浴而出,身上还滴着海水,云朵堆积出各种形状。她这才看到自己身上盖着宋宇的外衣,而宋宇还在睡梦中。郝静侧着脸看着宋宇,他修剪整齐的眉毛,扁长的眼睛,睫毛安静地卧在眼皮下面,高挺的鼻梁,好看的嘴唇,郝静认真地看着他。他的香水味道很好闻,以至于后来,郝静每次闻到这个味道,都会生出一股很强的安全感。她突然觉得,男人也没有她想象得那么讨厌,那些讨厌只是自己的念头,这些念头产生的恐惧折磨了她多年……

她深深地吸了一口气,小声喊他:"宋宇——"

宋宇睡得不深,一下子就被叫醒了。

"你不是送我回家吗,怎么带我到海边了?"

宋宇睁开惺忪的眼睛,慢吞吞地说:"我不知道你家在哪呀。"宋宇突然睁大了眼睛,看着眼前的美景,"你要是回家了,怎么能看到暴风雨后的这份景色呢?"

郝静说:"说说你的感受吧。"

宋宇回过头来,兴奋地说:"感受?好开心呀,居然看到了海上日出的全过程。"

"谁让你说这个了,我说的是昨晚的直播。"

"我自幼喜欢广播,喜欢主播用声音陪伴着你的那种感觉,那是一种心灵的慰藉。小时候,虽然爷爷奶奶对我非常好,可是我仍觉得自己像没有根基一样。"宋宇有些惆怅地说。

郝静安静地听着,看着他的眼睛。

宋宇继续说:"自从我喜欢上听收音机后,我也想成为一名主持人,像那些主播一样,抚慰更多人的心灵,让他们不再孤独。"

郝静点头。

"昨晚,是我第一次主持真正的直播节目,我第一次感受到了为听众做有意义的事情的感觉。那些被海水困住的家庭、被风雨威胁的渔民、爸爸不在家的孩子,他们得到了我们的陪伴和帮助,我觉得,我离自己的梦想更近了一步,我好感动,同时,我要感谢你,是你让我有了一次这样的经历。"

郝静听到这里，眼睛里闪烁着一些亮晶晶的东西。她看着眼前的海面，悠然地说："或许，遇见本身就是一种缘分吧，我们都有各自的伤痛和梦想，或许，那些伤痛正是帮助我们前进的动力，如果没有那些过往，你又怎么会如此执着地追寻着自己的梦想，对自己的人生目标那么明晰呢？"

宋宇看着郝静，郝静看着大海，旭日的红光映到两个人的脸上，玄妙而迷人。

郝静回过头来看着宋宇，刚要说话，宋宇先开口了："你看，再大的风暴都会过去，太阳会照常从这里升起，以后你不要再害怕这样的恶劣天气了。"

郝静的脑海里响起一个声音：不要怕，有我呢。她突然被温暖重重包围了，她不由得闭上了眼睛，深深地吸了一口气。

这时，郝静的电话突然响起，是安艺打来的。安艺安排郝静晚上去主持一个微直播。安艺向郝静交代了一些事情就挂掉了。

原来是两家房地产开发商竞争同一块地，最后被其中一家开发商拿下了，另一家非常生气，立刻散布消息，让当地居民晚间出来种树，以此拿高额赔偿。拿下土地的开发商急了，他们和相关部门反映了此事，希望他们能出面主持公道。相关部门联系了媒体监督。安艺恰好负责宣传，就准备用微直播的形式协助相关部门。形式很简单，一个主持人，一个自拍杆就可以了。安艺之所以选择郝静，是因为郝静的节目收听率一直压着她的，她得给她安排一些耗费精力的事。可是安艺哪里知道，她使的这些绊子可能恰好会成就别人。

郝静为难地答应了，宋宇把郝静送回家去。

从直播结束到现在，郝静几乎没怎么看手机。当她打开微信时，里面全是留言，赵冬发的信息也像一粒沙子一样被淹没了。

郝静到家倒头就睡，但她没忘记定下午的闹铃。晚间，郝静到了直播现场才发现，这些村民可真不是好惹的。也许是有人在背后出招的缘故，他们气势汹汹的。相关部门的工作人员开始还耐心地劝阻大家，可是没有人听，他们忍无可忍了，就开始拔树苗，郝静择机开始直播，村民立刻明白了，一下子围了过来，他们要抢用来直播的手机，连郝静的耳麦也被撕掉了。情况万分危急。

宋宇正开着车往家走，不经意间点开了频道的直播，恰好看到了郝静被围困的这一幕。他立刻调转车头赶去了现场。

四、救了郝静一命

宋宇找到郝静，一边保护她，一边震慑着周围的群众，郝静才得以脱身。

宋宇其实还是有霸气的一面的，郝静恰好就喜欢这样的霸气，这能给她强烈的安全感。所以，在这样的情况下，宋宇抓住郝静的胳膊往外拽时，郝静也就完全没有排斥。这要是在办公室里，哪位男士敢拉她，她非得吹胡子瞪眼不可。她任由他摆布，直到被他拉进车里。

宋宇把郝静推到车上后，就赶紧发动车开跑了。

直播在村民争夺手机时就戛然而止，安艺在直播中看到了这一切，轻轻笑了一下。

宋宇开到了安全区域，说："你傻呀，这么危险的地方你也来，你到底是不是个女生？"

"有什么办法，总监安排的活总不能推脱吧？"

宋宇看了看受了惊吓的郝静说："这样吧，为了感谢我救了你一命，我允许你请我喝点什么。"

郝静哭笑不得，宋宇已经把车开到了一家咖啡店的门前。

宋宇端着咖啡非要和郝静碰一下，说："来来来，碰一杯哈，感谢我救了你一命。"郝静拿他一点办法都没有。

"你爸为什么不想让你当主播？"

宋宇惊讶地看着郝静，问："你说什么，你怎么知道我爸不想让我当主播？"

郝静意识到自己说漏嘴了，支支吾吾地搪塞着。宋宇开始追问道："快点告诉我，我要听实话。第一，我帮了你一个天大的忙，第二，我在关键时刻救了你一命，这些换一句实话总可以吧？"

郝静只好叮嘱宋宇,让他假装不知道是他的爸爸打来电话阻挠,所以宋宇最开始才没有被录取的这件事。

宋宇非常愤怒,他握拳砸在桌子上:"我说以我的实力,怎么可能选不上?为这事,我还郁闷了好几天呢。"

"这事你必须装作不知道,不然就是我的问题了。"

"不用怕,我又不会去找他算账,他不喜欢我做主持人也不是一天两天了。"

"你爸为什么不让你做你喜欢的事呢?"

"他穷怕了呗,其实每一个经历过贫穷生活,现在很富有的人都很怕失去现在的财富。他们虽然有钱了,但是财富并没有疗愈他们对贫穷的恐惧之心。"

郝静惊讶地看着宋宇说:"第一次见你时,觉得你是一个高冷的人,没有想到你对人性还有这么深刻的理解?"

"在你眼里,我居然是高冷的?"

"不全是,高冷里透着霸道,对了,有时还很贱。"

"我不就是不太喜欢笑吗?霸道,这个有待确认,贱这个词根本与我无关。"

两个人聊到了很晚,而此刻,宋宇的爸爸和生活频道总监苏可正在谈笑风生。

"宋宇这孩子真是难为你了,都怪我,对他疏于管教,因为是他爷爷奶奶把他带大的,太个性了。你知道的,爷爷奶奶都是事事顺着孩子,是惯大的。"

"哪里,宋宇很优秀的,您不是也很看重他吗?不然也不会送去新西兰进修,还不是为了将来能帮您一起打理集团吗?"

"唉,这孩子哪里肯听我的,他从小就迷上了收音机,我和他妈妈都没有办法,有几次我气得把他的收音机给摔了,为此我还打骂过他几次。我训斥他,说他的声音那么难听,根本没有做主播的天分!可是无论我怎么打击他,他都没有放弃。"

"其实每个孩子,都是独一无二的存在。"说完,苏可把桌上的一盆盛开的小向日葵转向宋董,"梦想是光,无论你怎么转动向日葵的方向,它永远都会向着太阳。所以,我们不能硬生生地改变他们的发展方向,有时候大人给拧过去了,未来,他们自己非得拧回来不可,那样的话,就得不偿失了。您是怎么打算的呢,是想让孩子继续做主播,还是回到您的身边?"

"我当然是想让他回到我身边来,要不是你上次来找我,我是不会同意让他去实习的。我没有几个信任的人用怎么行呢?宋翔那孩子太不稳定了,现在还不是用他的时候,可是我也担心我给他拧到集团来,他的心还是在主播那,我是毫无办法呀。不过我倒想知道他到底是不是做主播的料,如果不是呢,就让他趁早死了那条心吧。"

"我明白您的意思,目前来看,您的儿子确实是块做主播的好料子,我倒有个建议,不知道您愿不愿意听一下?"

"您尽管说就是。"

苏可笑笑说:"我倒觉得,您不如放手让宋宇尽情拼一把试试,宋宇对主播职业的热爱是非常强烈的,当他想起这份工作时,他的身体会因为喜欢产生大量快乐的荷尔蒙,这和恋爱是一样的。当他们正处在分泌大量荷尔蒙的时期,你要把他们分开是件很难的事情,有时还会事与愿违。不如给他一次机会,他就不会在您的管制中,去寻求主播带来的刺激和快乐,说不定对主播的热爱就会慢慢淡下来。水来势凶猛不可围堵,开流疏导才是正途。如果他是那块料子,那便是天大的好事,他在主播上的成就,也许也会对您的公司有所帮助。再就是,当您支持他追逐梦想时,他会心存感激,不然,他身在曹营心在汉又有何用? 如果不是做主播那块料子,他自己就放弃了,您说是吧?"

"若果真如此,我一定会设酒宴感谢你! 哈哈哈,那我这次就听你的,接下来,就看苏总监的了。"

咖啡馆里,郝静看着宋宇忧郁的神情,内心暗暗做了一个决定,她要想尽一切办法让频道接纳宋宇,她非常理解宋宇的痛楚,她很想帮他。

夜渐深了,宋宇送郝静回家。他先是拐了一个天大的弯,带她去了一片特别漂亮的海边。是一个还没有修建好的海边公园,长长的栈道延伸到海里,沿线的灯光点点,像一个个美丽的梦。郝静非常喜欢看这些夜景,可工作后,她只顾着考虑如何提高收听率,如何做好眼前的工作的问题,所以她已经很久没有看过夜景了。

宋宇邀郝静下车,到沙滩上看自己的影子。郝静好奇地跳下车来,海风轻轻地吹起郝静的长发,裙角也随之飘摇起来。月光下的影子,的确很有意思,很像动漫里穿着披风的人物,郝静开心极了。宋宇微笑地看着郝静,看得郝静都不好意思了。直到宋宇把郝静送回去时,宋宇的脑海里还飘荡着郝静在月光下的影子,她穿的是一袭长长的白纱裙,她的笑,是那样的纯美……

郝静找苏可聊了一下,她说宋宇是一个很好的搭档,她正式选择宋宇与她一起主持节目,希望苏可往台里报一下。

苏可见郝静对宋宇态度的转变非常开心,但是她知道宋宇最后是没有办法被录用的,因为宋董始终没有同意让宋宇留下,只能算是实习。作为总监的苏可知道,培养一个随时都可能离开的主播,代价是很高的。不过苏可与其他频道总监不同的是,她愿意给每一个有梦想的人机会,她喜欢帮助人成长,从而带动频道的发展。

苏可拿出了台里即将开始实行的收视率考核标准:"你看,这是下一轮考核的收听率目标,我的压力也很大。虽然有你在,我比较放心,可是我们也必须要拿出一些方案确保这个目标的实现。"

"哇,这么高呀,这样一来,我们的节目必须得做一些调整才行。"

"没错,我打算让宋宇独立策划一档全民娱乐节目,拉动我们的收听率。你知道的,我们频道主打民生类节目,这个一直是安艺在负责。但是她的思维还没有完全跟上时代的节拍,虽然收听率第二也还凑合,但如果不创新的话,我们的任务目标是完不成的。"

"我明白,可是我能做什么呢?"

苏可笑笑,看着郝静:"我要你扶宋宇一把,这个节目的收视率除非能做到你的《越听越爱》的两倍,否则,很难完成任务。"

"两倍?"

苏可点点头。

"好吧,我试试看吧,我有信心。"

"你确定?"

"我确定!"

"好的,这个节目你来帮他,你把宋宇叫来,我和他聊聊。"

苏可笑着说:"宋宇,从你第一次出现在大赛的舞台上,我就看中你了。你的主持风格非常特别,而且知识面非常广,人又机智、幽默,上次连续十几个小时的直播,更是充分展示出了你的能力,你是一位非常有潜力的主持人。"

宋宇被夸得有些不好意思了,他不由得搓了几下手:"哪里,我刚来不久,不会的东西还有很多,还需要好好学习。"

"这次台里下了任务,希望咱们频道的收听率再上一个新台阶。我就指望你了,你和郝静的《越听越爱》的收听率已经上了好几个点,我希望你能独立策划一档全民娱乐节目,你觉得怎么样?"

"我也觉得我们频道确实少一档全民娱乐类的节目,可是我能行吗?"

"你没有问题的,目前我们已经有一档音乐节目,是在下午,如果你这档节目做好了,我们可以联动,做成一档节目两个时段,两个主持。"

"这倒是个好办法,不过我得试试看,我也说不好最终能不能火。"

苏可说:"不能试试看,必须做好充分的准备,必须策划好,必须一炮打响,你需要什么就来告诉我,我相信你可以做到!不要有任何心理负担,你只需要凝神聚力,全力以赴,另外有什么问题可以找郝静商量。"

"我明白了,我会全力以赴去做的,请总监放心。"

宋宇一回来就和郝静聊了起来。

宋宇说:"你说台里定的收视率目标那么高,我们能做到吗?"

"喂喂喂,少用我们,这个栏目是你的,我只是给你打下手,我是协助你。"

宋宇睁大眼睛看着郝静,满目担心地说:"苏总监说了,让我和你商量。"

"好呀,来吧,开始商量。"

"那你告诉我,我能行吗?"

郝静盯着宋宇的眼睛,认真地看着,一字一句地说:"我敢保证,你能行!"

宋宇的笑容一下子在脸上绽开了,他得意地用一只手支起下巴,闭上眼睛作深思状,然后睁开眼说:"开始策划!"

郝静鼓励宋宇说:"人来到这个世界上,就只有一辈子的时间,如果连自己喜欢的事都没有机会做的话,那多可怜呀?所以加油吧!"

"这话应该说给我爹听。"

宋宇开始策划这个全民娱乐节目构架了,他非常专注和投入,以至于宋董让他做的几个计划书,一直都没有写出来。宋董本想先让宋宇做人教科总监,目的是让他学会跟人打交道,毕竟人教科是企业中最重要的部门。可是这小子全身心地投入到了主持事业上,他连集团的子公司都不知道是哪几个,甚至连哪些地盘是自己家的都不晓得。他拒绝人教科总监职务,弄得宋翔一门心思地想升职到这个位子上。宋董陷入了思索,他不断地回味着苏可说的那些话。

宋宇一边应付着父亲安排的工作,一边精心策划着即将上线的广播节目。

令宋宇无比开心的是,爸爸有天突然打来电话说:"宇儿,你最近可以不用来公司了,如果你真的喜欢主播这个行当的话,就用心去做吧,爸爸只给你这一次机会,如果你确实不是当主持人的料子,就回来安心跟我做事。"

爸爸挂了电话后,宋宇心中掀起了翻江倒海的风浪。爸爸第一次让他去拼一把,拼输了的话还在后面接着你。宋宇接完电话后眼睛湿润了。他无比激动,想冲出去大喊一番。所以,他拿起车钥匙,驾车出去,去释放了一下那份激动和喜悦。

郝静最近迷上了听《你在听吗》这个节目,她觉得这个节目做得非常不错。那个主播叫轩然,她已经偷偷加了他的微信。微信通过后,居然弹出一句话:有偿咨询,费用自定,无效可申请退款。郝静犹豫了一下,她觉得不能交多了,万一自己的问题不能被解决呢。转念又想,《你在听吗》已经这么有名了,不会骗她这点钱吧?再说已经有那么多人都得到了轩然很好的解答呢，所以郝静交了一千元。对方收了，但是到目前为止，郝静一直没有考虑好该怎么开口，每次听完节目，郝静都想向轩然咨询自己恐惧婚姻的问题，可是，最后她都忍住了。

这个城市的春天就像是一趟快车，还没刹住车就滑到夏天了。夏天一到，知了就陆续在枝头闹了起来。池塘里的水也涨了起来，青蛙的叫声在夜间显得异常清晰，仿佛每家门前都有一个大水塘一样。大自然办起了一场美妙的音乐盛典。

赵冬陆陆续续地联系过郝静几次，郝静都简单地答复几句，赵冬也不嫌她怠慢，两人非常客气地往来着。有时候赵冬会约郝静出去走走，郝静就直接告诉他等筹备好了这个新节目再说。她偶尔也翻看赵冬的朋友圈，有时她会觉得赵冬其实是一个不错的结婚人选，可是，她的内心深处，就是不敢靠近男人，她不知道如何消除这种恐惧，她不敢结婚，也不敢和他进一步往来。

郝静小的时候，有次放学回家，她回到家里，发现屋里的灯没开，母亲躺在床上，父亲一定是吵完架后出去了，没有人做饭给她吃。她小心地把书包放下，一动不动地坐在那里，看着床上背对着她躺着的母亲。她不敢开灯，只好借着微弱的光，努力观察母亲的腹部是不是还在一起一伏地动弹。她害怕极了，因为她的同学小漫的妈妈，就是和小漫的爸爸吵了一架后喝药死掉了。母亲突然啜泣了一声，郝静深深地吸了一口气。好在，母亲还是活着的。她的眼泪扑扑簌簌地掉下来，她不敢哭出声音，她怕惹恼了还没有消气的母亲。她小心翼翼地去找米下锅，想做一些东西给母亲吃。其实她自己早就不饿了，因为已经咽下了太多泪水和恐惧。那是一个夏末秋初的季节，窗外的风吹着杨树的叶子，发出沙沙的声音。这声音和母亲啜泣的声音以及郝静紧缩的心声混合在一起，形成了一种复杂的痛楚，一直到现在都存在于她心间。现在，只要郝静听到杨树那沙沙的声音，那紧缩和痛楚的感觉就会立即浮现出来。所以，她不喜欢那声音。

郝静不仅不喜欢那声音，对父亲也充满恐惧，她更不敢想未来自己也走入婚姻这件事。那时候她还小，长大了之后，她看男生就是用一种审视的眼光在看，因此她一直没有谈过恋爱。尤其当她开始做情感节目，她听到了更多关于婚姻的问题，这些问题多数都是由男人造成的，这让她对婚姻愈加恐惧。她不喜欢被任何一个男士碰触到身体的任何一个地方，哪怕是头发，这就是之前宋宇和她同时去拉垫乐键碰到彼此的手，郝静那么紧张的原因了。

每个人都有不为人知的秘密和创痛，那创痛被当事人埋在内心深处。她们成长的过程中，那些创痛并没有消失，它们依然在生长，这些创痛能够不慌不忙地瞅准一个节点，一举把主人彻底打翻，外人却不会有丝毫觉察。

宋宇全身心地策划着节目,他时不时会找郝静请教问题,郝静也会全力给他出谋划策,两个人还一起寻找节目的赞助商。

最后,宋宇跟苏总监提了一个要求:他想和郝静一起主持。

苏可同意了。

在苏可的努力下,郝静也同意了。

宋翔终于在一个周末找到了宋宇。

宋翔说:"我觉得你做主播真是太适合了,你说咱爸怎么这么不开眼,非让你做个人教科总监呢?要是我,我也不做。"

宋宇一边收拾自己的健身行头,一边回答:"有什么话你就直接说,我的时间可不多啊。"

"好好好,我就是喜欢哥哥这爽快脾气,我的意思呢,这个人教科总监你既然这么不感兴趣,你就推荐我做呗,毕竟咱爸还是很愿意听你的建议的。"

"人教科总监可不是你想做就能做的,我觉得你不适合。"

"哎呀哥呀,人教科不就是招人赶人吗,谁不会?"

"如果你是这么认为的,那你就更没必要做这个总监了,你需要把自己的思想先纠正过来。"

"切,不给就不给,说那么多干吗?咱爹呀,真是个偏心眼,两个儿子还不一样对待,我哪儿不如你了?"

"我要去健身房,你要是没别的事,我就先走了。"

宋翔歪了一下嘴,做出一个不屑的鬼脸,说:"好好好,健身去吧,我自己想办法。"

宋宇和弟弟,实在没有什么共同语言,甚至他也特别不喜欢他的那一群朋友。

苏总监终于正式宣布了新的收听率指标任务。正如苏可预料的,大家立刻沸腾了,刚要争辩自己扛不了那么高的收听率时,苏总监爆出了给宋宇和郝静开辟的新节目的收听率任务,大家张大了嘴巴,又赶紧闭上了。还能说什么呢?如果这个时候开口要减任务,无疑是打自己的脸。

安艺听到新开的节目的指标后,内心深处不由得暗笑了一下,心想:等着瞧吧,到时候收听率不达标,看你脸往哪搁。所以故意来了一句:"哎呀,郝静和新将宋宇可是勇挑重担呀,我们这一个月的收听率就全靠这个节目了,这可关系到我们全频道所有人的奖金呀,我们拭目以待吧。"大家心里明白安艺说的拭目以待,其实是在等着看郝静笑话。

苏可说："在当今全媒体时代，做一个新的广播节目有很多不可预估的情况发生，有时一个平常的直播可能在某个平台会突然火了，但是，广播节目还是要有自己的思想性和艺术性，再加上主持人的黏合性，收听率才能持久地保持住。这是我做的每一个栏目的收听率提升计划表，大家分发下去，各栏目组按照自己的计划开始推进。另外要说一下，上个月我们频道的创收落下了百分之四十，因为很多人上个月都休假了，那么这个月，我们必须迎头赶上。这个是硬指标，希望大家都拿出自己的看家本领。"

宋宇并不会创收，因为他只是个主播，不是营销人员，他突然觉得应该为频道做点什么，但首要的是先把节目做好。他深信，有了梧桐树才能招来金凤凰。他想起节目联动的事情，下午有一档音乐节目一直半死不活地存在着。如果上午的节目收听率提升明显的话，下午的节目必然也会被拉动起来。

下午的节目是韩风主持的，收听率一直是倒数，韩风一直用下午的节目没人听为由搪塞着。这次频道提出了更高的收听率指标后，韩风的压力是很大的，所以宋宇和郝静去找韩风商讨节目联动的时候，韩风很爽快地答应了。

新节目的名字叫《全城热唱》，是一档全民娱乐类节目。与韩风的节目不同的是，这档节目只要你想唱就可以唱，通过网络把自己录制好的歌曲发过来，经过主持人筛选后发出来，每天一期。主持人邀请听众一起点评，唱得好的、孬的都有，五花八门、妙趣横生。每天选出一个冠军，每周再从每天的冠军里面选出周冠军，以此类推，月冠军、季冠军、年冠军，年终的冠军会获得一个超级大奖——由一家知名旅游公司提供的马尔代夫七天免费旅行。当然季冠军、月冠军、周冠军、日冠军，都有相应的奖品。而且每天都会随机抽取几名听众送出礼品。礼物也是非常诱人的，所以听众的参与热情极高。

这个《全城热唱》节目的流程策划和外联都是宋宇和郝静两个人在做，一时间两个人累得瘦了一圈。宋宇和郝静利用融媒体的方式，除了广播直播，还采用了视频直播，并使用了各种其他辅助宣传方式，在直播前就把节目推到无人不知的程度。

当然，整个频道也为《全城热唱》进行了全方位推介，每档节目开始和结束时都会介绍《全城热唱》即将闪亮登场，对播出时间、参与方式进行介绍。

《全城热唱》节目一开播，立刻受到了广大受众的追捧。喜欢唱歌的都踊跃地参与了进来，听众们更是各抒己见，点评有的令人捧腹有的令人深思。总之，这档节目真正做进了人的心坎里。苏可拿到第一周的收听率数据时惊呆了，《全城热唱》果然拿下了全台第一名的成绩。

由于上午的节目非常火爆,韩风下午的节目也就被带动了起来。上午选出的冠军要和下午选出的冠军比拼,谁赢了,谁就是日冠军。为了不让大家觉得上午和下午的节目风格不一,宋宇主动要求和韩风搭档主持,收听率果然暴涨。韩风尝到了甜头,就缠着宋宇继续和他搭档。宋宇并不觉得累,欣然同意了。

宋宇虽然忙于节目,但是,每天他都会记得给郝静带一份早点。郝静告诉他她每天都会吃过早点再来上班,宋宇就把早点换成了水果盒。郝静非常喜欢吃水果,她让宋宇先吃,宋宇说自己不喜欢吃水果,郝静就说:"你不吃我怎么知道有没有毒?"

宋宇没有办法,只好每样都吃一块给她看,后来就成了习惯,十点是两人的水果茶时间。

韩风想策划一个线下的活动。其实韩风一直想当一名电视主持人,但却窝在电台做了多年主播,眼看年纪渐长,他可能再也没有机会去电视台做主持人了,所以他很想和宋宇策划一档与电视联动的线下活动。宋宇为了提升《全城热唱》的知名度和影响力,所以鼎力支持,立刻与韩风投入了"战斗"。

电视文艺频道正在策划一个当地的乐器展,为了增加人流量,正琢磨着加一个有吸引力的文艺活动。电视组织的文艺演出自然会在电视上播出,韩风就想趁此机会,让自己出一次镜。

宋宇把这个想法汇报给苏可,苏可同意了。苏可非常清楚每个人的特点,所以她料定这件事会做得很好。

和电视频道沟通的时候,电视频道的人非常开心,他们当场拍板活动全程录像,在电视上播出,并提前一个周进行活动推介。宋宇立刻在节目中进行活动招商,有一家房地产公司非常感兴趣,拿下了冠名,这让宋宇非常激动。

宋宇一门心思想把活动做好,所以非常卖力。当他把策划好的节目流程拿给郝静看时,郝静问:"主持人为什么不是你?"

宋宇一下子僵住了。

郝静用眼睛追问。

宋宇支支吾吾地说:"韩风很想主持,就让他上了。"

"这个节目是你主导的,为什么露脸的时候他来上?至少也得是两个人一起主持吧?"

"没事的,他主持就好,因为要在电视上播出,他上镜应该不错。我没有经验,就不上了。"

"你说的不是实话,告诉我,是什么原因?"

"你不要问了,我不会上的。"然后走开了。

郝静莫名其妙地看着他的背影,她知道在他心里,一定有无法言说的东西,只是他现在还不想告诉她。

活动终于正式开始了。现场人头攒动,摩肩接踵。韩风认真地化了妆,一脸开心,他终于实现了自己在电视上出一次镜的愿望。

台下的宋宇是总导演,他用实力证明了他可以不借助父亲来成就自己,他完全有能力过好自己的人生。

郝静一直帮宋宇处理各种事情,也就把他不想主持的事忘在了脑后。这些日子,她觉得宋宇确实是个值得信任的人。

赵冬约郝静去吃饭,因为他听到《全城热唱》已经开播了。郝静实在推不掉,只好同意了。当然其中也有李阿姨催促的原因。和赵冬吃饭还是很愉快的,他总是彬彬有礼的,聊的话题也非常有趣,甚至赵冬还为郝静出了很多做节目的好主意。看来,赵冬不但一直在听她的《越听越爱》《全城热唱》,晚间的情感节目《九点好静》也在听。而且,他居然给郝静带了好几本郝静喜欢的书,对她录节目很有帮助。这些书都是郝静在节目中提到过的,因为平时上班时间紧就没顾上买,这让郝静不禁有些感动。

乐器展活动进行得非常顺利,比赛进行了近四个小时,电视台那边是想把比赛全程剪辑成七段播出,共播一周时间,这对于盼望上镜的韩风来说,是件天大的喜事。

可是,就在活动结束后不久,发生了一件谁也无法预料的事情。

五、还了一命

宋翔认为哥哥霸占着人教科总监的位置肯定别有用心,而且父亲总是偏向宋宇,他想创造一个机会让父亲对他刮目相看。

这天晚上,和他一起玩车的赵刚和大家聊天时说:"宋翔,你们公司的实力还是很厉害的嘛。"

"怎么讲?"

赵刚说:"听我爹说,你们尚昊集团和深蓝集团想要同一块地,最终被你们拿下了,恭喜呀!我爸说那可是一块风水宝地,深蓝集团的董事长已经觊觎很久了,他一定非常遗憾。"

几个兄弟听到后都在祝贺宋翔,仿佛这个功劳是宋翔的一样,宋翔不禁得意起来。

这几个兄弟都是和宋翔一起玩大的伙伴,彼此都比较了解。话题不一会儿就扯到了宋翔不被父亲重视这个话题上。宋翔喝了一杯酒,把自己的苦处讲给大家,一时间大家开始头脑风暴,都在为宋翔出主意。宋翔感受到了来自朋友们的温暖,几个伙计仿佛比自己的家人更爱自己。他从众多的主意中选了一个。

与电视台合作的节目开始剪辑了,韩风日夜期盼着自己能够上电视。他从电视台那边了解到播出时间,就在朋友圈里发了自己主持时各种帅气的照片,把所有朋友都通知了一遍。他和宋宇一起主持下午的《全城热唱》时也三番五次地和听众预告电视文艺频道下周一到周日晚八点开始播他主持的活动,宋宇顺便通知了冠名商。

一切准备就绪后,电视文艺频道突然打来电话。

谁也没有想到,节目录制时,居然没有录上任何声音!

宋宇听到这个消息时一下子从座位上站了起来,他不敢相信自己的耳朵,怎么会呢?这可怎么办?

宋宇第一时间给郝静打了电话,郝静也被这消息惊呆了:"你说什么?没有声音?那怎么办?所有的素材都没有声音吗?那怎么和冠名商交代?怎么和选手交代?"

郝静没有听到宋宇的回答,她才意识到现在宋宇肯定更加慌乱,于是赶紧把语气缓了下来:"我想,一定会有办法的,你先别急,也许会有转机。等会儿我问一下电视台那边,不可能都没声的,还有办法的,你别急。"

宋宇本来就不懂那些设备,他不知道还有没有郝静说的那些可能,所以,他觉得或许真的还有一线希望。

郝静赶紧打电话问了电视那边的制片人,制片人告诉她,由于每一台机器在录制时都没有放P2卡,因为节目时长太长,只能用切换台现场切换。在这种情况下,即使使用了P2卡,录下的声音也不太好用,因为切换台直接用的无线话筒的信号,而摄像机只能录制附近的声音。这次是话筒出了问题,完全没有声音素材。

郝静彻底绝望了,苏可一听也非常恼火,因为频道和冠名商签的协议里包括广播生活频道的《全城热唱》高密度口播加频道滚动播出的品牌宣传,然后还附加了电视文艺频道一周的节目播出。电视需要的是人气,广播需要的是电视平台的宣传,各取所需。谁也没有想到第一次联动就遭遇滑铁卢,苏可虽然知道这个事情实在令人崩溃,可是她依然非常镇定地问:"还有没有其他补救办法?"

郝静把自己知道的消息全部告诉了苏可,苏可沉默了,她一下子也想不出应对办法。

苏可思索了一会儿说:"事已至此,我们都无回天之力了,再想一想还有没有能让冠名商和参与者都接受的补救方式。你召集宋宇、韩风、这档电视节目的制片人,我们一起商量一下。"

郝静答应着,赶紧通知了苏可点到的几个人到了会议室。

宋宇陈述了事情经过,韩风一脸沮丧,电视制片人讲述了原因:一般录制前,工作人员应该先录制一小段回放一下,检验图像、声音有没有问题,可能是切换人员比较有经验了,就省略了前期的检测,惹出了这样的大麻烦。制片人检讨了一番,但是这些对事情的解决没有什么用处,只能是前车之鉴后事之师。

苏可说:"出现这样的情况,我们大家都很痛心,但如何把问题解决好才是根本,大家有什么想法?"

"基于对冠名商还有参与节目的选手负责,我觉得需要重新录制一场,冠名商那里得想个理由解释,否则我们会给人留下不好的印象,以后合作起来会比较麻烦。"宋宇说。

大家思来想去,最后还是觉得重录是唯一的办法。重新录一遍,只是费用比原计划多了一些,但这已经是最理想的解决方案了。还好,大家都迅速想好了对商家、听众以及参与者的解释,各自负责一部分进行沟通。

虽然事情最后解决得还算理想,但这件事对宋宇来说是一次不大不小的打击。他本来满怀信心地做了这场电视广播联动活动,没想到出了这么大的事故,他脑海里响起爸爸的那句话:你就不是做主持人那块料,你看看你能做个什么?

宋宇晃了晃脑袋,想把这些念头甩掉。

郝静看出了宋宇有些不开心,于是故意逗他,在桌子对面给他发微信:喂,我从朋友圈里居然看到一张你小时候玩风车的照片!

宋宇抬头看着郝静说:"怎么可能?"

郝静并不搭话,继续给他发微信:肯定是你,因为实在是太像了!

宋宇继续看着郝静说:"那你发给我看看。"

郝静低头发图片给宋宇,图片上一只小猪从车窗里探出头来,小猪的手里拿着一个纸做的风车,模样很可爱。

宋宇低头去看手机时,郝静忍不住笑了起来。宋宇看到图片,深深地吸了一口气,又缓缓地呼了出来:"真有你的,我都信以为真了,你微信里到底收藏了多少这样的搞怪东西?"

"很多,你自己看。"郝静干脆把手机递给宋宇。办公室电话响起,郝静接起来,是苏可找她,她着急忙慌地冲出去了。

宋宇其实对搞怪的东西并没有什么兴趣,但是他知道郝静想逗他开心,就善意地配合了一下。

就在郝静去苏可的办公室时,一条微信发了过来,是赵冬。他说:这个周末你有空了吧?你们节目也开播了,活动也做完了,我们去厦门度假吧,我可以教你游泳。从认识你到现在,我们聊得很开心,我真的挺喜欢你的。

宋宇本不想看,可是这消息是自动弹出的,宋宇就一字一句,看了个彻底。他心里突然慌乱起来,赶紧把手机放了郝静的桌子上。过了好一会儿,郝静回来了,她乐颠颠地告诉宋宇:"苏总监说台长对我们的《全城热唱》非常认可,给予了表扬。说马上就是季度冠军评比的时候了,可以安排每一个频道都给宣传一下,冲击一下收听率。"

宋宇答应着,虽然他表面上极其平静,可是他的心里早已翻江倒海。他想知道那个约她去厦门的人是谁,她居然去相亲了?

"只要好好努力,就没有做不到的事情,我们一定要把收听率拉到苏总监给我们定的标准上去!不对,一定要超越她说的标准,因为她还说,如果我们能够超额完成,她就给我们一周的假期。"

宋宇说:"哦,一周的假期,那可以出去旅游了。"

"你想去哪玩?"

"奶奶家,我想去我长大的地方看一看。"

郝静这时翻到了赵冬的留言,她笑着说:"真巧呀,刚说去旅游,就有人约我去旅游了!"

宋宇装作不知道的样子:"谁约你旅游呀?要去哪?"

"厦门,一个朋友,他以前约过我,之前我一直忙着做新节目和活动,就让我推了。"

"那你的意思是,这次就可以去了呗?"

"出去玩玩当然很好呀,你知道的,我们这些连轴转的主播们能出去旅个游,那简直是天大的好事。"

"请正面回答我的问题。"

郝静愣了一下,觉出了宋宇的情绪。宋宇赶紧坐直了身子,借以掩饰内心的尴尬。他说:"我的意思是,我们马上就要进行季度冠军的评选了,你要是出去旅游了,我一个人怎么办?"

郝静偷偷笑了一下,然后又赶紧装作很理解的样子说:"也是,这个关头我要是走了,你一个人好累的,可是我必须得去呢。"

宋宇有点急了,问:"为什么必须?有那么重要吗?是谁邀请的你?"

"我男朋友呀,你也知道我老大不小了,妈妈天天催,这个人是李阿姨好不容易才给我介绍的。"

宋宇突然非常难受,他努力想去压制它,但他发现他越是压制,那情绪就越是强烈。郝静抬头盯着他的眼睛,看着他,宋宇却不敢直视她了。

"反正你不能去,你去了我一个人没法应对,我一个人上不了节目。"

郝静刚要回答,手机响了,是安艺打来的。

收听率公布后,安艺心里一直很不是滋味,她内心深处有一种类似嫉妒的东西在作祟。嫉妒是个很可怕的东西,你不好意思说出来,它还让你寝食难安,只有看到对方失败了,自己才会觉得舒服。所以当安艺接到了一个即时微信直播的业务时,安艺再一次给郝静打电话了。

五、还了一命

"郝静，今晚有个微直播需要你去主持一下。"

"什么样的直播？我需要提前准备哪些内容？"郝静从来没有拒绝过频道的任务安排，她觉得只要安排给你工作，一定是考量好了才交给你的，这也是苏总监喜欢她的缘故。

"和上次类似的，还是有家房产公司拿下一块地，该区域的居民也开始种树了。"

郝静听到种树两个字时，脑袋里立刻浮现出上次被围困的场面。她怯怯地问："能不能换个男生去？"

安艺用不高兴的声音说："上次那样的事不会再发生了，你放心吧，其他男生都有安排，没有人可用了。"

郝静只好答应。

宋宇问郝静："是不是还是像上次那样危险的直播？为什么非要你去？"

"我也说不清为什么，她就喜欢给我安排这样的活。"

"你不能去，我不同意，很危险！"

郝静愣了一下，她看着宋宇，宋宇再一次不敢看她，他扭头去看他桌子上的一盆多肉植物。

郝静的心中再一次升起暴风雨夜直播时的那份暖暖的感动，她的语调突然柔和了下来："真的没事儿，上次事件已经处理了一些人。"

"别侥幸了，上次怎么处理的你还不知道吗？种树的都是农民，最后一溜烟都跑了，批评教育管用的话他们就不会再去种的，你就是不能去！"

郝静正想争辩，宋宇拿起手机出去了。

宋宇去找安艺，他跟安艺说自己刚来，需要锻炼的机会。刚才听郝静说要去做一个微直播，反正是网络上的直播，没有那么严格的要求，自己想去锻炼一下。

安艺见到宋宇，立刻满面春风，当然同意他去，并叮嘱他注意安全。宋宇与她寒暄了几句就回来了。他告诉郝静今晚的直播由他主持，虽然郝静还是很担心，但是安艺已经通知她宋宇去了，自己也就不能再说什么。

那个晚上，郝静留在单位里加班，因为有很多事情要做，也因为她真的不放心宋宇。

郝静一边做着节目计划，一边忍不住打开手机等着看微直播。离开播的时间还早，但是郝静心里非常着急。没有办法，她打了毛小波的电话，让他赶到离宋宇采访的地方很近的一家餐馆等她，说要请他吃大餐。毛小波喜不自胜地答应了，并以最快的速度赶了过去。

郝静一边写着节目大纲，一边看着直播，她想等宋宇直播完，没出什么问题的话，就请毛小波吃顿饭。

直播开始了,和上次一样,不一会儿,就有群众开始围攻宋宇了。郝静一个激灵,她赶紧拨打了毛小波的电话,简要说明了情况,让他赶紧去救宋宇。毛小波不敢怠慢,好在离得非常近,毛小波开车赶往现场只用了五分钟时间。现场混乱极了,这次参加种树的女群众比较多,所以,宋宇遭到了拧胳膊、掐肉袭击,算不上负伤,但这会儿几位男士挤过来要动手。毛小波知道直接冲进去营救没法实现,便壮了壮胆子,大步冲上去,大喊着:"你是谁呀?你咋那么能耐呢?谁让你采访的?有种你给我出来,我们单挑!"周围的群众惊愕地闪出了一条道,他趁机一把抓住了宋宇的衣领,拽住他的胳膊,连推带顶地突出了重围。那几个大汉愣看着,不知道毛小波是从哪里冒出来的土愣子。为了防止露馅,毛小波嘴上没停:"今个儿我就不信了,老子看你到底有多大的能耐!"

宋宇被毛小波塞进车里,一溜烟跑了。反应过来的大汉想追也追不上了。

郝静已经赶到了预定的餐馆,毛小波上气不接下气地和宋宇赶到房间里。

"把你从那么多人手中解救出来,我可真是个天才!说吧,怎么感谢我?"

郝静看了看宋宇,问:"你没有受伤吧?"

宋宇揉了一下右胳膊上的一块青,不知道是被谁拧的。毛小波赶紧说:"要不是我及时出马,现在他怕是体无完肤了。"

郝静赶紧给他俩一人递了一张湿巾擦手,毛小波突然想起了什么。

"哎,我发现了一个重要的事情,这个项目是尚昊集团刚拿下的,可是,刚才我怎么看见深蓝集团的项目经理冯邵强也混在里面做群众了呢?还有一个叫赵刚的伙计。"

宋宇揉了揉酸痛的胳膊,问:"深蓝集团?"

毛小波得意地转动着机灵的脑袋,他的脖子很细,转起脑袋来像一个机灵的大木偶,他说:"就是挖你们集团墙脚的那家呀!"

听到挖墙脚三个字,宋宇的嘴嚼动了一下,好像嚼到了咖啡里的微小颗粒。他没有说什么,只是稍稍愣了一会儿神,接着问:"你发现的重要的事情是什么?"

"这个不是一般人能发现的,你这不食宋家烟火的家伙,这个房地产项目是你家的你知道吗?"

宋宇吃惊地看着毛小波,问:"我家的?"

"你想呀,你家拿下的地盘,为何种树的人群里会有深蓝集团的人呢?"

郝静好奇地听着,并不知道这里面有什么玄机,便说:"可能深蓝集团的项目经理恰好是这个地方的居民呢?"

毛小波得意地一笑,说:"种树是不是深蓝集团背地里鼓捣的就很难说了。"

郝静和宋宇面面相觑,宋宇突然问郝静:"喂,你和毛小波是怎么认识的?"

"怨不得人家说你不食宋家烟火,这么大的事,你咋一点都不在乎呢?倒关心起我和郝静是怎么认识的。"

宋宇说:"集团自然有处理这件事情的人,如果连这点小事都处理不好,还做什么房地产生意呢?"

"说的也是,哎呀,你总是有你的理儿。"

"好像还没有人回答我的问题呢。"

其实,正如宋宇说的,宋翔已经前去处理这件事情了,并且处理得非常得体,宋董对此非常满意,大力夸赞了宋翔,让他做了项目部总经理,这也意味着他有资格调研开发新项目了。宋翔非常开心,这比那个人教科总监强多了。

夏末时节,夜晚比之前稍微凉快了一些。郝静还有晚间直播的节目,三人吃了饭,各自忙碌去了。宋宇去送郝静,他看了一下时间,又绕了一个弯,去了一个神秘的地方。当然,他也只是带郝静在车上看看,没有时间下来玩的。郝静被眼前的美景惊呆了,她还不知道这个城市还有这样漂亮的一条河,两边是高高的大树,晚间看不清是什么品种。河的中间横架着一座彩色的桥,在河水的倒映下形成了两个彩色的半弧,河流沿线全是明晃晃的灯,闪闪亮着。远处的树梢上,一轮弯月悬挂着,好一幅悠闲自在的画面。

郝静赞叹着,宋宇又启动了车子,回台里去了。

郝静突然非常认真地说:"喂,宋宇,今天我还了你一命。"

宋宇奇怪地看着她:"还了我一命?"

"就是,之前你救了我一命,现在我也救了你一命呀。"

"怎么是你救的?明明是毛小波救了我,不算。"

郝静气得不行:"你!"

"我怎么了?还一命没那么简单,你还欠着我的。"

当晚,郝静主持完节目就迫不及待地打开了《你在听吗》这个节目。这些日子,每一期她都没有落下,她觉得自己从中学到了很多的东西。今晚也是如此,她一边听着节目,一边赶回家里,等她洗漱完毕,躲到自己的房间,她做了一个决定,今晚她要向轩然咨询她的问题。她坚信他可以解开她的心结,她知道很多人都在他的开导下,获得了心灵的解脱。

她倚在床上,在柔和的灯光下,用微信开始了和轩然的第一次沟通。

郝静:你在听吗?

轩然:您好,我在的,有什么话想说给我听?

郝静没有想到对方会这么迅速地回答她,不免有些紧张。郝静定了定神,说:我听你的节目很久了,很喜欢。

轩然:谢谢,我会更加努力的。

郝静:有一个问题,除了我的男闺蜜,我一直没好意思和任何人说。

轩然:什么问题呢?

郝静:我已经二十八岁了,可是我还没有谈过恋爱。

轩然:有原因吗?

郝静:我从小在父母的吵架声中长大,我的好朋友小漫的父母也爱吵架,有一天,小漫的妈妈和小漫爸爸吵完架后就自杀了……

轩然:然后呢?

郝静:然后,我的父母一吵架我就担心,担心我的妈妈也会自杀。有一年夏末,他们吵得特别凶,我害怕极了,就一直瑟缩着,杨树的叶子被风吹出沙沙的声音,一直到现在,我都怕这个声音。

轩然:还有什么是跟这个感受一起出现的?

郝静:还有对爸爸的恨。后来我就不敢谈恋爱了,我总爱用审视的态度看别的男孩。再后来,我主持了一个情感节目,聆听了太多婚姻的不幸,而这些不幸,往往是跟男人的过错有关,我就更讨厌男人了,现在我连男人的手都不敢碰。我该怎么办?

轩然:一切都会好的,轩然会陪伴你扫清这个障碍,你放心好了。

郝静:真的吗?那太好了!好开心认识你。

轩然:认识就是缘分,现在我想知道,你喜欢过男孩子吗?

郝静:我也不知道这是不是喜欢,就是喜欢和他在一起,但是我无法靠近他,也无法让他靠近我,我像是一只刺猬,这可能就是恐婚症吧?

轩然:什么也不是,不要给自己扣帽子,说说你被男士碰到手的感受。

郝静:我会浑身紧缩,像是被烫到了一样。有次,我怕碰到同事的手,不敢去接他递过来的咖啡,当时撒了一地,就更加紧张了。

轩然略微停顿了一下。

轩然:二十八年都过来了,为什么现在突然想改变?

郝静被逗笑了,说:因为,我似乎喜欢上了一个人。

轩然:很好,我要恭喜你,你可以从这个人开始,用他来修炼自己了。

郝静：用他来修炼自己？这能行吗？

轩然：没有问题，遇到问题就解决问题，我来辅导你，你要相信，你一定可以。

郝静：这件事一直压在我的内心深处，我都不敢讲，现在讲出来，心里轻松多了，那我以后可要经常骚扰你了！

轩然：没问题，你尽管问我，我看到后，会第一时间给你回复。

郝静：万分感谢，如果真能彻底清除这个障碍，我定当重谢。

轩然：不用客气，其实，当你开始想去面对时，这个障碍就已经被你打碎了，你要做的，就是去清理那一地的碎片而已。碎片再多也是有限的，遇见一个清理一个，总有一天你会完全清理干净的。

郝静恍然大悟，好半天没有睡意。她想起了和宋宇相识的过程，想起他撞翻了自己的行李箱，想起她故意捉弄他，想起他在暴风雨夜的那句：别怕，有我呢，想起自己今天的直播救驾，想起他不想让自己去旅行，想起第一次一起看日出，想起宋宇带自己去的每一个让人震撼的地方……她嘴角轻轻地抿着微笑，直到第二天醒来，她发现嘴角的笑意一直没有散去……

郝静告诉自己：要勇敢地面对一切，障碍已经被我打碎了，我要一点一点清理这些碎片。

郝静到了单位，看到宋宇的桌子上多了一盆花。

"哪来的？"

宋宇头也没抬，说："刚才安艺送过来的，说昨天去了花市，顺便给咱们买的，还说我们的节目做得很好，拉动了收听率，给她长脸了，表示一下对我们的感谢。"

郝静看了看，花放在宋宇的桌子上，压根就没有感谢"我们"这一说，她早就听同事赵娜八卦过安艺的事了，说她在追宋宇。

各自忙碌了一会儿。

宋宇说："你快点做决定呀，你要是非得去旅行，我就得提前想办法了。"

"说说看，你有什么办法？"

"我可以和韩风一起主持上午和下午的节目呀，只是你自己的节目你要自己想办法，我可帮不了你。"

郝静其实压根就没想去旅行，因为宋宇撞倒她行李箱那次的出行，就是她的节目收听率第一的奖励，这一时半刻苏可不可能让自己休假的。只是郝静看到宋宇这么在意她的旅行计划，她想故意气气他。

"我已经决定了，我这次真的要去旅行了，时间不会很长，最多三天。"

宋宇看着她，心里有些黯然。他默默推理了一下，郝静一定是思考了一个晚上,最后答应了那个叫赵冬的人。所以他开始想办法阻止她,毕竟离周末还有一些时间。

人世间,最可怕的东西是猜测,每一个自作聪明的猜测不仅会消耗当事人的能量,还会使两个人的关系走向歧途。

宋宇找到了毛小波。

宋宇直言不讳地告诉毛小波:"这次谈话是我们之间的事,你不可以告诉郝静。"

"好好好,上大学的时候,咱俩在一个宿舍住了四年,你还不了解我?我是那种大嘴巴的人吗?"

"那好,我想知道,赵冬是谁?"

毛小波一听赵冬两个字,扑哧一声笑了出来。

"你笑什么?你到底知不知道?"

"知道,知道,哪有我毛小波不知道的人呀!赵冬是我市一家房地产商的老板,公司做得不是特别大,但是已经很不错了,长得也一表人才。"

"他跟郝静认识?"

毛小波极力忍着笑说:"这个,怎么说呢,这个是我和郝静之间的秘密,我们之间的一些事,方便告诉你吗?"

"有什么不方便的,你的工作可是我给推荐的,别忘了我是尚昊集团的准人教科总监。"

"我毛小波哪能忘记您这大恩大德?这么着吧,这早晚也不是什么秘密了,我就告诉你吧,但是你不能传播出去,毕竟公不公开是人家的事儿。"

"你快点说,他们到底是什么情况?"

"赵冬是郝静的阿姨给她介绍的一个相亲对象,郝静虚岁都二十八了,她妈妈非常着急,说再嫁不出去就成老姑娘了。"

宋宇心里一惊,果然是相亲对象。那郝静要去旅游,就说明她已经决定和赵冬往来了。

宋宇愣神间,毛小波问了句:"你问这个干吗,你不会喜欢郝静吧?"

"我喜不喜欢跟你什么关系?我只是怕她被人家骗了。"

"少来,你以为我看不出来呀?第一次,郝静跟我哭诉,数落你的不是,第二次她火急火燎地让我去救你,这个世界上根本就没有无缘无故的爱和恨。"

宋宇在毛小波的攻势之下终于卸下了盔甲,将不小心看到赵冬的那条信息的事情讲给了毛小波。毛小波一向是个热心人,跟着分析说:"这样说来,如果郝静真的请假去旅游,那可真是不好说了,毕竟她也不是什么事都跟我说的,闺蜜之间也要有各自空间的,她不说的我也从来不问。"

毛小波比较义气,发誓一定会帮宋宇,但是如果郝静的心里是赵冬,那就没办法了,毕竟他是郝静的男闺蜜,闺蜜首先是要彼此尊重的。

宋宇从毛小波那里了解到了郝静的很多喜好,比如,郝静喜欢姥姥家北边的那片小山坡,她不开心的时候除了找毛小波诉苦,就是一个人去那片小山坡上呆坐着。再比如郝静喜欢石灰绿,喜欢纯的颜色,不喜欢穿花衣服。还有,郝静喜欢大提琴,每天都会在家里练习半小时,虽然拉得不怎么好,但是她是发自内心的喜欢,她喜欢听一切有大提琴伴奏的歌曲。

当然,毛小波没有告诉宋宇郝静的恐婚症,他觉得那是郝静的隐私,他无论如何都不能告诉宋宇。虽然毛小波在心里觉得,在赵冬和宋宇之间,他会毫不犹豫地支持宋宇,倒不是因为宋宇是宋董的儿子,他只是觉得把郝静交到宋宇手里,他比较心安。但是在婚姻问题上,他还是尊重郝静的个人选择。

最后,宋宇和毛小波研究透了,只要郝静去旅行,那就是决定和赵冬好了。至于宋宇怎么阻拦毛小波不管,反正他是不会多说一句的,毕竟爱是当事人的事。所以毛小波也劝宋宇,假如郝静就是要去旅行,那应该尊重她的选择,她已经不是个孩子了。宋宇答应了毛小波。

第二天,宋宇和郝静一起主持节目,宋宇在节目间隙问郝静:"你是不是在旅行与否中纠结?"

郝静说:"我一点都不纠结,我看你倒是非常纠结呀。"

"你知道吗,我是有特异功能的,我可以预测出你决定的事,是对的还是错的。"

"好厉害,你的特异功能怎么看我的决定?"郝静问他。

"你想不想试一下?"

"怎么试?"

"节目结束后,我带你去个地方做这个预测。"

郝静的好奇心被吊起来了,一下节目,郝静就和宋宇驱车离开了单位。宋宇带郝静来到了一条通往山间的路上。路并不宽,全是下坡,宋宇在中途停了下来。郝静还在欣赏路旁的野花和飞鸟,感叹大自然如此美好,宋宇打断了她,开始展示他的特异功能了。

宋宇说:"深吸一口气,在心里默念一个你的决定。"

郝静想笑,宋宇严肃地看着她说:"严肃一点,你先让心绪安静下来,深呼吸,我数到三,你就默念一个你的决定,记住了。"

郝静看到宋宇严肃的样子,就赶紧照宋宇说的做了。

她心里闪过了一个念头:我要和赵冬去旅行。其实这个念头是被宋宇心理暗示了的,他不断地在她面前暗示这个念头,她就想到了这个。

宋宇把车熄了火,停在下坡的路上,然后口中念到:"你要记得你的念头,你看这是下坡的路,如果你的念头是好的,我松开手刹之后车会自然地往下坡溜,如果你的念头是错的,我们的车就会神奇地往上坡走,看好了。"

郝静看着宋宇把手刹慢慢松开,谁都没有说话,只见那车开始慢慢地向上坡爬去……

六、特异功能

郝静转头去看宋宇，宋宇也认真地看着她，他们四目相对，谁也没有说话。山间的风从窗口吹进来，轻抚着郝静的长发。她的眼睛清澈而纯真，宋宇的眼睛里满含着怜爱和心痛交织在一起的温暖，看得郝静有些慌乱。

宋宇开口了："帮我把水杯拿过来。"他的声音十分温柔。

郝静从副驾驶位置的门把手处找到了宋宇的水杯，递给了他。

宋宇缓缓地去拿水杯，他把郝静的手一起握住了，郝静惊恐地往回缩。

"不要动，看着我的眼睛。"

郝静已经浑身发抖了，脸上渗出了细汗，她已经慌乱到不能直视他。

"听我的，深呼吸。"

郝静像个第一次坐过山车的孩子，她紧张地照着宋宇的话去做。

宋宇继续说："再深呼吸，然后去找你身体最紧绷的地方，看看是哪里。"

郝静紧张到了极点，缓缓地说："是心窝的位置。"

"好，放松自己，接受这个紧张，然后把呼吸带到这个位置，用呼吸去放松它，深深地吸气，缓缓地吐气。"

郝静紧张的身体似乎柔软了下来，心窝处真的放松了下来，那种被堵住的感觉似乎有些松动了。

宋宇见她放松了，才把手放开了。郝静像一只受惊的鸟，迅速又躲到自己的状态里，宋宇在一边提醒她，继续放松自己，不要回到以前的模式，要跳出来，直面恐惧。

郝静看着宋宇，久久才恢复到正常。她问："你怎么知道我害怕别人碰我？"

"第一次是我们一起拉垫乐的键时，再一次是你不敢接咖啡那次。"

郝静惊讶道："你怎么这么细心？"

"我在新西兰学企业管理时,业余时间修了播音主持,同时我还学了一点心理学。"

"我是讨厌别人碰我,当然仅限于男人,我也不知道为什么。"

"这没什么,谁都有自己不喜欢的事情,可能等你遇见喜欢的人后,自然就好了。"

宋宇想:既然郝静有这样的问题,那她和赵冬也好不到哪儿去……

宋宇突然后悔刚才对郝静进行治疗了,因为,他担心郝静好了,她就敢和赵冬拉手了。

宋翔和他那一群好友经常在一起玩车、吹牛。有天,宋翔刚认识的几个玩车的兄弟带他去了一个他从来没有去过的小山沟。这山沟里,有山有水,还有大片的桃花林和板栗树,在山林深处还有一座历史久远的寺庙,山的顶端居然还有一口井。说来也怪,这山孤零零地立在那里,怎么就冒出来一口井呢?看样子,这个问题先人们也没有弄明白,因此就给它起了一个名字叫神井。宋翔尝了一口井水,果然十分甜润。一个叫马凯的说:"这个地方如果打造一番,一定可以做成一个非常好的旅游度假区,并且还能拿到地方政府的扶持资金呢!"宋翔非常开心,他决定写报告让父亲投资建设。

自从宋翔上次妥善处理好了种树风波后,父亲对他的态度好了很多。宋翔立刻带自己的几个手下进行了调研,手下都觉得这是个好项目。而且,马凯的父亲是一个大旅游开发公司的董事,马凯说他爸爸将会陆续投资一些地方景点。宋翔想,即使自己开发得不好,最后也有马凯的爹来收购,这事万一要是做成了,爸爸一定会对自己另眼相看。他开始不稀罕那个人教科总监的位子了,他觉得自己应该是个做大项目的人。

宋翔一番研究之后,立刻安排部下写了一个方案给父亲。恰好,宋董也非常想做个旅游项目,就去看了那片山。他发现这里的确是个不错的地方,他觉得宋翔真的是长大了,有自己的想法和眼光了。但是宋董不打算在旅游项目上投入太多,建造一个与众不同的客栈,能够让游客放松身心就可以了。他下令让宋翔详细地勘察整片区域,看有什么需要拆迁或者调整的情况,给他汇报。

郝静从山路回来后,就陷入了思索。她觉得自己喜欢上了宋宇,但是她又不敢确定是不是,毕竟她还没有谈过恋爱。她也在猜测,宋宇是不是也喜欢上自己了,或者那只是出于他的善良,想帮助别人而已。最后她决定先把自己处理好了,再去爱别人。

又忙了一个下午,郝静准备收拾东西回家了,她回家吃完饭后还要准备晚间的节目,她一整天都非常忙碌。

宋宇突然叫住她说:"安艺要请咱俩吃饭,今晚一起去吧。"

"我才不去。"

"人家下午亲自过来请的,我是忙晕了,忘了告诉你。"

"你去吧,我回家了,你替我多吃点吧。"

"你真的不去吗?她很真诚的,都约了好几次了,我们每次都推了,这次她说要和咱们聊聊节目上的事。"

"你和她聊就是了,我不是还有晚间节目要准备吗,既然人家盛情邀约这么久了,你就去吧。"

"喂,你不能牺牲一下自己,照顾下别人的情绪吗?"

郝静已经走到了门口,回过身子说:"不能!"

宋宇毫无办法,只能干生气。

他赶紧打电话给毛小波,让他一起去参加安艺的晚宴,毛小波说:"我已经在饭桌前坐下了,有这样的好事你不早说。"宋宇没有办法,只好一个人去了。

安艺约了宋宇很多次,她的确是想和他单独吃饭,所以她就没有直接找郝静。谈节目确实只是个借口,她只想拉近一下她和宋宇之间的距离。

"郝静呢,她怎么没来?"安艺问。

"她还有节目要准备,来不了了。"

安艺嘴角浮起了微笑,她以为郝静没来是因为宋宇不想让她来,或者宋宇认为郝静来不来并不重要。有时,误会就是这样开始的。

两人聊了一会儿家常,安艺细微的关心不会让人心烦,她是个情商很高的女人。

"这次找你聊天呢,是想提前告诉你一件事情,台里要举行首席男主播大赛了。"安艺说。

"怎么比?"

"有一个实战赛,就是拿出一个时间段,让每个主持人都在这个时间段内进行实战,谁的收听率高谁就胜出。这是一个很好的机会,表现好的有可观的奖金拿,还会被重用,像你这样正在实习的,很快就会被转正,这是台里选拔人才的一种方式。"

宋宇笑笑表示感谢。对宋宇来说,他只是喜欢主播这个行业,被不被重用都是次要的,安艺并不懂他的想法。

"也许你并不在意奖金和升职,但是这的确是一个锻炼自己的好机会,你一定要去参加呀。"

每个人的内心深处都有自己的创痛,宋宇也一样。在他极度渴望父母陪伴的时候,父母没有陪他。回到父母身边后,父亲却硬是把宋宇往他设计好的轨道上拽。这种生拉硬拽,让父亲疲惫至极,时常暴怒。那暴怒在宋宇的记忆里埋下了恐惧的种子。当他没有写作业,在小伙伴面前戏耍、演讲时,父亲一把把他拽出来,一顿胖揍,骂他没有完成作业,不成器,是世界上最笨的小孩。那时候的宋宇吓得浑身发抖,瑟缩着等父亲骂累了,才回到他的小屋,开始写他的作业。

所以,宋宇特别抵触在众人面前演讲,他觉得别人会耻笑他,会说他是笨蛋。因此,一旦让他参加这样的演讲式比赛时,他的内心立刻升起了抗拒的情绪,他完全不想参加,他宁愿失去这次机会。

安艺和宋宇聊了很多,安艺是在这个城市里长大的,她非常熟悉尚昊集团,还赞美宋董事业发达的同时对公益事业也做了很大的贡献。宋宇觉得安艺比自己还了解他的家族和他家族的事业。

安艺给了宋宇一个拴着红豆的手链,宋宇不想要,安艺硬生生地塞进了宋宇的包里。她看到宋宇手腕上戴着一串金刚菩提手链,非要他拿下来看看,宋宇没法拒绝,只好摘下来给她看。

安艺拿着研究了半天,戴在了自己手上说:"哎呀,我戴着也挺好看的,这样吧,我先戴几天,很快就还给你,我保证不会给你弄坏。"

宋宇心里一万个不同意,但是也不好说什么,人家说了是借,又不是不还。

总之,安艺这顿饭请得简直霸道,宋宇在心里发誓,以后绝对不会再参加这样的饭局。

做完节目的郝静再次与轩然联系上了,她怕他白天忙,白天一般不会去打扰他。

郝静说:有件事,我心里特别纠结。

轩然:这个是碎片之一,请讲。

郝静:我妈妈最好的朋友给我介绍了一个相亲对象,人还不错。

轩然:那就交往一下试试吧。

郝静:可是我又遇到了另一个男孩,我觉得,我更喜欢和他在一起。

轩然:你不知道怎么选择是吗?

郝静:是的,我好困惑。

轩然:安静下来,听听你心里的声音,你打算怎么做呢?

郝静:我想顺其自然,我要先把我的碎片清理干净后再做决定。

轩然:非常好。

郝静:今天我遇到了一位同事,他帮我疏导了我内心的不安。

轩然:有效果吗?

郝静:我也不知道。

轩然:他是怎么给你治疗的?

郝静就把宋宇给她处理恐惧的那段讲了出来。

轩然:你的同事做得不错,不过他只是给你清理了表面的东西,内心也需要清理一下,你现在有时间吗?

郝静:有的,需要我做什么?

轩然:我给你发一个音频,一会儿你闭上眼睛,照着音频的要求去做,很简单的,就是一个让你去接纳你内在小孩的冥想。

郝静听了,立刻来了精神。她按照轩然的要求,坐直了身子,聆听音频进入冥想。她听到这个声音就是《你在听吗》的主播轩然的声音,那声音温暖而安宁,仿佛给她内心注入了巨大的能量一样。她聆听着,听到一些地方,郝静的眼泪不由得流了出来。多少年了,那些无人知晓的往事都还在那里,在心里最深处。幼时的自己仍可怜地蜷缩在那里,凄冷而孤独。今天的这段冥想,仿佛给了那个内心的孩子一份温暖……郝静做完冥想后,看见轩然给他留了言。

轩然:这段音频是我根据你的经历特别制作的,你可以多做几天,先疗愈自己才能更好地去爱别人,晚安。

郝静知道轩然要面对很多的听众,一定非常忙,但他还是为她单独制作了这段冥想的音频,郝静觉得轩然真的是一个很有责任感的男人,不由得赞叹世上居然还有轩然这样的男子。

郝静想起了那些往事,自然就想到了小时候的同学小漫。小漫现在在曼城的一家电台上班,也是个主播,郝静在微信上搜出了她。她们很少联系,但是郝静觉得她们的心是贴得很近的那种。

郝静给小漫发了信息后,小漫很快回复了,两个人基本不需要寒暄,仿佛昨天刚刚联系过一样。小漫让郝静去她那,说是可以去梨园玩。小漫和郝静有一个共同的爱好,都喜欢看白白的梨花,青青的梨子。小时候上学要经过一个梨园,春天花开如雪,煞是好看;秋天有些梨成熟了,郝静和小漫垂涎三尺,想偷偷拽一个出来,主人大喊一声,郝静吓得把书包都掉到了河里。两人逃到山坡背面,在夕阳的残光里晒干了那些课本。

第二天,郝静来到办公室。她早就忘了宋宇和安艺吃饭这件事了,是宋宇先提起来的。

"昨晚和安艺吃饭的时候她说,台里即将要举办首席男主播大赛,你参加吧?"

"哎呀,这可是一次很好的机会,你一定要去参加的。去年我已经参加了,还拿了第一!今年是男主播大赛,所以我就不能参加了。但对你来说,这真的是一次很好的机会,不然你这个转正的事都很费劲。"

"我才不去,我又不是想在台里出人头地,我只是喜欢这个行业而已。"

"哎呀,你必须参加,失去了这个机会,你会遗憾的,大家都是因为喜欢才来到这里工作的,不喜欢谁会来?"

"不去。"

"喂,你又哪根筋搭错了地?"

宋宇不理她,继续敲字。

郝静突然看见安艺经常戴的一串手链在宋宇桌子上,她顿时没了说话的兴趣。

郝静不知道这个是怎么跑到宋宇桌子上的,这时苏可打来电话让她过去一趟。

安艺也在,苏可拿出一张收听率表格说:"你们看,虽然上午和下午的《全城热唱》节目是联动的,但是上午的收听率是下午的两倍,下午的节目虽然已经提升了很多,但是,我觉得还是有上升空间的。安艺你和他们栏目要想想办法,多和宋宇、韩风商量一下对策。"

安艺伸手去拿那张表,郝静一下子看见了安艺手上竟然戴着宋宇的金刚菩提手串,她的心里咯噔一下。

郝静胡乱答应着苏可的安排,答应完了,她随即提出,她需要三天假期。苏可问她去做什么,她说就是放松一下,这段时间太累了,先是暴风雨的直播,接着开了一档新的节目,再然后是冲收听率,她觉得自己已经被掏空了,需要去补充一下能量,不然她将无法再继续工作下去。这三天一天用来休假,两天去曼城电台学习。

苏可问:"曼城?曼城的电台做得的确不错,你那边有熟人吗?你打算休哪几天?"

"我的同学小漫在那边当主播,我也怕耽误节目,就休周五周六周天这三天吧。"

苏可点了点头说:"这段时间你的确够辛苦的,累了就休息一下,去曼城也不要学得太累了,回来全力以赴就行。"

郝静没想到苏可这么痛快就答应她了,心里一阵激动,开心地说:"没问题,我回来后就有能量了!"

安艺把玩着手里的金刚菩提手串,因为那手串是男式的,戴在她的手腕上极其不和谐。

宋宇听到郝静决定休假时,心里很不舒服。他想起毛小波的话,他觉得郝静可能是迫于妈妈施加的压力决定选择赵冬了,而赵冬确实也是一个不错的人选。

　　宋宇默然地接受着新的工作安排,没有和郝静斗嘴。郝静倒不习惯他这样,其实郝静并不知道宋宇在他的家里、在学校里、在温小夏那里都是这副面孔。

　　周四,郝静办完休假手续后,忍不住说:"喂,我要休假了,你就没句祝福的话跟我说吗?"

　　宋宇就像背台词一样脱口而出:"美好的时光总是过得很快,转眼间就到了你休假的时候了,祝你休假愉快,玩得开心,过得舒心,吃得放心,睡得安心。"

　　郝静没法接话,只好来了句:"我可告诉你,那个主持人大赛,你必须参加。"

　　宋宇只说了两个字:"不去。"

　　郝静毫无办法,宋宇把摆了一桌子的稿子收了一下,郝静看见那个一直放在桌子边上的安艺的手链被碰掉了,恰好,正下方有一个纸篓,那条手链就直接掉了进去。因为手链的重量超过了碎纸,一下子被掩埋了。

　　郝静看得很清楚,但是她一句话也没有说,任凭手链掉进了纸篓里。她高兴地和宋宇道了拜拜,其实,她的拜拜里,也有和手链拜拜的含义。

　　晚饭后,郝静又来到单位,她还要完成她的晚间节目。宋宇似乎并没有离开过办公室,她走过去看他,发现他正在做收听率提升的策略计划。

　　她刚想夸赞几句,宋宇先开口了:"这三天假你打算去哪里?"

　　"第一天,我要去姥姥家,剩下的两天,我要去旅行。"

　　"和谁一起?"

　　"朋友呀。"

　　"去哪里?"

　　"厦门。"

　　郝静说这些的时候丝毫没有思考,她就是不想告诉他她要去曼城。只是她一下子想不出一个新的地方,就顺口说了赵冬之前约她去的厦门。

　　"这个拿去,不要走路看手机。"宋宇从墙角拖过来一个崭新的石灰绿的行李箱。

　　郝静惊呆了,虽然她是要出行的那个人,可是她压根都没有想起,她只有一个三个轮子的行李箱。因为这次出行她丝毫没有准备,她是为了气他才临时决定的。

　　郝静一下子想起她和宋宇在机场认识的画面,他撞翻了她的行李箱,一幕幕像电影一样在她脑海里过了一遍。她看着他,不知道说什么好。

　　宋宇说:"不用谢,记得给我带礼物,我回去了。"

　　郝静一句话也说不出来,眼睁睁地看着宋宇收拾完东西,离开了办公室。

郝静的泪水突然从眼眶里溢出来,流淌在脸上,肆无忌惮的,毫无准备的……

可是,一个行李箱能说明什么呢?

郝静从朋友圈里看见安艺发了图片,金刚菩提的手串和她纤细的手臂,修图之后透出浓浓的暧昧的气息。

周五,郝静去了姥姥家,和姥姥聊了会儿家常。吃过午饭,姥姥需要休息,郝静说自己去小山坡那儿走走。姥姥找出一把雨伞让她带着。

夏日的午后,微风不动,没有太阳,四周雾霭沉沉的。郝静找到她经常坐的那块石头,把伞放在一边,慢慢地坐了下去。这个地方地势比较高,可以看见远处雾里的那些树木,它们安静地站在那里,已经站了数载,但却看不出和十几年前有什么不同。小时候看他们觉得高高的,后来郝静长大了,那些树也长高了,在郝静眼里就还是那样高高的,像没有变化一样。远处水库的水面偶尔泛起几圈涟漪,近处的野花灿烂地开着。

从很小的时候起,她每次来姥姥家都要到这小山坡上玩。山坡上有很厚的茅草,小时候可以在上面打滚,躺在茅草上晒太阳,那种感觉是很惬意的。长大了,不能在草丛里躺着,她就会在岩石上找一个地方安静地坐着。她在这里坐着看过很多种天气,晴朗的、下着小雨的、阴天的,每一种都让她非常喜欢。

今天她坐在那里,安静地看着远方,其实她什么也没有看进去,她的脑海里掠过一些念头,从她意识到自己恐惧婚姻,到她遇见毛小波,遇见宋宇,再到她终于把内心的创痛告诉了轩然,她觉得她正在一步步找回最初的自己。

她开始梳理自己。她最近认识的赵冬,确实很优秀,只是她对婚姻的恐惧并没有消除,所以一切都是空谈。她只能当他是一个朋友,不能再进一步发展。

她遇见的宋宇,一开始让她深恶痛绝,可是相处久了,她对他居然有了一种说不清道不明的感受。比如,暴风雨夜的那次直播,她的恐惧因为他的一句"有我呢,别怕"给消解了。再比如,宋宇展示特异功能那次,她其实知道那是一个怪坡,这个地方毛小波曾带她来过,可是宋宇却认真地骗她,不想让她和赵冬去厦门。他握住她的手,帮她克服紧张,虽然她不知道有没有作用,但是,她觉出了他对她的那份在乎。她都不记得给自己买一个新的行李箱,他却记得。想到这里,她深深地吸了口气。

可是她又想起了安艺,安艺戴着他的手链,还把自己的给了宋宇。虽然安艺的已经掉进了纸篓里,可是,这个时候他会不会正在四处寻找呢?

她又想到,宋宇是个富家子弟,还是安艺跟他比较般配吧。

这时候,天上零星地织起了毛毛细雨,郝静并没有撑起那把伞,她呆呆地坐着,她甚至仰起头,迎面淋着毛毛细雨,像小时候一样。

郝静的电话响起,她接起来,是宋宇。

"喂,你在哪里?玩得开心吗?"

"我在姥姥家这边的小山坡上,下雨了。"

"下雨了为什么不回去?"

"我喜欢这样的感觉,小时候,我就很喜欢毛毛雨淋在脸上的感觉。"

"我知道那种感觉,挺好玩的,不过你还是回去吧,不然你姥姥会来找你吧?"

"她在睡午觉呢,我来前还让我带了伞。"

"你姥姥真好,给你伞了就撑上呀。"

"单位里没有什么事吗?"

"你还想要什么事?都休假了,还惦记那么多干吗?"

雨开始下大了,郝静不得不撑开了伞。

郝静并不知道,在山坡更高一点的地方,宋宇正在雨中和她通话,他上午做完节目就到了这里。他守候了很久,发现她果然来了。他料定她是有心事,因为毛小波说,她不开心的时候就会来这里呆坐着,他看她呆坐了那么久,直到下雨了,他才想让她离开。

雨下得更大了,郝静不得不离开这里。宋宇说:"今天我刚听到了一首歌,分享给你了,你可以一边听,一边回姥姥家去了。真是羡慕你呀,哪像我这般命苦,上午下午都不得闲。"

郝静挂了电话,打开了微信,看到宋宇发给她的歌。

歌名叫《听下雨的声音》,郝静把歌曲点开,音乐立刻在小山坡上荡漾开来,仿佛树林间、水面上、茅草中,漫山遍野都飘着周杰伦的歌声了。郝静撑着伞听着歌回姥姥家去了。

待郝静走远了,宋宇才走到郝静坐过的地方。雨一直下着,他坐在她刚才坐过的地方,试图去猜她刚才在想什么心事……

宋宇呆呆地看着雨中的一切,喃喃自语:"为什么没有早一点认识你呢?"

当天下午,郝静就坐飞机去了曼城。她拖着行李箱,石灰绿的颜色,是她最喜欢的颜色之一,她有好几件毛衣都是这个颜色的。她觉得宋宇似乎一直没有离开过,现在就跟在她身边一样。她不由得笑了。

曼城离得并不远,坐飞机一眨眼就到了。

小漫见到郝静非常开心,两个人回到小漫的家里。小漫已经结婚了,她老公是她的大学同学吴征。吴征出差了没在家,郝静和她坐在卧室的窗台上一边晒太阳一边聊天。

问起郝静的感情问题,郝静直言不讳地告诉了她。

小漫说:"感情这个东西,一定要听从内心。"

郝静说:"宋宇的确给我不一样的感觉,但是,我和他好像不太现实,他是一个大集团董事长的儿子,家世如此显赫,当然现在说这个还真不是时候,因为我们频道的安艺和他也年龄相仿,而且还没有男朋友,她倒不是恐婚,她是因为眼光太高了,挑来挑去,就把自己拖到了现在这个年龄。妈妈说,我再拖下去就只能找离婚的了。"

"婚姻急不得,该来的时候它自然会来。"

"有时候我觉得它来了,有时候我觉得它不是我的。"郝静又把安艺和宋宇交换手串的事说了。

小漫没有急于给她分析安艺和宋宇的情况,而是认真地告诉她:"郝静,你喜欢上他了,你要承认。"

郝静愣了一下,仿佛被吓到了。

郝静自言自语道:"我居然真的喜欢上他了?"

小漫点点头。

"可是,安艺也喜欢他,我不知道他喜欢谁,我只知道他的手串戴在她的手上。"

"感情最怕猜,你要去问的,去表达你的情绪。"

郝静惊讶地看着小漫:"你好厉害呀,过来人果然不一样!"

"那是呀,当初,我也是经历了一番挣扎的。"

"可是我觉得这是人家的个人隐私,我怎么好意思问呢?万一被嘲笑自作多情,那还了得?"

"你只是问他是不是喜欢你,又不是去说你喜欢他,他怎么嘲笑你呢?"

"也是,我怎么没想到呢?"

两个人聊累了,又躺在床上聊,快到晚餐时间了,小漫叫郝静起来洗漱打扮,说是约了个同学,他正在培训班上课,一会儿去看看,然后一起吃饭。

去吃饭的路上,郝静又一次接到了宋宇的电话,问她在哪。

郝静说在厦门,正和朋友一起玩呢。

小漫一边开车一边偷笑,觉得郝静像个孩子,而且她觉得郝静爱上了宋宇,宋宇也爱上了她。

到了培训班,郝静才知道这是小学同学张同开的。他的学员非常多,一大屋子的人,她们站在一边看着张同上课。

看着张同上课,郝静却走神了,她的脑海里居然浮现出了宋宇的影子,她居然想他了,她想他如果在就好了……

这时，郝静的电话又一次响起，郝静赶紧推门出来接听。她推开门的瞬间，一个高大的身影挡在面前，郝静差点撞在那个人身上，她抬头一看，惊呆了，居然是宋宇。

"你怎么来了？"

"你不是在厦门吗？"

郝静哑口无言。

"你的朋友呢，不介绍给我认识一下？"

"他们在里面呢，你怎么来的？"

"我开车来的，一下节目就出发了，走吧，我们进去。"

郝静激动地带着宋宇进了大教室。

张同今天的课要收尾了："各位同学，我们都是为了一个共同的目标，未来能够成为一名出色的主持人才来到这里的，今天，来了几位客人，他们都是主持人，接下来让他们自我介绍一下，给大家讲两句。"

小漫第一个上场说："同学们好，我是来自曼城电台的主持人小漫，祝大家都能考上自己喜欢的学校。"台下掌声雷动，毕竟小漫在当地是很有知名度的人。接下来郝静被推上场，她也做了即兴发言。张同看见宋宇，于是说："还有这位大帅哥，是郝静老师的同事，我们请他给我们说几句。"

站在一旁的宋宇被突然叫了上去，尴尬地不知道说什么好。他极力掩饰着自己的不安，紧张地说了几句，就赶紧下来了，他甚至都不知道自己说了什么，这让他非常难受，虽然别人都看不出什么，郝静却感觉到了。

凭着她多年的经验，她知道他有演讲恐惧，因为她离他最近，她看到他拿话筒的手都在发抖，她不由得心疼了一下。郝静由此也明白了为什么那次《全城热唱》的线下比赛宋宇不去主持，为什么不去参加男主播大赛，她也再一次想起轩然说的：每个人都有自己的创痛。

郝静做了一个决定，她要帮宋宇克服这个心理障碍。

七、迎战首席主播

大家一起吃饭时,郝静才知道张同现在已经非常厉害了。他开的是一所培训学校,各种培训类型都有,像企业精英培训、学生艺考培训、才艺培训。他带的唯一一门课还是他的老本行——播音主持。

郝静就在他们畅谈的过程中给轩然发了微信。

郝静:有一个同事,他在人很多的场合演说会非常紧张,对一个主播来说,这是一个巨大的心理障碍,我该如何帮他克服呢?

可能轩然比较忙,郝静几次找机会看微信,都没有看到回复。

因为有张同这个性格活泼的人,饭局非常热闹,宋宇这个不爱在场合上说话的人都加入到这场热火朝天的谈论中了。谈到兴奋处,张同会站起来手舞足蹈,现场演绎,大家都被逗得笑翻了天。宋宇出去接了个电话,时间有点久,回来时郝静见他情绪有些低落,不禁问他是谁的电话。

宋宇说:"是安艺,台里急着报首席男主播比赛的名单,非让我报,我都说了我不参加,她就是不同意,硬是给我报上了,我说报上了我也不会去的。"

郝静看着宋宇笑了笑,说:"不要生气,慢慢应对就是。"

"什么叫慢慢应对?我不会去参加的。"

这时,张同正在跟小漫兴致勃勃地讲他的精彩论点,郝静又趁机看了一下微信。

轩然回复了她:这种情况很常见,很多人都有,但是作为一名主播,有必要去处理,处理的办法就是面对、脱敏,接受自己的紧张,也可以参加一些专门的培训去处理。你真是个热心肠,给你推荐一本书叫《轻疗愈》,从里面可以学到一些消除恐惧的方法,很有效的。

郝静非常激动,轩然就像座灯塔,能时刻给她指明着方向。

郝静问张同："你的班里，有没有本来特别恐惧演讲，后来成了演讲家的人？"

张同说："当然有，这样的学员最让我们骄傲了。前几期就有一个非常典型的学生，叫黄明。来的时候别说是当众演讲，就是让他看着大家说个事他都紧张到说不清楚，经过一个月的培训，现在人家可是某投资公司的讲师了！讲一堂课两万元，我的天哪，他往舞台上那么一站，活脱脱一个演讲大师呀！"

"张同，你看，我和我的同事都没有受过什么训练，明天你能不能给我们上上这一类的课，让我俩彻底消除一下演讲时内心的紧张和恐惧呢？"

"没问题！这个紧张有时候就需要那么一次训练，就解决了。而且你们这样的半成品，解决起来再容易不过了。"

一句半成品让大家哈哈大笑。

宋宇看看郝静，郝静还沉浸在张同的笑话里没有出来，一直在笑。

饭局结束后，郝静要去小漫家住。小漫邀请宋宇一起去她家住，宋宇不肯，说已经定了宾馆。宋宇说要和郝静再聊一点工作的事情，一会儿再送她去小漫家。

小漫当然明白，赶紧说："我先回去收拾一下房间，你们慢慢聊，到时候找不到，就给我打电话。"

大家各自都回家了，只剩下了郝静和宋宇。

曼城盛产梨，春天来这里的话，能看到一个遍布梨花的世界。秋天的时候，就可以吃到甜脆的梨子了。而夏末，空气里会弥漫着青涩的梨子味。郝静和宋宇站在酒店外的街上，宋宇见他们走了，才兴师问罪："喂，你凭什么把我也带进了张同的课程里？"

"你不觉得人家特别设计一个课程，只让我一个人上太可惜了？"

"那是你想上，我又不想。"

郝静转移了话题："宋宇，你还没回答我，你怎么来曼城了？"

宋宇昂起头说："你也没回答我，你怎么在曼城？"

"好吧，这两个问题抵消了。"

宋宇说："那我们一起去看梨吧？"

"听说过看梨花的，第一次听说看梨的。"郝静笑得不行了。

"现在又没有梨花，只能看梨了。"

"看梨可以，你得答应我一件事。"

"说。"

"明天陪我参加培训。"

"参加就参加，有什么了不起的，你去哪里我就去哪里。"

"那走吧。"也许是郝静把宋宇当成小漫了吧,她居然高兴地去拉宋宇的手,当她碰到宋宇的手时,宋宇惊呆了,郝静突然反应过来想把手抽回来,但已经被宋宇反手拉住了。

郝静想挣脱,宋宇说:"不要动,这次是你先动手的,什么时候放手我说了算。而且,正好帮你锻炼一下。"

郝静紧张地被宋宇拉着手,僵硬地跟在他身后。

"我感受到了你的紧张,可是,除了紧张,你再体会一下,有没有别的感觉?比如兴奋,因为兴奋的表现形式和紧张比较类似。"

郝静努力地感受着,这种感觉确实跟兴奋很像,而且这感觉使她的汗毛都竖起来了。她突然想起轩然曾说过的话,当你遇到了你喜欢的人,你就再也不会怕了,而且你还可以借你喜欢的人锻炼自己。

郝静慢慢试着去接受,那感觉起初是生硬的,后来变得柔和了。

她的手被他的手温暖地握着。

他们一直走着,谁都没有说话。

前面就是曼城的白水河了,两边都是梨树,风从岸边吹过来,散发出郝静熟悉的青涩的梨香。

"有时,我很讨厌自己,我为什么有那么多恐惧的感觉?"

宋宇紧握着郝静的手说:"每个人都有自己恐惧的东西,我也一样。我想你已经看出我讨厌演讲,恐惧演讲了。"

"你学过心理学,为什么不给自己治疗一下?"

"我学的都是皮毛,再说了,你见哪个理发师能给自己理发?"

"这倒也是,那你为什么答应和我一起参加培训?"

宋宇停下来,面对着郝静,他用另一只手握住她的另一只手。郝静没有挣扎。

"因为,你让我做什么,我都愿意。"

郝静愣愣地看着宋宇。

宋宇认真地看着郝静,那目光灼热而纯净,含满了深情,他慢慢地松开了她的手,将她轻轻地拥在怀里。

郝静被突如其来的拥抱吓得全身颤抖,紧张到不能呼吸。宋宇轻声说:"不要怕。"

郝静已经无力挣扎了,她第一次被男人这样拥抱着,并没有她想象的那样可怕。宋宇身上的香水味弥漫在她的身旁,这味道安宁而浪漫,使她突然放松了下来。宋宇轻声在她耳边说:"别怕,我会一直在你身边。"郝静的泪水顺着她的脸颊滚落下来……

她在他的怀里哭得不能自已……

宋宇轻声说:"哭吧,放心哭吧,把内心的痛都释放出来。"

郝静哭够了,宋宇陪她在岸边的休息椅上坐下来,她开始讲自己的无助和不安,讲她害怕沙沙的树叶响声……

宋宇认真地听着,时不时地轻抚着她的肩背和脑袋。

"你说,我的世界里为什么有那么多凄惨的回忆呢?"

"其实,你的世界里还有大片的梨花,不是吗?"

郝静沉思了一会儿,笑了,自语道:"是的,我的世界里还有大片的梨花呢。"

第二天的培训果然非常有意思,虽然张同就是带他们到了一个正在上课的企业精英培训班里。

宋宇站在舞台上拿着话筒,张同开始问他:"站在那里有什么感受?"

"紧张。"

"你讨厌紧张,你会逃避让自己紧张的事对吗?"

"是的。"

"所以你失去了很多机会是不是?"

"是。"

"你紧张时身体有什么表现?"

"浑身发热、心跳加速、手心出汗、思绪混乱、语无伦次。"

"哎呀,今天遇上高手了,都把我比下去了,人家一出口都是四字成语呀。"

现场的同学们开始大笑起来,宋宇不由得也跟着笑了,原来快乐是可以传染的。

"告诉我,浑身发热就一定是紧张的表现吗?还可以是什么原因?"

"运动之后。"

"哎呀,又是四个字。"

同学们又是一阵大笑。

"那浑身发热是不是中性的?"这句话他是问台下所有同学的。

同学们都齐声回答:"是。"

张同又转身问宋宇:"心跳加速?当你第一次和女朋友拥抱的时候,会不会心跳加速?"台下又是一阵大笑,宋宇偷偷看了一眼坐在第一排的郝静,郝静害羞地低下了头,脸唰的一下红了。

宋宇不好意思地回答:"会。"

同学们笑得前仰后合。

"那你喜欢拥抱你的女朋友吗?"

宋宇被问得更不好意思了,他再一次偷看着郝静说:"喜欢。"

"那你看,你哪里讨厌紧张,你明明是喜欢紧张!"

宋宇恍然大悟……

"面对大家,感受一下,你还紧张吗?"

宋宇突然发现,自己一点都不紧张了,他兴奋地说:"哇,我居然不紧张了,紧张只是我给自己套上的一个枷锁而已。"

全场响起了热烈的掌声,前排的郝静是最起劲的那个。

参加了一天培训,宋宇和郝静的收获非常大。张同告诉郝静和宋宇,要想轻松自如地演讲还是需要多锻炼,消除恐惧的唯一办法就是去面对。

第三天,宋宇和郝静跟小漫去台里学习了一上午,下午宋宇带郝静游遍了曼城的大街小巷,看了一天的梨。

郝静一听到宋宇说看梨她就大笑不止,宋宇就不断地变着花样说:"哇,你看好多的梨!哎,你看,梨!"在宋宇的生活里,他从来没有像今天这样开心过。

郝静想起来应该回家了,回去还有两三个小时的车程。

宋宇突然说:"你还有一件事情没有做。"

"什么?"

"你临走的时候,我说的最后一句话,你想想。"

郝静绞尽脑汁,终于想了起来:"记得给我买礼物?"

宋宇点头。

"你人都来了,还要给你买礼物?"

"快点,不然天要黑了。"

"好好好,你想要什么?"

"手串。"

听到手串两个字,郝静突然想起了什么,脸上的笑容消失了。

"安艺那天请我吃饭,非要看我的金刚菩提手串,说借去戴几天,我又不好拒绝,她还硬给了我一个破手链,我才不喜欢,不知道让我扔哪去了。我的手串被她戴过了,我也不想要了,我要你买一个莲花菩提的给我。"

郝静看着宋宇:"那,这个莲花菩提手串,以后谁也不许给了。"

"当然。"

"还有一个条件。"

"你说。"

"回去后参加首席男主播大赛。"

"这个真的很重要吗?"

"消除恐惧的唯一办法就是面对,你就把这个当成一次锻炼好了。"

"那好吧,我参加。"

郝静嘴角浮起了微笑,和宋宇一起买莲花菩提手串去了……

周一早会结束后,安艺抱着一摞材料要去和苏总监汇报工作,见郝静去了录音间,就转身到了宋宇的办公室。她倚在门边,宋宇把转椅转过来看她,她就走进来倚在宋宇的转椅上。

安艺说:"宋宇,听总监说你不舒服请假了,现在好些了吗?"

"小毛病,胃不舒服,你看,我这不是好好的。"

"哎呀,胃病可不是小毛病,你以后要注意,不能随便吃东西,这个我得管着你,尤其那些乱七八糟的水果不能随便吃。"

宋宇听着,不知道怎么回答她,只好说:"我会照顾好自己的,谢谢你。"

"你的手串还在我这里呢,我说过只是戴几天,要不你帮我取下来吧?"说完,安艺伸出那只戴手串的手给宋宇。

"不不,就送给你了,这个算是给你的礼物,你不用还给我了。"

"这怎么好呢?这样吧,那我的那条就给你了。"安艺说完,心花怒放地走了。

宋宇想起安艺给自己的那条手链,但是他完全不记得放在哪里了,他可不想要她的手链,他得想办法找出来还给她。

宋宇开始到处去找那条手链。他在自己的包里,桌子上,纸篓里翻找着,是的,就是在纸篓里找到了那条手链,恰好这时郝静进来了,吓得宋宇赶紧把手链塞到了自己的包里。

郝静并没有觉察到什么,她告诉宋宇该开始着手准备他的首席男主播竞选计划了。

郝静一边整理自己的材料一边告诉宋宇:"首席男主播大赛,第一个环节是节目策划实战,是最难的一个环节,你完全走不了任何捷径,只有脚踏实地地去策划,你的才华和智慧才能完全发挥出来。"

"你以为这个能难倒我吗?"

"不要想得太简单了,半个小时的节目,你要自己策划设计,自己主持,和你竞选的人也是如此。如果一个频道有七个人参与,那就是周一到周日一字排开,一人一天,持续两个月,累计你们的收听率进行排名,谁的节目获胜,谁策划的那档节目就会被留下,其余的节目全部砍掉。"

宋宇问:"后面的环节呢?"

"节目评比结束后,会淘汰掉最后一名选手,然后进行第二轮比赛,主要比写策划方案的水平,还有看你能不能邀请到冠名商。"

"这一关还要淘汰选手?"

"当然,凡是没有邀请到冠名商的全部淘汰,这一环节主要考察主播的策划能力和交际能力,剩余的选手一起参加最后一个环节,现场主持大赛。三个环节的得分加在一起,最高的那个就是首席男主播了。"

"这么多坎呀?我最好第一轮就被淘汰掉。"

"想敷衍?门都没有。你要是倒数第一,就会被台里淘汰,因为你还只是一个实习生。"

"这么狠?"

"去年的首席女主播是我,你可不能败给他们。"

"天哪,我可以收回我的承诺吗?"

"放心吧,我觉得你一定会胜出的。"

"你理解错了,我并不想获胜,我只要第一轮别被淘汰就好了。"

"如果第一轮淘汰的不是实习生,那他还有翻身的机会,第二轮你也不一定能保得住自己。"

"天呀,怎么还有这样的大赛呀?!"

"但如果你这次胜出了,那你会立刻被转正,也就是说你过关了。现在媒体是需要人,可是我们需要的不是人手,而是人才,必须一个萝卜一个坑,都得是全能主持人,我也是这么过来的。"

宋宇开始认真策划他的早间节目了。他想,既然是生活频道,听节目的大都是开车的人,那节目一定要跟开车一族有关吧。所以他果断选定了一个方向,做海陆空三套连线,让私家车出行能随时掌握路面信息,想出远门的坐在车里就可以了解到交通信息。

宋宇研究好了这一套线路就开始逐项落实。他先找了航空公司的老板,约定好每天的连线时间、时长及内容,然后又找到了海上客运的路线及时间表,也做了相应的准备。还剩下最后一个环节,也是最重要的一个环节。宋宇联系到了一个交警部门的科长,说明了自己的来意后,科长表示他可以去汇报一下,只要领导们没有意见,他们愿意配合每天在交警的电子监控图前播报一次重要线路的拥堵情况和绕行线路推荐,包括突发事故的信息都可以即时发布。宋宇高兴得不得了,他觉得自己一定会胜出的。但是他只想赢前两场或者第一场,对最后的那场比赛,他还是有一些顾虑,他既想检验一下张同的课程效果,也想逃避可能要经受的紧张感,可是他想起了他对郝静的承诺,他不能食言。宋宇并不知道苏可和宋董的约定,如果他不是这块料,那他注定要回尚昊集团。

宋宇满怀信心地做着准备,他把节目预案进行了详细规划,每天什么时间连接哪个部门的热线,连接后如何让大家得到想要的信息,连线的重点是什么,什么人连线,他规划得相当细致。郝静看了点头称赞,说他不愧学过企业管理,比她以前做的预案细致多了。宋宇非常得意,以至于他把从纸篓里捡回来了安艺的手链这件事忘得一干二净。

安艺虽然现在不和宋宇一起主持节目了,但是她也隔三岔五地来宋宇的办公室坐坐。尤其上次她借宋宇的手串戴,他也没有把她的手链还给她,所以安艺就有了更进一步的信心和勇气。大家对宋宇的手串非常熟悉,安艺在朋友圈里晒自己的玉手和宋宇的金刚菩提串,大家就给安艺和宋宇点起了鸳鸯谱,有意无意间大家都会开几句他们的玩笑。宋宇自然是排斥的,但是当着安艺的面又不能说什么,毕竟大家都没有恶意。郝静夹在中间,感到无比尴尬。每当这个时候,宋宇就会偷偷地看一眼郝静,郝静赶紧没事人一样把目光移开,脸上带着客套的笑意。

整个电台参加首席男主播大赛的人还真不少,光生活频道就有三个,其中就有和宋宇搭档主持《全城热唱》节目的韩风。

韩风本来就不想做广播主持人,被压制了很多年,好歹在宋宇策划的那次活动中出了一会儿镜,满足了一下他的虚荣心,但是他的根还是在电台。他很想在这次比赛中脱颖而出,然后把自己栽到电视那块地上。他除了规划自己的节目,还用了些手段。一次同学聚会中他了解到宋宇想做交警连线的节目,他觉得宋宇的节目构架要胜过自己,所以他偷偷和当交警的这位同学叮嘱了一番,让他后延连线计划,只要比赛那次不连线,韩风就赢了。宋宇被蒙在鼓里,他正专注地准备着自己的节目,完全没有想到一个巨大的变数即将向他张开血盆大口。

很快到了首轮大赛启动的日子。周五那天,宋宇抽到的签是周一,也就意味着下周一,宋宇的节目就要开播了。令宋宇万万没想到的是,周五下午,交警突然打来电话说计划有变。

交警告诉他由于人手不够,连线不能如期进行,要等之后再商讨。宋宇赶紧问有没有商量的余地,对方说没有。宋宇傻眼了。

宋宇准备得那么周全,唯一没有想到的是这个连线会有变故,他绞尽脑汁都想不出有什么办法补救。郝静外出采访了,宋宇沮丧地拨通了郝静的电话。

"完了,我要败走麦城了。"宋宇沮丧地说。

"说什么呢,比赛还没开始就认输了?"

"交警那边打来电话说,他们不能连线了,因为人手不够,连线计划只能后延,他们招聘上来的人培训好了,再和我们连线。"

"啊,上周不是都说好了吗?连连线的女警官都给找好了,怎么说变就变?"

"我也纳闷,我努力过了,已经没有商讨余地了。"

"那赶快想别的办法,时间来不及了。"

"哪还有什么别的办法?我要弃权了,这就是个新的办法。"

"你等我,我马上回去和你说。"

郝静也急了,她结束了采访赶紧往回跑。

安艺一直戴着宋宇的金刚菩提手串,内心的快乐溢于言表,仿佛宋宇和她的美好人生已经开始了一样。这天,她拿着稿子去录音间,准备录大赛的推介片花。录音间是由两个房间组成的,一个是录制间,一个是播音间,播音间的隔音效果自然是非常好的,在里面说话,谁也听不见。安艺进去后看见调音台的灯都开着,却不见人,播音间的灯没开,黑漆漆一片。安艺按开一个键,就听到韩风正在播音间里接电话。安艺刚想关闭,突然听到宋宇两个字,就鬼使神差地听下去了。

"宋宇的节目是周一播,我的是周二播,你觉得忙不过来那就不要帮宋宇连线了,反正也没有人让你们非得跟他连线,你们交警本来就人手不够。嗯……你今天已经和他说了,那就太好了,也好让他早做别的准备,那周末我们再聚一聚,你再给我指点一下。"

安艺瞬间明白了,因为她很惦记宋宇的节目策划,还特意找宋宇谈了一次,听到这里,她怕韩风会突然出来,于是赶紧关上了那个监听键。

韩风从里面出来后和安艺寒暄了几句,就出去了。他并不知道刚才他与交警的对话已经全被安艺听到了。

韩风走后安艺考虑了一会儿,然后果断拿起稿子去找苏可了。

安艺说:"苏总监,我简单了解了一下几位选手的准备情况,准备得都很充分,但是有一件事情,宋宇联系的交警突然不能配合连线了,他该怎么办呢?"

"那怕什么?你应该提醒他连线的初心是什么,初心不变,有的是变通的方式。交警无非就是汇报各路段的实况信息,你让他动动脑袋想一想,还有谁比交警更熟悉这些道路,有些人每天要跑无数遍大街小巷呢。但是记住,不要直接告诉他方案,这正是锻炼他的时候。"

安艺愣了片刻,突然茅塞顿开:"哇！女神果然厉害,我明白啦。"

安艺赶紧去找宋宇。

宋宇无精打采地趴在桌子上,用一根吸管撩拨着蝴蝶兰上的几颗水珠。他听见有人进来,以为是郝静,就没有起身,继续摆弄那花朵上的水珠。

安艺柔声柔气地问:"宋宇,你怎么了？"

宋宇吓得一个激灵,爬起来:"我,我没什么。"

"看你那样子,还说没什么,周一的节目准备得怎么样了？"

宋宇只好和盘托出。

"瞧你这样子,这点问题就难倒你了？"

"我要退出了,我没有其他补救计划了。"

"你退出,周一的节目准备开天窗呀？"

"天窗不敢开,也就是将就用着以前的节目,反正是做不出精彩的了,'海陆空'就只剩'海空',最实质的'陆'已经被放鸽子了。"

"你想想看,还有没有别的途径照样可以达到目的？"

"别的途径,哪还有什么别的途径？"

"你先放下那些想放弃的念头,还有两天时间呢,你完全可以找出一条新的道路,而不是等着失败的到来。"

"别的途径？我想想。"

安艺在一旁学着苏可的语气:"还有谁比交警更熟悉这些道路呢？"

"有了,我可以找出租车司机连线,天哪,我怎么没有想到呢?！"

安艺点点头:"对！这未尝不是更好的办法。"

"前辈果然厉害呀。"宋宇觉得要重新认识一下安艺了。

"有什么问题就问我,别一个人憋着。"

"太好了！我这就搜集出租车公司的号码,我记得我有一张出租车协会会长的名片。"

安艺和他说了几句,想起还要去录音频就赶紧去了录音间。

宋宇开始翻他的包找名片,郝静风尘仆仆地赶了回来,她急匆匆地走进办公室,恰好,宋宇把自己包里的东西一股脑倒到了桌上,安艺的手链一下子就跳进了郝静的眼帘。郝静一下子定住了,宋宇和郝静同时看到了手链,宋宇紧张地抬头看她,她瞬间躲过了宋宇的目光,没事人一样径直去了她的办公桌,放下了采访设备。

宋宇以为郝静没看见,就又一次悄悄地把手链塞进了自己的口袋里。

误会就是这样产生的,你不问,我不说。也许不问和不说是想避免尴尬,但导致的后果却比尴尬更为严重。

宋宇的不安只持续了一会儿,见郝静没有什么反应就放松了,他在心里叮嘱自己:马上把这个烫手的链子还给安艺,千万不要再惹出什么麻烦了。

郝静装作若无其事地问:"节目的事有办法了?"

"嗯,有了,刚才安艺过来给了我一个绝妙的想法,改连线出租车司机,简直太棒了,我咋就没想到呢?"

郝静听见安艺两个字又是一怔,还是故作轻松地说:"嗯,这个点子果然非常好,你快点改计划吧,我这还有节目要做,你加油啊。"

宋宇开心地答应着,他并不知道郝静的心里已经在翻江倒海了。

郝静之所以不想表现出自己的情绪,是因为她知道这两天对宋宇来说,是至关重要的两天。她不能让他为她的情绪分心。苏可说过,只要宋宇这次不能获胜,他只有回家一条路,郝静早就给他想好了补救措施,只是不到万不得已,她不会告诉他的。而她的计划也正与苏可的不谋而合。

郝静说自己要去做节目,其实是一个人跑了出来。单位离海边并不远,有一处可以把车停在海岸的平台上,就是上次宋宇带她看日出的海边。她默默地坐在车里,茫然地看着海,她想不通,那条掉进纸篓的破手链,为什么又回到了宋宇的包里,为什么又被他收了起来,还要瞒着她。宋宇是那么爱干净的一个人,为什么会为一条破手链去翻纸篓?或许,宋宇这样的富家子弟本就没把感情看得那么重,对谁都是一样的热情。在他的内心深处,他更喜欢安艺也未可知。

郝静再一次陷入了对男人的那种不信任感里,她再一次把自己包裹了起来。

宋宇开始翻找全城的出租车公司老板的电话,然后逐一打电话说明情况,让各公司推荐两到三名思想上进、技术过硬、服务优良的出租车司机,把电话姓名全部统计上来。他准备做一个导播记录,根据每个打来热线的司机师傅提供的有效信息量计算,前十名的师傅均可获得润滑油一桶。

设计这些量化绩效的手段对宋宇来说轻车熟路,他又赶紧联系了一家润滑油公司,介绍了他即将开播的节目,润滑油公司看中了品牌宣传的好处,十分爽快地答应了。

一个本来非常棘手,差点让宋宇放弃比赛的劫难,居然在最后关头助了他一臂之力,因为出租车司机比交警更接地气,节目吸引力更大。事实再一次证明,促使你进步的也有可能是你的对手。

宋翔这段时间可是找到了世外桃源,在这座山上,清澈的河水绵延向东,两岸偶有吃草的牛儿甩一下尾巴,赶走那些虫儿。阳光正好,宋翔无心研究他的开发事宜,几个部下问了他几个开发的要点,他挥挥手说:"你们尽情研究去吧,定好了再和我说一声,现在我只想享受当下的阳光。"

　　手下的几个人面面相觑,但又无可奈何。

　　宋翔需要把整个区域全部地毯式看个遍,才能够对整个地况有一个大致了解。

　　这里有一个不到二十户人家的村落,宋翔发现村里居然还有一间小学堂,学堂里有一位女教师在上课。这所学校的名字叫夏轩小学,建筑风格非常特别,自然、古朴又不失高雅格调。那女教师告诉他,这些孩子之前每天都要翻山越岭,走九里山路去上学,两位好心人资助办了这所小学后,他们才不用跑到那么远的地方上学了。目前有五个老师,校长是聋哑人阿周,宋翔和阿周校长也没有聊出什么。

　　宋翔好奇极了,他决定留下夏轩小学,这个村不用拆迁,就做成特色景观。本来村民都需要出去打工挣钱,这下村民高兴极了。

　　郝静这几天除了偶尔帮宋宇做一些节目准备的事项,其他时间一直跟着《你在听吗》节目学习一些心理学知识,遇到听众提出的她无法解决的问题,就会在微信上咨询轩然。但是出于面子,郝静没有告诉宋宇自己在听她曾经嗤之以鼻的网络节目。

　　郝静每晚都会和轩然聊天,轩然总是简短而精准地给她指点,她非常认真地做了笔记。

　　周六晚,郝静的节目刚开始不久,一件惊险的事情发生了。有名听众打来热线,诉说了他的痛苦:他深爱的女孩今晚走进了婚姻殿堂,新郎不是他,他永远失去她了。他不能接受这个事实,他觉得生无可恋,决定跳楼了。

　　郝静从来没有接到过这样的热线,她紧张了起来,赶紧按了对讲键和导播沟通,让他赶紧报警救助。郝静和对方聊着拖延时间。

　　"这位朋友,你能告诉我你的名字吗?"

　　"我叫王笑天,以前我是笑天笑地笑天下可笑之人,可是今天我要被天下人笑话了。"

　　"在这个世界上,每天都有无数人失恋,没有人会笑话你的。"

　　"我去意已决,只是,我不想我的妈妈太难过了。"

　　"失去了喜欢的人,固然是痛苦的,但是,你也应该庆幸,幸好,你们还没有结婚就分开了,这总比结了婚再离婚好一些吧?"

　　笑天没有说话。

"笑天,你在听吗?我知道你失去了她很痛苦,但是时间会让你走出来的,我保证,我会陪着你一起跨过这个坎。"

"郝静,我每天都在听你的节目,你的节目是我唯一的陪伴,所以,我离开之前,想要和你说一声。"

"可是我们还没有见过,我觉得至少等我们见一面后你再做决定吧?"郝静尽量拖延着时间,导播通过耳麦告诉郝静,警察已经去往现场了,希望她能继续拖延。

"来不及了,我已经决定了。"

郝静紧张得出了一身冷汗:"笑天,你连死都不怕了,还害怕活着吗?"

"死了就什么也不知道了,就什么也不用怕了。"

"那在死之前,你能先听听我的故事吗?"

"你都是开心的故事,哪像我?"

公安部门已经在楼下铺好安全毯,拉好警戒线了,大家仰着头看着楼上的险情。警灯闪烁但没有发出声息,各种准备都已经做好了。大楼监控室把楼顶的监控放大了,可以清晰地看到霓虹闪烁的灯光下,笑天的表情冰冷而绝望。

郝静努力拖延着时间,她突然想起了轩然,关键时刻,郝静打开微信,一下子看到了轩然的信息:郝静,我在听你的节目,不要紧张,深呼吸。他想结束的不是他的生命,而是他的痛苦。郝静恍然大悟,她深深地吸了一口气,想到她的心灵导师正在指挥她作战,她觉得她不再是一个人,顿时放松了很多。

"笑天,你想结束的仅仅是你的痛苦,并不是你的生命。"

"我想结束的的确是痛苦,这个感觉太令人绝望了,我不想要。"

"还有很多美好是你没有经历的,我知道你很痛苦,但你可以把这份痛苦放下的,我有过比你更大的痛苦,我已经克服它了,因为我有一个很厉害的师父,以后我可以带你认识他。"

"我想尽快结束这份痛苦,越快越好。"

"你能先让自己放松一下吗?放下你的肩膀,深吸一口气,像我这样,深吸一口气。"

耳机里传来导播的语音:"二号热线有电话打进来,是个女孩子,可以实现三方通话。"

郝静接通了二号热线,一个女孩直接喊出了笑天的名字。

"笑天,笑天,是你吗?"

"你是谁?"

"你忘记了吗,我是你高二时的同桌小娜呀。"

"小娜,你不是在省城的 MG 公司工作了吗？你也是来看我笑话的吗？"

小娜快要哭了,她说:"我怎么会看你笑话？我从喜欢你那天起,就知道你已经喜欢你现在的女朋友了,我不敢再说一句话,我只能一个人默默地憋着。工作后,为了不看到你们幸福的样子,我特意考的 MG 公司,我没有和任何一个人谈过恋爱,我想,这辈子就只爱你一个人了。要是你结婚了,我就单身一辈子。今天我从朋友那得知你的女朋友结婚了,新郎不是你。笑天,我又替自己开心,又替你难过,我连夜从省城赶回来,路上却听到了你的消息。没有想到,今天,我们会在电波里相遇,笑天,你愿意接受我吗？也许我们才是命中注定的那对。"

"你……不可能吧,你说的都是真的吗？"

"我有什么必要说假话呢？若不是你,我又何必跑去省城工作？你难道不记得以前的同学聚会,只要你参加的,我都在？笑天,我的人生,你不能缺席。"

"我,可是,我闹了这么大的笑话,我是个懦夫。"

"那是因为你没有和适合你的人在一起,你很勇敢,我才是懦弱的那个,笑天,这么多年,我居然都不敢说一句我爱你。"

郝静被突如其来的变局惊呆了,她刚要请教轩然怎么办,突然信号一阵嘈杂,现场发出惊呼声,郝静赶紧呼喊:"笑天！笑天！你在听吗？"

八、一个彩色的线圈

监控画面上的笑天,听到那句我爱你的时候,他闭上了眼睛,眼泪哗哗地流了下来。公安人员立刻告知楼顶工作人员,武警冲上去,一下子把笑天抱住了。其他人迅速出击,把笑天带到了安全地带。

郝静听到现场一片混乱,不知道发生了什么,汗水细细密密地从额头上渗出。她打开微信群,看到有听众发来消息:笑天得救了!太好了,实在是太危险了!郝静深深地吸了口气,喃喃自语般地对小娜说:"太好了,笑天得救了,笑天得救了!"

小娜哭了起来,说:"郝静姐姐,谢谢你,谢谢你……"

"也感谢你小娜,谢谢你的爱。"

郝静从资料库检索出一首歌——《感恩的心》,泪水从她的眼角滚落。

郝静发微信告诉轩然:谢谢你,笑天得救了。

轩然回复:你好棒!真为你高兴,也谢谢你挽救了一个生命。

郝静:谢谢你,遇见你真好。今晚有句话让我非常感动,是小娜的那句:我的人生,你不能缺席。

轩然:今晚你在节目上说了我是你师父,我不能毁了我的声誉,今后的日子,我会陪你一起努力,我的梦想本来就是希望这个世界上多一些快乐的灵魂。

郝静流着眼泪笑了,她使劲地点头,却忘记了轩然是看不见她的。

周一到了,从今天开始,宋宇就开始独立主持策划他的新节目,不再跟郝静搭档了。

郝静被临时安排做他第一天节目的导播,宋宇的准备工作做得的确非常好,三十个连线人的电话、姓名单独做了一个表,另外有一张专门记录今天打进热线的人的姓名和电话。节目开始前,宋宇透过隔音玻璃看着郝静,郝静朝向他笑笑,宋宇得到了莫大的鼓励。节目一开始,就有很多热线打了进来。一共四部电话,郝静有点接应不过来,谁也没想到出租车师傅会如此热情,他们根本不是为了那桶润滑油的奖励,而是觉得自己的信息为别人提供了便利,觉得自己被别人需要,因此都非常热情。郝静突然走神了,她想起,最近的晚间节目中总有女士抱怨自己的老公回家就躺在沙发上玩手机,这是不是因为这个男人没有找到那种被家庭需要的价值感呢?

热情高涨的司机师傅从四面八方打来热线,什么路段的道路比较堵,大家走哪一条路比较好,什么地方的信号灯发生故障了……宋宇在直播间里边写边播,他接完热线后需要重复一遍刚才的信息,毕竟广播节目是一闪而过的,宋宇忙得不亦乐乎,他像只陀螺一样。节目结束后,他还需要迅速地把获奖名单记下来,发给提供润滑油的公司那里去,以便司机师傅能够尽快拿到奖品。然后宋宇在节目新建的群里和大家沟通节目的走向和改进方式,以便更好地做下去。

赵冬已经好几次没约到郝静了,他终于想出了一个新招——请郝静给他做一个楼盘的推介宣传,这样郝静就必须得出现了,并且还要和赵冬商讨宣传方案。

赵冬没有直接给郝静打电话,而是让策划部做了一个宣传计划书,拿给他审核的时候他强调了一下,这个宣传,就选那个生活频道就可以,有个节目叫《越听越爱》,还有一个晚间的《九点好静》,就是前几天救了一个叫笑天的人的那个节目。郝静自从主持了救助笑天的那期节目后,收听率、粉丝量猛然上涨,好多人都知道了这个《九点好静》节目,所以赵冬一说,大家都知道。

郝静接到电话就赶紧去了,其实她根本不知道这个楼盘是赵冬的项目,他在她的世界里时隐时现,他很忙,她也没有闲的时候,所以两个人见面的机会就会少很多。

郝静赶到约定好的售楼处,接待处的女孩见到郝静非常欣喜,还没谈宣传的事呢,就开始拉着郝静自拍,弄得郝静都不好意思了。左一个右一个,总算拍完了,才被引到策划部的一个总监的办公室里。总监把设想和计划跟郝静介绍了一下,郝静根据频道的节目定位,快速地画出了一个简单的框架,总监说等郝静将方案策划好后再来商讨。

郝静开车回单位,赵冬在楼上的落地窗前看着郝静,他微微笑着,觉得郝静一定会喜欢上他的。

郝静回到办公室,一推门,看见安艺倚靠着宋宇的转椅给宋宇指点着,她的手甚至都碰到宋宇的肩背了。郝静心里很不是滋味,但她依然装作若无其事的样子和他们打招呼,她不能让安艺看出什么来。

郝静刚坐下就发现她的桌子上有一盒切好的杬果,杬果上有一个叉子。郝静知道这个是宋宇给她准备的水果,心里稍稍温暖了一些。可是宋宇喊了一句:"那个叉子安艺用过了。"郝静心里更加不舒服了,但她仍好声好气地说:"安艺总监应该多吃点水果,这样嗓子才会更好啊。"

安艺美美地笑着说:"宋宇给我带的水果,都是他亲手切的,我不吃也不太好意思呢。"说着安艺把那盒杬果拿了过去,一边吃一边教宋宇调整节目。

宋宇尴尬地看着郝静,不知道说什么好。

郝静假装没事一样,故意没有抬头看他。

郝静和两人招呼了一下赶紧躲出去了。

郝静出来后,就去了苏可的办公室。

"苏总监,可否把宋宇调到早间节目的办公室?晚间节目的小文不是一直在早间节目组的办公室吗,把她换过来吧。"

苏可正在审核一份材料,听到这,抬起头微笑地看着她,问:"怎么,你俩又吵架了?"

"没有,只是晚间的节目准备需要安静的环境,小文是负责晚间节目的,平日里相对比较安静一些,宋宇没来之前,你不就想把小文调过来吗?宋宇之前只是短暂地跟我实习,现在他可以独当一面了,也不再跟我一起主持《越听越爱》了,我觉得他完全可以调到大办公室去,这样他们早间节目的主播也可以一起商量事情,我准备节目也能安静一些。"

苏可想了想,点了点头,说:"也好,那今天下班前让宋宇搬到早间节目组,小文搬到你的屋里。"

郝静谢过苏可,她不想在单位里待着了,就一个人开车去了海边。天阴沉着,海水是灰蓝色的,郝静茫然地看着海面,她脑海中闪过了那串金刚菩提手串,它正被戴在安艺的手上;想起宋宇倒出包里的安艺的手链;想起安艺刚刚吃杬果时的模样。郝静的心里五味杂陈却无处发泄。

宋宇打来电话说:"郝静,你去哪里了?安艺突然让我搬到早间节目组的办公室,我想和你商量一下。"

郝静赶紧收拾好情绪,说:"哦,搬到早间组啊,那可能是为了工作方便吧,没事,我在谈业务呢,现在回不去了,你们搬吧。"

"听说小文要搬过来,可是,我不太想去那间办公室。"

"小文是晚间节目组的,搬过来也合情理,你没来之前苏总监就想让她搬过来,只是你实习跟了我,就耽搁了。没事的,听从安排就是。"

"那好吧,安艺又给我提了几个节目上的问题,我赶紧去调整一下,回头见。"

郝静挂了电话,脸上的笑容跟着那句"回头见"消失无踪。

郝静的眼泪不由自主地流了下来。

一个人若敢于承认自己的脆弱也许会好过一些,倘若明明脆弱还要假装坚强,那就会徒增很多痛苦。

那晚,郝静给轩然留言说:我今天心情不好。

轩然:发生了什么?

郝静:什么也没有发生,就是心情不好,我觉得我的那个不安全感又回来了,它并没有走。

轩然:来了就接纳它,不用非得赶它走。

郝静:可是我会好吗?我为什么那么不信任男人?

轩然:你本来就很好,那都不是问题,其实有很多像你这样没有安全感的人,他们只是硬撑着。

郝静:我想哭。

轩然:那就哭吧,我在呢。

郝静终于忍不住趴在被子上哭了,哭得稀里哗啦的。

过了一会儿,轩然问:哭好了吗?

郝静一边流着眼泪一边回复:没有。

轩然:那就再哭一会儿。

哭完的郝静又跟轩然聊了几句。

轩然问起笑天的事,他让她多和笑天聊聊天,有什么不能解答的问题可以随时找他。

郝静知道轩然每天都很忙,会有很多人找他,所以她也不会一直打扰轩然。

那个晚上,郝静默默地打开了《你在听吗》,她没想到,这期节目居然是做给她的。

轩然在节目中说:"最近,我认识了一个女孩,她很单纯,也很有趣,在她的记忆里,有一段经历给她造成了很大的伤害。在她还是个孩子时,有天黄昏,她回到家里,发现母亲跟父亲吵架了,父亲跑出去了,母亲没有做饭,家里冷冷清清的,只有院子里的杨树被秋风吹得沙沙作响。第二天去学校,她听到了一个消息,她好朋友的母亲因为与她父亲吵架喝农药去世了,她内心产生了一股强劲的恐惧感。从那时起,她开始害怕那个沙沙的声音,一听到那声音,那种恐惧就会跑出来找她。亲爱的朋友们,你在听吗?在你的内心深处,是不是也隐藏着一段这样的记忆?它让你持续地痛着,让你无法抓住自己的幸福,你总觉得幸福是可耻的,你总觉得你活得悲伤才对得起母亲的悲伤,自己只有保持恐惧和紧张的状态,母亲才会是安全的。亲爱的朋友,你在听吗?这不是你的错,现在的你已经长大了,你有能力照顾自己了,你的母亲有她的人生,你也该有你的人生。如果你也有这样的情绪,那么接下来,请和我一起开始一段冥想。"

郝静坐直了身子,听着轩然环绕在耳畔的温暖声音,她被深深地吸引到轩然描述的情境里。她跟随着轩然的引导,深呼吸,拥抱自己,她的眼泪跟着那些疗愈的语言慢慢地流了下来。那些沙沙作响的声音,慢慢与她的恐惧分离开来,那声响只是声响,那恐惧只是恐惧,思维和身体及情绪区分得很清晰。

冥想结束后,郝静睁开眼睛,她感觉全身无比轻松。

她突然觉得,轩然简直是她生命中的一盏明灯。他的声音、他的气息、他的语调、他说的每一个词语都是那么美好而温暖。

小文搬进来了,小文的节目是郝静节目结束后那个时间段的,每晚都要到十二点三十结束,所以小文一般上午在家休息,下午和晚上才来上班。因此办公室里,郝静基本上总是一个人。

她看着原先宋宇的桌子上的东西已经换成了小文的物品,出神地看了一会儿。突然有几个蜘蛛侠一样的人降落到窗前的露台上,把郝静吓了一跳。郝静想起单位正在做亮化工程,她的办公室外面有一个可以从窗子爬出去的小露台,工人们要在这里做工。

郝静往外看了一眼,发现外面的工人里,其中有一个竟是毛小波。

毛小波隔着玻璃也看见了郝静,惊喜地喊着她。

郝静打开了窗子,两人欣喜无比,他们已经好久没见了。

"你怎么来了?"郝静问。

"朋友让我帮个忙,你知道的,我什么都会捣鼓几下,他们这个线路没有理清楚,工程师请假了,所以让我过来给调一下,一会儿就得赶回去。"

"你真是多才多艺,居然还懂灯光电路,哈哈,真没想到,我们居然在这里相见了。"

宋宇下了节目,就跑到郝静的屋里,却看见郝静和窗外一个男子兴高采烈地说着话。他刚要说什么,电话却响了,安艺招呼他快点过去,苏总监有请。这段时间他的确是忙晕了,对一个热爱主播行业的人来说,让他尽情地策划自己喜欢的节目,就像把一条在岸上挣扎的鱼放进了水里。他走着路都在想如何把节目做好。

还没来得及和郝静说话,他就赶紧接着电话去找苏可了,路上他还在想郝静在和谁说话。他看见是个安装灯线的工人,也没有看清是毛小波,他见外面还有几个人,也就罢了。

第一周的节目收听率出炉,宋宇的第一。安艺在早间节目组公布这个消息后,还提议让宋宇中午请客,大家一听都开始起哄,宋宇只好答应了。他看了一下表,正是郝静在直播的时间,就发了一条微信给她:我的节目收听率第一呢!好开心,他们让我中午请客,你一起去吧。

过了一会儿,郝静回复:祝贺你!好棒呀!聚餐我就不去了,你们早间节目组的一起聚,我去不合适,等别的机会哈,直播中,不多说,拜。

下午上班那会儿,窗外的工作已经结束了,人也撤了,郝静突然发现窗子上有一个彩色的线圈,被一块透明胶带粘在玻璃上。她走过去看,那个线圈编织得很漂亮,红黄蓝三个颜色,在阳光下闪着彩色的光,郝静不由得笑了,她站在那里出神地看着,小文在桌前打字。宋宇敲门进来了,小文很喜欢宋宇,惊喜地站了起来:"宋宇哥,你来了,快坐。"

"你坐你坐,我来看看我的那些花,看看有没有给我干死了。"

"说得好像你在这个屋里的时候,花都是你浇的一样。"郝静说。

宋宇看见了那个线圈,伸手去摘,才发现是粘在外面的,就问郝静:"这里为什么要粘一个线圈?"

郝静故意说:"可能是那个做亮化工程的蜘蛛侠想做个标记吧。"

宋宇奇怪地往外看了一会儿说:"不可能,这还需要标记吗,他们难道记不住?"

"这么高的楼,很容易混淆的。"

"不太可能吧,谁告诉你的?"

"没人告诉我,我猜的,就是这个原因,不可能有别的缘故了。"

"你认识他们吗?"

"不认识呀。"

宋宇转过身来看那些花草,其实他的心根本就没在花草上,他一直惦记着郝静隔着窗子和谁说话,还有这彩色的线圈是谁粘上去的。

郝静做好了策划,约了赵冬公司宣传科那个叫刘莎的女生赶去他们公司洽谈了。谈到差不多了,刘莎说:"这个最后要董事长决定,我带你去见一下他吧,如果他又提出修改意见,我在中间传话可能也说不清楚。"

郝静当然想快一点把方案定下来回去录制,不然还要再来一趟。

郝静跟着刘莎走到了董事长办公室门口,敲开门进去的一刹那,郝静惊了一下,居然是赵冬!她还是第一次到赵冬的办公室,自始至终她都不知道自己做的这个策划案是赵冬公司的。其实之前赵冬和她讲过这个楼盘,但是她早就忘到脑袋后面了。

两人笑笑。

赵冬说:"这个策划案是你做的?那一定很不错。"赵冬接过刘莎手里的策划案看了起来。

郝静第一次到赵冬的办公室,不免四处看了看。办公室很大,地板是她很喜欢的灰蓝色的,一张偌大的办公桌气派地横占了小半间屋子,比起她自己的那个办公室,似乎也就只有人家办公桌那么大。

赵冬看完了方案说:"嗯,基本和我的想法是差不多的,开始录制吧,等录好后,发个样本给我,我听一下。"

"没问题,我回去就录,审核通过了就可以安排播出了。"

"看你这么好奇,我带你去我们的售楼处转一下。"

"你那么忙,哪能耽误你时间。"

"你来了,就是我重要的事了。"

赵冬带着郝静楼上楼下一一转了一遍,为了激发她的灵感,赵冬还把她带到播映室观看了一个他们刚刚制作好的楼盘宣传片。那宣传片做得高端大气上档次,郝静连连称赞。

赵冬说前期先投入这个简单的楼盘宣传计划,如果郝静有什么大的宣传方案也可以拿来探讨,今年想加大企业形象宣传的力度。郝静一一记下,两个人第一次如此专注而热烈地谈着同一件事。

郝静从赵冬处回到单位,就快到下班时间了。

宋宇在早间节目组的办公室,看到了蜘蛛侠经过了他的窗户,就赶紧赶到了郝静的办公室,郝静不知道他为什么突然闯进来,奇怪地看着他。

有几个工人在露台上做工,阳光洒在办公室的玻璃上,那个彩色线圈还挂在那儿,宋宇开窗子喊了一声:"你好,你们还没下班呢?"

郝静好奇地看着宋宇。

窗子外面的工人憨厚地笑着说:"快了,再试一下这趟线,就可以下班了。"

"向你咨询个事,这个彩色的线圈是做什么的?"宋宇问。

那工人看了一眼线圈说:"一个线圈而已,是不是哪个工人无聊的时候随手编的?"

"你确定这不是标注着一层楼安装完毕的意思?"

"当然不是,我们安装完都会记得很清楚的,不用做记号的。"

"原来是这样。"

工人把那个线圈撕了下来,郝静跑过来说:"你不要扔啊,把它给我吧,我喜欢。"

工人把线圈从窗外递了进来。

郝静拿到线圈,谢过工人,把窗子关上了。

宋宇纳闷地问:"一个破线圈有什么好喜欢的?"

"我就是喜欢,我还要把它粘在那里。"

宋宇没有办法,看着郝静把刚刚撕下来的线圈粘到了窗内原来的位置上。

宋宇没有说话,郝静装作不在乎的样子,这让宋宇非常不开心。他思索了一会儿,黯然地走出去了……

第二天下午,郝静录完音回到办公室,一眼就看到了满窗的彩色线圈,唯独原本的那个不见了。

郝静看着贴满彩色线圈的窗子,愣了一会儿神,又不由得抿着嘴笑了。

周一例会,苏可总监详细介绍了首席男主播的实战情况,对每个人的策划亮点都给予了表扬,并表示要进一步改进节目形式,增加节目深度,更好地服务人民,才能真正提升节目的收听率。最后她让每一个参加比赛的主持人说说自己在第一轮节目策划实战中的收获。宋宇就把自己从一开始满腔热情到突遭意外,临时调整计划的全部过程和盘托出,大家听得津津有味。

苏可接着说:"这个节目的第一种连线方式虽然遇到了问题,但是第二种模式显得更有创意哈,交警部门从广播中听到红绿灯坏了就赶紧去修了,昨天我还接到了交警部门的电话,说希望与我们合作一下,强强联合能更好地为百姓提供更为准确的出行信息。这样的话,你的节目就可以开辟一个五分钟的交警专栏了。"

宋宇赶紧补充说要感谢安艺总监的指点。

会议结束后,大家围了过来,有个小伙子说:"宋宇,安艺帮了你这么大的忙,你就不表示一下?"

宋宇有些不知所措。那人更来劲了,说:"晚上,我们聚餐啊,宋宇买单,主题就是'感恩有艺'。"宋宇只好答应。

那个起哄的小伙子挨个屋子邀请大家,最后他报了一个名单,宋宇听见有郝静的名字就放心了。郝静并不想去,但是那小伙子太能上纲上线了,说宋宇的实习老师不去哪能行呢,郝静只好妥协。再说,频道的集体活动,她老是不参加也不太合适,就勉强同意了。

下午下班后,同事们去了附近大家都比较熟悉的一家咖啡馆,他们每次到这家咖啡餐馆吃饭,都是各人点自己喜欢的。这里虽然是家咖啡馆,但中西餐都有,容易满足大部分人的口味。

七号房间是他们每次必来的屋子。一是房间比较大,二是这里阳光比较好,虽然晚上没有阳光,但已经变成他们的习惯了。

郝静和韩风一起走的,赶到七号房间的时候宋宇早就到了,那个好事的小伙子领着一群女孩去点活海鲜,商量好了要狠狠地宰宋宇一顿。

宋宇被大家逼着喝了酒,虽然是红酒,但是因为宋宇平时从来不喝酒,这会儿被大家你一杯我一杯地劝着,不一会儿就头昏脑涨了。他用有些迷离的眼神看郝静,郝静只是说了几句祝福宋宇的话,她不敢直接看着他,她知道那样会被大家看出来的,尤其是安艺,现在大家公认她是宋宇的女友。所以临别时,大家都四散而去,就剩下安艺和宋宇在后面。红酒本来后劲就大,这个时候宋宇更是上头了,安艺就叫了醒酒的果茶来,服务生麻利地收拾了桌面,给他们上了果茶。

郝静并没有走远,秋天的风在树梢上轻轻地吹着,她站在离七号房间不远的一棵银杏树下远远地看着宋宇。他担心宋宇一个人回家,但又知道安艺肯定不会扔下他。她出神地看着,其实她什么都没有看见,她已经在思绪纷飞了,她想起两人一起在曼城看梨的开心,想起第一次和宋宇拉手的窘迫与慌张,想起宋宇那个让她战栗又温暖的拥抱。初秋的风轻轻地掠过她的头发,她站在那儿想走开,却挪不动半步。

安艺给宋宇又是倒水又是喂水果,宋宇想起了安艺的手链,他虽然脑袋晕得不行,但还是找到了自己包里的那条安艺的手链,他要还给她。

"这是你的手链,还给你。"

"你都把你的手串给我了,这个你就留着吧。"

"真不好意思,安总监,我不喜欢这样的手链。再说这条手链是女孩子戴的,我也戴不了,我会弄丢的,还是还给你吧。"

"这倒也是,那我戴着吧。我左手戴着你的金刚菩提,右手戴这个好了。"安艺说着把手伸过来,让宋宇给她戴上。

"这个我不会戴,还是你自己来吧。"

"这都不会,你不给我戴,我就不要了。"

郝静站在窗外的树下,刚要挪动的脚步忍不住停了下来。

郝静从玻璃窗里看见宋宇把手链戴在了安艺的手上,她不知道发生了什么,她只觉得心里堵住了。

此时的宋宇只想快点了结他和安艺这份扯不断的手链关系,他尽量避免与她皮肤接触,把手链拉伸开,给她挂在了手腕上。

只一会儿工夫,郝静便从安艺的朋友圈看到了那串金刚菩提,还有那条从废纸篓里捡回来的手链。她心乱如麻,看到这里,郝静跑开了……

窗外秋风渐凉,一轮弯月斜挂在银杏树树梢上。

郝静刚刚愈合的创口又被撕开了,对男人的排斥和不信任感,顺着那个口子疯狂地钻进她的心里,撕咬着她的灵魂。好在郝静经过轩然的疗愈之后精神强大了很多。

郝静找到毛小波,她并没有哭泣,而是告诉毛小波,她想和赵冬交往一段时间,她觉得自己的年龄确实不小了,她不想再这样下去了。

郝静并没有和他提宋宇的事,所以他也没追问,就告诉郝静:"其实人呢,选择了谁基本上都是一个样子的,都会后悔。"

郝静奇怪地看着他,问:"怎么说?"

"这个道理我小时候就明白了,好朋友给我买了一个我心仪已久的,非常漂亮的笔记本,我喜欢得不得了。可是每次想写字时我都很纠结,我是写呢,还是不写呢?写了,我那字你不是不知道,哪能配得上这么漂亮的本子,可是不写呢,这个本子就失去了它本身的意义。所以,我不写会后悔,写了也会后悔,这个本子就是婚姻,不管怎么选择都不会随你心意。"

郝静听完毛小波的话,陷入了沉思。

"你说我的比喻对不对?不过有一点,你后不后悔取决于你对本子的态度,如果你觉得,写了就是实现了一个本子的价值,不写就是保全了对一个本子的完美想象,婚姻也是如此,不管你嫁给谁,你能欣赏他本来的模样,不企图去改变他,那就是你的幸福。"

郝静惊讶地看着毛小波,说:"你好厉害呀,我以为你只是手巧,原来也这么有智慧呀!"

"古人说心灵手巧,心灵就是指一个人的灵性和智慧,凡心灵者必手巧,所以你要学会倒推,凡手巧者心也灵。"

郝静再一次被毛小波的言语惊到了,问:"毛小波,你什么时候进修的,境界居然如此高深了?"

"嗨,一般人我不会和他说这么多的。"

"少给我来这一套了!"

首席男主播大赛第一轮比赛,周一档宋宇的节目获胜,所以,他的节目被保留了下来。宋宇必须要有个搭档,毕竟这个节目的工作量还是很大的。安艺率先抢注了这个节目,因为郝静已经有两档节目了,宋宇也没有说出自己对安艺的排斥,所以,苏可就同意了宋宇和安艺搭档主持。

其实,宋宇是不想和安艺主持的,但是郝静已经有两个节目要操劳了,他不舍得她如此辛苦。想想当初是安艺教了自己那一妙招,所以也就妥协了。

九、一条石头项链

安艺得知苏可同意她和宋宇搭档主持后,别提多高兴了。她趁着周末,做了一套从头到脚的美容。嫁接了一个半永久的睫毛,美容、美体加上汗蒸馆里的奶浴,仿佛想在一天之间变成世界上最美的女人一样。但遗憾的是,无论她怎么打扮,她还是她,喜欢她的照样喜欢,不喜欢的也不会因为她变好看了就改变对她的看法,如同音符,是 do 就永远不会变成 mi。

周一,宋宇像往常那样进了直播间,安艺则是带着无法掩饰的激动和热情跑进直播间的。她兴奋地看着宋宇,以为宋宇会夸赞一番她新做的发型,但宋宇正专心致志地盯着电脑上的文字,只快速地看了一下安艺并打了个招呼,就继续检索他的歌曲去了。安艺有些小失落,但这份小失落瞬间也烟消云散了,因为她知道未来还有很多能共度的时日。

安艺和宋宇主持期间,有听众反映广播信号不是很好,安艺第一时间向苏可汇报了情况。苏可在外出差,就让宋宇和郝静一同前去发射塔对接相关事宜,进行检查。宋宇开心地给郝静打了电话,郝静也接到了苏可的通知。可是,当郝静在约定好的时间拉开宋宇车的副驾驶车门时,却发现安艺已经在副驾驶的位置上坐着了。郝静一惊,有些尴尬,她只好关上副驾驶的门到后排去坐了。

宋宇其实很想让郝静坐副驾驶,但是刚才他一上车,安艺突然跑上来问他去哪,宋宇不会撒谎,安艺就嚷着自己从来没去过发射塔,非要一起去,宋宇没有办法,只好答应。好在并没有看出郝静有任何不悦,宋宇略微放下了心,一路上讨论着为什么信号会不好。安艺兴高采烈地招呼宋宇看这看那的风景,宋宇礼貌地答应着,偶尔也配合惊叹几句,但他也没忘和后座上的郝静互动,郝静也假装很开心的样子陪着他们。

发射塔下,技术部门说需要个男士爬到高塔上配合检测,宋宇自告奋勇地说:

"我来吧。"

郝静抬头看了看高耸的发射塔,一脸担心。

宋宇朝郝静一笑,说:"没事的,有安全绳呢。"

郝静看着宋宇,宋宇也深情地看着郝静,郝静体会到了依恋和不舍的情绪,这感觉让她有种过电的滋味,有花火一样的东西在两人之间无形地燃烧起来了。

宋宇在技术人员的协助下做好了安全防护措施,并认真听了安全指导,他需要踩着那些塔上的支撑物一层一层地往上爬,每爬高一层,他都需要把腰上挂的安全绳往上挂一个位置。这样循序渐进,很快,宋宇爬到了相当于十几层楼高的位置,所有人用手遮挡着阳光抬着头使劲往上看着,安艺喊着:"宋宇,小心点。"

宋宇按部就班地往上爬,用一只手保持住平衡,另一只手把腰上的安全绳往上挂一下。

突然,宋宇大叫了一声,他的身子急速下坠,所有人瞬间惊呆。原来宋宇往上爬的时候忘了把松开的安全扣往上挂一下,也就是说他两手脱空还以为自己仍被安全绳挂着。那个挂钩脱离了塔体,所有人都没有反应过来,宋宇已经坠下几米高度。幸好,那个挂钩突然挂在了一个扶手上,宋宇一下子被挂了起来,在完全懵掉的状态下,宋宇下意识地抓住了附近的一个扶手,塔下所有人倒吸了一口凉气。技术部的人大喊:"赶紧把挂钩套牢,套结实,稳住!"

那个瞬间,宋宇的大脑一片空白,他在坠落的过程中根本无法控制自己,他觉得自己的末日已到,就在他被挂住的那一瞬间,他意识到命运待他不薄,他居然被挂住了。他稍安稳后,突然感到了一股极大的悲楚,他想,如果自己粉身碎骨了,郝静会不会哭成泪人,又会用多久才能忘记他。而他得有多遗憾呢?自己死了居然都没敢跟她表白,就是因为他害怕她不喜欢他。

郝静紧张到脸色煞白,她的眼睛瞪得大大的,仿佛要窒息了一样。安艺反应过来,吓得尖叫起来。技术部的人赶紧比了一个嘘的手势:"别吱声,他现在处于惊慌状态,不能再让他受惊吓了。"

郝静捂住自己的嘴,似乎快要瘫软下去了,她努力地支撑着自己,靠在附近的一棵树上。技术部的人高声喊:"好些了吗?先下来吧?"

宋宇停在那里半天,他想,自己从塔上下去后,一定要拥抱一下郝静,在这个世界上,谁知道明天和意外哪一个先来!可是,他看了看塔下,他那份不好意思又袭来了,所以他下定决心,为了拥抱郝静,他要挨个拥抱一下底下的所有人。

宋宇喊了一句:"没事了,刚才好险。"

郝静听见宋宇说话了,深深地呼出了一口气。她想让他快点下来,不要再爬了,但她却看见他继续往高处爬去。

郝静的思绪游走了好几次,她脑海里想象了无数个版本的假设,她甚至和宋宇想到了一起,等他平安下来,她一定要给他一个拥抱。

当她看到旁边的同事时,这个念头瞬间消失了,她做不到当着大家的面拥抱宋宇,她被自己想象出来的恐惧吞噬了。

宋宇终于爬到了技术人员指定的位置,并在技术人员的指导下把问题解决了,然后顺着刚才的路线一步一步往下走。郝静抬着头,眼睛死死地盯着宋宇,直到他落地的那个瞬间,郝静才深深地呼出一口气。塔下掌声四起,唯独郝静没有鼓掌。

宋宇经历了一场生死劫难,落到地面后兴奋地过来和大家拥抱,他礼节性地拥抱了技术人员还有安艺,郝静看着宋宇在依次拥抱大家,她的心快要跳出来了,她多么渴望他的拥抱,又害怕这个时刻的到来,她看着宋宇拥抱了所有的人,她好怕他漏掉了她,又好怕他没有漏掉她,在万分纠结中,宋宇向她走来,郝静抬头看着宋宇,他们目光碰触的瞬间,她和他同时感觉到心在彼此的眼神里融化,郝静的眼泪不禁流下,宋宇看着她,将她拥在怀里……

因为大家都在,所以宋宇很快便松开了郝静,但这个短暂的拥抱足以疗愈两个人内心深处的痛楚。

那晚,郝静回到家里,一遍遍地回忆着塔下那个温暖的拥抱。

后来,郝静在微信上给轩然讲述了这个经过,她奇怪地问:那个时候,我为什么没有了碰触男士的恐惧感了?

轩然回答:世界上,唯有爱,可以疗愈一切。

郝静:可是,我还是有恐惧。

轩然:你恐惧的是什么?

郝静:我有时候会害怕我爱的人不爱我,或者说,我害怕失去他。

轩然:爱其实是一个人的事情。

郝静:怎么会?

轩然:当你无条件地爱一个人时,爱就已经无处不在了。

郝静:无条件的爱?

轩然:是的,很多人都没有悟透这一点,所以都在为情受苦,很多人觉得你对我好我才会对你好,这样的爱是不会长久的,唯有无条件的爱,才会让你自由。

郝静:我好像还做不到。

轩然:慢慢来,爱情是可遇不可求的,如果爱情来了,就好好去享受每一个当下,大自然是最智慧的,它已告诉我们了,四季都会轮回,情感浓淡总有时,顺应它,珍惜它就好了,这可能也是四季能够长久存在的原因吧。

郝静看着轩然的文字,突然明白了什么。

她惊喜地打出八个字:谢谢你,我好像懂了。

轩然:也谢谢你,让我再次复习了这个道理。

临近情人节,宋宇冥思苦想,想找一种郝静喜欢的方式把爱意表达给她。

郝静最怕父母吵架,或者听见母亲的哭泣声。这些声息,在郝静的记忆里早就编成了程序,这种声音可以一下启动她身体里那头可怖的巨兽。

这天郝静回到家,隔着门就听到妈妈的说话声音有点高,她怔了一下,开门后察言观色,母亲的情绪果然不好。看见郝静回来,母亲依然拉着脸。其实郝静长大了之后,父母还是有所收敛的,特别是父亲,很照顾郝静的情绪,所以郝静进门后,父亲已经打算偃旗息鼓了,可是母亲仍摔摔打打的,让父亲很气不过。郝静想转移话题,让父母把情绪调整过来,可是她突然发现自己已经掉进了一个模式里,她已经带着恨了,她恨自己的父母,既然在一起不开心当初为什么要结婚?为什么要生下自己?如果他们两个当初没结婚,自己或许会生在一个有爱的家庭里,就无须忍受这永远也摆脱不了的恐惧了。所以她的情绪一下子低落了下来,她无声地走进了自己的卧室。这倒让外面的父母感到莫名其妙。

只过了一会儿,母亲又开始抱怨了,这再次点燃了父亲的怒火。只听见父亲一声大吼,郝静一下子缩成了一团,她抱住了自己的脑袋,堵住了自己的耳朵,再次陷进从小就铸就的那份恐惧里。她胆战心惊、坐立不安,又想什么也不要听。但她又害怕父母会因为没有人阻拦,发生让她无法接受的事情。她带着那份绝望和恐惧把自己锁在了她的空间里,无助地独自流着眼泪。

不知道过了多久,外面平息了,郝静依然不安地缩在被子里,浑身微微发抖。

泪眼未干的郝静翻开微信,看见轩然很难得地主动发信息给她,他问:你好吗?

郝静被这突然的问候温暖到了,她看着这几个字,眼泪再一次哗哗地流下来,她哭了很长一段时间,才慢慢地拿起手机给他回:不好。

轩然迅速地回应:发生什么事情了?

我爸妈又吵架了,我很怕。

不要怕,这正是难得的锻炼掌控自己情绪的机会。

郝静:可是我不想听见他们吵架,我觉得我的心都快要碎了。

轩然:我懂你,告诉我你的感受。

郝静:我恐惧、我愤怒、我厌烦、我绝望。

轩然:能告诉我你身体上有什么反应吗?

郝静:我蜷缩在被子里,浑身发冷,手脚冰凉,还想哭。

轩然:嗯,想哭,就哭吧,哭完了,我给你做一个心理实操。

郝静:我已经哭完了,开始吧。

轩然:在做心理实操之前,我想告诉你,这个世界上没有谁有足够的智慧,完全以我们喜欢的方式爱我们,呵护我们。其实,无论是什么关系,沟通都是一件很重要的事情。

郝静:你是说,我应该告诉父母,他们吵架对我的心理造成了巨大的影响?

轩然:嗯,这么多年了,你从来都没有向父母表达过你的情绪和感受,他们其实是不知道的,他们甚至觉得这是很正常的生活状态。

郝静陷入了沉思,的确是这样,她从未告诉过父母她的感受。

轩然继续说:当然,这不是你的错,因为你那时还只是个孩子,没有沟通的意识,所以之后,你一般也不会想起还可以与他们进行沟通。

郝静:谢谢你。

轩然:很好,你已经放下恨的情绪了,不要恨你的父母,因为他们也都是平凡的人,他们不知道吵架对你有什么样的影响,同时,你也要放下自责,这不是你的错。

郝静看着轩然发来的消息,泪水忍不住再次哗哗地流淌下来。

郝静:为什么我会有这么多恐惧?

轩然:其实,每个人都有自己的恐惧,不是只有你一个人有。

郝静:为什么你没有恐惧,而我深陷其中?

轩然:我也有我的恐惧,只是你不知道而已。

郝静:那未来,你会告诉我你的恐惧吗?

轩然:会的,当下我们先来疗愈你的恐惧。

郝静:谢谢你,好感谢你。

轩然:这是我应该做的,我们开始吧?

轩然给郝静发来一段精心制作的音频引导语,郝静按照轩然的要求,非常配合地做了一段心理实操。结束后,她的心里舒服多了,她甚至想试试疗效如何,就像一个腿上有淤青的人,明明知道按它会疼,但还是很想去按一下看看还疼不疼一样。

最后,轩然告诉郝静,以后再遇到类似的会让自己情绪瞬间跌入低谷的事情时,要转换一下模式,先给自己一个提醒,像玩游戏一样给自己一个很卡通的声音,比如叮咚一声,然后检查自己的状态,立刻控制情绪,不要重蹈覆辙。

第二天就是情人节了,郝静非常纠结,她不知道该怎样向宋宇表达她对他的喜欢。她觉得自己先表达了对他的喜欢,是很丢脸的一件事。

她把宋宇最喜欢的费列罗巧克力用一个很精致的小盒子装了起来,里面只有三颗巧克力,她不想让宋宇识破她的心思,但又想表达自己的感情,所以她选择了三颗巧克力,可以藏在她的包里,谁也看不见。

情人节到了,郝静在办公室里故作平静地准备节目的资料,其实心里在纠结自己做的是不是太小儿科了。她想起轩然说的,越是恐惧越要勇敢面对,所以郝静索性把巧克力拿出来放在了桌子上,反正谁也不知道这巧克力是她亲自包的,没准别人还以为是谁送给她的呢。

宋宇在情人节前一段时间,就在冥思苦想。他想起郝静曾经在一期主题为"你最遗憾的事"的节目中说过,她曾在成都的某家饰品店里看到过一条米白色的石头项链,简直是世界上最漂亮的一条了,可惜太贵了就没有买,而那家店主说,很快要搬迁了,不知道店会搬到哪里,也不知道以后还有没有机会买到了。这种自己特别喜欢的东西可能永远不能属于自己的感觉,大概就叫作遗憾了。

所以宋宇请假飞去了成都,费了好大劲才找到了那家卖石头项链的店,但人去店空,的确是搬家了。宋宇费尽了周折,才终于找到了新店址。还好,郝静说的那条项链还在,可能因为价格定得太高的缘故吧。石头项链是米白色的,搭着一枚淡紫色的石头吊坠,确实非常漂亮。说不上为什么,就是很迷人。

宋宇小心地拿好项链,生怕弄丢了。完成这个任务后,他静静地等待着情人节的到来。

那天,宋宇挑小文不在的时候去了郝静的办公室,他的兜里揣着一只首饰盒,他要亲自把石头项链送给郝静。

无巧不成书,赵冬这天匿名送了一束非常漂亮的鲜花给郝静。宋宇进来不久后,勤快的同事就把赵冬送的花给送过来了。郝静谢过同事,宋宇比郝静还积极地问:"谁送的?"

"这个不知道啦,你要问郝静呀,我去录节目了,拜。"

宋宇看向郝静,问:"谁呀,送这么大束的花?"

郝静也不知道是谁送的,一开始她还以为是宋宇在故弄玄虚,但从他的神态来看,确实不是他所为。郝静立刻在脑海里搜索,到底是谁呢?

这时,郝静的微信响了起来,她打开一看,是赵冬发来的:节日快乐!

郝静立刻明白了,回复了一条:谢谢你的花,很漂亮。

赵冬:喜欢就好。

宋宇把花抱到了一边的窗台上说:"白天花会和你争夺氧气,放远一点才好。"

宋宇在花里寻找着送花人身份的蛛丝马迹,但只找到了一个三姐花店的广告牌和一个号码,就打了过去。

宋宇问:"是三姐花店吗?刚才收到一束送给郝静的鲜花,她想让我帮忙问一下是谁送的,也好感谢人家,麻烦你查一下吧。"

"真不好意思,我们这儿查不出来是谁送的,您还是问问朋友吧。希望您能够理解,也感谢您的支持。"

宋宇走到郝静的桌前,问她:"你知道是谁送的吗?"

郝静故意说:"不知道,我还以为是你送的呢。"

"我怎么会送这么俗的花。"

"送花本来就是件很浪漫的事情,怎么能说是俗呢?"

"我得给你分析一下'俗'这个字。"

郝静好奇地看着宋宇。

"从字面上看,就是一个人一个谷,网上查一下你就知道,先民多居于山谷,所谓土地所生习,而今社会上所形成的习惯称之为俗。"

郝静忍不住想笑。

宋宇继续说:"情人节送玫瑰花,是不是大家约定俗成的习惯?所以,送花,是俗无疑呀。"

"算你有理,那,你能想出个不俗的礼物吗?"

宋宇站起身,从外衣口袋里拿出了那只首饰盒,递给了郝静。

"打开看看。"

郝静好奇地打开了首饰盒,看到了那串米白色的石头项链摆在盒子里。

郝静惊讶地看着宋宇,问:"你从哪儿弄来的?"

宋宇得意地说:"那你别管,反正这个,世界上就这一件,独一无二,绝对不是俗的礼物。"

"你买这个做什么?"

"就是不想你有遗憾呗,你不是说,那是一份自己喜欢的东西却不能属于自己的遗憾吗?"

郝静惊讶地看着宋宇,宋宇是那样坦荡自然,真诚流露,而自己却是这样遮遮掩掩,羞羞答答。

宋宇走到郝静桌旁,看见了桌上的那盒包装精美的礼物,伸手拿过去。

郝静要抢回来,但是已经被宋宇拿在了手里。

宋宇好奇地问:"这个又是谁送给你的,还是你要送给谁的?"

郝静羞得脸都红了,仿佛自己的心事被拆穿了一样。宋宇捕捉到了这一点,紧跟着问:"怎么,不会是要送给送花的人的吧?我看看是什么。"

郝静要上前抢过她的巧克力盒,宋宇一躲就躲过去了。郝静非常尴尬,而宋宇又显露出了他霸道和俏皮的一面。

郝静深吸了一口气,想缓解一下内心的局促,宋宇已经把盒子拆开了。

看到了三枚他最喜欢吃的巧克力,宋宇笑着说:"我就知道是要送给那个送玫瑰的人的,这可是绝配呀,巧克力加玫瑰,俗得般配。唯一的创意是只有三颗。"宋宇说完,抬头看着郝静。

郝静有点恼羞成怒的感觉,她向前去抢她的巧克力,宋宇高高地举起,郝静够不到他的手。宋宇后退一下,拆开一颗巧克力塞到了自己嘴里,说:"这是我最喜欢吃的费列罗,凭什么送给别人?"

郝静哭笑不得,她感受到了自己对宋宇的那份发自内心的喜欢,有种渴望在内心涌动,而嘴巴却不承认那是她费尽心思给他包装的。

宋宇一不做二不休,把三块巧克力全部吃掉了,他拿起郝静的杯子,喝了一口水。

郝静看着宋宇拿自己杯子喝水,她突然被心中的渴望吞噬掉了,有一股冲动在心里呼之欲出。宋宇喝完水,看着郝静,没有说话,只是深情地看着她。

他慢慢地靠近她,看着她的眼睛。她呼吸急促,心里有股躁动在偷偷涌动。

宋宇紧紧地拥抱着她,她紧张得不能呼吸,但内心的那份躁动却得到了慰藉,那躁动慢慢松弛了下去,让她感到特别放松,对男人的抵触感也因为这份放松得到了一些缓解。

宋宇的脸慢慢地移过来,直到他的脸紧贴着她的,他用他的鼻子去碰触她的鼻子,他慢慢地闭上了眼睛,用他的唇去寻找她的。郝静突然惊醒了,吓得使劲地挣脱了宋宇的怀抱。

宋宇没有纠缠,疼惜地看着她,眉宇间有着难以言说的忧伤。郝静后退了几步。

两个人都没有说话。郝静平复了下心情,看着宋宇,她对他居然有种莫名的心疼,这心疼激起了她挑战的欲望,于是,她忐忑地慢慢走向宋宇,宋宇充满渴望又欣喜地看着她,那眼神里有鼓舞的信号,郝静更加勇敢地走向前去。她看着他,他的目光深邃而迷人,她一下子扑进了他的怀里,她的身体因为紧张有些微微发抖。宋宇长长地舒了口气,再次紧紧地抱住了她。他的脸在她的头发间摩挲着,他太想亲吻她了,却又知道她需要时间,他紧紧地拥抱着郝静,不舍得放开……

郝静刚刚鼓起勇气挑战了自己，但是接下来，她的心灵又遭到了更多风浪的袭击。

下午上班的时候，一个男主持激动地从电梯里冲出来，手里捧着一份礼物，大呼小叫地招呼大家来看，弄得准备去录音间的郝静不禁也好奇地慢下了脚步。早间节目组的办公室门是开着的。

只听那男主持人兴奋地喊道："宋宇宋宇，有人居然给你买了 ROSEONLY（诺誓）！天哪，这花代表的意义可一般。"

一群同事围过去看，郝静听见宋宇两个字，不禁侧耳聆听。

那个男主持人说："你们知道吗，每一款 ROSEONLY 的产品，都搭配着无法替代的唯一真爱证明。落笔为证，见证唯一所爱。这意味着送礼之人此生不能更改他所爱的人。"

另一个女生说："哇，那就是说这个女生是铁了心只爱宋宇一个人，永远不想更改了呗？"

"那是，不过我只听说过男生送给女生的，今天第一次见到女生送给男生，宋宇，你仔细看看，你得让大家知道这是谁送你的。"

好多人跟着起哄道："对对，必须公开一下，必须的！"

"我也不知道谁送的呀，不就是玫瑰花吗，哪有什么稀奇的，谁喜欢谁留下，都散了吧。"宋宇说。

郝静听到这儿，加快了脚步向录音间走去。

其实，宋宇一看就知道是温小夏送的，他觉得温小夏绝对不是能跟他共度余生的那个人，因为他遇到了郝静，他觉得郝静才是那个能激起他保护欲和激发他超能力的人，他在她面前不用修饰、不用压抑、不用勉强、不用矜持，这让他很快乐。所以，就算温小夏铁了心想和他在一起，他也不会再迁就温小夏了。

安艺大张旗鼓地订了晚宴，邀请宋宇参加她名为两个人一起主持节目一个月的总结会。这个堂而皇之的借口让宋宇欲辞难言，最后，他还是决定去了，毕竟安艺没有提及别的目的。

安艺在朋友圈里发了她和宋宇吃晚宴的合影，文案虽然发的都是工作相关的词语，但是明眼人都能看出端倪来。郝静也看见了，她的心里又产生了不安全感，就像一只刚刚学会飞翔的鸟，在起飞的时候，正好碰上下雨天。

宋宇担心郝静会有不舒服的感觉，想要解释，又怕解释多了反而让郝静更不舒服，所以就索性不解释了。

当然，两人之间，他也无法确定有什么，因为郝静始终没有表达过她对宋宇的感觉,甚至她还没有从自己的恐惧中完全走出来。所以他只能靠猜,郝静就像是一则谜语,但他对她有足够的耐心。

郝静也在猜,因为她有时也看不清宋宇和安艺到底是什么情况,更不明白这ROSEONLY到底是谁送给宋宇的。当然,她不可能去问宋宇,因为她没有理由这样做。郝静觉得不像是安艺所为,因为安艺不管做什么都会立刻晒出来,郝静就多了一份担心,难道在别的地方,还有一个人也喜欢着宋宇?这也不是不可能,毕竟宋宇是个非常优秀的人。

首席男主播大赛的比赛程序中有一项是拓展训练,大多数人既期待又有点恐惧。

一大早,所有参加首席男主播大赛的人就全部被带到了拓展训练现场,导师提前统计了人数,从台里调了相同数量的女生过来。其中,郝静就是被苏可调来做那块补缺砖的。当然,也是因为她是去年的首席女主播。

导师告诉大家本次活动要先分组,在接下来这几天的训练中,都将和搭档一同训练,而且每组都必须由一男一女组成。在拓展训练中,不管面对了挑战还是其他什么,都必须相互鼓励,相互支持。大家开始偷偷看向自己中意的搭档,宋宇心里一喜,对拓展训练的排斥感瞬间烟消云散。他觉得只要和郝静一起,做什么他都愿意,所以他不禁看了一眼郝静,嘴角扬起了一抹微笑。同样喜不自胜的还有安艺,她一听说要男女生组合,就迅速来到宋宇的身旁,生怕他会被别人抢走了一样。人分为两种类型:一种是先思考再行动的,一种是先行动再思考的,安艺属于后者。

那一瞬间郝静也想到了宋宇,可是,她眼睛的余光看到安艺迅速移动到了宋宇的身旁,她有种很奇特的感觉,她故意向离宋宇更远的方向移动了一下,仿佛在说:你们搭档吧,我才不屑与你搭档呢。

安艺对宋宇说:"宋宇,就你了,反正我们本来也是搭档,至少我们会默契一些。"

郝静的眼睛虽然没有往安艺这边看,可安艺的声音却清晰地飘进了她的耳朵里,那声音那么刺耳,扰乱了郝静的心绪。

十、生死相依

宋宇是个不会拒绝别人的人,尤其面对女孩子的追求,他只会躲,不会准确地表达自己的内心想法。

宋宇当然察觉到了郝静此时的退缩和逃避,那是她固有的反应模式,她永远不会主动表达她的喜欢,不会像安艺那样积极地去追寻谁。

宋翔一门心思想晋升,目的是不想让宋宇霸占了集团的主要负责人位置,否则未来这个家基本就是哥哥说了算了。宋翔在社会上闯荡多年,他觉得自己比哥哥的社会经验多,所以开始染指人教科的事务。他决定给集团招兵买马,他这么做也没有别的意思,就是想试试自己在集团的影响力,所以宋翔给人教科写申请说他需要一名得力助手,这个助手需要他自己审核定夺,不用集团费心。

宋翔的这个要求报上去之后,宋董本不想干预,他觉得宋翔上次把种树风波处理得非常稳妥,加上生态旅游区的规划也让他比较满意,但是,宋董觉得还是一码归一码,他不能给宋翔这个特权,他想给宋翔一些磨砺的机会,因为他知道宋翔缺的是持之以恒的奋斗精神。

宋翔从人教科执行总监那儿得知,宋董说必须要宋宇审核后才批准,宋翔觉得在父亲那里,他还是很没有话语权的。他好不容易招到了一个叫李硕的很干练的助理。宋翔才不在乎哥哥的决定,他只管在朋友面前赚足了面子就好,所以李硕就跟随宋翔了。不管宋翔吩咐了什么,李硕都能第一时间准确做到,这让宋翔无比得意。他就是想让父亲看看,自己比哥哥强很多。哥哥只会纸上谈兵,而自己早已经开始涉世经商,开发新项目了。

宋翔喜欢让底下的人直接处理问题,他只管结果,所以李硕就开始帮他打理很多事情。比如景区建设中大大小小的工程项目，有的不能立刻结账的，李硕总能和人家谈妥交易，延后支付，这让宋翔无比欣喜和依赖他。一时间，宋翔忙得不亦乐乎，所以让他生气的事也就忘了。他觉得他会有办法让哥哥不得不答应他的要求的，他坚信，谁都有用到对方的时候，只需要等哥哥有事来求他一次，他就可以拿这件私自用人的事儿来交换了。

宋宇虽然想和郝静搭档，但当安艺站在他面前时，他就无力拒绝了，他只能任其摆布。郝静非常不喜欢宋宇这一点，她觉得宋宇作为一个男生，应该有担当，既然他想和自己搭档，就应该勇敢地站出来，而不是被动地接受别人的邀请。可是郝静又想，如果她是宋宇，未必有那个胆量拒绝安艺。

导师的一句话为郝静和宋宇点燃了希望，导师说："所有人到一号房间，不要说话，按照我的要求去做。"

大家在工作人员的引导下去了一号房间，门口站着两位发眼罩的女生，郝静看见苏可总监已经在室内了。

导师说："各位，现在，我们是二十个人，十个男生，十个女生，助教是穿黄色上衣的，在拓展训练中，你们有问题可以随时请教他们。"

助教都是各个频道的负责人，大家心里安稳多了。

"接下来，请各位把眼罩戴上，有困难可以找身旁的助教协助你。"

在场的学员纷纷将自己的眼罩戴好，助教开始挨个检查每个人的眼罩，确保他们看不到任何东西。

"接下来，请各位在屋里随意地来回走动，不用担心，助教会保护你，你只需要安心走动即可，但不许说话。"

现场所有人开始慢慢走动，谁也不知道导师的葫芦里卖的是什么药。

导师说："现在，请各位伸出你的双手，去寻找一个人，你可以试一下对方的手，如果你们彼此愿意，就可以停下来，你们就成了这次拓展训练的搭档了。"

现场发出一片惊讶的声音，导师"嘘"了一声，现场再次回归安静。

导师又说："五位助教，按照我们的计划，你们每人负责两对牵手的搭档，确保他们一定是一男一女，不可以是两个女生或两个男生，如果是，请将他们的手分开，让他们继续去寻找。"

此时的宋宇既惊喜又紧张地在房间里走着，他开始忐忑起来，他不知道能不能抓住郝静的手，他使劲祈祷，一定要让他抓住郝静的手。

宋宇第一次抓住的就是郝静的手，他们彼此并不知道手里的人是谁，就在他们即将决定选择的时候,安艺将自己的眼罩偷偷拉了一下,她一下子看见了郝静和宋宇的手牵在了一起,于是迅速地拆开了他们,又假装不经意地拉住了宋宇的手,然后她用另一只手把自己的眼罩拽好,紧紧地拉住了手里的宋宇。宋宇觉得可能是助教看见他拉住的是男生的手,就把他们分开了,接下来又一只手出现,他拉了一下觉得一定是女生的,便没有再动,等待导师的引导。

"好的,所有人,站住别动,所有人,站住别动,确保自己手里只有一个人的手,不能左右都有。请各位不要松开手,用另一只手摘下眼罩,看看你手里的搭档,是不是你想要的那个。不管怎样,命运就给了你这样一个搭档,不管你多喜欢对方,或者你多么排斥,他都是你的。接下来的时间,你们要一起面对各种挑战,你们需要互相支持,也需要彼此加油。"

宋宇摘下眼罩,他不大敢看手里的搭档是谁,但又迫不及待地想知道是不是郝静,等他从漆黑的世界渐渐看清手里的人是安艺时,他礼貌地向安艺点了点头,然后他的目光寻找着郝静,终于在不远处的角落,遇见郝静看过来的目光,郝静的手里是一位叫庞华的男生。两个人都叹了口气。

这一切,被一个助教看在眼里,那就是苏可,可苏可恰好不是负责他们两人的助教。所以当苏可无意间看到这一幕,她想说什么时,她犹豫了,第一,那个不是她的负责范围,第二,除了导师,现场谁也不许说话。所以,苏可只能忍住了。

导师又说:"刚才选搭档的环节,其实也能够反映出每个人的行事模式,当我说开始选搭档时,有些人很主动地去选了自己喜欢的那个,而有些人,想选自己喜欢的但是又不好意思,便等着喜欢的人来选自己,结果自己喜欢的人被别人选了,就只能在心里暗自遗憾。其实,人生不也是如此吗?有多少机会都在你的不好意思里失去了,而生命中还有多少机会是能等来的呢?今后的时间里,如果机会摆在面前,你还会再等吗?"

宋宇的心里起了波澜,他不由得开始反思:是不是不敢拒绝也是一种缺陷,自己怕的到底是什么?

郝静也在反思:为什么一定要等对方来选自己呢?为什么安艺就可以主动去选择,自己却不敢,自己怕的是什么呢?

郝静和宋宇都在思考,但两个人都没有找到答案。所有人一起被导师带到了拓展现场。

郝静看着高空轨道,不禁有些打寒战。假如搭档是宋宇,她就不会害怕,但是,面前的庞华和她不是一个频道的,她多少有一些不安。

第一对搭档在专业教练的协助下穿好了防护服和安全绳,双双爬上高塔,开始第一轮"生死相依"的拓展。两个人在高空手心相对,相互支撑,脚蹬在后面的绳索上,身体斜撑着,一步一步,艰难地往前走。这个动作看似简单,但对两个在高空的人来说,是极其困难的。两人如果不够信任对方,就会导致支撑力失衡,那他们将无法移动。虽然掉下来也会有安全绳保护着,但是大家依然看得胆战心惊的。

兴许是导师的话鼓舞了宋宇,他找到郝静,小声说:"要不,我们两个一起上吧?"

"我有自己的搭档,我们要遵守规则。"

"其实,我一开始是想选择你的,哪里知道安艺会跑过来。"

郝静心里虽然被稍微暖到了一点,但还是很理智地对宋宇说:"我们要面对现实,先好好准备拓展吧。"

宋宇做了个鬼脸,继续和大家一起看空中的两个人,导师提醒大家要观察两人的动作,以便稍后自己操作时有经验可循。

终于轮到宋宇和安艺了,安艺兴高采烈又胆战心惊地向宋宇撒娇:"喂,你可要好好握住我的手,我没有力气的,你可千万不要让我掉下来,我会吓死的。"

宋宇说:"我也是第一次做这个拓展项目,没什么经验,我也说不好会怎样,你小心就是。"

安艺带着哭腔说:"你不要吓我,你快点安慰我呀。"

"没事的,掉下来也有绳子保护着,不用怕的。"

"喂喂喂,你这算是安慰吗?"

两个人爬上了高塔,开始相互握住手腕,身体斜撑着,脚蹬在后面的绳索上,一步一步地向前挪着,导师给他们掐着秒表,看哪一组的速度是最快的。

塔下的郝静看着宋宇,还有他对面的安艺,她出神地想,假如这是场婚姻,那么安艺的主动是不是已经成就了他们?宋宇会不会因为不好意思拒绝而与她真的在一起了?而且,现在也很难说宋宇是不是也喜欢安艺。反正安艺是铁了心想和宋宇在一起,那依着郝静的性格,她是不会去争的,毕竟强扭的瓜是不甜的,而她也无法洞察宋宇的内心。

此时的宋宇全神贯注于拓展项目,他完全没有办法想别的,因为,只要一走神,失衡感就会加大,完全没有办法走下去。

安艺目不转睛地看着宋宇,内心十分恐惧。她不停地絮叨着:"好怕呀,好怕呀,反正我把自己交给你了,一切都听你的,只要别让我掉下去就行。"

"不要说话,看着我的眼睛,我不会让你掉下去的,相信我,一步一步地往前挪,和我一个节奏,来,左脚,右脚,很好。"

虽然离地面很高,但郝静还是清晰地听到了宋宇的声音,因为她太熟悉那声音了,她的眼睛看着空中两个人的身影,思绪不知道又飘到何处去了……

塔下大家不断地加油叫好,安艺在宋宇的引领下一点点走到了终点,截至目前,他们用时最短。胜利的那一刻,安艺热烈地拥抱着宋宇,宋宇也显得无比兴奋,当兴奋消散后,他的眼睛又开始寻找着郝静……

郝静又替宋宇开心,又有一些遗憾。这时她想起了宋宇从塔上坠落那件事,这次拓展她真的很想和宋宇一起经历,可是,他们就是失去了机会,不会再有了。郝静不禁想到,生活何尝不是如此……

是的,每个人都有自己的处世模式,那个模式正是促成一切结果的因子,要想改变轨迹,必须改变前面的模式,但那个模式,一定很难改变。

轮到郝静上塔了,她其实是无比紧张的,但是,她不想把情绪表现出来,就忍着那份紧张。宋宇知道她很害怕,在郝静上塔前悄声对她说了一句:"没什么好怕的,其实就是配合的问题,你只要完全信任对方就可以。"

郝静听着,内心来不及分析,就已经到高台上了。她往下一看,腿就开始哆嗦了,那个叫庞华的男生,他的眼睛因恐惧瞪得大大的,他惊恐地盯着郝静的眼睛,从他嘴里冒出来三个字:"我好怕。"

看到这一幕,郝静无奈地笑了,但是为了稳住身体,她不得不强作镇静地对他说:"别怕,跟我的节奏来,深呼吸,放松自己,看着我的眼睛。"

其实郝静是在模仿宋宇,她突然意识到自己占据了主导地位,而且,她必须负责到底,否则,就会有掉下去的危险。既然接手了这个主导的位置,就只能硬撑了。郝静发现当她开始为这件事负责时,她就完全没有了一开始的恐惧,虽然紧张感依然在,但是已经可以克服了。

庞华一直用惊恐的眼睛盯着郝静。他看起来人高马大的,现在居然被吓得浑身发抖。郝静让他看着她的眼睛,却发现这是个错误的决定,因为她看见那双眼睛就想笑,她一笑,就失去了很多力气来支撑,而且她怕自己笑会影响庞华,她只好向对面高高的杨树看去,她一边轻声地喊着左脚,右脚,一边看向那树梢。树上的叶子非常繁茂,突然,一阵风吹过,那树叶发出沙沙的声音,那声音仿佛是个按钮,让她瞬间非常紧张。她的手开始发抖,庞华立刻感受到了郝静的恐惧,他的眼睛瞪得更大了,两个人的身体有些失衡,脚步明显慢了下来,随时有跌落的危险。

庞华说:"怎么办?我们要掉下去了。"

郝静被庞华一喊,清醒了过来,赶紧调整状态。

"不会的,先停下来,深呼吸,我们调整一下平衡,你少用一些力。"

导师不失时机地说:"在工作中,需要我们团结协作的事情很多,然而,你们是否能够彼此绝对信任对方呢？假如，我们身上没有安全防护措施，你是否敢轻易将自己的生命交给对方？即使有状况发生，你是否可以冷静地面对，镇定地调整？"

宋宇在塔下跟着郝静移动，他没有说话，他想，若她掉下来，他可以接住她，但其实，她如果真的掉下来，是会被安全绳吊住的。

郝静在紧张地调试中无意间向下看了一眼，她看到了宋宇，宋宇就在她的下方，一直仰着头跟着她移动，她突然被一股温暖包围了，满怀的能量瞬间填充了她的肺腑，郝静不由得深吸了一口气。

在郝静的努力下，庞华再一次后移重心，两个人总算是平衡住了。他们又开始一点点地往前挪动身体。但是，他们耽误的时间比较多，最后，郝静和庞华的成绩是倒数第一。

导师说："现在请正数第一组的主导者和倒数第一组的主导者出列。"

宋宇和郝静两人从队伍中站出来。

"现在，我要给大家最后一次机会，那就是，正数第一的主导者和倒数第一的主导者两个人组合，重新登塔。"

宋宇没想到会有一个这样的机会，开心极了。郝静也非常开心，但是她喜欢掩饰自己，只是对宋宇回应性地笑了笑，这足以让宋宇满心欢喜。

"亲爱的同学们，这最后一次机会是想告诉大家一个什么道理呢？没错，只要你是那个负责任的人，就一定会有更多机会，无论生活给了你什么样的不公平待遇，只要你肯负责到底，就一定还有机会东山再起。"

两个人登上了高塔，开始行动。宋宇看着郝静说："别怕，有我呢。你刚才做得很棒，只是你的队友拖累了你，我要和你一起创造奇迹，打破纪录。"

郝静看着宋宇的眼睛，那眼睛深邃而又温情，郝静突然想到，刚才，安艺也是这样看着他的眼睛，他的眼睛同样是深邃而又温情，那是他特有的眼睛。所以，郝静赶紧把脑袋里的思绪赶跑，开始调整自己。

"我听你的，开始吧。"

"你不想做主导者吗？"

"我只想听你的，刚才，是万不得已，我不想做主导者。"

宋宇再次深情地看着郝静，他太喜欢她了，他想让她被自己呵护着，可是，他又想给她更多机会。

导师宣布开始后，两个人非常默契地移动了起来。这次，宋宇有了更多的经验，他引领郝静步子要小一点，快一点移动，不要贪图大步前行，一旦出错只会耽误更多时间。这一尝试果然奏效，两个人的移动速度非常迅速，以至于导师都在塔下激动不已。

导师说:"大家看到了吗？每一次历练都能得到一些收获,他们已经能轻松自在地在空中漫步了,自然和放松才是成功原本的模样。我敢断言,这次一定是本次拓展训练耗时最短的。"

塔下的掌声响起,郝静和宋宇在空中的速度更快了一些,导师按下秒表的瞬间,不由得发出惊呼:"天哪！这是我们今年拓展训练的最高纪录啦！"

全场响起雷动般的掌声。

掌声平息过后,大家兴奋地互相庆贺,郝静的耳边飘来了安艺的声音。

"宋宇就是厉害,和倒数第一都可以破纪录,你说如果再和我这个第一组合上阵,是不是会更快？哈哈哈。"

几个女生迎合了几句,郝静没有说话,只是听着。

宋宇跟过来,对郝静轻声说:"你有没有发现一个问题？"

郝静用目光奇怪地询问他。

宋宇小声说:"你刚才既没有害怕握庞华的手,也没有怕握我的手。"

郝静大吃一惊。

"我发现,恐惧,它是保护我们的,当你心里升起另一个更大的恐惧时,那个稍微轻一点的,就会销声匿迹。"

郝静下意识地看着自己的双手,她刚才完全没有考虑过恐惧碰触男人这个问题,这让她非常欣喜,这说明,她的这份恐惧,已经没有那么严重了,已经排在了安全感的后面。接下来,郝静突然被导师的一句话激起了一阵紧张感,导师说:"下面,我们要再一次蒙上眼睛,选择新的搭档。"宋宇的心也兴奋地跳了起来。

郝静虽然被兴奋和紧张包围着,但是,她并未喜形于色。

安艺赶紧靠近了宋宇一些,这样比较容易找到他。

在导师的引领下,所有人又被蒙上了眼睛。在助教的协助下,大家在教室里无序地走动着,最后,导师让大家开始寻找自己的搭档。说来也巧,这次,郝静和宋宇又拉住了彼此的手,而安艺,又故伎重施,但当她拉下眼罩的瞬间,苏可毫不客气地给她拉了回去。安艺并不知道是谁拉的,但是她断定一定是助教,所以,她也不便继续拉下来了,就在这时,一个男生拉住了她的手,导师宣布所有人停止走动。

当宋宇拿下自己的眼罩,看见手里拉住的是郝静时,不由得深深吸了一口气,他满脸喜悦,紧紧地拽着郝静的手,郝静也感受到了来自宋宇的力量,她的心里暖暖的,满是感动,原来命运也可以这样安排。

安艺看着自己手里的新搭档,又看着郝静和宋宇正牵着手,嫉妒之火再一次燃烧了起来。她不明白,怎么会那么巧,第一次他们就牵在一起了,自己机智聪明才分开了他们,可是,这次,怎么又那么巧呢?一定是这两个人耍赖,偷看了。安艺心里很不是滋味。

尤其导师接下来的一段话,让安艺简直无法忍受。

导师说:"这次大家盲选的搭档将不再更改,在这次拓展训练结束之后,你们依然是结对相互提高的成长组合,可能后续也有一些课程需要跟进,你们要彼此扶持,相互鼓舞、监督和共同进步。"

接下来玩的这个拓展项目,让大家大跌眼镜。导师居然让他们用曲别针去跟店主或者路人交换物品,对这群很有优越感的主持人来说,是非常难为情的事情,大家根本放不下面子。

导师的教导总是能给宋宇巨大的启发。

导师说:"你们是主持人,就应该有优越感吗?你们长得比别人漂亮就应该享受特殊待遇吗?错!多少年来,你们被自己的优越感蒙蔽了,所以,你们供奉着那份优越感生活了很多年,最后形成了一个外壳,那外壳越来越厚,倘若某天,你的优越感突然消失了,你将无法适应原本正常的生活。所以从这一课中,我们要一起打碎这份优越感,还原到原本的你。"

宋宇听着这些话,被深深地触动了……

所有人开始了行动,各有各的方法。

先是有人换到了一支笔,在微信群里欢呼雀跃,接下来,有人换到了伞,更是激动不已。郝静和宋宇到了一家洗车店,他们想换一个汽车饰品。一开始,这家汽车美容店的胖胖的女店主以为来了生意,热情地上前服务,一听说是拿曲别针换东西的,就立刻变了脸,说他们是大骗子。这样羞辱宋宇或许他还不会生气,但她居然连郝静一起收拾着,说真没想到,现在这么漂亮的女孩都开始加入这样的行列,真是令人遗憾,这个社会干点什么生意不能挣钱,非得做这个。这让宋宇非常恼火,要不是郝静拦着,他真要跟她翻脸说几句不太中听的话出来。

郝静拉宋宇到了隔壁洗车店,看样子,两家是竞争关系。

隔壁店的店长是一位瘦瘦的女子,她弄清了他们的来意之后,很爽快地跟他们交换了一个漂亮的车载小花篮和一个车载挂坠,郝静非常感动。

旁边那个胖店主走出了店门,朝着自己家养的金毛含沙射影地说:"也不看看谁给你的东西就吃到嘴里,不怕噎着吗?平常计较那么多的人,这个时候装什么大方?真以为给乞丐一个馒头,自己就是女菩萨了?"

瘦瘦的女孩知道她指桑骂槐,气得脸一下子红了,郝静赶紧安慰她:"听不见,就是风,听进去了,就会被呛到,不要跟自己过不去。"

宋宇感激地对店家说:"你的付出不会白费,你的善举也必然会得到一个善报,这个很快就会实现的,遇到这样的邻居,不要懊恼。"

是的,宋宇没有忘记隔壁店主的冷眼和辱骂,他要给她点颜色看看,他还要让她悔青了肠子。

宋翔正在和一帮朋友谈天说地,宋宇的电话打过来了,宋翔一看是宋宇,不由得嘴角上扬,得意地接起来。

宋宇问宋翔集团有多少辆车,平时都在哪洗车,能不能调十辆车来一家洗车店,因为那个洗车店是一个生活很困难的同学开的。

"哥哥平常不都是不食人间烟火的吗,今天怎么关心起来洗车店的同学的生意了?你就告诉我你的目的是什么,我立刻去办。"

"其实也没什么,就是恰好看见同学开了一家洗车店,被隔壁同行欺负了,我想给她拉点生意,气气那个人而已。"

"哎呀哥哥,这事就包在我身上了,你算是找对人了,打抱不平这种事,我是最擅长。给我发个位置和店名,我马上调集车辆,十分钟之内我保证让隔壁老王羡慕得吐血,保证她以后再也不敢欺负你同学了。不要走开,你亲眼看着,我是怎么给你同学找面儿的。"

"但是不许欺负人家,我只是想让她明白一个道理:不要瞧不起任何人。"

"放心吧哥哥,我保证不欺负人,只让她羡慕得要死要活的行吧?"

宋宇听宋翔做了保证,就放心了。宋宇又叮嘱了一句:"记住,不管旁边那个店主怎么拉拢,都不能过去,你和去洗车的人说一声,如果她要拉生意,就说一句话就行。"

"哥哥怎么指示我怎么做,你说吧。"

"车主只需要说一句话:我们是曲别针换的,只在这家消费。"

"曲别针换的?哥,这太费解了,听不懂呀。"

"去做就可以,懂的人自然会懂。"

"没问题,我这就吩咐去办。"

宋翔的聪明之处在于,他从来不会在对方需要自己帮助的时候提条件,他会等事情办妥了,再邀功请赏。

兑换物品的环节时间比较长,也比较自由,宋宇邀请郝静在对面三楼的咖啡店喝杯咖啡再走。郝静一开始觉得不妥,宋宇执意要去,郝静只好妥协。

其实,宋宇之所以选择在对面三楼的位置喝咖啡,是有他的目的的。从对面三楼的窗口,可以清楚地看见即将上演的大戏。

宋宇选了靠窗的位置坐,还把窗帘彻底拉开了。往外看了一眼,可以看见对面的两家洗车店,他满意地坐了下去。

郝静毫无察觉,她并不知道宋宇和他弟弟打电话这件事,更不知道接下来会发生什么事情。

突然,宋宇的脸上露出了微笑,他示意郝静看外面,只见一辆一辆的车,开始在那家跟他们用曲别针换饰品的店门前排队,等待办卡洗车。一时间,小小的汽车饰品店前热闹了起来。

宋翔并不是找了十辆车,他是调集了一百辆车,排成了一条长龙,蜿蜒地停靠在路旁等待办卡洗车,他就是想让宋宇看看,自己的实力有多强,十分钟时间,一百辆车到位。

郝静惊讶地说:"哇,这是你干的吗?你刚才是给谁打电话?怪不得你说善有善报会立刻实现的。"

"我只是想让那个店主,以后不要再那样欺负人了。"

"真是大快人心呀,不知道那个店家看见了会是什么感受。"

其实,当前几辆车停靠在瘦店主店前的时候,胖店主就出来拉生意了。

胖店主说:"哎呀兄弟,到这边来洗车呀,我这边比那边宽敞,洗得更干净呢。"

车主很机械地回答:"我们是曲别针换的,只在这家店消费。"

胖女人又去招呼下一个兄弟,让她没想到的是,每个车主都是同一套说辞——曲别针换的。

这为宋宇和郝静彻底出了口气。回到课堂做总结的时候,宋宇把故事讲得非常有趣,大家惊讶地听着,最后笑得前仰后合,待大家笑够了,导师说话了。

导师说:"宋宇,你用不伤害别人的方式,教育了别人,但是,你有没有发现,你有复仇的心理。"

"我那是思想教育。"

"有时候,我们总觉得别人伤害了我们,我们就必须还以刀剑,仿佛不还,自己就吃了亏。"

所有人不说话了。

导师说:"有这样一个故事,师徒两人遇见一只受伤的蝎子,师傅要救它,蝎子却蜇了师父三下,师父依然要救它。徒弟不解,问师父,蝎子伤害你,你为什么还要救它?师父说,蝎子蜇人是它的本性,而我救它是我的本性,我不能因为它的本性改变了自己的本性。"

安静的现场发出顿悟的声息,导师又说:"还好,宋宇同学用的是教育的方式,不过对方能否领悟到并不好说。而且这个成本太大,一百辆车不管是不是需要洗车,都跑到一个地方去硬被洗车,这个耗能方式真的是要教育对方吗?其实不然,你的内心深处是想对刚才她伤害你的行为进行报复,让对方感受到一百辆车不去她家洗时的遗憾,从而获得报复的快感。"

宋宇不由得笑了,他觉得,这个导师实在太厉害了,句句戳中了他的要害,仿佛会读心术一样。宋宇突然觉得,一名优秀的主播也应该具备导师那样的思维和认知,这样才能做到引领社会正能量。一个优秀的主持人,不仅仅是陪伴,陪伴只是基础,他要在这个基础上得到升华。

导师突然笑了,大家又被悬念的氛围包围住了,谁也不知道接下来会发生什么,都好奇地看着导师。

导师说:"接下来,最后一次重选搭档。"

大家叽叽喳喳地讨论着:"刚才不是说是最后一次选搭档了吗,怎么又一次?"

"是的,在我们的现实生活中,总会有已经定好的计划被突然打乱的时刻。比如你换了个主管或者换了个总负责人,很多你认为不可能改变的事情也都变了,也许你一时不能接受,但改变依然在发生着,是抗拒还是接纳,这恐怕不是你能自由选择的。因此,我们要盯准目标,以目标为导向,过程怎么样,自有他的道理。"

安艺觉得这是一次宝贵的机会,所以,她绞尽脑汁地在想如何牵到宋宇。

安艺再一次作弊了。她把眼罩戴得略微高了一点,头使劲抬着就可以看到脚下的一片区域,所以,她就不用再动手掀她的眼罩了。所以,她再一次避开了助教的监督,将宋宇抓在手里。

宋宇睁开眼睛,想看手里的人是不是郝静,却一下子看见了安艺的笑脸,他只好向她礼貌地笑了笑。

郝静抓到的是文艺频道的一个男主播的手,那主播叫郑小磊,所以播音名就叫小磊,人长得高大帅气,清瘦又有些文艺气息的那种,据说吉他弹得不错。宋宇上下端详了一番小磊,他不喜欢小磊拉着郝静的手,但是却没有办法。

宋宇向郝静看过来的时候郝静也正在看他,目光相遇,她向他笑了笑。

本次拓展训练课结束后,导师建了一个群,她要求每个人都要在群里发这次拓展的总结和感悟,并把今后的发展方向写出来,规划好未来的行动计划。最后导师还给大家留了一份课外作业,她要求每一组成员都要组织一次募捐活动,募捐到的钱全部用来资助失学儿童。时限一个月,过程和成果都要在群里发布。

当晚,帮了哥哥忙的宋翔不失时机地在餐桌上和哥哥套起了近乎,宋宇觉得这个事让父亲知道了不太好,就没怎么搭话。饭后宋翔紧追不舍地跟到了宋宇的书房。

"哎呀我的亲哥哥,你真是很少让我帮忙,今天让我觉得太爽了,我想隔壁老王一定气得吐血。哥,今后你再需要这样的帮忙,尽管告诉我就是,全包在我头上了。"

"我也是碰巧遇到,一般情况下,我不会这样的。谢谢你了。"

"你是我亲哥,还要这么客气,今后有啥事你尽管告诉我,我全能给你摆平了,毕竟你在国外那么多年,对家里的事情都不熟悉了。"

"你是不是还有什么事情要找我?"

"果然是亲哥,心有灵犀呀。我呢,有一事相求。"

"你说。"

"咱爹管我管得太严了,我就是选了一个助理,他非让我经过你的同意,多麻烦呀。"

"我又没接人教科总监的职务,为什么要经过我的同意?"

"咱爹赏识你呗,人教科总监的位子他一直给你留着,你就跟执行总监说一声呗,我都用这个助理快一个月了,快点给我办了,我也好给人家个交代呀。再说,人教科给我招的助理都不好使,我不喜欢,工作起来别扭,你说我要了这样的有什么用呀?"

"你的这个助理是什么来路?"

"我的一个好伙计给我推荐的,绝对没得说,你就跟他们说一声,我还能坑咱自己家人吗?我选人也是很谨慎的,哥,我现在就跟执行总监打视频电话啊。"

说完,宋翔就摸出电话跟人教科总监微信视频,宋宇说:"喂,你这样也太草率了吧?我又没答应咱爹管理人事,这件事还是人教科自己去把关吧。"

宋翔那边的视频电话已经通了,宋翔客气地打着招呼,把自己和哥哥拍进屏幕里。

宋翔说:"关于我爸让我请示我哥这件事,现在我请示了啊,我哥表示同意,你就别担心了,明天就办理吧。"

人教科执行总监说:"好的,我明天就去办理,董事长交代的事,我必须照章办事,这也是为董事长和集团负责,不好意思了啊,既然您两位都同意了,那我明天立刻去办,放心就是。"

电话挂掉,宋宇无可奈何地说:"以后这样的事,不要来找我,我什么都不知道,这样轻易放人进来,不加了解和调查,很容易出问题的。"

"哎呀,我的亲哥,我也是咱爹亲生的,我能坑爹吗?再说了,我就要一个助理而已,你就放心吧。"宋翔刚要和哥哥道别,突然又说,"哎,对了哥,你不想当人教科总监,你可以推荐我当呀,你说你对公司的事不感兴趣,我得顶上去呀,不然日后谁来撑着这集团?"

"你好好锻炼就是,集团,你多关注一点,我的确不太想参与管理。"

"哎呀,亲哥,你以为你不想参与,就可以不参与吗?咱爹可不这么想,他觉得你才是他的得力助手加未来的继承人,要是你真不想介入,还是早点告诉爹,不然他一直指望着你呀。"

"我又不是第一次告诉他了,我有我的梦想,我会去做自己想做的事,集团的事,爹和你好好掌管着吧。如果需要我,我也会尽力而为,但是把我整个人拴在那里,那不可能。"

宋翔听完,像是吃了一颗定心丸,心里踏实多了。之前,父亲送哥哥去国外读书,读企业管理,读经济学,他有些担心,因为,他自己实在是什么书都读不进去。他还觉得,不就是管理吗,那不是应该在实践中不断地总结经验才能掌握的吗?读书那都是纸上谈兵,没有用的。但是,他也隐隐担忧,宋宇一旦接手管理,那他宋翔就没有用武之地了。他得想办法拿到这个位子,不能拱手让给哥哥,否则他在自己伙计面前吹下的牛怎么兑现呢?

十一、打一个油田的名字

很快，首席男主播大赛的第二轮策划加营销专场开始了。

这场营销大赛的特殊之处在于，把所有选手分组后，同一组的选手去往同一家集团，采访、洽谈、策划、营销，看谁的方案能打动老板。就像一些娱乐节目选秀一样，不得不说，这一方式实在是高明。对于集团公司来说，给足了他们面子和决策权，而且，企业本身也是需要形象宣传的，所以集团公司很配合。

苏可一开始就强调，为了让每一位参赛选手都得到锻炼，任何人不得手把手地教参赛选手，最多可以指点一下，不能代劳。

宋宇和其他五人被分配到了一家酒业集团，这家酒业集团刚刚迁了新址，迫切需要宣传，所以就被列入了这次合作的对象名单中。董事长亲自给大家讲解酒业集团的发展历史，目前的困惑，想宣传的点是什么。

宋宇对本地企业了解得并不多，其他五位主持人好像都和董事长很熟悉，一见面就开始寒暄，聊的无非是上次采访是在哪哪，上次会面时在哪哪，有些事董事长早就忘记了，他们还是不停地提示着他，董事长不知道是真的想起来了还是觉得遗忘是无礼的，所以佯装出突然想起的样子。

宋宇是第一次见董事长，连他的名字都不知道，只听见推介员介绍是邵海滨，也不知道具体是哪几个字，直到他拿到了邵总秘书递过来的名片后才知道。

邵总慷慨激昂地介绍说，二十年前的九月六日，他来到了这个酒厂。他了解每一滴酒的生产过程，甚至可以闻味识酒，因为二十年的时光让他几乎成了酒的一部分。他觉得自己的血液里大概已经有了酒的成分，因为，他几乎天天泡在车间里。他最喜欢闻的味道是酒糟的味道，大家听了哈哈大笑。

宋宇的心头涌上了一股暖流，他觉得邵总是一个有温度和情怀的人，不是一个单纯的商人。他想到了父亲,父亲做房地产是为了赚钱,开学校是为了挣钱,做旅游其实还是为了赚钱,他并没有情怀,这是没有灵魂的。这也是宋宇不想参与公司管理的原因,因为他不想做没有灵魂的事业。

邵总说:"公司本来在城市主干道的西侧,每个经过那里的人都能闻到一股酒糟味。酒厂搬到这个偏远的地方后,大家再也无法轻易地闻到这个酒糟的味道了,所以好多人就说,你们的酒开始勾兑了吧,怎么以前的酒糟味闻不到了呢?"邵总说到这里叹了一口气,"这就是我的困惑,我原以为搬到这里会很好,可是我忘记了,一种特有的味道随着迁址消失了,我该如何让大家相信酒糟味一直都在,我们的酒依然是粮食酿造的呢?所以我希望广告词里最好呈现出酒不是勾兑的这个点。我酿酒的良心一直都在,永远不会改变。"

宋宇被邵总深深地打动了,他觉得,社会上能够多一些像邵总这样的企业负责人就好了。最后,邵总介绍了自己研发的葡萄酒,也想一起推广一下。

策划对宋宇来说当然不是难事,安艺这时也献出了全部的殷勤,她时常陪在宋宇身边,帮他调整每一句话的措辞。

宋宇觉得,如果一个白酒产品宣传绝不勾兑,那就很容易被消费者理解成这就是勾兑的。就像很多汽车4S店举办车展都要找漂亮的模特倚靠在车旁摆各种pose(姿势)一样,目的就是给消费者一个感官记忆,当他想起那款车时,他记忆中浮现的是当时看见模特的愉悦感,消费者会被自己的感官影响选择。白酒广告给消费者灌输这不是勾兑的,那消费者脑海里立马出现的是"勾兑"两个字。

宋宇在纸上写下了四个字:纯粮酿造,然后划掉了,又写下了四个字:良心酿造。

宋董事长的办公室里,苏可正喝着咖啡,宋董在她对面说着话。

宋董事长说:"这次宋宇要是失败了,就会死心了吧,我也可以顺理成章地让他回集团帮我做事了。"

苏可放下咖啡,说:"我很理解您的感受,培养孩子做自己的接班人,他却对您的企业不感兴趣。其实一切行为背后都有一个驱动力的,我们首先要找到能让他回集团的驱动力,才能改变他的方向。但不能硬来,你只能在他原本有的驱动力上找契合点。"说完,苏可笑了,"我是不是说得太绕了,让您听糊涂了?"

"哪里哪里,您说得很好,虽然很深奥,但我还是能听懂一点的。"

"打个比方说,宋宇开着车想去林芝看风景,您却让他把一车布匹运到杭州,您觉得他能去送吗?所以,您可以把布匹放在他的车上,告诉他杭州有万顷湖光,领略过湖光潋滟的人,才能真正领会到林芝万顷桃花的寂静和欢喜。您想想,对一个喜欢自然风光的人来说,他能不顺便去趟杭州吗?那布匹,不就可以跟着他的车到目的地了?"

宋董事长恍然大悟:"哎呀,苏总监真有智慧,这个孩子从小就喜欢和我作对,我想让他做的,他却不想做,这一辈子了,我都没有想到你说的这些方法。"

"宋董过奖了,我哪有多少智慧,只是实践多了悟出了一些道理而已,再说您不是还有一个儿子吗,您是不是太看重宋宇而轻视宋翔了?"

"您真是谦虚了,我对您真是刮目相看,孩子的事,我放心了,那就按我一开始答应的那样去做,我就不硬改计划拽他回家了。宋翔吧,我的确是不怎么放心他,以后我也多给他一些机会,让他得到有效的锻炼,看来还是实践能出真知呀。"

苏可和宋董又聊了一会儿,就离开了尚昊集团。苏可看出了宋宇是一个非常好的主播苗子,如果他能留下,他做的节目将会是自己频道的一大亮点。因为台里的文艺频道做得不怎么样,从内容建设到营销都非常吃力,马上就要推选新的总监人选了,她觉得安艺和郝静都会去试试。安艺早就想独当一面,做一把手,而郝静,其实是最好的人选,她在营销和节目内容建设上都已经得到了很好的锻炼,如果她想去,她会全力支持。所以,她必须得做好自己频道的人才储备,假如去的是安艺还好,因为,郝静可以抗收听率,如果是郝静去了,她也不会阻拦,她愿意身边的人都能得到锻炼和发展。特别是郝静,她是自己一手带出来的兵,她的人生际遇到来之时,应该扶上马送一程,这才是大格局。但是,郝静走了收听率就没人能抗了。所以,她看准了宋宇,她心里明白,宋宇有那个能力。

宋宇的策划能否脱颖而出呢?

邵总再一次召集大家到公司的会议室开会,聆听各位的策划方案。

其实,每个主播都很认真,写得也都非常精彩,宋宇想到的,别人也想到了,唯一让邵总觉得独特的,是宋宇的"百年经典,良心酿造"这条广告语和庆祝公司成立二十周年的线下活动。

但这个亮点,却被其他主播与邵总多年的情分掩盖了,毕竟文无第一,大家还是喜欢选择与熟悉的人合作。

中午还有一个活动——品酒。用邵总的话说就是只有品过酒的人才能写出酒的广告的精气,凭空想象的都是空中楼阁,不接地气。

大家一边品,一边说着祝福的话。

宋宇平时不喝酒,他不喜欢酒桌上推杯换盏的复杂礼仪,也很厌烦在酒桌上夸夸其谈的人。

大家都在给邵总敬酒,只剩下宋宇没敬了。他心里很抗拒做这些事儿,他想非要说的话也要说点与众不同的，但是又实在想不出什么恭维的话，直到最后，邵总走了过来，宋宇无路可退时，突然灵机一动，想到了好点子。

宋宇说的，让邵总极为震撼，这些话碰触到了他某根敏感的神经，让他一下子记住了宋宇这个名字。

这也使宋宇明白了一个道理：只要用心做，没有做不出来的东西。

宋宇说："邵总，二〇二〇年九月六日，打一个油田的名字，我相信以您的智慧，一定可以想出答案来。"

邵总一愣，重复了一遍宋宇说的谜面，随即无比喜悦地看着宋宇，他左手端杯，右手要来握宋宇的手，宋宇察觉到邵总的手在发抖，赶紧把杯子换到左手里迎过去。

邵总几乎是把那两个字喊出来的："大庆！"

宋宇点点头："是的，五年小庆，十年大庆，您的酒厂都二十周年了，得好好庆祝一番，这是您用二十年的智慧和心血换来的成绩。谁能在一个行业里坚持二十年呀？人的一生又能有几个二十年？这其中的滋味，只有您才知道。"

邵总使劲地握着宋宇的手，然后从兜里拿出手机，要加宋宇的微信，他还单独给宋宇发了一个自己的电话，宋宇一看，和上午给的名片上的不是一个号码。原来，大老板的手机号都是择人而授，那名片上的号码是对外的，这个号码才是他私人的。宋宇不由得一阵激动。

就这样，宋宇的策划方案在这一轮比赛中被选中了，高兴的不仅是宋宇，还有他的搭档安艺。

这天，宋翔又在夏轩小学周围游荡，他实在搞不懂为什么学校的负责人会是一位聋哑人，他觉得这其中肯定有故事。这时，从学校里出来了一位年轻的女教师，一个很质朴的女孩，她穿着纯棉布的衣衫，简单清秀。

宋翔认识的女生全是那种时尚靓妹，而眼前这位女教师，简单到浑身上下没有半件装饰品，但她光洁的额头和眉宇间又充盈着满满的自信，这气场一下子把宋翔给惊住了。

宋翔回过神来，和女教师搭讪："你好，美女，你是这儿的老师吗？"

女教师说："是的，您有什么事吗？"

宋翔装作很可怜的样子说："不瞒你说，我有一个很可怜的亲戚，他的孩子上不起学，我想帮助他。听说你们这儿会收一些上不起学的孩子，而且可以寄宿是吗？"

女教师说："这个需要找我们校长沟通，我只管教学，其他的，我就没有权力干预了。"

"你也知道,校长和我沟通有障碍,你就不能帮一下我吗?"

"对不起,我真帮不了您,您还是去找我们校长吧。"

宋翔追问:"等一下,那您能告诉我运营这个学校的钱是哪儿来的吗,不会是你们几个凑的吧?为什么叫夏轩呢?"

女教师说:"我是不要工资的,我有其他的工作,在这儿当老师是纯公益的。"

宋翔还想问什么,但是觉得不能再追问下去了,于是说:"老师这是要回家吧,要不要我送送你?"

"不用,谢谢你,你快去找我们校长吧,别耽误了你的正事。"

宋翔看着女教师离开,他深深地舒了口气,他不知道为什么在这个女教师面前会这样紧张。

宋翔又去找了校长,接待他的,还有一位校长的助理。他没说自己亲戚的孩子要上学,而是开门见山地说了自己准备开发这片区域。听说这个学校是资助失学孩子的公益学堂,就想保护好这个地方,愿意和校方一起帮助更多的孩子。附近区域将全部保留以前的模样,供孩子们课外活动,包括学校这片土地,依然留给孩子和老师们,绝不干涉。

校长很感恩,宋翔也不失时机地亮出了问题,他想知道背后的资助者是做什么的,未来的发展方向是什么。

校长告诉他,资助者叫轩然,做心理学研究的,自己赚钱资助着这所学校,但他很低调,不想让太多人知道他。

宋翔好奇地听着,他有些费解,他换位思考了一下,如果他一下子有了一大笔钱,那他一定会立刻去买那辆喜欢很久但是父亲不允许他买的跑车,而不是像轩然这样用来做公益。

宋翔感叹自己的见识还是太少了,有机会一定要和这群异类交流一下,没准可以让父亲也对自己刮目相看呢。他觉得要做一些特别的事,才能引起父亲的注意。

宋翔的项目得到了父亲的支持,其中夏轩小学也帮了宋翔一把,毕竟宋董也是穷苦家庭出身,他内心深处还是很敬佩那些能资助贫困孩子的人。他的集团每年也会和当地政府合作,资助失学儿童。不过他的资助只是每年给孩子多少钱,并没有后续的跟进。据说夏轩小学教出来的孩子都很优秀,不仅能考出好成绩,其他方面也都发展得很全面。

宋董虽然对宋翔说让他大刀阔斧地去开发,但他背地里也在对这个区域做着调查。

宋翔的项目得到宋董的支持后,推进起来就快多了,宋翔一时间忙得团团转,沉浸在被重用的感觉中。他的助理李硕的人脉很广，不管他需要什么，李硕都能给他找来，这让宋翔越来越依赖他。

这天，有批装饰材料急需投入使用，正赶上集团财务系统升级，无法立刻支付款项，宋翔束手无策。如果等集团资金到账再开始订货，首先原材料价格正赶上上升期，价格会涨三分之一；其次，因此带来的连锁反应是很大的。在宋翔毫无办法的时候，李硕出了一招，给他解了围。李硕跟宋翔说，他去和这家公司谈一下，因为这个项目的负责人是他的朋友，延后支付也是可以谈的，只要给这个项目经理一点好处就行。宋翔问需要多少，李硕说了一个在宋翔看来很容易接受的数目，于是当下就答应了。李硕也不耽误，一下午就把事儿给办妥了。李硕还说，这个账可以分期付款，毕竟有他在这里，对方非常信任他。宋翔再一次觉得自己简直是太聪明了，选了个这么厉害的助理。

宋翔把这件超级长脸的事儿讲给宋董听的时候，宋董觉得宋翔真的成熟了，对成本的核算与控制已经了如指掌，对人员的使用也是得心应手。宋董就放心地将接下来的投资推进做了安排。

宋宇的策划拿到了好成绩，安艺不失时机地来邀功请赏，说宋宇获胜跟自己的协助是分不开的，她要宋宇今晚必须请她吃饭。宋宇说自己晚些时候有事情，只能尽早请她吃。安艺才不在乎早晚，只要能和宋宇一起吃饭就好。

安艺选了第六街咖啡厅，就是那个有中餐也有西餐的咖啡店，两人刚走进大厅，宋宇一下子就看到了坐在靠窗位置的郝静，和郝静坐一起的，正是李阿姨给郝静介绍的"男朋友"赵冬。

郝静怎么会和赵冬出现在第六街咖啡厅呢？这要从赵冬把公司的策划任务交给郝静说起。郝静其实一直很担心宋宇，她知道他是个不擅交际的人，很容易在这个环节被别人甩下，所以她想给宋宇准备一个储备方案。但郝静不知道怎么和赵冬说，因为赵冬想尽快宣传，而郝静还需要再等一等，正在她发愁的时候，李阿姨来家里做客了。

李阿姨问两个人的关系进展到什么程度了，郝静就说自己很忙，两人只是像朋友一样交往，没有什么特别的，但也没有什么不好的。李阿姨就一直夸赵冬，说赵冬特别喜欢她，包括赵冬的妈妈，每天必须要听一会儿郝静的节目才行。

郝静左右为难，因为她真的不想现在就做决定，虽然赵冬的确非常优秀，但自己心里的那些磕磕绊绊还没有理清楚。巧的是，当晚赵冬正好打来电话，约她明天在第六街咖啡厅聊聊宣传的事，因为说的是聊宣传，郝静实在没法推脱，只好答应了。她告诉赵冬,自己晚上还有节目,所以要尽早结束赶到单位做节目,赵冬满口答应。没想到他们正好与安艺和宋宇撞上了。

郝静一眼就看见了宋宇,巧的是赵冬背对着宋宇,安艺也背对着郝静,只有郝静和宋宇互相能看见。

郝静心里有些乱,虽然她曾告诫过自己,安艺一定会想尽一切办法把宋宇抢到手的。安艺和宋宇在一起是迟早的事,毕竟宋宇没有排斥安艺。在一段关系中,如果一个人积极推进,另一个人不反对,那他俩肯定会走到一起的。就像磁铁和铁,磁铁有磁性,铁没有,但铁最终还不是被磁铁死死地吸住了吗?

所以,郝静当下决定不再去想宋宇的事情了,她只按照最初想的那样,能帮他实现梦想就好了。

宋宇的心里像打翻了五味瓶,他突然想起情人节那天郝静桌子上的三块巧克力和赵冬送给郝静的那束玫瑰花,虽然都俗不可耐,但是不是人家才是最接地气的组合?或许毛小波分析对了,她真的选择了赵冬,毕竟赵冬一表人才,交际面广,对郝静未来的发展也有帮助。宋宇想了一会儿,被安艺的话拽回了现实,安艺祝贺宋宇夺得策划冠军。宋宇极力掩饰心事的模样被安艺看出了端倪。

"喂,你今晚好像有心事?"

宋宇笑了一下,说:"哪有什么心事,要是有,也就是大赛的事了,我是真的不想参加。"

"那可不行,我安艺的朋友怎么能认怂呢?你必须要夺得冠军才行。"

"我对比赛的结果并不在乎,我喜欢的只是主播这个工作,我做我喜欢的事就好了。"

"那可不行,你已经做了那么久的实习生了,你要是败下阵来,可能连主播也做不了了,是没办法转正的。"

"那我也无所谓呀,反正我已经做过主播了。"

"既然你连离开你喜欢的行业都不怕,为什么还害怕拼这么一回呢?"

宋宇看着安艺,许久没有说话。

"干吗这样看着我?我说得不对吗?"

宋宇说:"不是,我突然发现,其实你很智慧。"

安艺得意地扬了一下眉毛,说:"你才看出来?"

"不是,上次,我的节目差点开天窗那次,也是靠你的指点,我才想到了找出租车司机的点子,所以,谢谢你。"

"跟我客气什么,我只是略微给了你一点提示而已,我的大智慧还在脑袋里没使出来呢,你就慢慢发现去吧。"

宋宇笑了笑。

宋宇突然发现,他对大家都很客气,就是对郝静一点也不客气,他也不知道自己为什么会这样,他总喜欢找郝静的碴,当然他只允许自己找碴,任何人欺负郝静他都会保护她的。

宋宇又想起了曼城的梨,想起那青涩的梨的味道和第一次与郝静拥抱时的忐忑和紧张,他的神色黯然了起来……

在柔和的灯光下,郝静显得更有文艺气息了,赵冬边给她夹菜边装作不经意地看她,内心洋溢着无法言喻的喜悦,所以,他的嘴角是上扬的。一个嘴角上扬的人在灯光下会更有魅力,以至于郝静觉得赵冬真的是个不错的结婚人选。她有些纠结了,母亲一再催婚,近几年,父母也经常因为自己的婚姻问题吵架。其实,父母从来不当着她的面吵她的婚事,而是拿一些鸡毛蒜皮的小事来吵,只是李阿姨有天说漏嘴了,郝静才知道父母吵架的原因。

郝静想:安艺紧追着宋宇不放,宋宇也从不拒绝。他俩今晚一起吃饭,也是他们两人的秘密,这说明,宋宇喜欢的那个人并不是自己。

郝静自问自答,最后得出了宋宇并不喜欢她的结论。

赵冬其实看出了郝静有心事,他先是陪她坐着,她沉思的时候,他任她沉思,直到郝静自己想起来现在正在和赵冬吃饭,于是她立刻回过神来。

"最近在忙什么?"赵冬问。

"台里举办了首席男主播大赛,所以比平常多了一些事儿。"

"为什么是首席男主播,不允许女主播参加吗?"

"是呀,去年是女主播大赛,今年就是男主播大赛,明年再是女主播……"

"为什么要区分男女?"

"因为我们这个行业男生很少,如果男女主播放在一起比赛,基本都是女生胜出,所以台里就做了这样的赛制,我觉得挺合理的。"

"嗯,你们领导还是很用心的,考虑得比较周全。"

"对了,你对我做的活动策划方案有什么看法或修改意见吗?如果有,现在可以提出来,我尽快修改好再给你。"

"我看了,蛮好的,立刻推进就是,你还有其他的想法吗?"

"有一件不太好意思说的事情,不知道……"

"说吧,有什么不好意思的,以后别那么客气,有什么想法,尽管说就是。"

"是这样的,我有个搭档叫宋宇。"

"我知道,我经常听你俩主持节目,他怎么了?"

"他参加了首席男主播的比赛,因为他是实习生,如果他这次拿不到冠军就没办法留下来了。"

"你想帮他?我能为你做些什么?"

"接下来的这轮比赛是营销大赛,顺利拿下一个冠名商后才有资格进入下一轮。"

"然后呢?"

"宋宇是个不擅长交际的人,他很有可能找不到冠名商,以前,我欠他一个人情,有次我出去采访发生了点事故,是他救了我。"

"哦,因此你想帮他,还那个人情?"

"嗯,我是想,如果你这个宣传活动不是很着急的话,就先等一下,他们下一轮比赛一开始,我就给他介绍过去。"

"完全没问题,我可以全力配合你。"

"我这样直接帮他应该会让他很没有面子,可不可以帮我做得完美一点,让他觉得这个合作就是他自己谈来的?"

"我就照你说的去办就好。"

"太感谢你了,我都不知道该说什么好了。"

"你真是个善良的人,知恩图报不说,还这么为对方着想。"

郝静没想到事情会办得这样顺利,赵冬居然这么善解人意,愿意全力配合她,郝静不由得对赵冬又多了一些好感。

赵冬说:"那现在,你又欠了我一个人情了,你说怎么办?"

"哎呀,果然是,怎么办呀?"

"好办,我上次约你去厦门,你说忙完节目再说,恰好下个月有场音乐会在厦门举办,是我为了答谢一些老客户组织的,有你喜欢的歌手赵鹏哦。"

"你知道我喜欢赵鹏?"

"是呀,我邀请了很多歌手,后来,我想到你最喜欢的歌手是赵鹏,就把他也请来了,你现在和我们策划部的刘总监很熟了,到时候,她会全程陪着你的。"

赵冬多次邀请郝静无果后,才想到了这个办法。

郝静满心欢喜,当下就答应了赵冬的邀请,这完全在赵冬的预料之中,所以他的欢喜依然藏在心里,他的嘴角只是微微上扬着,这微笑让他在夜晚的灯光下显得更加俊朗。

郝静看着赵冬,某个瞬间,她觉得赵冬的确是个美好的人……

首席男主播大赛的营销环节开始了,这个环节开始前,所有选手早就各显神通,把能找的关系都找了一遍。而宋宇他唯一可以找的人是他的弟弟,洗车事件后,他再也不想与弟弟有牵扯了。

宋宇想用自己的方式去营销,但是太难了,虽然通过用曲别针换物品的拓展实践打破了宋宇的优越感,但最后一轮的募捐活动才是锻炼营销能力的终极环节,只不过那个活动还没开始,宋宇的那份矜持依然没有拆除。他几乎没有人脉,郝静的担心完全没有错,宋宇掉进了一个困境里。

想帮助宋宇的人还有安艺,但安艺和郝静完全不同,安艺为你做了事不仅不会瞒着你,她还会夸大其词反复念叨,让你记得她的好,还得加倍偿还她。

营销大赛开始了,宋宇有些发愁。

郝静中午回到家时,爸妈又刚刚结束战斗。郝静推门看见爸爸一个人在客厅里愁眉不展的,心里咯噔了一下。她轻轻地推开母亲卧室的门,看见妈妈躺在床上,像极了十几年前她躺在床上的模样。郝静瞬间又被一股莫名的恐惧和悲伤控制住了,她觉得自己呼吸有些不畅,赶紧深深地吸了口气。她轻声而胆怯地喊道:"妈,起来吃饭吧?"

妈妈这次没有啜泣,而是翻了个身,没理会她,她的心像沉到了海底一样。

郝静只好关上门,出来帮爸爸做饭。

那天下午,郝静的心情极其不好,但是没有人察觉,因为,她除了上节目就没怎么在办公室待着。在节目里是听不出她的真实情绪的,因为话筒一开,她永远都是那个快乐的主持人。

郝静开着车,来到那片曾经和宋宇看日出的海滩。黄昏,夕阳的红光铺在海面上,很美妙,但也很凄凉……

当晚,郝静打开了《你在听吗》,她觉得自己像一个受伤的小孩,需要轩然的心灵安抚。

轩然仿佛永远都在手机另一端等着,只要郝静发出"你在吗?"轩然就会立即发过来一个微笑的表情加上一句"在的"。

轩然非常耐心地聆听着郝静的心声,郝静说自己依然没有走出情绪的困境,那段记忆像个旧伤疤,一碰就会复发。她害怕那种感觉。

郝静在轩然这里总能得到心灵的放松,每次她和轩然聊完天后都可以睡一个好觉。

郝静:当我知道父母是因为我吵架的时候,我觉得我很不好,也很难过。

轩然:你怎么知道你父母吵架是因为你?

郝静:李阿姨说的,她说我年龄很大了,同龄人都已经结婚生子了,我妈妈很着急,情绪就不好,所以故意和爸爸用别的事来吵架。

轩然:你们一家人都对你的婚事避而不谈,不如大胆地面对一次。

郝静:你是说让我直接点明?

轩然:对呀,就告诉爸妈,小时候因为受一些问题的影响现在害怕婚姻,现在在想办法消除对婚姻的恐惧,努力寻找合适的那个人。

郝静:我从来没有想过去面对这个问题,总觉得不好意思的。

轩然:很正常,大多数人都是这样的。

郝静:那我试试看吧。

轩然:加油。

郝静:李阿姨给我介绍了一个男朋友,他约我去厦门玩。

轩然:你想去吗?

郝静:之前他邀请过我很多次我都拒绝了,这次,是和他公司的一个我熟悉的女生一起。

轩然:你是个懂得把握分寸的女孩。

郝静:我最近也很矛盾。

轩然:为什么?

郝静:上次我说的那个帮我疗愈恐惧的搭档,有个女同事很喜欢他。

轩然:那你喜欢他吗?

郝静:我也不知道。

轩然:看到他们两个走在一起,你有不舒服的感觉吗?

郝静:嗯,我也说不清,总之情绪就是会很低落。

轩然:别急,慢慢感受,去经历。

郝静:我有时觉得李阿姨介绍的那个男生其实也挺好的。

轩然:不要着急,感情是很神奇的,爱可以将两个人吸引到一起。

郝静:那你能答应我一件事吗?

轩然:你说。

郝静:你答应我永远都在。

轩然:可以的,在你需要的时候,尽管喊我就是。

郝静绽开了笑脸,她感受到了那份幸福,当你需要他的时候,他一直都在的那种感觉,这就是郝静所需要的安全感。

安艺以探讨营销大赛方案的理由约宋宇他一起吃午餐,宋宇一筹莫展之际,打算听听安艺有什么想法。

安艺和宋宇再一次出现在第六街咖啡,这次没有遇到郝静和赵冬,但是,在咖啡厅某个角落的毛小波却看见了他俩。毛小波并不认识安艺,他想:我既然是郝静的男闺蜜,就必须得让她知道事实真相,不管他们如何发展,我只陈述事实,不做演绎和评价,否则瞒着郝静,我心里也过意不去。

于是,毛小波拍了一张并不清晰的照片,发给了郝静。

毛小波又发微信问:宋宇和同事吃饭呢,你怎么没有一起?

郝静看见了照片,一眼看出他们在第六街咖啡厅,也一眼看出宋宇对面坐的是安艺,她的心沉了一下。

郝静回复:他们是搭档。

毛小波:你们进展得如何了?

郝静:我和他没什么,就是同事而已。

毛小波:我尊重你的选择,不管你选谁。

郝静:我妈最近又派李阿姨催我结婚了。

毛小波:我教你一招,一般人我是不会告诉他的。

郝静:又来了,你快说。

毛小波:你可以把那些话当作一阵风,偶尔也可以认真想想。

郝静:哪有那么容易。对了,赵冬说他在厦门的公司那边组织了一场演唱会,还邀请了赵鹏,我想去看看。

毛小波:好呀,赵冬和你一起吗?

郝静:嗯,他说策划部的刘姑娘也去。

毛小波:想去就去,听从内心的意愿。

郝静:嗯,那我就答应他了。

毛小波:看样子,你觉得赵冬还是不错的吧?

郝静:我也不知道,反正,我妈整天跟我爸吵架,李阿姨说是因为我迟迟不结婚的原因。

毛小波:别听你那个李阿姨的,她就是想推进你和赵冬的关系。

郝静:是吗?可是我觉得是真的呀。

毛小波:智子疑邻越看越像,你别往那上面想就是。

郝静:其实,你刚才发的图片上的人是安艺,宋宇的搭档,她在追他。

毛小波:那我就明白了,你这是未战先败呀,哈哈。

郝静:说什么呢,我才不屑于跟她战,如果宋宇也喜欢她就随他好了,我才不要去争。我觉得爱情应该是两个人互相吸引,我也没说我有多么喜欢他。

毛小波:反正你选择谁我都不会反对,两个人都很优秀,让我,我也不知道怎么选择。

郝静:谁说我这是在做选择呀?我去厦门只是想看赵鹏的演唱会而已。

毛小波:好好好,你就是想去看赵鹏的演唱会,你是因为喜欢赵鹏才去厦门的,这样可以了吧?

郝静:是喜欢赵鹏的歌。

毛小波:好吧,不是因为喜欢赵鹏,是喜欢他的男低音。

郝静:这还差不多。

十二、厦门之旅

郝静好不容易才请下假来,苏可是因为郝静工作一直很认真并且收听率成绩很好,才答应郝静去厦门的。对主持人们来说,只要与外界接触就是学习,所以郝静心里别提有多开心了。

同样开心的人还有赵冬,他一直期盼能和郝静有一次美好的旅程。有人说:如果你想和一个人结婚,那就先和他一起旅行吧,两人婚后的摩擦点基本都会在这场旅行中显现。

演出安排在鼓浪屿,赵冬的地产项目就在这儿。赵鹏确实是赵冬为郝静特意邀请的,他知道她喜欢听他的歌。谁也没有料到,这场演唱会上赵冬和赵鹏同台演唱了《月亮代表我的心》。

郝静惊呆了,她不知道赵冬居然还会弹吉他。

舞台一片漆黑,追光灯打在舞台上,赵冬坐在高大的酒吧凳上,一只脚支着地。他轻轻地拨弄着琴弦,优美的吉他曲流淌开来。郝静坐在第一排的位子上,她离他很近,她热切地看着他。郝静突然想起来,自己已经好久没有拉大提琴了,那根许久未曾拨动的对音乐的敏感神经,只在一瞬间就被拨响了,她一下子掉进了自己编织的梦里,不能自拔。赵冬一开口,磁性的嗓音一下子拿捏到了郝静的命脉,她有些窒息,是太喜欢的那种窒息感。

赵冬唱完了第一句,赵鹏接着唱了第二句,大家的掌声更热烈了。两人用不同的嗓音表达着不一样的情绪,每个人都被现场的歌声感染了,大家被温暖和爱包围着。

在这个特定的氛围里,郝静第一次觉得她喜欢上赵冬了,那种梦幻般的美好,和想去征服和拥有他的冲动让她觉得自己已经爱上他了。

刘莎坐在郝静的旁边小声地赞叹道:"赵总真是帅爆了,真是男神'普拉斯'。"

赵冬和赵鹏的演唱结束后,赵冬落座在郝静旁边。郝静闻到了赵冬身上淡淡的香味,每当赵冬看着她,传递过来一个微笑时,郝静就有种眩晕的感觉。

演唱会结束后,赵冬邀请客户们和歌星合影,郝静自然也被刘莎推上去和赵鹏以及赵冬合影,这是赵冬第一次和郝静同框,刘莎兴奋地发了朋友圈,其中就有郝静和赵冬的合影。刘莎的朋友圈里有安艺,发者无意看者有心,安艺一下子看到了郝静。她早就听说过郝静和赵冬的关系,不过今天她是第一次看到郝静和赵冬的合影,合影比较亲密,是当时的氛围促成的。安艺立刻收藏了图片,同时发了朋友圈。安艺追宋宇的过程中当然也能感受到宋宇和郝静之间有一种说不清楚的感觉。所以,安艺用的文案非常暧昧:官宣,哇!首影!这样的语言让人不禁浮想联翩。

赵冬约郝静和刘莎一起去海滩上漫步。赵冬有个男助理王城,是个很有眼色的人。他跟随赵冬多年,知道赵冬每天一上车就开始听郝静的节目,也知道上次赵冬约郝静来厦门,郝静没有同意。这次他见赵总好不容易约到了郝静,但中间还有刘莎隔着,他便明白该怎么做了。他非常自然地喊刘莎到另一边给他拍照,留下了郝静和赵冬两个人。

赵冬与郝静并排走着,风吹在他们脸上,如同柔和的手轻柔地拂过,谁在这样的徜徉里都会浮想联翩的。刚刚舞台上的光环似乎还在赵冬的周身散发着光晕,郝静和他说话的声调都低了下来,赵冬的语速也降低了很多,氛围就慢慢地柔和了起来,而那柔和在厦门的海风里就生出了浪漫的因子,像雾一样迅速弥漫开来。赵冬走在郝静的身旁,因为沙滩的原因,身子偶尔会不平衡,碰到郝静。郝静也是一样,她也会无意间趔趄了一下,赵冬就赶紧去搀扶她,郝静总会一惊,然后努力让自己不要排斥,她既是在有意地锻炼自己,也是出于对赵冬的那份好感。

宋宇看到安艺发的朋友圈后,黯然地坐在办公桌旁发呆,他没想到,郝静还是和赵冬去了厦门,他翻看着郝静的朋友圈,希望能看到些什么,然而,郝静并没有更新朋友圈。

宋宇也在不停地翻看着安艺的朋友圈,想从安艺那里发现蛛丝马迹。他仔细看着刚才安艺发的赵冬和郝静的合影,他甚至把照片放大了无数倍,企图发现些什么,但是即便他把照片放大到了极限,看到的也只是一开始看到的那些,不增不减。

宋宇浑身不舒服,他想打电话给郝静,但想不出来打电话的理由。他突然想起来安艺上午和他说的一件事,他觉得郝静一定会觉得这是个值得一聊的八卦,于是,宋宇底气十足地拨通了郝静的电话。

郝静的手机突然响了,她一看,是宋宇的电话,人一下子回到了现实里。她想起来,她的世界里还有一个叫宋宇的人。

宋宇很直接地问:"你在哪呀?"

郝静说:"在厦门呢,难道没有人跟你八卦我来厦门听赵鹏的现场了?"

"我哪有时间听那些八卦,再说台里的八卦还不够多吗?我都快被八卦淹死了。"

"你可不是喜欢听八卦的人,什么八卦能灌进你的耳朵里?"

"也没什么大不了的事,就是听说台里文艺频道要换总监了,大家都在议论谁会去那里呢。"

郝静一愣:"大家议论谁要去呀?"

"我一般不喜欢听这些八卦,不过这个八卦传得太广了,我倒是听说了几个版本。"

郝静很有兴致地听着,赵冬走在郝静的身旁,时不时微笑地看着她,偶尔郝静脚步不稳,赵冬会体贴地照应一下她,郝静没有丝毫不适,因为她的注意力全部都在宋宇的八卦上。

"好几个版本?说说看!"

"比如,有人说苏可会兼职,有人说安艺会过去,还有人说你会去。"

郝静突然笑了:"我?"

"反正都是大家八卦的,我也不知道是不是真的。"

"你看我有要去的迹象吗?我连文艺频道要换总监都不知道。"

"我是觉得你不能去。"

"为什么?"

"前一任总监知道自己要调走了,所以这个月的业绩肯定都没好好做,现在文艺频道已经成烂摊子了,你在这里做得好好的,干吗去那里受罪?"

其实郝静并没有想去那个频道的想法,只是她听到安艺想去她就不舒服了,因为安艺无论是在节目内容还是广告创意策划上都不如她,她很容易把一个本该发展得很好的频道带坏的。

宋宇只是为了吸引郝静和他多聊一会儿,才编出来郝静也在调任计划中这档子事儿的,实际上他只听说了两个版本,一个是苏可,一个是安艺。

宋宇察觉到郝静的心理变化后十分后悔。

郝静说:"有些时候,为了一个频道的发展,我们付出一些努力,辛苦一点也是值得的。"

其实说这些话的时候,郝静心里还没有去那个频道的想法,但宋宇越是劝阻她去,她越想逗他,就像上次去曼城一样,郝静本不想出去旅行,宋宇越不让她去,越是增强了郝静出行的动力。

宋宇问郝静什么时候回来，郝静说明天就要回去了，宋宇又问她现在在哪。

郝静描述了一番海边的美丽景色，一旁的赵冬从郝静的回答里猜到了对方的问话，脸上的微笑有些牵强地挂着，直到郝静挂断了电话。

赵冬问："同事呀？"

"是，听说单位里有人要去竞聘文艺频道的总监。"

"哦，挺好的机会呀，你也去试一下吧。"

"我可没想过，我觉得做个主持人挺好的，管理频道，我觉得我还是外行。"

"其实，你们单位里基本上都是学播音主持和编导的人，没有谁是专门学过管理才做管理岗位的。都是在一线做得久了，有了很多的实践经验，自然就知道如何管理了。"

郝静惊讶地看着赵冬："的确如此，很多管理岗位的领导都是从一线上去的主持人或者编导。"

赵冬一笑："我觉得你应该去争取一下，以你的经验驾驭一个频道足够了。"

"不敢不敢，我怕自己不会管理，也做不好营销。"

"不要自我设限啊，你做节目应该是得心应手了。"

"节目我是没问题，我知道怎么策划节目，怎么规划全频道的内容构架，但是营销不是我的强项。"

"其实内容搞好了，你的营销自然也就上去了，节目策划和营销策划是相辅相成的，只要你策划好了节目，你的广告就没有任何问题。"

"你真觉得我可以胜任？"

"当然了，你没有问题的，你应该试试。"

郝静深深地吸了一口气，又缓缓地吐了出来。

"想想看，你已经做了这么多年的主播了，你在主播一姐的位置上习惯了，就像一个人爬上了一座小山丘，在山丘上看了好久的风景，那风景都看透了，为什么不再登上另一座高峰，去看更好的风景呢？"

郝静认真地看着赵冬，她突然觉得在某种意义上赵冬像是自己的导师，他有那么多的见解是自己未曾领悟的。

赵冬说："我相信你一定知道谁适合做什么节目，你只要一个萝卜挖一个坑，让他们在适合自己的坑里尽情地成长就可以了。"

厦门之旅加深了赵冬和郝静的感情，好久没有人像赵冬这样与郝静沟通职场上的事了，赵冬的鼓励使他们原本很寡淡的往来变得密切了一些。

宋宇真是后悔给了郝静那样一个提示,他喜欢做主持人,这是他的梦想,可是他发现,自从认识了郝静之后,他已经不是因为喜欢主持这个行业而在电台做事了,他希望每天都能看到郝静,他喜欢她的存在,所以他不想郝静去那个文艺频道。

对郝静来说,去文艺频道的想法仅仅是那晚在赵冬的怂恿下涌出的一股冲动而已,等郝静回到单位,就把这个念头忘了,直到苏可找她谈话。

郝静被苏可喊去的时候,还以为是想跟她聊收听率的事情,没想到苏可问郝静有没有做一个频道的想法,这让郝静着实一惊。

郝静问:"啊,连你也这么认为吗?"

"还有谁这么认为?"

郝静意识到自己说漏了嘴,随即说:"啊,那个,我只是听一些同事议论文艺频道的事,说以前的总监调走了,现在正在考虑一些人选,不过,我听到的消息是苏总监去兼任呀?"

苏可笑了笑,问:"你还听到什么了?"

"我还听说安艺想去那儿做总监是吧?"

"你觉得安艺能做好文艺频道吗?"

"这个我也说不好,我就是觉得她做的节目有点古板,不能和听众打成一片,这就是她的节目收听率上不来的原因。"

"那你是怎么做到收听率第一的呢?"

郝静来劲了,别的不敢说,论收听率,她绝对自信满满,因为她太知道如何拿捏听众的心理了。

"其实现在的广播节目,对听众来说就是一种陪伴,除了新闻信息类的节目,其他的要么你有足够的知识干货提供给听众,要么就是你来左右听众的情绪。"

苏可听郝静说到这里,赞赏地示意她继续讲。

"我就是要让听众听我的节目上瘾,因为一听我的节目,他们的心里就分泌快乐的激素,最后他们会一听到我的声音就会感到快乐。"

"我明白了,你是让自己成了听众的情绪按钮。"

"没错,我做节目就是要全身心地去调动听众的情绪。"

"我觉得文艺频道总监的位子非你莫属。"

"啊,为什么这么说呀?"

苏可笑了:"我本以为你只是个很出色的节目主持人,可听完你的讲述后,我知道你是完全可以运营起一整个频道的。"

"啊,我,我有这个本事吗?"

"我做电台节目做了这么多年了,对一个人能否驾驭一个频道,包括一个频道能走出什么样的路子是了如指掌的。文艺频道让你做的话,会让整个频道的水准有巨大的提升,换成别人,我不敢保证。"

"可是,我从来没有想过要去做一个频道呀?"

"有些时候,不见得你想过,就能做好,而没想过正好现在可以毫无约束地去想呀。"

"安艺不是也想去吗,为什么不让她去呢?"

"她也在考察范围内,可是,大家都觉得她做好某档节目是没问题的,做好一个频道还有一些欠缺,毕竟她在咱们频道的表现,大家也是很清楚的,她还需要成长。"

"您不是也可以兼职吗?"

"我一个人管两个频道的话,不利于电台的快速发展,我不能太自私了,我在台里干了这么久,这个台的发展壮大才是我所追求的,我已经把这里当成了自己的家,我是其中的一个成员,我希望这个家越来越好,而不是自己越来越好,当然,我也会努力做到最好的。"

郝静佩服地看着苏可说:"有时候我觉得自己好幼稚,总是从自身利益想问题,和您相比,我格局好小。"

"你很诚恳,我以前也和你一样呀,人总要经历一些磨砺才会成长,登上山顶后才会将山下的风景看得更清晰。"

"也不一定啊,还是因人而异。"

"我们言归正传,你觉得你去做文艺频道的总监有什么困难吗?"

"我想想啊,我想想……"

郝静开始进入思索状态,苏可笑着起身给郝静倒了一杯茶。

郝静极其认真地说:"我觉得节目方面倒没什么问题,我知道整个频道的节目是怎么规划的,我愁的是那个营销的任务指标。"

"其实,内容建设是立台之本,只要你把节目做好了,收听率上来了,哪里需要担心营销的问题?一切都会迎刃而解的。"

"好像也没有那么简单吧?这个营销任务,是不是每个月都要考核一次?考核不达标,整个频道的绩效就发不上是吧?妈呀,那频道的人不得把我吃了!"

"只要布局好了,哪有那么困难呢?关键就是前三个月,只要把局布好,以后就会很顺利的,很多客户都是有宣传需求的,指不定会排着队来投资你的文艺频道呢。"

"这,这就说是我的文艺频道了?别别别。"

"真是扶不上墙,这样吧,你回去考虑一下。你去听听文艺频道的节目,一个星期后给我一个你的节目方案。"

"啊?这个,好吧,说好了只是写方案啊,别的我可真不行。"

"写完方案,再想别的。"

"那好吧,我一个星期内一定写出方案。"

郝静从苏可的办公室走出来,虽然她一再强调不想做,但是,内心深处,又有另一个声音问自己:为什么大家都说我行呢?这是一次机会,如果我连试试都不敢,是不是太懦弱了?这个机会也许只有一次,如果错过了,就真的再也不会有了。

因为答应了苏可要给她一个方案,因此上下班路上,郝静开始听文艺频道的节目。每听完一个节目她都会做笔记,这个节目的长处和缺点也都标注在一旁。等她把所有节目都听完后,她就知道自己该保留的节目有几个了。并且,她把所有可以保留的节目做了排列,把缺失的节目做了规划方案,节目风格和主题也拟好了几个方案,甚至,她认为哪个主持人比较合适哪档节目都写在了方案书里。

其实,领导也找安艺谈话了。安艺太想做一把手了,她第一时间想到的可不是该怎么做节目,她想到的是,自己终于可以登上总监的宝座了。

苏可找郝静谈话也是分管电台的领导安排的,他知道安艺当年和苏可竞争过生活频道的总监,最后安艺失败了,做了节目副总监。领导的眼光是很犀利的,他可能就是站在山顶上的人。为什么让苏可和郝静谈呢?其实,苏可已经被提拔为分管广播的副台长的助理了,消息和文艺频道的新总监当选者一起公布。苏可没有告诉郝静。

临下班时,郝静的办公室门被敲响,郝静正在收拾东西准备下班,喊了声请进。

宋宇推门进来了,郝静一脸惊喜,她发现,自己真的很喜欢宋宇,觉得只要看见他就是快乐的。

宋宇看着郝静,在她对面的位置坐下,郝静只好停止收拾东西,也坐下来。

宋宇盯着郝静。

"你怎么来了?"

宋宇没有正面回答她的问题,只说:"你不能去文艺频道。"

郝静惊讶地看着宋宇问:"为什么不能?"

"这几天,我已经替你反复考虑过好几遍了。"

宋宇的眼睛从郝静那儿移开,落在桌上的一盆花上。

郝静心里有个声音在问自己:他一直在为我考虑,他是不是很在乎我?

"你是怎么想的?"

"我们走着走着,往往会忘记自己的初心,我们的梦想本来是做一名优秀的主持人的,可是做了总监不就意味着要做管理了吗?你就不再是主持人了,你的初心都丢了,你自己还毫无觉察。"

郝静一愣,她还真没想过这个问题,如果宋宇说:我不想让你去文艺频道是因为我想每天都能看见你。郝静或许会感动,会被暖到,会做出不去竞聘的决定,但偏偏,宋宇不但没有这样说,还说了另一句让郝静突然特别想去竞聘的话。

宋宇说:"我听说安艺也要去竞聘,你想想看,安艺现在是副总监,而你,是一名普通的主持人,你能竞争过她吗?她已经有了几年的管理经验了,你只有做节目的经验,在管理岗位上你和她是有一定差距的,如果你最后没有竞聘成功,那多尴尬……"

郝静误会了,她以为宋宇是来为安艺当说客的。

她一下子想起安艺的那条手链和宋宇的金刚菩提手串。她的心一下子变得僵硬起来。

郝静说:"谁说我竞争不过安艺?我偏要试试,人生有很多的转折点,也有很多机会,自己不好好把握,以后后悔的还是自己。"

"我知道你主持节目很厉害,可是你到那个频道当总监是有营销任务的,你能完成那么高的创收吗?"

宋宇这句话说到了郝静的痛点上,但她不想认输。

"只要内容建设好了,广告自然会被吸引来的,安艺敢去,我为什么不能?"

"可是你知道你会多辛苦吗?一天十二个小时的节目,每个节目都不能出任何问题,每个主持人,你都要确保他永远不出任何问题。当你凌晨准备睡觉时,你会不会担心第一个直播的主持人没有出现在直播间?他会不会迟到?每个月底,你会不会思虑这个月的任务能不能完成?到那时,你还能安然入睡吗?"

"别人能承受的,我自然也能承受。苏总监不是一样吗?同样都是人,她都承受了这么多年了,这不是也坚持下来了。"

"每个人都有自己的方向,你只是想做一个出色的主持人,万一你真去当了,到那时候你骑虎难下,再回过头来寻找你最初的梦就晚了。"

"你不是我,怎么知道我的梦想是什么?做一名出色的主播,那是你的梦想,不是我的,在主持方面,我已经出色多年了,再一直出色已经没有什么意思了,我就是想尝试管理一个频道,把一个频道运营得风生水起。"

宋宇叹了口气说:"如果你心意已决,我也毫无办法,希望日后你不要后悔。"

"我从来没有为自己做过的事后悔过。"

宋宇说的都是内心真实的顾虑,他不想让郝静太辛苦,他只希望她能快乐地生活。

郝静本来不想去竞聘的,但她误会宋宇当了安艺的说客后,就义无反顾地说自己一定要去竞聘了。郝静开车走在回家的路上,音乐广播应景地播放着一首很伤感的《白月光》,郝静开着车,想着心事,慢慢地向家的方向驶去……

回家后,郝静躺在床上,十分难过。自己原本不想去竞聘的,被宋宇劝阻后就成了非去不可了。

郝静打开微信,找到了轩然。

郝静发给轩然一个笑脸加上三个字"你在吗?"有趣的是,轩然与此同时,也给郝静发了一个笑脸,只不过轩然发的是"你好吗?"后面跟着一个笑脸。

郝静和轩然又同时惊喜地发给对方一样的"哦,好神奇!"几个字。

郝静笑得不行:你怎么突然主动给我发消息了?

轩然回答:你也是呀。

两个人开心地感叹了几句,轩然就问郝静怎么了。

郝静并没有把事情太细致地告诉轩然,她觉得占用轩然太多时间不太好,就很简单地说了一下自己的困惑。

郝静:我面临着选择,可是我很纠结,不知道该怎么选。

轩然:你纠结的是什么?

郝静:我怕做不好,又很想去做。

轩然:你拿出一张纸,把自己的两个选择写上,然后再在两个选择下面写上做的好处和坏处,最后你就会知道答案。

郝静:原来选择也是有逻辑可循的。

轩然:是呀,其实每个人在做选择的时候心中早就有了一个答案,但表面上还有另一个答案干扰自己发现心中的答案,只要静下心来,就会知道自己心里的答案是什么。还有更神奇的,当你看清楚了自己的两个选择后,你还会发现第三个答案。

郝静:谢谢你,总是在我最困惑的时候帮我理清思路。你这么智慧应该没有什么烦恼吧,真的好羡慕你。

轩然:我也有我的烦恼。

郝静:那你能告诉我你的烦恼吗? 看我能不能帮到你。

轩然:我的烦恼是,我妈妈喜欢抱怨,可是我无法改变她,我感到困惑,也很难受。

郝静:哦,原来,你也有困惑。我以为你一点烦恼都没有。

轩然:怎么会,其实很多时候我的烦恼不比你的少,我也知道怎么去清理,却偏偏越是知道,越懒得去处理,觉得反正都知道怎么做,等有空了再去做,然后会一直没有这个空。

郝静:你说的太对了,的确是这样,所以,知道但不去做并没有用,知道并做到才有用。

轩然:对,这就是知行合一。

郝静发过来一个握手的表情,轩然发来三朵玫瑰。

郝静心里突然倍感温暖。

郝静:好开心,你能跟我讲你的烦恼。

轩然:怎么,你是觉得原来我也有烦恼,那你就心理平衡了是吧?

郝静笑得不行:我哪有那么损,我是个很好的人。

轩然:如何证明?

郝静:用实际行动呀,现在,我开始给你梳理情绪。

轩然:好呀好呀,让我也体验一下。

郝静:你妈妈为什么喜欢抱怨?

轩然:她性格就是如此,有一段时间了。

郝静:那说明以前不是这个样子。

轩然:嗯,是的,这几年更加严重了,我妈妈的脾气有时很急躁。

郝静:我觉得,妈妈一定是有些缺爱,或者,你爸爸给她的陪伴或者关心太少了,她心理失衡,但是又不能直接说出来,只好用抱怨其他事情的方式来表达。

轩然:哦,没想到你这么厉害!也许是我身在其中的原因,误认为那就是妈妈天生的性格,我忘记了她以前也是一个温柔的妈妈,后来才变成这样的。

郝静非常得意:是吧,我也不是白学的,当然,最主要的是因为我有一个厉害的师父。

轩然:真的,你非常厉害,一语道破天机,我真的忽略了这个问题,我从来都没有想过,妈妈在这个家庭里缺失了关爱。

郝静:因为你一直忙着为我们这些"外人"处理问题,就忽略了身边的人了。

轩然:其实在一个家庭中,只要爸爸足够爱妈妈,妈妈能够感受到爸爸的爱,这个家庭一般不会出什么大问题。

郝静:所以,我建议,你可以和你爸爸沟通一下,让他多拿一些时间陪伴妈妈,给妈妈多一些关心。

轩然:太感谢你了,我会照做的。

郝静和轩然聊完天,发现心情变好了,她也说不出为什么这样喜悦。

自从和副台长聊完，安艺千方百计地从别的台找节目单。她根本不屑于听文艺频道的节目，只想把大台的内容复制过来，直接排成一个节目单，所以她一直很忙碌。虽然她非常得意，但是她也很注意保守秘密，领导说得很明白：一个周内结合目前文艺频道的节目内容说说利弊，并拿一个节目单出来。

在安艺听来，她觉得领导在考察她的执行能力，所以她要全力以赴，绝不能在这个时候出任何岔子。安艺最不避讳的人是宋宇，因为大家都知道他不喜欢和其他人聚在一起聊八卦。更何况，安艺是把宋宇当成未来的老公对待的，更不觉有什么好避讳的。

安艺好不容易做完了节目规划，但是残缺不全的，她心里没底，惦记着要和宋宇商量一下。

安艺已经是宋宇的对桌了，她在快要下班的时候叫住了打算收拾东西走人的宋宇。

"喂，你别急着走，我有事和你商量。"

"哦，什么事？节目上的事吗？"

"说有关也有关，说没关也没关。"

"那你说吧，我看我能帮你做些什么。"

"我和你说件事，这件事绝对不能对外人说，你我两个人知道就好。"

"放心，我没人可说。"

"你保证了就好，我知道你是信守诺言的人。"

"什么事情让你这么谨小慎微？"

"你知道文艺频道的总监要调走了的事吗？"

"当然，最近同事们议论得这么热烈，我怎会听不到。"

"那你知道谁要去那个频道当总监吗？"

"谁要去我就不知道了，这件事我并不关心。"

"分管我们的副台长跟我谈过话了，他让我一个星期内拿一份自己规划的节目单出来。"

"那你就是最终的人选了？"

"虽然我不便开口承认，但你可以这样认为。"

"那恭喜你了，你一向都很在意自己的升迁，这真是一个很好的机会。"

"这事儿你要给我保密啊。"

"你放心好了，你这么信任我，我绝对不会说出去的。"

"是呀，我可就告诉了你一个人，还有，我需要你的帮助。"

137

"只要我能做到的,你尽管说,我愿意助你一臂之力,毕竟上次你也帮了我。"

"我们就不分什么你我了,我帮你都是心甘情愿的,这次我需要你的帮助,我知道你肯定也会为我全力以赴的。"

"放心吧,你需要我做什么就尽管告诉我。"

"这是我策划的新的节目单,你帮我看看,你在节目策划方面还是有两把刷子的。"

安艺把一张打印好的节目单递到宋宇手里。

宋宇仔细看着从早间到晚间的节目安排,每到一档节目,宋宇就会问一些细节,比如节目主题是什么,是独播还是对播模式。

这时,一个叫赵云娜的女孩敲门,安艺让宋宇把纸收起来后,才让她进来。

赵云娜进来问今晚的节目导播能否换一个人,安艺忘记了自己的电脑屏幕上还放着文艺频道的节目策划案,赵云娜只瞟了一眼就看到了,她也早就听说了安艺想去文艺频道做总监的事。

"安总监,都下班了还不走呀,真是太敬业了。"

赵云娜边和安艺说话,边和宋宇摆手打招呼。

"和宋宇商量点节目的事,一会儿就走。"

安艺打了个电话给她安排了替班的人,赵云娜谢过安艺后离开了。

宋宇继续和安艺商讨节目,有几个栏目安艺实在不知道怎么策划,宋宇想了半天帮安艺在空缺处做了填补。安艺豁然开朗,觉得宋宇果然厉害。

安艺夸赞宋宇,邀请他一起吃晚餐,宋宇说自己还有事,就不去了,安艺没有办法,只好作罢,她让宋宇先回去,自己再把刚才调整的节目修改一下。

赵云娜可是个特别喜欢八卦的女孩,她是郝静的导播,从安艺处离开她就跑去跟郝静请假,郝静恰好也没走,她也在忙着策划她的节目。赵云娜敲门进来,郝静赶紧把桌面上的文档关了,因为苏可说,不能告诉任何人。

赵云娜嬉笑着进来,然后说:"郝姐姐,还没走呀,大家怎么都这么忙呢?"

郝静抬起头笑着问:"大家是指谁呀?"

赵云娜笑嘻嘻地和郝静小声说:"我今晚突然有点事,不能过来给你导播了,刚才请示了安总监,她给我安排了替班,她居然还没有走呀。我知道郝姐姐走得晚,是因为要准备晚间的节目,安艺姐就不一样啦。"

郝静无可奈何地看着赵云娜,说:"安总监也在呀,她给你安排好了替班就行。"

"你就不想知道陪安艺加班的人是谁吗?是宋宇!"

郝静一听,故作轻松地说:"哦,搭档就是要不断沟通,免得主持时出问题。"

"哎呀,你还没听说吗?文艺频道的总监要调走了,现在要选一个总监过去,有人说是安艺呢。"

"早就听说了,这有什么稀奇的,每次有频道竞选总监,安总监她都会参加。"

"这次可不一样了,你知道宋宇的策划能力是很厉害的,他在帮安艺策划节目呢。"

郝静一惊,她想起宋宇一再劝自己不要去竞选,原来是为了安艺能顺利过关,他还帮助安艺策划节目,郝静的心凉到了极点。

她假装无所谓地说:"那挺好呀,她那么期待升职,但愿这次她能够成功。"

赵云娜凑过来说:"你知道安艺吧,她可是那种非豪门不嫁的人,她已经追宋宇好久了,这次保不准宋宇就迁就她了。宋宇这个人吧,真的是富家子弟中特别优秀的那种,我觉得安艺有点配不上他,真的,我和你说这些我也不担心,因为你不是那种喜欢传话的人,所以我才放心说了。"

"当然了,跟我没有什么关系的事,我一会儿就会全部忘记。"

"那就好那就好,那我先回去了,晚上替班的人我已经和她说好了,你就放心吧。"

"好的,你快去吧。"

"好嘞,我走了,你也早点回去。"

赵云娜关门走出去的那一刻,郝静决定,一定要和安艺争一下这个文艺频道总监,既然你非豪门不嫁,那你嫁豪门,我做总监,这样也好过什么都是你安艺的。

郝静的微信上突然冒出轩然的消息,他问:你在做什么呢,下班了吧?

郝静的喜悦溢于言表,立即给他回:头一次呀,居然主动问候我了。

轩然:哈哈,我平常就那么严肃吗?

郝静:你的话里全都是专业术语,像是时刻都在教书育人一样。

轩然:我可不是老学究。

郝静:我突然想起来,我们好像没有见过面,也从来没见你发过生活照。

轩然:我不方便。

郝静:名人怕麻烦?

轩然:其实,我是个特别不想出名的人,我不喜欢被众人关注,我愿意用自己的能力疗愈大家,但我不希望大家都找上门来让我疗愈,我其实也很忙的。

郝静:看出来了,所以你做了《你在听吗》,却从来没做过线下见面会,而且迄今为止,我都不知道你长什么样。

轩然:或许,有一天,我们也是能见面的。

郝静：你能这么说，我好开心呀。

轩然：你应该天天开心才是。

郝静：其实，我刚才就有点不开心，但是你突然出现后，我就开心了。

轩然：刚才因为什么不开心？

郝静：就是，现在的频道总监一再推荐我去竞聘另一个频道的总监职务，我本不想去，但我刚才突然知道另一个节目做得不如我的人想过去，我就突然想去竞聘了，我怎么这么奇怪呢？

轩然：这很正常，每个人都会有这样的心理，遵循自己内心的想法，想去就去，哪怕竞不上也没有关系呀，至少锻炼了自己，经历一些挫败也是有意义的。

郝静：那我就去试试了，我好好策划，一定要超过她。

轩然：你只要好好策划就好了，不需要超过谁，能超过现在的自己就是成长，如果你总想着战胜谁，假如到时候战胜不了，你会不舒服的。

郝静：我懂了，谢谢你，你妈妈的事呢，怎么样了？

轩然：对我爸爸来说，表达爱很不容易，他不好意思表达，妈妈也很难收到爱意……

郝静：母亲的快乐，可以感染整个家庭。母亲喜欢陪伴，但是父亲很忙无法陪伴她，所以这个是死循环。我想说的是，陪伴，不见得是天天在一起，而是，你随时都在关心她就可以了。

轩然：你有什么招数？

郝静：从我们女生的心理来看，其实，有些女生并不喜欢天天贴着自己的男生，我们倒是希望，各自都有各自的空间，只是在需要他的时候，他能出现就好了。

轩然：那你说的需要的时候，是指什么时候呢？

郝静：就比如，突然狂风大作，大多数女孩都是会害怕的，这时，如果男生打个电话过来，问刮风打雷了，你有没有害怕就好了。

轩然：就这么简单？

郝静：是呀，只一句话，女孩就会得到莫大的安慰，她觉得有人在关心她，这就是陪伴。

轩然：哦，谢谢你，你好智慧呀，我才知道女人原来是这样的心理状态。受教了，谢谢你。

郝静：你教了我那么多，我偶尔出一招，你就这么客气。

轩然：那以后就不和你客气了，关于你竞聘的事，你想去就去吧，我支持你。

郝静：谢谢你。

聊完天，郝静发现自己特别开心，她再次觉得和轩然聊天是一件很滋养内心的事情,这让她觉得很神奇。

　　不几日,两份策划方案都到了分管领导那里,副台长召集了几个人来评分,最后觉得不相上下。苏可也参与评分了,她没想到安艺交的这份策划案确实不错。副台长说:"别的频道推荐的竞聘文艺频道总监的人,也都写了策划案,我看不如这样,我们做一次现场演讲,评委对他们的策划案进行提问,让他们现场答辩,这样,不是自己策划的节目,他们自然答不出精彩的东西,我们就很容易分辨出谁是真正的高手了。"

　　大家觉得副台长的提议非常好,于是台里准备择日开始竞聘答辩环节。

　　宋宇怕郝静忘记了最初的梦想,走了管理路后会后悔,所以才劝她不要去竞聘,但是郝静完全曲解了他的意思,加上赵云娜的八卦,郝静渐渐开始主动与宋宇保持距离了。

十三、郝静去了文艺

谁也没有想到台里会组织竞聘演讲，所有想去文艺频道做总监的人都浮出了水面。答辩的结果可想而知，郝静的策划完全是出自自己之手，而且她有拉升收听率的看家本领，她的演讲具有强大的感染力，最后郝静赢了。

这个结果对安艺的打击实在太大了，她无法接受这样的结果，她已经失败过一次了，而她现在本来就是个副总监，她原本以为稍微一努力就可以够到这个职位，却没想到那个经常被她呼来唤去的郝静赢了她，这让她太不舒服了。她虽然表面上装作若无其事的样子，其实内心早已崩溃。

宋宇看出了安艺的不开心，劝她不要在意，机会还有很多，而且生活频道是个大频道，不去文艺频道也罢。

安艺沉默了一会儿，突然问："宋宇，你能带我去海边吗？"

宋宇回答她："没问题。"

安艺的眼泪就快要忍不住流下来了。

宋宇陪安艺离开了办公室，安艺上了宋宇的车，这一切，又被赵云娜看到了。

赵云娜从停车场飞奔到办公室，郝静是从同屋的小文那里听到了余音。

小文不是喜欢八卦的人，但是她听到赵云娜的演绎里有郝静的内容就传递给了郝静，毕竟郝静马上要去文艺频道当总监了，以后说不定需要仰仗她，这种传递也算是一种拉近关系的方式吧。

小文说："祝贺你呀郝姐，你好厉害呀。"

"那边的压力还挺大的，创收任务实在让人头疼。"

"没问题的，哪个频道的节目做得好，创收就好，你的策划能力大家有目共睹，不会差的，放心吧。"

"谢谢你呀,小文。"

"姐姐客气,我听说,安艺也很想去文艺频道当总监,现在没竞争上,难过得哭成了泪人,宋宇陪着她开车出去了,不知道上哪儿去了。"

郝静听到宋宇陪着她,不由得深深吸了一口气。

小文以为说错了什么:"不过,这跟你有什么关系呢,竞聘本来就有胜有败,不能接受事实,就只能自己受苦了。"

"其实,一开始我也不想去竞聘的,因为我知道安艺很多年前就想自己管理频道了,她失败了一次,内心不舒服了很久,所以,我不该去竞聘,让她旧伤未愈,又添新伤。"

"你可千万别这样想,假如这次是你失败了,你也会难过,她会理解你吗?说不定人家还会嘲讽你,所以,你大可不必为此内疚。"

"谢谢你小文,但是我并没有为竞争成功感到快乐。"

"不不不,你一定要体会这份快乐,不然如此美好的时刻你都不快乐,那还想什么时候快乐?"

"跟你一个屋工作了这么久,都没发现原来你的内心如此丰富而有内涵。"

"哪里,我也只是说说而已,我自己也有很多苦恼,人家安艺还有宋宇陪着,我还孤家寡人的,连个知心的朋友都找不到,更别说男朋友了。"

"慢慢来吧,一切都会好的,别着急,或许那个适合你的人,正在向你走来的路上。"

"我哪有姐姐那么好命,节目做得好,还有那么多的粉丝,连赵冬这样的大咖都对你情有独钟。"

郝静一愣:"赵冬,你怎么知道他?"

"你们不是在厦门看演唱会的时候官宣了吗?我是从安艺发的朋友圈里看到的。"

"官宣?什么官宣?"

"你不知道吗?你看看安艺的朋友圈呀。"

郝静赶快翻出手机,找到了安艺那天发的朋友圈。

郝静看着手机上的图片,心里五味杂陈。

郝静正式成为文艺频道的总监后,面临的第一个问题,就是每个月的广告创收任务。上一任总监早就知道自己要调走,已经不再开展业务了,一般来说,本月的业务应该是由上个月的运作延续而来,也就是上个月谈成的合作,这个月才能入账作为收益。而今,郝静不仅要面对上个月一片空白的业务情况,这个月的营销任务又一下子压在了她的头上,郝静感受到了巨大的压力。

宋宇是在郝静去文艺频道的电梯里见到她的,他发现,几天不见,郝静瘦了很多,皮肤也不像以前那样好了。他一阵心疼,那心疼根本无法控制,但他没有说什么,只是盯着她看着。郝静躲开了他的目光,两人各自想着心事。

生活频道的会议室里,苏可宣布首席男主播大赛营销环节全面展开,所有参赛选手都要去谈一个冠名商或者协办单位,谁能拿下合作金额最高的冠名,谁就多加十分。

对其他人来说似乎不难,对宋宇来说,却实在是太难了,他几乎没有人脉。而宋宇早就打算好了,他根本不想去参加最后的舞台秀,因为,他还是很排斥在舞台上的那场演讲,他想起来就会紧张和焦虑,所以,他为了不让自己一直痛苦,当下就决定,不去参加这次比赛了。

宋宇想:不谈任何协办冠名单位,就可以不用参加比赛了。

宋宇做这个决定的时候,心里也挺不是滋味的,毕竟放弃是让人遗憾的,他难过的时候就想独处,于是他独自去了录音间,没有人能看见他,他就可以一个人发会儿呆了。

其实,宋宇不仅是受了郝静与赵冬官宣的伤,还有一点,他听说父亲为了圆他的主持梦,不再强迫他回集团做事,但其实宋宇刚回国做的计划在执行过程中渐渐失去了一开始的热度,集团真的很需要宋宇尽快回去给中层注入活力,把之前制定的计划进行到底。

深蓝集团对尚昊集团的威胁真的太大了。

宋宇陷入了沉思,他觉得父亲真的很需要他,但父亲不再勉强他回归,是为了成全他的梦想,宋宇心里涌起一股温暖的感动,那一刻,他坚持在台里工作的心有些动摇了。

宋宇再次陷入思索:郝静去了文艺,尚昊集团面临深蓝集团的冲击,自己到底该怎么做?

宋宇在录音间发呆的时候,安艺也走进了录音间外间,赵云娜接着鬼鬼祟祟地跟进来了。赵云娜的身体永远在向前倾,和谁说话倾向谁,仿佛怕会有人偷听一样。明明屋里没有别人,她也一定要小声音地去说,甚至趴到你的耳朵上说,这一次就好使极了,宋宇什么也听不到,可惜安艺也没有听清。

安艺说:"哎呀,没事啦,刚才在办公室里你不敢大声说,这里又没有人,这屋子都是封闭的,连窗子都没有,你还那么小心,尽管说就是了。"

赵云娜这才松了口气："我听说,郝静去了文艺频道后肠子都悔青了,你知道吗,他们本月的任务连个影都没有,前任总监没有留下任何项目,频道的主持人都等着看呢,如果完不成任务发不上工资,他们是不会买账的。"

"她在竞聘会上说保证完成任务,现在如果第一个月就完不成,接下来任务都积在一起,以后会月月完不成的,我看她怎么收场。"

"我已经和文艺频道的几个小姐妹暗示过了,安总监才是最有实力的人。台里规定三个月完不成任务指标就撤销总监职务,那时,安总监就可以顺理成章地带项目过去,大家一定会热烈欢迎你的。姐姐现在开始联系客户,到时候移花接木就是了。"

"她确实完不成任务了吗?"

"当然,光节目改版就花了她大部分精力,她为了拉动收听率亲自上节目,活该累死,听说她这十几天瘦了十斤多呢,你说再这样下去,她……"

安艺发出一阵空洞的笑声。

两个人站起来开门出去。

宋宇在录音间里听得清清楚楚,他没想到,安艺这么嫉妒郝静。

虽然宋宇已经放弃了首席男主播的竞选,但宋宇还是拨通了酒厂邵董事长的电话,和邵董事长约好了时间,第二天去见面。

郝静那边,频道副总监薛兰好不容易联系了一个4S店的老板,老板说正好他们大区经理当晚来,他已经把方案发给经理了,大区经理也挺感兴趣的,就约她们今晚一起聊聊。

郝静其实很不擅长应酬,但是为了尽快促成这一单,她不得不出面了。

郝静和薛兰一下班就赶紧奔赴酒店,主人要比客人先到才算礼貌。薛兰和郝静正说着话呢,电梯门一开,宋宇就进来了,彼此打了个招呼。

薛兰和宋宇不熟悉,就继续和郝静说着:"我听说那个大区经理一个人能喝两斤,今晚我们不喝都不行了。"

"啊,喝酒是我的弱项,我真不行。"

"见机行事吧。"

宋宇听郝静要去喝酒,一下子急了,可是薛兰在旁边,他也不好说什么。郝静开车去酒店的时候,宋宇就一直不远不近地跟在后面。

宋宇给毛小波打电话,说要请他喝酒,让他赶紧到。恰好毛小波没事,一听有酒喝忙不迭地答应着,很快赶来了。

大区经理说那个方案他已经看过了，恰好是他们公司需要的，真是雪中送炭，这个合同明天一早就可以签，但是自己从来不在酒桌上签合同，所以，今晚什么也不谈，只谈喝酒。

郝静和薛兰对视了一下，心里暗喜着，总算是有了盼头，这个方案的额度是不小的，足够一个频道一个月的任务指标了。郝静激动得眼睛都有些湿润了，她使劲忍着。

毛小波很快赶到了宋宇订的房间，就在郝静的隔壁，毛小波一到就开始揶揄宋宇："哎呀，怎么突然想到我了，是不是又为情所困？我这段时间比较忙碌，也好久没见郝静了，听说她升职了？"

"怎么，郝静自己没告诉你呀？"

"她那么忙，我都没好意思打扰她，我是听我们都认识的熟人告诉我的。哎，对了，你们俩咋样了？"

"我们俩？她不是选择了那个赵冬吗，哪里还有我？"

"哇，我说呢，我在朋友圈里看见她和赵冬的合影，好像是听一个演唱会，对，是以前的一个同事刘莎发的。"

"你那么多以前的同事？"

"那是，人挪活树挪死嘛，我不多挪几个地方，怎么能知道自己到底适合做什么呢？"

"郝静去了文艺频道做总监，其实她很累，当初我劝她不要去，她就是不听……"

"喂，如果郝静真的选择了赵冬，你还是如此担心她吗？那你这是真爱呀！"

"我什么时候说过我的爱是假的了？"

"哎呀，那你怎么不去抢回来呀，人生哪有等来的幸福？"

"我不喜欢抢，我喜欢的是两个灵魂的相互吸引。"

"灵魂的相互吸引，我怎么听着这么恐怖呢。"

"跟你说多了你也不懂，我就告诉你，郝静为了一个业务，在隔壁和客户喝酒呢。"

"哇！郝静喝酒？她别让酒熏倒了就好。"

"我想制止，可是她和同事一起，我也不好做什么，就是叫你来想办法的，我该怎么做才恰当？"

宋宇指了一下镂空的隔断，是能看见里面的人的。

毛小波眯着眼睛看了一圈，说："好家伙，两个女生和几个老爷们掰酒呀？她俩真是不自量力。"

"那你快想想办法吧。"

"我倒是认识那个4S店的老板,要不然,关键时刻我们就去插队?"

郝静和薛兰面前都放着一杯白酒,大区经理突然安排服务员把酒杯换成了喝红酒的大杯子,郝静心里一阵窃喜,心想红酒至少不会像白酒那么冲。却不想,那大区经理拿出了一瓶白酒一下子倒进了高脚杯里,郝静和薛兰吓得脸都白了。郝静赶紧声明,她们真的不是会喝酒的人,真的不能这样喝。

大区经理说:"要么不喝,要么都换大杯子,可以不用倒满。"

几个人一听,赶紧换上大杯,郝静和薛兰面露难色。4S店的老板赶紧打圆场:"没事没事,换个杯子而已,不用倒满,不用倒满。"

待大家换了杯子,那个大区经理端起酒杯说:"你们随意,第一杯我先干为敬。"

说完,把酒几口就倒进了肚子里。

郝静和薛兰看得目瞪口呆。

4S店的老板给薛兰使了个眼色,意思是:人家可是大区经理,你不喝,那就是不想合作了。

薛兰硬着头皮喝了一大口,郝静一看,也没法了,她一口喝下去,就觉得一股热辣辣的酒顺着脖子流下去,她呛得难受,就不由自主地猛烈地咳嗽了几下。

宋宇着急地站了起来,被毛小波拽住了。

"你要干吗?一杯酒郝静没问题,就是多年不喝的缘故,她以前也是有两下子的。"

"女孩子喝什么酒?都是一些大男人,他们凭什么让她喝酒?"

"哎呀,这是生意场,难免要喝点的,郝静以前是主持人,可以完全不喝,可现在她是频道总监,身份不同了。"

"不行,我得想办法去给她解围。"

"容我想一下,我想想有什么办法。"

"不要想了,我直接去把她带走。"

"不能这样,你会坏了郝静的生意……"

宋宇哪里肯等,一下子就站起来,去往那个房间,毛小波见拦不住,赶紧追上前去,宋宇已经把对方房间的门推开了。

毛小波一下子冲到前面,喊4S店的那个叫张大华的朋友:"张大华!哈哈哈,你还记得我吗?哎呀,真是好久不见了,我们在隔壁吃饭,看着像你,所以就赶紧过来敬杯酒啦,都是朋友呀?今天这顿酒我请了,来来来,张大华你给介绍一下。"

张大华清醒过来,一看却是熟人,加上喝了几杯,云里雾里的,听见对方还要抢着买单,就喜不自禁地起身来握毛小波的手,给他们一一介绍。

郝静看见毛小波和宋宇突然出现,不知道发生了什么,依她对毛小波的了解,他不会干出这么荒唐的事,她料定是宋宇,可宋宇又是为何呢?

宋宇从一进来,眼睛就没离开过郝静,他看她面前摆着白酒杯,里面半杯白酒,宋宇气不打一处来,但他只能忍着。

郝静似乎明白了什么。

"我给大家介绍一下,我身旁的这位是尚昊集团的大公子宋宇。"毛小波机智地说。

这一说,那4S店老板张大华的眼睛就开始发光了,谁不知道尚昊集团呀,人家老板一高兴就会给中层干部一人配一辆车,他赶紧跑过来和宋宇握手,一边吩咐手下添座位。

张大华给宋宇和毛小波介绍大区经理,宋宇并不想久坐,张大华死命挽留,恰好宋宇也想制止郝静喝酒,就勉强留了下来。大区经理是个明白人,他知道宋宇是冲着郝静来的。整个晚上,大区经理的目光也一直在郝静身上。张大华介绍了一圈让大家相互认识,这才知道宋宇和郝静、薛兰都是一个单位的,张大华又说此次是大区经理要与文艺频道合作,今天是庆功,明天就签约。

宋宇也想尽快促成郝静和4S店的合作,但是他还是不想让郝静喝酒。

所以毛小波敬酒结束后,宋宇就直接端起杯子走到了大区经理面前说:"一是为了相识,二是祝贺两家合作成功,女的就不必喝了,就我们俩干了。"大区经理赞叹道:"豪爽之人,值得结交!"随即一口干下了那高脚杯里的白酒,所有目光都看向宋宇,宋宇一口气喝下了那一大杯酒。

毛小波一下子慌了神,他知道宋宇平常从来不喝酒的,这一杯下去不知道会是什么结果,于是赶紧说:"其实在隔壁还有几个朋友在等着我和宋宇谈事呢,我们得过去了,你们继续。"

大区经理握住宋宇的手说:"好样的!我喝酒从来没遇到过对手,今天你是第一个,豪爽之人啊!"他说完这句话,转过头去对着张大华说,"明天一早,你让郝总找我,我和她把合同签了。"

"谢谢你对我们台的支持,今晚的酒我已经替她们俩喝了,就不要让女孩子喝酒了,我们这酒量从来都不跟女生斗的,你说是吗?"

"真是酒友知己,我和你一样从不跟女的斗酒,我也让她们随意喝,只是那张大华太过分了,非要让女同志喝。"

张大华赶紧过来送宋宇,说:"您放心,您的两位女同事就交给我了,我绝对不会让她们喝半滴酒的。"

张大华说完招呼手下把郝静和薛兰的杯子撤了,又掏出一张名片塞到宋宇手里说:"这是我的名片,我随后跟毛小波要您的微信和号码,您有时间的时候我再去拜访您哈。"

酒已经开始往宋宇头上撞了,毛小波赶紧扶着宋宇离开,宋宇摸出手机给郝静发了一条信息:明天早上不要一个人去签合同,带上薛兰,切记!

郝静收到了微信,陷入思忖:为什么不能一个人去?

当天晚上,宋宇醉得不省人事,被毛小波带到自己家里。

张大华当晚给郝静发短信说:明天早上六点,你去某某酒店三楼大区经理那儿签合同,记住他只要你去签。

郝静不明白为什么只让她去签,不过她随即又想,让她去签,可能老板想算成她的业绩罢了。

郝静当晚约好了薛兰,明天早上六点就要到大区经理居住的酒店去签约,她还是第一次去酒店签约,叫上薛兰,一是她确实有点怕,二是这本来就是薛兰联系的业务,怎么能自己去呢?

郝静和薛兰满怀期待地驱车去了大区经理居住的酒店,她们检查了好几遍合同,然后一起去了三楼约定好的房间。约定的六点,郝静和薛兰在门口看了一下手机,还有两分钟,就在门口等了两分钟,等恰好六点钟的时候,郝静敲响了房间的门,半天没有动静。薛兰看了一下门铃,小声地问郝静是不是要按门铃,郝静就按了门铃,声音很清脆,只一会儿工夫,门就开了。令郝静非常意外的是,大区经理居然只穿着睡衣就出来了。

大区经理刚要让郝静进来,突然看到了旁边的薛兰,就把门虚掩了一下,说等一下。

过了很久很久,郝静和薛兰在门口等得尴尬极了,门才又被打开了。大区经理不耐烦地请两个人进来,他已经换上了西装。

只谈了没几句,大区经理就说:"我觉得你们的方案对我们的产品宣传没有针对性,我觉得不太合适,要不这样吧,这次先不合作了,等以后你们有新的点子了我们再合作。"

走出酒店,薛兰气愤地给张大华打电话问:"喂,张总,你不是说大区经理完全同意这次合作吗?不是说今天一定会签吗?我们大清早跑来,你们这是在耍我们吗?"

张大华问:"怎么,没签吗?他说今天一定签呀。"

"他说这个方案不太合适,早说不合适,我们昨晚也没必要去见他呀!"

"你去签的？人家不是叫郝静去签吗？"

"我们俩一起来的。"

"谁让你去的呀？要是郝静一个人去，就一定会签了呀，人家昨晚特意说了，让郝静去，一个人去，谁让你们两个人去的！"

"你们这都是什么人呀！大区经理穿着睡衣来开门，一看是两个人就不签了！"

"我可什么也没说哈，事情都是大区经理说了算，我们都是执行者，我可不知道他怎么想的。"

薛兰把电话挂了，发誓道："这辈子我都不要再和这家4S店合作了！"

郝静一下子想起宋宇昨晚的叮嘱，原来，他早就看出了端倪，还有，难道他昨晚一直跟踪着自己，担心自己喝酒？

他为什么不直接告诉自己呢？他不是一直支持安艺，安艺失败了，他都要亲自安慰她陪护她，却从来没有在意过自己。这个时候又装什么内行的样子，不就是想看自己的笑话吗？

郝静正在办公室里忙得不可开交，薛兰过来说："郝总监，这是台里下发的首席男主播的营销大赛方案，我们频道有几个参赛的男主播，需要尽快发放下去，您看合适的话，我一会儿就在群里通知一下。"

郝静接过方案看了一下，想起宋宇马上要面对一次他最没有底儿的淘汰赛，沉思了一会儿。

"发到群里吧，让大家早准备，真赶巧了，文艺频道最困难的时候，台里也赶着办营销比赛，这样就算我们频道的选手联系成了一单，也不算我们频道的成果，真是雪上加霜呀。"郝静说。

"是呀，我们节目的收听率是绝对不成问题的，现在大家做节目的热情都很高，只是，已经过去半个月了，我们频道的营销任务还没谱，个别同事开始嘀咕了，说完不成任务，捧着再高的收听率又有何用？"

郝静听见任务这个词就头大，情绪一下跌到了深渊，她后背发紧，浑身不适。

"我正在想办法，我们几个分头行动，先想办法把第一个月的任务完成。"

"主要是基础太差了，一下子很难有良好的进展，现在只有半个月的时间了，真的有点难。"

"困难是有的，但是我们不能老是想着困难，唯有行动可以消灭我们心里的不安。"

这时赵冬的电话打来了，薛兰识趣地离开了。

"新官上任，是不是很惬意？"

"哪来的惬意,没有想象得那么轻松。"

"除了营销任务,其他的也没什么呀,何必给自己那么大的压力?"

"你了解我的,我最怕对不起别人,我要是完不成任务,那比竞聘失败还难堪。"

"有我在呢,你怕什么?你之前策划的那个宣传方案,这时不正好可以用上了?至少可以把第一个月应付过去,第二个月就可以喘口气了,大家也都可以发力了。"

"不行,首席男主播大赛的营销环节已经开始了,那个项目是留给宋宇的,他以前救过我,也帮助我很多,我不能这个时候不管他,这份工作对他非常重要。"

"你的意思是,宁愿第一个月完不成任务,背个大包袱到下一个月去,也要帮宋宇是吗?"

"是的,我已经决定帮他了,我若不帮他,他这次一定会被淘汰,所以,还是请你把这个策划案留给他吧。"

"好吧,那我等你通知,到时候我让刘莎联系宋宇,就说我们看中了他的节目,想谈个冠名。"

"谢谢你,赵冬。"

"我们之间不用那么客气,我这就和刘莎说一声。"

一晃两天过去了,郝静急得嘴角冒出了好几个水泡,她没有停止找寻业务,可就是没有任何的进展,眼看着这个硬指标在短时间内无法完成,郝静一筹莫展。

郝静实在无法承受这样的压力,她不得不发微信向轩然求助。

郝静:我为什么这么痛苦?我特别后悔,我可不可以卸任?

轩然:卸不卸任,你的这份痛苦都在,还记得吗,你不是想结束这份工作,而是想结束这份痛苦。

郝静:我该怎么办?我已经好几个晚上没有睡好了。

轩然:你有没有想过,痛苦和快乐都是我们的情绪,而我们只喜欢快乐的那个,就如同,你有两个孩子,你只爱长得好看的那个,那另一个就会捣乱,让你不得安生。

郝静:可是焦虑让我很难受,我怎么接受它?

轩然:你可以找个安静的地方坐下来,或者躺着也行,让自己完全放松下来,然后试着去接纳那份焦虑,或者感知焦虑在你身体上的呈现,然后告诉它你看见它了,你要感谢它给你的提醒,感谢它的存在,然后用爱去关照它。你试过爱你的疼痛吗?当你爱它的时候,疼痛就会消失,就像你试着去爱你的痒,痒就会消失。

郝静:这么神奇吗?我整个晚上都在跟情绪对抗,它快要把我折磨死了。

轩然:你越是抗争它越是会折磨你呀,所以,接纳它,爱它,它就会与你握手言和。

郝静:好的,我试一下,谢谢你。

郝静按照轩然说的方法,躺在床上,用心感受自己的焦虑和恐惧,用爱接纳它,她渐渐地睡着了,就没有再回复轩然。

直到第二天早上郝静一觉醒来,想起任务,杂乱的念头又纷繁而至,她翻开手机看见轩然昨天给她的留言:睡着了吗?安心睡吧,好梦。

郝静试着用爱的方式接纳脑袋里的念头,又试着用轩然教她的不抗拒方法,任由念头来了又去,那些念头居然悄然地褪去了。

这天郝静在电梯里遇见了安艺和苏可。

安艺大声说:"哎呀,郝总监呀,怎么破相了呢?差一点没认出你来,嘴角怎么长了这么多的水泡,不是什么病毒吧?你可得小心,听说那个水流到哪里,哪里就会长出一串新的泡来。你这是怎么了?"

"可能是上火了吧,没事,过几天就好了,谢谢安总监关心。"

"这是上哪门子火呀,是去了文艺频道做总监的缘故吧?你可真是不容易,从主持人贸然当上了总监确实会很不适应的,你要多休息,别再上火了。"

安艺话里有话,郝静自然能听出来,可是,她又不好说什么。

苏可听不下去了,她嘴角扬起一丝微笑接话说:"没事,上火也是正常的,安艺当年第一次做副总监时也长了一段时间的嘴疮,不要紧,过几天就好了。"

"我有吗,我怎么都不记得了?"安艺嘟囔着。

"记不住正常,你当时也是全身心地扑在工作上,哪还记得嘴疮这点小事。"

回到办公室,郝静再次一筹莫展,她定定地看着房间,自言自语:"怎么办呢?"

突然,郝静办公室的电话响起,居然是酒厂的邵董事长约郝静前去对一款酒进行营销策划。

郝静不敢怠慢,放下手里的活赶紧驱车前往。

邵董事长说:"前几天我在车上听你们的节目,新改版的,发现你们的节目内容鲜活有趣,主持人也都非常有才华。"

"邵董事长真是说到点子上了,文艺频道的主持人都是能歌善舞的帅男靓女,他们几个都拿过省里的青歌大赛前几名呢。"

邵董把自己的策划和设计跟郝静说了一下,并把冠名的费用摆在了前面,然后开门见山地说:"不管怎么样,酒厂先给文艺频道一个保底的冠名费,随后再根据这个酒的销售二八分成。"

郝静一看,这个策划案写得真是太精彩了,不禁感叹:"邵董事长,这是您亲自构思的方案吧?果然厉害呀,我们做了这么多年的宣传工作也没有想出来酒和演唱会票捆绑销售的招数,真是高手,实在佩服。"

郝静看光一个冠名费就够他们一个月的任务了,如果能够尽快推进,他们频道这个月的营销任务完全没有问题,邵董事长就像上天派来给她解围的那个神仙。

邵董事长说:"我的时间比较紧,需要迅速推出活动,歌星我们来请,你们不用分心,你们的十几个主持人也是歌手,每个人从今天起开始准备曲目并排练,今天就把合同签了,明天我派人打款,一周后我们彩排,歌星会在当天到达,晚上演出,上午简单走一遍台,好在不是一起演出,都是个人演唱加上乐队。"

原来,宋宇阻拦郝静喝酒的第二天,就去了邵董的办公室。

宋宇不是想联系邵董事长冠名他的首席主播大赛的节目,虽然邵董事长说,只要策划得好,他宋宇的方案将优先考虑。

宋宇谈的是另一番合作。

宋宇在给安艺梳理文艺频道的节目时了解到,文艺频道的十几个主持人学的虽说是播音主持,但都是唱歌的高手,这是文艺频道的资源优势,宋宇和邵董事长谈了一个很有价值的合作方案。

邵董事长有款老酒一直卖得不错,可是从去年开始销售量就停滞不前了,酒是好酒,但销售量上不去,让他很困惑。他想通过营销突破这个销售瓶颈。

宋宇为邵董想了一套营销方案。

"我倒是有一个办法,广播文艺频道有十几个主持人,都是在市里小有名气的,不如我们邀请一名非常有名的歌手做一场演唱会,其他的歌手就用文艺频道的主持人,这样就完全可以撑起一场演唱会了。"

"演唱会?主意倒是不错,可是这跟我的销售怎么关联呢?"

"广播其实就是一个庞大的互联网,文艺频道的主播个个都有大量的粉丝,这就是我们的流量,然后,我们来做一个转化。"

"快说说,我们如何转化。"

"演唱会的歌手出场费、场地以及灯光音响等一系列的事都是需要资金的,这个资金我们从哪里来呢?卖酒!"

"卖酒?不是应该卖票吗?"

"没错,就是卖票,但是不卖票,卖酒,演唱会就用我们酒的品牌冠名,每买一箱酒即可送票一张。你想想看,平常我们看演唱会都要买票,现在,我们是买一箱酒即可获得门票一张,大家就会觉得我买了两张票,还赚了两箱酒,何乐而不为?"

邵董事长恍然大悟,一拍大腿说:"好主意!"

"但是时间要快,赶在中秋节之前,本来节日期间很多人都要购置节日礼品,这样既能促进卖酒,又能促进卖票,需要酒的人觉得白赚了票,需要票的人觉得白赚了酒,这等于是把受众面扩大了两倍,那样你的酒的销售量就会翻倍了吧?"

"果真是高手呀!"

"邵董过奖了,这次演唱会的方案我今晚就给您写好,歌星就由我们酒厂邀请,你们毕竟也是有这些资源的,看恰好有档期的,立刻签过来演唱也是很快的,我把整体策划案给您,你们拿着策划案去找文艺频道的一个人,她具有非常强的执行能力,但我不便出面,还请邵董派人跟她联络,接下来的事,我只在邵董幕后出现,别人不便知道太多。"

"这对频道来说是个很好的盈利项目,他们知道是你推介和策划的岂不千恩万谢,怎么宋主播还不想让他们知道呢?"

"邵董有所不知,这个频道的总监和我之间有点小小的误会,我只是觉得这个项目和文艺频道合作相得益彰,但是我怕她继续误会,增加不必要的麻烦和烦恼,所以,我还是避开的好。邵董就说是自己的想法,没有人会觉得不妥,再说,广播的频道也有好几个,说来也都熟悉,若他们知道是我策划的,还以为我和您有什么特殊关系,日后天天来找我联系您,也是比较难缠的事,所以,还是简单一点最好。"

"那就依你说的,我马上就找文艺频道的总监来谈。"

"相信邵董一定会帮我保密的,不然,我是生活频道的主播,策划方案给了文艺频道,我们的总监会怎么想?所以……"

"你考虑得太周全了!我这粗心大意的人真是佩服!"

郝静开心地回到办公室,把和酒厂的合作跟薛兰讲述了一番。薛兰激动万分,连夸邵董真是奇才,居然能想出这样的高招。

郝静说:"细节决定成败,这次无论如何都要做好,今晚开始筹备活动,组成演唱团,把主持人分成两组,一组一组进行排练,毕竟大家每天的节目还不能停下。"

"好的,我这就去安排,对了,我们频道参加首席男主播比赛的赵凯还在努力找协办,看来今年的竞争很激烈呀,据说没有联系到的最后一轮就要被淘汰了,这年头,策划能力真是超过一切了。"

等薛兰去做准备工作了,郝静陷入了沉思。她想起第一次与宋宇在飞机场相遇,想起刮台风时的直播,想起曼城的梨……

郝静拿起手机,给刘莎打了过去……

宋宇已经完全放弃了首席男主播大赛,他甚至已经开始在父亲的公司做了一些工作。

郝静签了酒厂的单的消息一下子传开了,安艺万万没有想到,郝静都到穷途末路了,怎么会又柳暗花明了？这是什么世道,为什么人家总是顺风顺水,自己却总是事与愿违？

郝静非常认真地对待此次合作,她把对方给的方案进一步细化了,就连主持串联语都要求完美至极,所以郝静每天都是拖着疲惫的身躯离开单位的。

郝静没有发现,无论她多晚离开单位,总有一辆车远远地跟着她,送她到家门口后,才会离开。

郝静为了拉动收听率,又开了一档心理节目,因为从生活频道离开,郝静只能放弃了原来的那档节目,在文艺频道开辟了个新节目。所以,郝静每天晚上都要做完那档节目后才能离开。

这天,单位里突然来了一位客人,说自己是郝静节目的忠实听众,他需要和郝静沟通一下。这位客人一看就是个很气派的老板。

老板说他叫郑华,他只有一个孩子,现在正是上初中的年纪,但是这个孩子突然染上了网瘾,起初谁也没觉得有多可怕,可后来发展到彻夜不归,连学都不想去上了。打也打过了,骂也骂过了,各种招也都使过了都没有什么用。孩子的妈妈不敢折腾,担心孩子有个三长两短,整天以泪洗面,只求孩子活着就可以了,她已经是接近抑郁的状态。他眼看着自己辛辛苦苦支撑起的家,马上就要毁了。他听节目时听到了郝静的疏导对很多寻求安慰的人有用,所以他来请郝静救救他的一家人,他愿意付出一切代价。他说他自己也要抑郁了,实在不行,他就和家人一起结束生命。

郝静一听,这已经不是自己能力范围之内的事了,但是郑华说得实在可怜。她说:"我真的没有能力帮你把孩子的网瘾戒了,但是我愿意尽我所有的能力帮你,一切都会过去,你不要灰心,更不要绝望。"

郝静突然想起轩然,于是就让郑华先别急,她给联系个导师,看看那个人有没有办法。

郝静赶紧联系轩然,还好,轩然很快回复了。轩然挺迟疑的,他之前只做过一个网瘾孩子的案例,他不敢保证自己一定能帮孩子疗愈好,所以不建议郝静接这个活。郝静看着郑老板可怜的样子,心里非常焦虑,她真的希望能够挽救他。

于是郝静再次祈求轩然,轩然沉默了一会儿,郝静觉得有转机,就再次请求轩然就接这一次。

轩然说出了自己的顾虑:其实,我是个特别不想出名的人,我从来没有出面给任何人治疗过,就是担心一旦我疗愈了一个,会有更多人找到我。所以,请你理解我的选择。还有,最重要的是,我跟合作团队签了协议,我得履行职责。

郝静听轩然这么说,实在不好继续纠缠,只好作罢。

郝静:真对不起,我其实应该尊重你的选择,是我太执着了,那我和他说一声,让他再想别的办法吧,谢谢你了。

轩然:抱歉,我真的不好去做,谢谢你的理解。

郝静只好劝导了一番郑华,郑华刚才急切地看着郝静与轩然对话,恨不得把心都掏出来了,但是看到最后,他失望了,加上他原本就是绝望的神态,整个人就更蔫了。

下班后,街灯次第亮起,郝静开着车走在回家的路上,她的脑袋里一直上映着上午的情景,郑华绝望的眼神让她特别难受,她真的很希望能够帮到他,可是她又实在想不出更好的办法,毕竟自己的能力有限。轩然说他不喜欢出名,难道他有什么不方便见人的缺陷?郝静赶紧打消了自己的念头。

郝静回到家后,发了一条朋友圈:人生最难过的事,便是面对需要帮助的人,自己却无能为力。配图是她难过的时候经常去的那片海滩。

郝静突然收到了轩然的微信。

轩然:你是不是很难过?如果是,我决定帮这个忙了。

郝静的眼泪一下子奔涌而出,她喜极而泣:真的吗?谢谢你轩然,谢谢你。

轩然:我该谢谢你。

郝静:我有一个很冒昧的问题想问,但我又觉得实在不合适。

轩然:你问即可,你问什么在我这里都合适。

郝静:我是不是让你很为难?是不是你有什么难言之隐?

轩然:哈哈哈哈哈。

郝静有点懵了,发了一个可怜兮兮的表情。

轩然:你是不是以为我有什么缺陷,羞于见人?

郝静:不是不是。

轩然:我真的不想出名,我做这个《你在听吗》节目,主要目的是想疗愈更多人,让他们摆脱烦恼。但是,我也没想到最后居然能有这么多粉丝。有人以为我不露面是故弄玄虚,实际上是因为我要在某个时刻悄悄消失,一旦我暴露身份,就不容易全身而退了。

郝静:什么,你要在某个时刻消失?

轩然:是我表达有误,我是说我可能在某个时间让轩然这个名字消失,我还做我自己,只是不做这个节目了而已。

郝静松了口气:吓死我了,你让我好紧张。

轩然:所以,我不愿意出名。

郝静:那你为什么决定疗愈郑华一家?你不怕让他们见到你了吗?

轩然：当然不能见面，所以，我想出了办法才答应你的。

郝静：你想出了什么办法？

轩然：我自有办法，你把他的手机号告诉我就可以了。

郝静：那，我们什么时候才能像普通朋友一样见一面呢？

轩然：这个，看情况，在需要的时候，自然会见的。

郝静：好吧，我理解了。

轩然越是说不能见郝静，郝静越是好奇，她有一种强烈的想见轩然的欲望，当然不是现在，毕竟他好不容易才答应了疗愈郑华一家人，但是郝静的心里也多了一件心事，她想象着见到轩然的情形，她甚至在不断地想象着轩然的样子，他是高是矮？是胖还是瘦？郝静被手机铃声唤回到现实中，她不由得笑了。

郝静把郑华的手机号给了轩然，郑华热切期待着被轩然召唤。

宋宇放弃了首席男主播大赛的决赛，所以把酒厂冠名的业务偷偷留给了郝静，他虽然即将被淘汰，但是他内心里却无比喜悦，因为郝静可以轻松一阵了。

安艺虽然难受了一段时间，但是看到郝静饱受煎熬的样子，内心又平衡了不少。接着，安艺迅速从不愉快的经历中抽离出来，她觉得好歹她还有一个豪门目标，宋宇是自己的，这个就很厉害，情场得意职场失意也是正常，所以，安艺再一次把注意力放在了宋宇身上。她千方百计地给宋宇找了一个协办单位，虽然不大，但是她已经很尽力地去做了。当她兴奋地来找宋宇邀功时，宋宇确实非常感动，他真的没有想到安艺会这么在意自己的比赛结果。

"我说大少爷，我安大小姐也是有'身份证'的人，但是我放下面子去给你谈了一个协办单位，为的就是你在决赛中能够脱颖而出，你说，你是不是得好好感谢我？"

宋宇答应请安艺吃饭，安艺就乐不可支了。

吃饭的时候，宋宇把自己要放弃参加决赛的想法告诉了安艺，安艺大吃一惊，刚放进嘴里被咬掉一半的麻辣清江鱼片一下子掉了出来。

"你说什么？你要放弃首席男主播大赛的决赛？"

"是的，我本来就不想参加首席男主播大赛，正好现在我也谈不来那些冠名协办的，所以我就决定放弃了，你把这个客户给别的同事吧，无论如何我都很感谢你。"

"可你是个实习生，你有一个协办单位就可以保证自己不会被淘汰了，你一下子就可以转正了！万里长征都走了一多半了，为什么要突然放弃呢？"

宋宇长长地舒了口气，不知道是因为鱼片太辣还是他内心原本就有一些难言的愁绪，他说："我本来就不想拿第一，也不想比赛，人各有各的长处，即使是在同一个工作岗位上，每个人也都是不同的。"

"可是这就是规则，我们选择了一个行业，就得遵守这个行业的规则，不然你就会被淘汰出局呀！"

"是的，一个不想参加比赛的人必然有他不想参加的原因，那个原因可能就是他的不足。但是，我不觉得我被淘汰了就是不优秀的，这只能说我在这个领域不够出色。"

"不管你怎么说，我都不允许你不去参加决赛。"

"我已经决定了，我父亲的集团现在很需要我，我不能再任性了。"

安艺吃惊地看着宋宇，问："你是说你要回你父亲的集团了？"

"我父亲很需要我。"

这时，宋宇接到了一个电话，是赵冬的部下刘莎打来的。

十四、彼此心安自我纠结

宋宇意外地接到了刘莎的电话,她说一直在听宋宇的节目,对他做的首席男主播推介片非常感兴趣,想约他谈一下本次活动的独家冠名和后续合作,并邀请他做他们的代言人。

宋宇一开始有些犹豫,但是后来他想:我放弃首席男主播大赛是我的私事,冠名是她的公事,我不能因为我的私事影响了她的公事。再说,人家还是冲着自己来的。宋宇感受到了做一名电台主播被认可的快乐,所以他答应前去商谈。

宋宇想放弃主播大赛,最主要的其实还是逃避心态作祟,他不知道那种感觉为什么总是跟着他,他越是逃避,它越是紧追不舍。这次,他还是被内心的恐惧打败了,他不想再去挣扎了,他觉得那是在白白耗能,放弃才是最有效的办法,因为一旦放弃,这些情绪就会瞬间放开他的身体。所以一旦出现这样的情绪,宋宇的第一个念头就是放弃。但是,现实中,他的运气总是很好,独家冠名,那一定是第一了。也就是说,只要他按部就班地走下来,他的得分一定是最高的,那首席男主播非他莫属。

宋宇和刘莎的洽谈非常顺利,因为那是循着赵冬的铺排走的。这次洽谈,非但没有减轻宋宇的纠结,反而更甚。

宋宇使劲去找放弃比赛的理由,企图压倒他对主播行业的不舍,他想到了父亲,对宋董来说,他真的很需要宋宇回去帮他。

宋翔自打有了李硕的帮助后,捷报频传,让宋董刮目相看。最近,李硕又给宋翔在父亲面前赚了一次脸,他给宋翔找来了一个大商家,这家公司叫青初,他们被李硕引来看了宋翔的旅游开发项目,对项目大加赞赏,觉得此处依山傍水,的确是块风水宝地,愿意接收此项目的一隅进行开发。宋翔见谈的价格十分可观,喜不自禁。他想:要是自己开发建设,不知道要多久才能靠门票赚回这个钱,再说自己还有另一半土地可以开发,于是立刻答应了下来。然而,对方提出,必须得让宋翔给他先绿化好,不然,他怕老板不能马上签约。宋翔立刻答应了,问对方什么要求,青初公司的副总一一交代了。宋翔马上安排李硕按照对方的要求赶紧去办,他急等着那一大笔钱进入集团账户,他知道父亲正在开发另一个大型项目,急需回流资金,他要在父亲最需要帮助的时候站出来证明自己比哥哥强。

宋翔如此努力,只不过是想得到父亲的认可。他一直觉得父亲只爱哥哥,小时候,父亲的嘴里经常会冒出"你看你那个熊样!你要是有你哥一半就好了!"这样的话。

别的同学总说最讨厌爸妈拿自己和别人家的孩子比,但宋翔最讨厌的是父亲总拿自己和哥哥比,所以,宋翔真是烦透了宋宇这个名字。有次他在放学路上忍不住停下来,看四下没人,在地上写上宋宇两个字,然后使劲地用脚踩,踩还不够,还要用力地蹋一下才解恨。这一切行为背后,其实都是有原因的,原因有可能就是小时候父母无意间种下的。

所以,宋翔拼命努力,只不过是想证明他比哥哥强!然而越是急于表现自己,越是事与愿违,宋翔并不知道,这背后埋着一个巨大的阴谋。

郝静一边忙碌地工作,一边在间隙和轩然发着信息,他俩已经发展到没有一天不联络的地步,郝静总觉得重要的决定如果不和轩然商量一下,就不敢贸然地去做,如果轩然提出和自己不一样的意见,郝静就会想尽一切办法扭转轩然的想法。有天郝静突然明白了,其实之所以会寻求别人的意见,只是想让那个人给予他肯定而已。

郝静总能从轩然那里得到有益的启发,比如她最怕打针,那天,轩然去体检了,拍照给她看,她紧张地问他疼不疼。轩然在微信上说:疼和痒一样,只是一种感觉,没什么好怕的。

自那以后,郝静再也没有怕过打针,每次打针时郝静都给自己洗脑:疼和痒一样,只是一种感觉。

那天郝静去商场逛街,她给轩然发信息:刚才有个人从我身边经过,他的声音好像你呀。

郝静偷偷拍下那个人的照片发给了轩然。

轩然回:我说我比他帅你信吗?

郝静不由得笑了,回复道:不信。

郝静的手机突然响了,郝静一看,是郑华的,于是赶紧接了起来,说:"郑总,我也一直想给你打电话来着,你们最后见到轩然了吗?孩子怎么样了?"

"我打电话就是想告诉您这个事,真是多亏了您呀!孩子经过轩然老师的心理辅导,现在不去网吧了。我带着一家人出去玩了几天,孩子现在基本上不碰游戏了,但是他也不好意思去上学了,觉得学业都荒废了,没脸见以前的同学。不过这已经很好了,只要他不再玩游戏就好。"

"轩然老师果然厉害!"郝静说这句话既是自言自语,又是说给郑华听的。

"是呀是呀,轩然老师确实很厉害。"

"轩然老师在哪里见的你们?"

"有个人安排我们在某处等着,我们准时去了后,有辆车来接的我们,那人还是位聋哑人,车转来转去,最后去了一所在山野间的叫夏轩小学的学校里面。"

"然后呢?"

"轩然老师是隔着帘子跟我们对话的,他没有让我们看见他的样子,但是他的声音很好听。"

"垂帘治疗?"

"是呀,所以我们至今都没有见过轩然老师本人的样子,您也没见过他吗?"

"嗯,我也没有见过,真是个神秘的老师。"

"是很神秘,他的治疗水平也是极高的,他疗愈了我的孩子,他的妈妈也好了,我的心情也跟着愉快了起来,今晚,您无论如何都要赏脸来一起吃个饭,我们一家要当面感谢您。"

"不用不用,本来我也没有做什么,你就去感谢轩然好了。"

"不不不,如果没有您的面子,我们是见不到轩然导师的,饮水思源,您就让我们表达一下感谢之情吧。我把餐厅位置发给您,我们见面聊。"

郝静推脱不过,只好答应了。

郝静接完电话不由得笑了,她给轩然发微信说:你真是一个美好的人。

轩然:为什么突然这么说?

郝静:就是想这样说,不为什么。

轩然:那我照单全收。

郝静:你敢不敢见见我?

轩然:没有什么敢不敢,只是现在还不行。

郝静:可是,我好想见到你。

轩然:这样吧,我找个机会,去参加假面聚会,这样我们就可以戴着面具冒险见一下了。

郝静:哈哈哈,冒险?

轩然:我是不能露面的,只是……

郝静:只是什么?

轩然:只是我也好想见你一面,看一看现实中的你是什么样子,但我又不能露面,所以就都戴上面具吧。

郝静:谢谢你,我很期待。

轩然:我也谢谢你。

郑华订的是当地一家叫阳光海情的豪华餐厅,郝静见到了郑华一家人,孩子是个长得很瘦很清秀的男孩子,郝静那一刻觉得,还好他们遇见了轩然,不然一个孩子的青春年华就要毁在游戏上了。

郝静给轩然发了三个字:谢谢你。

因为要和郑华一家人说话,郝静就没有再看手机。

郑华的妻子是个老师,郝静很惊讶,老师怎么会让自己的孩子染上网瘾呢?

郑华的妻子明白郝静的疑惑,解释说:"我这个妈妈当得真是不称职,天天在单位加班,批改作业,老郑也顾不上他,他就迷上电脑游戏了。"

郝静觉得当着孩子的面说这个话题不太好,就赶紧说:"其实我们喜欢吃甜食也是一种瘾头呢,叫甜食瘾,说戒也就戒了,不要觉得有什么,我小时候也是这样子。"

郝静是为了缓解孩子的尴尬,郑华夫妇完全明白她的心意,就不再提网瘾的事了。

郝静想知道更多关于轩然的细节,就说:"这个轩然导师果然很厉害哈,他从来不给别人做面对面疏导的,还挺神秘的。"

"是呀,不过我听过他的《你在听吗》,声音和现场那个稍微有一些不一样,可能是录音的缘故。"郑华妻子说。

"是的,我们做电台主播的也是这样,在节目中你听到的是我们那样的声音,在日常生活里听到就是另外一种感觉了,因为我们在话筒前的状态是不一样的。"

郑华接了个电话,郝静趁机看了一下微信,发现轩然好一会儿之前给她发了一条消息:哈哈,我好像看见你了,你是不是和郑华一家在阳光海情吃饭?

郝静:啊,你在哪里,走了吗?

轩然:是的,我走了好一会儿了,那会儿,我听到一个熟悉的声音,就看过去,看见的是郑先生一家,另一个我猜就是你了,因为我在你的微信上看过你的自拍照。

郝静:这不公平,我看不见你。

轩然:好好吃饭,专心陪他们说话吧,晚些聊。

郑华正好接完了电话,他问郝静:"听说轩然导师的夏轩学堂做的是国学教育,我想让孩子去他那儿上学,不知道您方不方便给介绍一下?"

郝静这才明白,郑华今晚请她吃饭不仅是想感谢她,还想让她帮忙介绍他的孩子去轩然的学校上学。

"可是我并不知道轩然还有一个学校呀。"

"我也是多方打听才知道的,轩然导师做的《你在听吗》网络节目和心理咨询赚到的钱,都用来资助这所学校了。"

"哦,我还是第一次知道这些,轩然导师收的咨询费,原来都用来做公益了。"

"是呀,我真的很敬佩他,我活了这么多年,第一次知道挣钱的意义有这么多种。"

"你说的这种教学模式的学校,我觉得真的值得一去,如果孩子也喜欢就更好了。"

"可是这所学校并不容易进去。"

"是吗,那里环境好吗?"

"我带孩子去那周围看了一下,孩子特别喜欢那所学校,虽然不大,但是和大自然在一起,他觉得呼吸很舒畅。我只想让孩子能快乐地学习和成长,所以,我愿意给学校一些资金上的支持。"

"我可以和轩然导师说一下,我也不知道能不能行,等我电话吧。"

那天晚上,郝静回到家,她觉得自己还是个孩子,一个快乐的孩子,再也不是那个职场上的精英,这感觉简单而美好,这一切源自她心里有了一个特别喜欢的人——轩然,她觉得他不仅是自己的心灵导师,也是自己灵魂的知己。

郝静发微信告诉轩然,郑华想让孩子进他的学校,因为孩子已经无法适应原来的学校生活了,他需要换一个崭新的环境。

轩然说他办这个学校只是因为那个地方的孩子以前要走九里山路去上学,他是为了资助那些孩子。现在班里再加一个人勉强也还可以,再多就再也容不下了,会影响教学质量。

郝静保证就这一个,以后会学会拒绝。

轩然同意了郝静的请求,这让郝静非常感动。

郝静:谢谢你。

轩然:也要谢谢你,我们之间还这么客气。

郝静:我的谢谢你不只是谢谢你。

轩然:我的谢谢你,也不只是谢谢你。

郝静觉得全身像有一股电流穿过,她闭上眼睛,深深地吸了口气。

郝静:我有个想法,假面聚会上,我们都把自己的谢谢你的含义写在小纸条上,我们现场交换,回家再打开看好不好?

轩然:好呀,我愿意,也很期待。

郝静:那一言为定!

郝静躺在床上,一遍遍翻看着和轩然的聊天记录,不由得笑了起来,那是一种发自内心的喜悦,她真的好期待见到轩然,她盯着天花板想,见到轩然后第一句话该说什么呢?

郝静想来想去,想了无数个版本,她突然觉得自己很依赖轩然,一会儿没有他的消息都觉得很寂寞。

那个晚上,郝静是握着手机睡着的,手机里是轩然发给她的一张很美的月亮照片,因为她曾对轩然说过,她喜欢月光,很亮却不耀眼。郝静的心里暖暖的,她想至少在轩然拍下月亮的那一刻,他是在想着她的。

阳光从窗户的一角探进来时,郝静才从美梦里醒来,她伸了个懒腰,不由自主地拿起手机去看微信。手机里有几条未读信息,郝静第一个点开的是轩然的,他说:早上好,美好的一天开始了。

郝静笑着回复:早上好呀,美好的我们。

下一条是苏可的,她说:郝静,今天你要找时间和宋宇谈谈,听说他不想参加首席男主播大赛的决赛了,你们曾经是搭档也是好朋友,在这关键时期,你要支持他走下去。安艺劝过他了,没有用,你一定要想办法说服宋宇不要放弃。

郝静收敛了笑容陷入沉思,她想起好多关于宋宇的事,她决定先去找苏可聊聊,了解一下宋宇的现状再去找宋宇谈。

郝静去上班的路上,脑袋里突然闪现了一个念头:这才是生活该有的样子,快乐、简单,有所期待,还有所创造。

郝静奔到苏可办公室的时候,苏可正在打字,听见有人敲门喊了声请进,郝静进去的时候,苏可没有停下手里的活儿,直到她迅速打完最后一行字,才抬起头说:"郝静呀,你来了,快坐。"

"头都不抬,怎么知道是我?"

"你们不是背地里说我料事如神吗?我不得亲自坐实一下。"

"苏总监怎么知道宋宇不想参加决赛的?他又是因为什么不想参加了呢?"

"我是听安艺跟我说的,而且我自己也观察到宋宇对决赛不是很积极,安艺知道他在营销方面没经验,还特意给他联系了一个协办,结果宋宇让她送给别人,这就意味着宋宇根本不想参加决赛。"

"原来是这样,那苏总监有没有和宋宇谈过呢?"

"我背着宋宇和他的爸爸谈过,他爸爸已经放下对宋宇的管制了,让他随心追逐他的梦想,直到首席男主播大赛结束。他若是拿到了第一,就留他在台里转正成正式主播,若不是第一,就回尚昊集团。"

"这些宋宇都不知道吧?"

"是的,他不知道,宋宇是块很好的主播材料,我不想放弃他。"

"那我应该怎么和他谈呢?"

"你了解一下他不想参加决赛的原因,帮他处理掉问题,无论如何,让他顺利完成比赛。"

"我试试看,有些事可能我也处理不了。"

"没关系,你不会处理的可以来问我,我会教你怎么办。"

"那我一会儿就去找宋宇谈,有问题我再来汇报吧。"

"好的,对了,你们频道和酒厂的合作策划得真好,而且完成了第一个月的任务,太棒了。"

"那个策划真是不错,我也很受启发呢,但是那个是酒厂策划的,不是我们做的。"

"原来是酒厂的策划,他们那里真是高手云集,不过那个是可以复制的营销策略哦。"

"是的,我们做好这一场的同时,还着手复制了第二个类似的活动,也很受欢迎,所以第二个月的营销任务也不是那么难完成了。"

"太好了,这段时间你真的瘦了很多,我还担心你撑不过来呢,看样子没有问题了。"

"天上掉了一个馅饼下来,刚巧砸到我嘴里了。"

"对了,听说宋宇也接到了一块馅饼,但是他一直在犹豫。"

郝静一愣,她的脑海中掠过和赵冬的谈话。

回到自己办公室后,郝静打电话约宋宇过来。

郝静的脑海里像放电影一样闪过两人一起度过的那些日子,各自的境遇导致两人的联系越来越少了,这会儿突然打电话找人家来,心里又有些许紧张。

宋宇来了,还带了两份切好的水果,他把其中一盒放在郝静面前,他坐在对面打开自己的那份开始吃。

郝静一下子被暖到了,她呆呆地看着他,想起在一个办公室时的那段日子,现在想来竟然如此美好。宋宇吃了一块水果,抬头看郝静在发呆,就起身帮郝静打开了水果盒,叉了一块水果递给郝静。

郝静的眼睛里突然有亮晶晶的东西在闪光,她故作轻松地说:"还保持着你十点吃水果的习惯呀?"

"没有,这是你走后第一次吃。"

宋宇说完,继续吃他的水果。

郝静把宋宇给她的水果递到嘴边,慢慢地吃起来。有时候,一种味道就记载着一段记忆,不得不说,那水果的味道使郝静想起了当初在一起办公时的美好。台风天的直播间、溅了一地的咖啡、怪坡的疗愈、曼城的梨香,往事闪现在郝静的脑海里。

"怎么突然找我,是有什么事情吗?"宋宇打破了僵局。

"苏总监让我和你聊聊,哦,不是苏总监,是我。"

"哦,是苏总监让你找我,她为什么不自己找我呢?"

"好吧,苏总监觉得我们以前是搭档,可能比较好沟通一些,她也没有时间和精力管太多。"

"那,她让你找我是为什么事情?"

"我们可以忘记是苏总监让我找你这回事吗?"

"好吧,你继续说。"

"你是不是想放弃决赛?"

"我从来都没想过要参加决赛。"

"可是你答应过我,会坚持到底的。"

"那是那时候,现在,你离开了不是……"

宋宇说得很含糊,其实他的"你离开了"有两层含义:一是你离开了生活频道,二是你离开了我。

郝静很容易就从他的话里听出了这些,她不知道该怎么接话,就又吃了一块水果。

"哪里离开了,不还在同一个单位吗,只是频道不同罢了,这和你参加决赛有什么关系?"

"没有关系,我就是不想参加决赛。"

"那你能告诉我,你不参加决赛的原因吗?"

"你知道的,我不喜欢被很多人围观的感觉。"

"你有没有尝试过去面对它?"

"想过,可是,我不想体验那份痛苦。"

"你之前让我去听一个叫《你在听吗》的网络节目,我后来背着你偷偷听了,那主持人果真厉害,我也很受益,其实你也可以从中得到一些启发的。"

宋宇苦笑了一下:"你喜欢就好,我觉得我的问题是小时候的创伤造成的,很难祛除。"

"我记得轩然说过,祛除恐惧的最直接的方法就是面对它。"

"这些我都知道,可是,我就是做不到。"

"听说有家公司要给你冠名,这是多好的机会呀!你只需要走过去就可以了。"

"可是为什么非要让我去面对我不喜欢的情绪呢?我完全可以不用面对那份痛苦,又何必非让我去面对呢?"

郝静一下子回答不上来了,这正如她对婚姻的恐惧,对恋爱的恐惧。她也常常想:我就是不想结婚,不想谈恋爱,我招谁惹谁了,为什么非要逼我结婚呢?如果你们觉得结婚是快乐的,你们就去做,我觉得是痛苦的我不做不行吗?

宋宇看着郝静,知道她陷入了沉思,就继续吃了一块水果。

"对不起,我让你不开心了。"

"没有,我只是想起一些事情来,我想为你做些什么,让你能够克服这种痛苦,因为逃是逃不掉的。"

"除非你能解答出我刚才的问题。"

"我……我还是希望你能一如当初答应我的,坚持到底。"

"或者,你来疗愈一下我,你不是正在做心理节目吗?"

"那你先答应我你会坚持到底,我就为你疗愈。"

郝静的脑海里闪过轩然,她想这件事可以求助于轩然。

宋宇笑着说:"你先疗愈了我,我自然就会坚持到底吧。"

"那你先把找你冠名的客户安排好,做好决赛的准备,我保证会疗愈你的。"

"你也和苏总监说一下,如果你在决赛前还没有疗愈我,我就是策划了冠名的方案,也是会随时逃脱的,我不做我不喜欢做的事。"

"苏总监那边,我去说,你大可以放下包袱,积极准备。"

"好吧,其实我也很纠结,第一次被这么大的客户找上门来,让我给他们策划并代言,这么有成就感的事,我也不想放弃。"

郝静不由得笑了,为自己策划的事暗自得意,也为能让宋宇得到成就感感到欢喜。

"是呀,很多事情是值得付出的。"

"那我答应你了,今天就回去策划设计,先把宣传方案做好,到最后如果你疗愈不了我,我不去参加的时候,你们可不能赖我。"

郝静看着宋宇说:"我会陪你一起克服这个恐惧的,相信我。"

宋宇看着郝静,他最近虽然没有和郝静联系,但是,在每一个郝静加班的夜晚,宋宇都是默默陪她加班并把她送回家的那个人,只是郝静并不知道。这次,他看着她的眼睛,从她的眼睛里看见了和以前一样的东西,这让他有一种被宽慰后的委屈感。

这种委屈是种什么感觉呢?就是爱一个人很久了,可是并不确定人家爱不爱自己,各种猜测后,还是不能确定,终于在一个偶然的事件中得到了验证,那种感觉既是安慰又是委屈。

宋宇走了,郝静看着他远去的背影想起她曾经在宋宇和赵冬两人之间纠结,现在,她发现自己又在宋宇和轩然之间纠结了。她不知道这样算不算自己太花心了,她想:轩然,一个从未谋面的人,怎么会如此吸引自己呢?假如真的见了对方,发现自己并不喜欢怎么办?再说,自己第一个敢碰触的人是宋宇,换成轩然的话,自己会不会又要回到恐惧的原点?轩然能否接受一个恐婚的人?轩然对自己的关心,是不是仅仅是作为导师对患者的安抚?杂乱的猜测一下子涌进了她的脑中。

郝静觉得很不舒服,又赶紧把这些念头打消了,轩然应该是喜欢自己的吧,不然,他怎么会有那么多的时间陪着自己呢?这样一想,郝静心里就好受了许多。

这时,郝静的微信响了,是轩然发来的:你在想什么?

郝静不由得笑了,她回复:我正在想,你的样子。

轩然大笑:哈哈哈,我也是。

郝静:有件事,要寻求你的帮助。

轩然:没问题,只要我能做到的。

郝静:我那个有演讲恐惧症的同事好不容易走到了主播大赛的决赛,又突然决定放弃参加决赛了。倘若他不参加的话,就再也当不了主播了。我想说服他参加决赛,完成他的梦想。

轩然:你真是个善良的人。

郝静:谢谢你这么说,我想让你帮我疗愈他的演讲恐惧症。

轩然:最有效的方法就是去面对。

郝静:比如呢?

轩然:单位可以给这些参加比赛的人组织一次拓展训练。

郝静:我们单位组织过一次了,一个人一个搭档,然后两个人彼此相互监督,但是后来就都不执行了。

轩然:正常,拓展训练的效果就是一时性的,除非有导师一直跟踪监督,建议你们组织一次有针对性的拓展训练。

郝静：原来如此，好的，我去和苏总监说说。

夜色漫上街头的时候，郝静吃完晚饭开车出来，每天晚上这个时间她都会去做她的晚间心理节目，她越来越觉得自己虽然不是专业的心理咨询师，但是她好像先天具有疏导他人情绪的能力，她的节目开播不久就又一次成了频道的主打，收听率又是第一。

晚间节目开始了，导播潘然在忙碌地接着热线，郝静像往常一样在直播间播读着听众的信息，潘然示意郝静又有热线打了进来。

"这位朋友，您想和郝静聊什么问题呢？"

"我可是打进来了，哎呀，我是费了好大劲才找到你的，你可一定要帮帮我。"

"这位朋友，不要着急，郝静一直都在，你需要什么帮助呢？"

"我的孩子现在正在读初中，天天和她妈妈吵架，还有好几次跑出去彻夜没回家，我和她妈妈都要急疯了，可是她一回来，两个人又吵了起来，我真是不知道该怎么办了。"

"上初中的孩子开始有自己的个性了，那妈妈和孩子都是因为什么吵起来的呢？"

"都是一些鸡毛蒜皮的小事，我听一个亲戚说，他的孩子有很严重的网瘾，最后您给找了专业的导师治好了，您能不能帮我找一下那个导师呀？不然我这个孩子真是要毁了。"

"这位听众，这件事，我先试试看，因为那位导师很忙，他不是专门做疗愈的，那只是他的业余爱好。"

"不管是什么情况，求求郝静老师，您一定要帮我找到他，不然我们家就完了。"

接完这通热线后，郝静擦了一下额头上的汗，她意识到，自己给轩然带去的麻烦越来越多了，人家上次为了帮她那个忙特意做的垂帘疗愈。

可是偏偏郝静又是个很热心的人，她不忍心看着一个家庭陷入绝境。在生活频道做主播时，她曾接到过一通想自杀的人的热线，那个时候她就下定决心，一定不会放弃任何一个人，哪怕对方是陌生人，只要他们有困难，她都会伸出援助之手，帮他们走出困境。

让郝静没想到的是，她接完那通热线后，又一下子打来好多热线，大家都想让郝静帮自己找轩然解决自己家孩子身上的问题。果然像轩然担心的那样，大家一股脑的全来了，这可怎么办呢？

郝静不知道怎么跟轩然开口，也不知道该不该开口，一个晚上郝静都没有碰手机。

最后郝静终于忍不住想和轩然说话,却发现轩然已经发来了消息。

轩然:怎么不说话呢,你不是应该很想联系我吗?

郝静:你怎么知道?

轩然:我听你的节目了,主持得很好。

郝静:你都知道了?

轩然:所以我等你找我呀,但你居然一晚上都没动静,你在想什么?

郝静:我在纠结。以前你不肯疗愈郑华的孩子,就是担心被太多人知道自己,所以你费尽心思做了垂帘疗愈。我很抱歉。

轩然:你想让我做的,我都会想办法去做,不用说抱歉。

郝静:谢谢你。

轩然:跟我还这么客气。

郝静:不只是谢谢你。

轩然:我懂了。

郝静:我觉得给你带去太多麻烦了,所以正在想别的办法。

轩然:想出来了吗?

郝静:并没有。

轩然:哈哈哈,那为什么不喊我来一起想,我不是还挺聪明的吗?

郝静:你为什么是这么好的一个人?

轩然:也不见得,我不是对每个人都好。

郝静:那你愿意帮助他们吗?

轩然:先告诉我你愿不愿意?

郝静:我之前在生活频道也主持了一个晚间节目,那还算不上什么心理节目,那时,有个患了抑郁症的男孩,他打热线说想通过我的节目说一段人生感言,我答应了。

轩然:后来呢?

郝静:结果那是一段人生绝言,那天他自杀了,我难过了很久,虽然我并不认识他,但是,我就是觉得我应该帮助那些人,让他们走出情绪黑洞,他们其实很无助。

轩然:是的,很无助。

郝静:从那天开始我下定决心,一定要帮助每一个我身边患有抑郁症的人,让他们尽快重见光明。

轩然:你真是一个美好的人。

郝静:谢谢你。

轩然:我愿意助你一臂之力。

郝静：可是我害怕给你带去更多的麻烦。

轩然：没事，兵来将挡水来土掩，我不是已经想出来垂帘疗愈的办法了吗？

郝静：那不会耽误你时间吗？

轩然：我忙的时候不约就是。

郝静：对了，郑华的孩子怎么样了？

轩然：他很适应这边的环境，挺好的。

郝静：啊，那太好了，他的爸妈是不是都特别开心？

轩然：他们开心得不得了，还给学校打了一大笔钱支持校舍建设。对了，你不是想见我吗？

郝静：是呀是呀。

轩然：明天晚上有个假面舞会，我们可以短暂地见上一面，我时间很紧，会很快离开的。

郝静突然紧张了起来。

郝静：真的吗，明天我就要见到你了？

轩然：是，但大家都戴着面具。还有，你要给我一张纸条是吗？

郝静：是的，我会准备好的，你也不要忘记了。

轩然：那明晚见吧。

郝静：一言为定。

宋翔又在夏轩小学的周边游荡，他手里拿着一根从草丛里随手拽出来的毛毛穗，嘴里还叼着一根青草。他想在这儿等那个气质不凡的女孩。宋翔远远地看见那女子走过来，赶紧把手里的毛毛穗扔掉，嘴里的青草也吐掉了。

"嗨，真巧，又遇见你了。"

那姑娘惊讶地看着宋翔问："我们认识吗？"

"真是贵人多忘事。"

姑娘看着宋翔，很茫然。

"上次也是在这里遇见你的，我说有个亲戚家的孩子想要来上学。"

"哦，那他来了吗？"

"这个，好像是来了吧。"

姑娘笑了一下："没什么事的话，我去上课了。"

"哎，我还有事要问呢，你急什么？我这等了好几天才等到你的。"

姑娘又是一愣："好几天？"

"啊,也不是,我就是想打听一下,这儿的老板到底是谁呀,怎么神秘兮兮的?"

"这个我不知道呢,我们都是老师,没有什么老板。"

姑娘说她快要迟到了,宋翔不便再拦挡,只好由她去了。

宋翔说不上为什么非想和这个姑娘说话,他只是觉得,她与众不同。他对夏轩小学是谁开的才不关心呢。

突然,宋翔的电话响了,他接了起来。

宋翔问对方是谁,有什么事。对方说自己是和宋翔有业务往来的客户,一直给宋翔供料呢,想过来拜访一下他。宋翔说自己没时间见,让他去见李硕。对方说,李硕的电话打不通,是想麻烦他把近几个月的料款给打过去。宋翔很纳闷,哪有什么这几个月之说,他们公司的货款最多也就拖欠一个月左右呀?对方说,除了第一次付过一次款,其余几个月都没有付过。

宋翔的脑袋嗡的一声,他虽然不关心员工的工作细节,但他对付款情况还是很清楚的,那些拖欠过的客户都给他们打去了货款,怎么会有拖欠了好几个月的呢?

宋翔给李硕打电话,李硕的电话关机了。

宋翔有点担心,赶紧回了财务处。那是一个临时搭建的财务科,都是宋翔安排李硕去招募的人。

过了一会儿他又接到了一个客户的电话,也是催货款的。宋翔翻看了账本,里面大部分的项目都是付过钱了的,支款人都是李硕,宋翔的脑袋一下子大了。

他赶紧找来了毛小波。毛小波刚刚被宋董调了过来,因为毛小波自来熟的性格,宋翔很快就接受了他。

宋翔和毛小波商量此事,毛小波认为不能张扬,万一李硕是家里有事回去处理去了,大惊小怪的影响不好,还是一边再问一下那些打电话催款的单位是什么情况,一边再和李硕联系看看。

宋翔同意了,毛小波负责给客户打电话,宋翔负责找李硕。

结果李硕的电话还是关机状态。宋翔毛了,找了推荐李硕过来的那个同学,几番周折终于弄到了一个新的号码,打了过去,这下接了。

一听是宋翔,李硕有些意外,但情绪有些低沉。

宋翔问:"你小子去哪了,怎么不接电话?"

"家里出了点事,所以没请假就回来了,那个手机丢了。"

"出什么事了?"

"不瞒你说,我父亲去世了,我回来处理一下。"

"哦,对不起,我刚才找不到你,也是急了,那我去看看吧,你老家在哪呀?"

"不用不用,我老家很远的,不麻烦老板了,过一两天我处理完就回去了。"

宋翔再说什么,李硕也是使劲地推挡,就是不肯说出老家的地址。

宋翔想问李硕货款的事,又想起毛小波不让他提货款的叮嘱,于是忍住了。

毛小波从财务处调查的结果也出来了,这几个月的货款都没有拖欠超过一个月的,全部由李硕支取支付了,但是那几个公司都没有见到最后几个月的款项,这可是一比不小的数目。

宋翔问毛小波怎么办,毛小波说先去李硕那儿看一下,现在找到李硕是最重要的。

宋翔觉得或许不是李硕的问题,因为平常他都是勤勤恳恳的,不像是会做手脚的人。

毛小波觉得,现在必须要找到李硕本人,查清事实,他就是去办丧事了,也要把他找回来。

宋翔说,再打电话给李硕,说去看他,如果他执意不让去,就说明有鬼,如果他答应了,那说明没事。

结果李硕推脱一番后居然告诉了他地址,宋翔就觉得李硕绝不是毛小波想的那样。

宋翔说:"那我们带点现金去吧,去了还得磕几个头才是。"

毛小波又叫了一个身强力壮的员工跟着宋翔一起去了李硕的老家。

到了村头,宋翔提议到小卖部里买刀烧纸,毛小波就去买了一刀纸放到了车上。

宋翔又说:"是不是还得买个花圈?"

毛小波说:"这个就免了吧。"

宋翔打电话给李硕没打通,宋翔猜测他可能在哭丧,没有听见,就开始打听李硕的家。在一个乡亲的指引下,三个人找到了李硕的家。

是一座普通的略有些破旧的老宅,房子旁边有条河,河岸两侧杂草丛生,还有一些垃圾堆在周围。

按照农村的习俗,家中老人去世后,一般会在村口或者家门外设一个灵堂,到处白幡飘飘,哭声阵阵,但这里寂静无比,没有有人去世的迹象,见此状况,毛小波赶紧将烧纸藏在背后,宋翔已经推门进去了。

一个无力而低沉的声音问:"你们找谁呀?"

宋翔赶紧走向前问:"大妈,这是李硕家吗?"

"是呀,你们是?"

李硕的母亲停下手里的活儿,看着他们。

"我们几个是李硕的朋友。"

大妈朝屋里喊了一句:"他爹,李硕的朋友来了,快出来看看。"

宋翔和毛小波对视了一下,毛小波赶紧在身强力壮的同事的遮挡下,退出门去,把那刀纸使劲扔到了旁边的水沟里。

毛小波进来后,李硕的父亲也从里屋出来了,他身材佝偻,脚步蹒跚,干瘪的青筋无力地蜿蜒在满是皱纹的皮肤下,显露出不是那个年纪该有的憔悴和苍老。他朴实地请他们喝水。

宋翔问:"大爷,您是李硕的父亲?"

"是呀,他都十几年没有回家了,他现在在做什么呀?"

宋翔和毛小波又对视了一眼。

宋翔强作镇定地问:"大爷,李硕十几年都没有回家吗?"

大爷的眼睛开始浑浊起来,他一字一句地说:"没回来,还不是那一年,非要把家里的钱拿去开什么店,我不依,他就跑了,还把家里的钱全都带走了,我和她妈也没有能力去找,知道他还活着就好。"说完,李硕的父亲咳嗽了一会儿。

宋翔问:"他就一直没有回来?"

大爷说:"我估计他是把钱花完了,没脸回来了。那是我和他妈给他攒的娶媳妇的钱,我们两个也老了,再没能力攒了。"

李硕的母亲用衣角擦了一下眼睛,从她的脸上也看不出什么情绪,那张满是皱纹的脸非常木然,完全组合不出任何表情。

宋翔的眼睛突然模糊了,心里突然涌起一股说不出来的伤感,一个人老到没有能力悲伤,没有能力挣扎的地步,那是一件多么无奈的事呀!

李硕的父亲问:"你们来这里找他,他不是又惹了什么事吧?"

宋翔看着毛小波。

毛小波讪讪地说:"没什么事,就是顺便来看看您。"

宋翔也不忍心道出实情,毛小波从兜里掏出五张一百元的钞票,宋翔惊讶地看着毛小波。

毛小波把钱递给李硕的母亲:"大妈,我们来得急,也没给您买点好吃的,这五百块钱您拿着,喜欢吃什么就去买点吧。"

李硕的母亲见毛小波掏钱给她,坚决不收,不停地摆着手说:"使不得,使不得,这真使不得。"

毛小波说:"大妈,您就收下吧,您也看到了,我们几个都不愁吃不愁穿的,我们老板每个月会发很多钱给我们。"

"钱,我们不能要,那,硕儿,他在外面没干什么不好的事吧?"李硕的母亲又问了一遍。

"我们也是以前的同事,好久没联系了,今天正好经过,就顺便来看看了,他应该挺好的吧,估计挣点钱娶个媳妇就回来了。"宋翔说。

李硕父亲的脸上依然没有表情,好像说的不是他的孩子一样。

毛小波趁老人不注意,把钱放在了茶几下面,露出不是很明显的一角,因为他担心李硕母亲的眼神不好,把钱当垃圾扔掉。放下钱,宋翔和毛小波连同那个壮硕的同事一起,赶紧起身道别离开。

回到车里,三个人长长地舒了口气。

宋翔沮丧地说:"被李硕骗了是无疑了,公司损失不小,我们得赶快回去查查,数额够立案的了。"

"好在我来咱们项目后的这段日子,发现李硕不太正规的行为都会制止他,这些出事的项目大概都是以前所为。"毛小波说。

"唉,我们还不敢和老人说,这李硕的爹娘如果知道孩子在外面胡作非为,非得气死不可。"

壮硕的同事说:"他父母不见得不知道,你没听他们问了两遍吗?李硕的父亲问,李硕不是在外面又惹了什么事吧?李硕的母亲问,李硕在外面没干什么不好的事吧?这说明,我们不是第一个找到门上的,只不过你们两个比较心软,见不得老人难过。"

三个人都不说话了。

宋翔的电话突然响了起来。

"什么,这几个公司都没有收到钱款?"

宋翔挂掉电话,像是自言自语,又像是对他们两个说:"气死我了,这个李硕,你说他要那么多钱做什么?父母穷得叮当响,他不闻不问,连家都不回,不回也就罢了,居然还编出父亲去世这样的谎言,你说他算个什么玩意儿?"

村外的街道在夕阳的映照下,发出清亮的光。路并不宽,会车时需要小心通过。这平坦的路是村村通工程的成果,黑色的柏油路蜿蜒在山野间,若不是因为李硕,这应该是一次不错的乡间旅行。

谁也不知道,还有一个更大的阴谋即将浮出水面。

郝静的心里很乱,她不能保证现实里的轩然一定符合自己的审美,但她又想,灵魂的互相吸引是无与伦比的,他们那么懂对方,交流起来根本不需要多说一个字。她的谢谢你,有喜欢你的成分,甚至也有我爱你的成分,但是这个要递给轩然的纸条,她不知道该怎么写。

郝静一遍遍地分析自己,现实里,她的确喜欢宋宇,因为他的每一个可见的特质,都是她喜欢的。可是她又觉得,她的灵魂和轩然非常近。虽然她从未见过轩然,但是她总觉得自己的生命中不能没有他,她希望能被轩然一直陪伴着。

郝静很纠结,她不知道自己爱谁更多一些,转头她又想到宋宇和安艺的事,她想,假如安艺和宋宇最后走到了一起,那她就可以不用纠结了,这是上天的安排。

可是郝静转念又一想,万一轩然已经有女朋友了呢?

郝静晃了晃脑袋,想晃走刚才的一堆杂念。

郝静想找她的好友毛小波聊一聊,毛小波知道她所有的情感秘密,他也知道她的恐婚心理,所以他像是家人,对她绝对不会有任何恶意,她的秘密他也确实不曾告诉任何人。

于是郝静约了毛小波一起吃饭,依然约在那家咖啡厅,因为比较安静。

毛小波一看见郝静就知道她又有心事了,他接过侍者递过来的桂圆红枣茶,给郝静倒了一小杯,然后搅拌着自己的拿铁。

"说吧,又有什么心事了?"

"我喜欢上了一个人,全身心的。"

毛小波刚喝了半口咖啡,惊得差点喷出来。

"你说什么,什么叫全身心的?"

"喂,你这个人听不出重点是吗?这句话的重点是我喜欢上了一个人。"

"你喜欢上了一个人,无非就是赵冬和宋宇两个人中的一个呗,我觉得重点是你全身心地喜欢他,你是说你和其中的一个,已经那个了吗?"

郝静一下明白了毛小波的意思,站起来想掐毛小波:"我哪有?我只是觉得心里很喜欢了,才肯告诉你,让你帮我分析分析的。"

"好吧,你难得确定自己喜欢上了一个人,快告诉我是赵冬还是宋宇?"

郝静不好意思地说:"另一个,你不认识的人。"

毛小波又一次差点被咖啡呛到。

"你……说什么?另一个?"

"是呀,另一个,你不知道的人,他是个心理咨询师。"

毛小波惊讶无比,问:"好吧,你们认识多久了,你为什么会喜欢他?"

"其实挺久了,就是宋宇跟我说过的那个《你在听吗》节目的主播。"

"啊,轩然?"

"你也知道他?"

"你先告诉我,他长什么样子?"

"我也没有见过他。"

"喂,你这是暗恋呀!而且还是网恋中的暗恋,闹了半天你这是喜欢上了一个没有见过面的人。"

"是,我很喜欢他。"

"不过,以前在赵冬和宋宇之间,你可从来没有明确说过你喜欢哪个,这次倒是很坚定。"

"轩然约我周六晚上见面。"

"哇,传奇人物要现身江湖了!在哪见?"

"看在你如此好奇的份上,我就不告诉你在哪见了。我的困惑是,我怎么跟他表达我的喜欢。"

"赵冬和宋宇,他们两个你都不再考虑了吗?"

"赵冬,是李阿姨逼我去相亲认识的,至于后来的纠结,我觉得是因为我想将就,我以为,人世间的感情就是那么回事,就像父母一样,不也在将就吗?从我记事起,他们就一直在吵架。"

"那宋宇呢?"

"宋宇,我曾经发自内心地喜欢过他,可是安艺出现了,我就不想去争了,我觉得和别人争会让我很累。"

"如果,你发现也有很多人喜欢轩然呢?"

"我觉得他是个很懂我的人,他很会洞察我的感受,会给我安全感,不会让我去争的。"

毛小点点头,说:"可是,毕竟你还没有见过轩然,万一,他长得是你不喜欢的样子怎么办?"

"我坚信我的第六感,我觉得他会是我喜欢的样子。"

"我是说假如。"

"我从来没有想过你说的那种假如,我想的都是他美好的样子。"

"真是拿你没办法,那你现在在纠结什么?"

"我很喜欢他,我想告诉他,但是又不敢。"

"我明白了,你是想让我给你打气呀!其实,喜欢一个人,告诉对方是再自然不过的事情了,这个你大可不必纠结。"

"我也担心,万一人家对我,不是我对他那样的感情,我会觉得很尴尬。"

"都是成年人了，再说轩然还是个心理导师，他不会伤害你的，你不用担心那么多。再说了，认识你这么多年，你是第一次这么确信自己喜欢上了一个人，你就真实地去表达吧，不用纠结。"

"我们每天都互相问候早晚安，也习惯了跟对方说谢谢你，我告诉他，我的谢谢你已经不只是谢谢你了，他也对我说了同样的话。"

"轩然果然是个心理专家，他知道怎么和你循序渐进地发展，不像现代大部分人那样，喜欢就喜欢，爱了就爱了。你们俩说个爱你还要铺垫这么久，我的妈呀，真受不了你们。"

郝静突然笑了，说："每个人都有自己的频率和节奏。"

"是的，每个人都有自己的频率，能够遇到和你同频的人就等于找到了幸福。"

"你说的对，我爸是个慢性子，而我妈的脾气特别急，爸爸的频率被扰乱了，心里就很烦躁，假如他们能够同频或许就不会吵架了。"

"原来婚姻是这个原理，太神奇了。"

"我觉得我和轩然就是同频的。"

"那你勇敢地表达一次吧，只要你感受到的是真的爱，就去说。人这一辈子，能遇到真爱的人并不多，爱的时候就去大胆说，这是件很美好的事情。尤其是你，一次恋爱都不曾谈过。上学那会儿，多少男孩子托我给你递纸条，你看也不看……"

"那个时候，我的内心充满了恐惧，你都知道的。"

"是的，特别是小漫的妈妈去世后那段时间……"

"那时候，我还是个孩子，总是害怕莫须有的事情，小漫，她其实很坚强。"

"人这一生总要面对生老病死，只是她过早地经历了而已。"

"谢谢你，我知道该怎么做了。"

虽然郝静得到了毛小波的支持，但是她还是很纠结，不知道该如何下笔写那张纸条。

她想真实地在纸条上写上"我爱你"。但她又怕"爱"这个字太重，是不是应该写"喜欢你"？可是又觉得"喜欢你"太轻了。

最终，她想到了办法。她准备了两张纸条，一张是空白的，一张写着我爱你。如果见到轩然后觉得他不是自己喜欢的类型，就把空白的纸条给他，依然做朋友。如果见面后有很美好的感觉，她就给他那张写着我爱你的纸条。

华灯次第点亮了城市的街道，郝静的兜里揣着两张纸条，怀着忐忑而复杂的心情去了与轩然约定的酒吧……

十五、石头老板

　　郝静进了酒吧后才知道这是那种穿木偶服的假面舞会。她记得有些游戏高手也会被签约公司要求不准暴露自己真实身份的,所以,郝静完全理解轩然。而且她恰好又是媒体人,万一她想做一个新闻卖点,那轩然一下子就暴露了。所以,郝静被轩然对自己的信任所感动。

　　郝静选了美少女战士水兵月的服饰,因为有天晚上她和轩然聊到动漫,她曾经和轩然说过她喜欢这个人物。她想,假如轩然心里真的在意她,他会记得的。

　　轩然说他最喜欢的动漫人物是七龙珠里的悟空,假如现场有这个人物,那一定就是轩然了。屋内的灯光闪烁迷离,背景音乐是《天空之城》,郝静很喜欢现场的氛围。郝静在人群里仔细寻找着七龙珠里的悟空,其实,轩然也在人群里寻找着郝静。她看到他了,郝静径直向悟空走去,当她向他走去的时候,悟空远远地就站起了身迎接她。他一手拿着一只酒杯,把其中一杯递给她,她接过轩然递过来的酒杯,彼此碰了一下,喝了下去。郝静仿佛刚穿过一片惊险的丛林,终于回到了自己的家园,她的心一下子平静了下来。轩然就是能给她这样的安全感,只要他在,一切就都是美好的。

　　轩然向郝静邀舞,郝静欣然起身,她勇敢地把手放在了轩然的手里,轩然礼貌地轻握着,郝静没有丝毫不适,她的脑海里瞬间掠过当初在曼城,郝静误把宋宇当成小漫,拉宋宇的手的事情。

　　轩然的个头很高,他低头看着郝静,两个戴着面具的人,只能够看见对方的眼睛,灯光幽暗闪烁,郝静感受到了两个灵魂的靠近和吸引,不可名状的爱在涌动。或许是喝了酒的缘故,也或许是第一次见轩然太过激动,郝静觉得自己像被笼罩在光晕环绕的雾里,他们两个人的眼睛一直没有离开过对方,仿佛要从这仅有的真实里洞察对方的一切……

有几次,郝静感受到轩然身体的靠近,她的脑中有一种电流穿过的感觉,这样的感觉让她更加沉浸在这氛围里,她觉得眼前的轩然完全是自己喜欢的样子,虽然她看不见他的脸。

　　舞后,轩然和郝静坐在桌子前喝酒,轩然从兜里掏出一张叠好的纸条递给郝静。郝静想起来自己的兜里有两张纸条,她要给轩然一张。

　　一张是空白的,一张写着"我爱你"三个字。

　　郝静有了答案。

　　但郝静慌乱中误把装在左口袋里的空白纸条当成了写着我爱你的那张,两个人说好了,回家再看。郝静在面具后腼腆一笑,她很想知道他给她的纸条上写了什么。

　　她原本只想看看轩然的真面目,但今天这种相见方式,让她觉得比其他任何一种方式都有趣。假如两个人只是去餐厅,吃吃饭,聊聊天,彼此见到了真实的样子,或许会有这样或那样的遗憾,而这样相见,不仅完全没有那种窘迫感,还非常浪漫和美好。

　　回到家里,郝静躲在房间里一遍遍回忆着两个人相见的场景,她想到两个人跳舞的时候靠得很近,她的脑海里再一次涌起那股电流,她甚至闭上了眼睛深情地回味了一下刚才的那份愉悦和小紧张。

　　郝静突然想起轩然的纸条,她其实已经迫不及待地在化妆间里偷偷打开看了,纸上是他写得那样认真的三个字:我爱你。

　　郝静美美地把纸条捧在心口,闭着眼睛甜蜜地笑着,当她起身想把纸条放起来的时候,无意间摸到了自己准备的另一张纸条,上面竟然也写着:我爱你。

　　郝静大惊,她居然给错了纸条。

　　郝静把两张纸条摆在一起,哭丧着脸看着,嘴里自言自语:"怎么办?怎么办?现在说什么都晚了,人家一定是误会了。"

　　郝静翻开手机,看见轩然的留言:到家了吗?信息已经发过来很久了。

　　郝静回答:到了,你呢?

　　轩然很快回复:见到你很高兴。

　　郝静闭上眼睛,她突然好想哭……

　　郝静慢慢地打过去三个字:谢谢你。

　　轩然:我也谢谢你。

　　郝静的泪水溢出了眼眶。

　　过了很久,郝静说:如果我告诉你,我给错了纸条,你会相信吗?

　　轩然:一切都是最好的答案,你的纸条里不管写的什么,我都懂你的心。

　　郝静看着轩然发来的文字,想说什么,又不知道该说什么。

轩然:其实,你的心里是深爱着宋宇的。

郝静:啊?可是……

轩然:爱是一件很神奇的事情。

郝静:爱一个人也是很累的。

轩然:那是你还没有真正悟到爱是什么。

郝静:你是怎么理解的?

轩然:其实,你爱的真的是那个人吗?归根结底,你爱的是那个人的身上你喜欢的特质,那个特质是你本身就有的,你最容易接纳的部分,又或者是你特别想成为的那个样子。

郝静:如果你喜欢一个人,但你发现你喜欢的人却喜欢着另一个人,难道你不难过吗?

轩然:你回顾一下自己的经历,从小学到大学再到社会,不同阶段的我们其实喜欢过不同的人,你不觉得,不同时期的我们是在喜欢着不同时期的自己吗?

郝静思索了一会儿,恍然大悟。

郝静:可是,我还是期望爱能持久和专一一点。

轩然:那就要看两个人如何同频共进,一直保持相对静止的运动。所以,我爱你,是我的事情,就不会痛苦。

郝静:为什么那么多一开始很相爱的人,到最后还是分开了?

轩然:有的是因为一开始没有真实地呈现自己,让对方以为你就是那个样子,最后发现并不是这样,自然会分开。

郝静:哦,还有一种呢?

轩然:再就是成长过程中没有同频,拉开的距离太远了,就像你小学时喜欢的王铁蛋是那个放学后会保护你的小英雄,可是到了高中,你发现你再也不喜欢王铁蛋了,因为,王铁蛋没有根据你的需求长成你高中阶段所需要的样子。

郝静:长久的爱,应该不断去发现对方的需求。

轩然:其实也是在不断地修炼自己。

郝静:你对爱怎么会有这么深刻的理解?

轩然:可能我天生喜欢思考。

郝静:我好崇拜你。

轩然:其实我和你一样,也有很多烦恼,只是我们烦恼的事情不同罢了。你喜欢宋宇,就去表达,不要怕,不要压抑自己,如果你真的争取过了,还能把他放下,你才会是原本的你。放心吧,我会在这里等着你。

如果轩然在身边,郝静真的会冲过去紧紧抱住他,她会哭得一塌糊涂,从来没有人,能够这么懂她的心。

郝静:第一次见我,你觉得怎么样?

轩然:你让我嗅到了春天的味道。

郝静:怎么讲?

轩然:你的头顶刚好到我的鼻子。

郝静不由得笑了,

轩然:你呢,第一次见到我,你有什么想说的?

郝静:你的手是我无法碰触的温暖,我的心是你无从知晓的兵荒马乱。

轩然:好入心。

郝静的心里荡漾着无与伦比的感动和欢喜,她觉得自己太幸运了,居然能遇到这样一个人,和自己的灵魂如此契合。

第二天一上班,郝静就听薛兰说有客人在等她。

到了会客室,郝静一看,并不认识那人,但对方看见郝静戴的石头项链,一阵惊喜。原来,他就是卖那条石头项链的老板。

对方说他来自四川,做石头生意很多年了。最近几年,孩子得了抑郁症,到各地就医后,虽略有好转,但孩子却不想去学校上学了。妻子一直在听轩然的《你在听吗》节目,她听说很多心理有问题的孩子已经在轩然的学校里完全改变了,变成了阳光快乐的孩子,所以夫妻两个就想把孩子送到轩然的学校去。

郝静问他:"为什么不直接去找轩然呢?"

石头老板说:"我找过,但联系不上。"

"《你在听吗》不是有一个专门为听众开的微信号吗?"

"联系过,人家只提供网上简单的疗愈服务,不接受面聊。"

"哦,原来是这样,那你怎么找到我了?"

"从一个朋友那儿了解到,您是位乐于助人的主持人,他亲戚的孩子就是您给搭桥见到的轩然老师,不仅给治愈了,还进了他的学校,我就是来碰碰运气的。"

"真难为你了,这么远跑来,我也不知道该怎么做,因为最近我一直在麻烦他,都有些不好意思了。"

"我这辈子没求过人,这次为了孩子,什么条件我都接受,我有钱,他收多少钱都行。事到如今我才意识到,我们这辈子只顾拼命去挣钱,却不知道,其实一家人的快乐才是最大的财富。"

"你能这么想真是难得,可是轩然的学校能容纳的学生是有限的,我不知道他有没有这个能力。"

"我可以给他投资建更大的学校,无论如何,您一定要帮我这个忙,不然,我这代代单传的家族,就要毁在我手里了。"

郝静见他一直盯着石头项链,便问:"您认识这条项链吗?"

"当然,我店里的每条项链都是我亲自设计的,这条项链也是一个电台主持人去买的。"

"您还记得当时的情形吗?"

"记得,我在四川有好多家店,只有成都的那家店里有这条项链,一位长得很帅的男士,说是费了好大的劲才打听到那家店。"

"您刚才说他是一位男主播?"

"是呀,当时我正好去店里安装投影仪,我俩还聊了很久呢,我听他普通话说得那么好,问他是做什么的,他才告诉我的。"

"你们还聊了些什么呀?"

"记不清楚了,大概就是问他为什么专门来找这条项链,他说一个对他来说很重要的朋友之前来旅行,想买下来,但觉得太贵了就没买,后来越想越后悔,他正好路过那里,就顺便给捎回来了,真没想到他的那个朋友居然就是您。"

"是呀,当初我去旅行时一眼就喜欢上了这条项链,但是,我觉得太贵了,回来后,就觉得没把它买下来是我人生中最遗憾的事了。"

"以后你想要什么样的石头项链,我都给你设计,不要钱,我愿意给你做无数条项链或手链,只求你帮我把孩子送到轩然的学校里。"

"我记得上次那个孩子入学时轩然说过,他的学校只能勉强再加那一个孩子进去,多一个也容不下了。"

"能加一个就能加两个,求求你了,如果轩然老师需要校舍,我可以资助他再建一所都可以。我现在是明白了,要那么多豪宅有什么用,都只是冷冰冰的混凝土而已,还不如拿来资助那些需要帮助的孩子,如果能够为轩然老师建校舍,也算是我为社会做了善事呀。"

"您先别着急,等我问一下轩然老师,他但凡能想到办法就一定会帮你的。"

郝静送走了石头老板,心里犯了难。轩然说上次那个孩子已经是校舍所能承受的最大极限了,现在再加进来一个学生,岂不是会给轩然带去更多的麻烦。再说,扩建学校,这不更增加了轩然的负担? 想到这,郝静不由得叹了口气。

薛兰过来汇报了一些工作上的事,文艺频道参加首席男主播的主持人谈了一个协办单位，至少能保证一个得分了。

薛兰走后，郝静想起了宋宇，不知道宋宇的情况如何了。宋宇去四川买那条石头项链，费了那么多周折，真是难为他了。他说是为了一个很重要的朋友，他的心里到底把谁看得最重？安艺？还是送 ROSEONLY 给他的人？或者是自己？时过境迁，人的心也是在变化的，不然，自己怎么会从在赵冬和宋宇之间纠结，转换成了在宋宇和轩然之间纠结呢？

电话突然响起，郝静吓了一跳，是苏可。

苏总监问郝静和宋宇谈得如何，郝静如实相告，苏总监听了很诧异，才知道宋宇是因为这个才不想参加首席男主播大赛的决赛。

两人聊了几句就挂了。

毛小波跟合作商联系完后，发现李硕真的是蓄谋已久了。宋翔为了不让父亲怪罪自己，去总公司报了编造出的项目预算，要求预支部分钱款，他想等初青公司签了合作协议，他拿到了那部分资金，再从利润里扣出来一点，就可以蒙混过关了。父亲只要看到了他的成绩，即使事情败露，也不会对他怎样的。

宋翔偷偷代父亲签了字，由于宋翔的字是宋董亲手教的，两个人的字迹很像，所以财务以为是宋董签的。

毛小波想报警，让公安部门介入调查，追回货款，宋翔却制止了毛小波。宋翔觉得，一旦他报警，父亲必然会知道他的所为，会对他非常失望，再说宋翔已经通过私人侦探查过了，李硕特别好赌，那些钱估计早就输光了，就是抓到了又能怎样？讨不回钱和被父亲怪罪相比，他觉得还是被父亲怪罪更可怕。

宋翔从私人侦探那里了解到，李硕好赌，还有个女朋友，是个很朴实的教师。从目前的情况来看，他那个女朋友丝毫不知道李硕的所为，她一直觉得李硕是个很负责任的男人，没有不良嗜好。

事情到了这个地步，宋翔就盼着初青公司快点来签协议，付款过来，他就有办法解决问题了，到时候腾出精力，一定找到那个李硕，使劲教训他一下，免得他再去坑害别人。

郝静回到家后，依然不知道如何和轩然开口，她真的不想再给轩然添麻烦了，这让她心里很不舒服。

这时，台办公室突然打来电话，通知郝静周末去曼城参加拓展训练，郝静问怎么会去曼城拓展，拓展什么，台办公室的人说，他只负责通知时间地点和需要携带的物品,其他的都不知道。

郝静躺在床上,想看刚刚买到的那本书,可是她还是不由得打开了微信,找到了轩然。

郝静:你在做什么?

轩然:在做策划。

郝静:你的学校再也加不进去一个人了是吧?

轩然:怎么,又有人去找你了?

郝静:你还没回答我的问题。

轩然:的确是这样。

郝静:你有想过扩建一下校舍吗?

轩然:我今晚正在考虑这个,因为我这边也接到了很多孩子家长的请求,他们非要让孩子来我的学校上学。如果要扩建校舍,就必须做好全方位的准备,从教室到宿舍,还有师资力量都要升级。

郝静:资金压力是不是很大?

轩然:这些家长都愿意出资赞助,而且,我也在想,初中班和高中班,是不是依然是完全不收费的模式?我们团队的几个人最近一起商量了一下。

郝静:他们同意吗?

轩然:他们觉得这是社会的需求,我们不妨就做成一个品牌学校。把自己的愿景和工作合二为一,其实是一件很幸福的事。

郝静:你是怎么理解幸福的?

轩然:不记得是从哪里看到过的一句话,我觉得说得很对。那句话是:幸福就是你的爱好恰好是你的工作,你爱的人恰好也爱着你。

郝静重复了一遍:你的爱好恰好是你的工作,你爱的人恰好也爱着你。哇,你太智慧了。

轩然:忘记是从哪里看到的了,不是我的智慧。

郝静:所以,你打算扩建校舍了?

轩然:是。

郝静激动地发去了一排鼓掌的表情。

轩然:你这么期望我扩建校舍吗?

郝静:当然,我这里有一个特别着急的家长,他的孩子刚刚从抑郁中走出来,死活不去学校上学了,他很害怕再掉进去。

轩然:我这边也有几位有这样困扰的家长,我想了一个办法,先做一个小班。因为学校还有一间不是很大的房子,抓紧简单装修一下,招募几位志愿者先去上课。

郝静:你那里的老师都是志愿者吧?

轩然:基本上都是。

聊了一会儿,郝静把那个家长的电话发给了轩然,郝静的内心无比欢喜。

郝静:我周六、周日要待在曼城。

轩然:去做什么?

郝静:不知道,就是通知去拓展训练,估计是因为宋宇的演讲恐惧。

轩然:那你去吧,注意安全,保持联络。

郝静:谢谢你一直都在。

轩然:我随时都在,你该睡了,已经到你的休息时间了。

郝静:好吧,晚安。

轩然:晚安,好梦。

这一夜,郝静梦见了那条她无比喜欢的石头项链……

周六早晨,按照通知要求的,郝静带好了所需物品来到单位,台前的院子里果然有几个人聚集在一起。郝静远远地看见了宋宇、郑小磊,当然也有安艺,还有其他频道一共六个人,再就是苏可和那个导师。郝静明白,这是苏可总监特意从参赛选手中找的几个有些腼腆的男生。

郝静和郑小磊的座位挨在一起,安艺和宋宇的座位在他们俩的前面,郝静正好可以看见他们俩的头。这时,郝静发现自己根本就没有放下宋宇,因为,当大家都很疲惫的时候,郝静看见安艺的脑袋往宋宇的方向歪过去,这让郝静特别不舒服,她这个时候才明白,她无法放下宋宇,这让她十分懊恼,觉得自己很不争气,放下一个人就这么难吗?

安艺在靠窗的位置,本来可以朝向窗子的方向去睡,可是安艺就是想倒向宋宇,她想看看宋宇是什么反应,更何况郝静在后面呢,她也想做给她看,她要让她觉得她和宋宇已经如此这般了。

安艺的头快要挨到宋宇肩膀时,宋宇用胳膊撑了一下她,安艺清醒了,往回挪了一下脑袋,但只过了一会儿,安艺又歪了过来,宋宇就使劲歪着胳膊,尽量不让她碰到他的肩膀。一会儿后,安艺把头正过去了,估计是累了,开始靠着窗子睡了。松弛下来的宋宇突然想到了后面的郑小磊和郝静,他在想,郝静是不是也困了?困了是不是也会倒向郑小磊?

宋宇装作若无其事的样子往后看去,他看见郑小磊的头正倒向郝静的肩膀,因为

十五、石头老板

郝静个子比郑小磊矮,他倒过来就要碰到她的脸,宋宇心里一阵紧张,他扭头看郝静,只见郝静把自己的颈枕取下来,挡在郑小磊和她之间,郑小磊一下子找到了依靠,睡得更香了。他睡着的时候很有趣,嘴是张开的,郝静做这些的时候全神贯注的,并没有看见宋宇,所以宋宇大胆地看着这一切。

郝静回过头去看宋宇和安艺,看见安艺已经倒向了窗子那边,不由得松了口气,可是过了没多久,却发现宋宇睡着了,他的头倒向了安艺……

恰好是春天,曼城的梨花正一片片一簇簇地洒在城市的各个角落。很少有这样一个城市,到处都是梨树。郝静闭上眼睛,深深地闻着梨花的香味,这味道是那么亲切,还掺杂着淡淡的忧伤,郝静说不出那是种什么样的忧伤,只记得童年,不是那么欢愉,似乎还和父母有关,还有风,秋天的风,呼啸吹过永不停歇的感觉,让人无法呼吸的忧伤。

宋宇想起郝静第一次忘情地握住自己的手,虽然对郝静来说,这举动的疗愈意义更大一些,但是在宋宇这里,是具有甜蜜的纪念意义的。他定定地看着满街的梨花,不由得感叹:"曼城的春天还是那么美呀!"

安艺问:"你以前来过曼城呀?"

"我去过很多的地方。"

郝静听到宋宇的话怔了一下,她刚才也在想曼城的往事,心跳居然加速了。

大家集合发布任务了,谁都没有想到,导师给他们在曼城安排的拓展项目不是高空作业,也不是用曲别针换礼物,而是像乞丐一样去讨钱!

宋宇简直要崩溃了,但人已经来了,不参加也不可能了。先是化妆,必须要把自己打扮得像个乞丐才行。导师说了,这次拓展主要是为了让大家放下自己的面子,打破自己的外壳,还原成原本的自己。让自己卑微到最低点,这样你就会放下别人对自己的看法,提升自己的角色转化速度,尤其,可以锻炼社交恐惧者的演讲能力,因为,你害怕演讲无非是害怕出丑,那我们先让自己丑到极致。

郝静担心宋宇会逃,所以忍住不快,故意表现出很乐意参加的样子。其实郝静也特别排斥这样的拓展,苏可给她使了个眼色,意思是你的责任就是保证宋宇参加这次拓展。

郝静心领神会,开始挑导师带来的看起来又破又脏的衣服。安艺用眼影在自己的脸上涂来涂去,导师看见了,严肃地说:"你以为是去参加晚会吗?用灰色、黑色,还有白色的颜色涂,头发要呈现出特别脏乱的样子,还要粘上一些草。"

安艺只好按照导师的要求重新涂抹。郝静捡了几根稻草在自己头上胡乱粘着,化妆师过来,拿起梳子将郝静的头发拎起来倒着梳,一会儿工夫,郝静的头发已经成了名副其实的鸡窝。导师给了郝静一根打狗棍,全场笑崩了,谁也不知道,其实自己也是这个样子,大家都在笑眼前的别人,也在被别人取笑着。

化妆结束,导师验收合格后,所有人都被叫到了镜子前,大家面对镜子站着,看着镜子里的自己。

大家突然停止了嬉笑,看着镜子里的自己。

导师说:"各位,你们看着眼前的自己,心里在想什么?你是不是突然不知道自己是谁了?你好好看看,这是你吗?"

在导师的引导下,郝静明白了,以前,她以为那个很受欢迎的主播是自己,那个干练潇洒的总监是自己,而今天,这个衣衫褴褛的乞丐也是自己。其实,自己谁都不是,既不是乞丐,也不是主持人,也不是总监,而是原原本本的那个什么都不是的本源的自己。

有多少人被自己的职位、头衔所迷惑,我们越来越远离了本源的自己,那个什么都不是的自己,那个纯粹的自己。我们已经离自己太远了,远到了近乎陌生的程度。

开始上街乞讨了,郝静还是觉得有些不好意思,但又想,反正自己又不是真的乞丐,谁也认不出来,怕什么呢?想到这儿,郝静笑了一下。

旁边的宋宇看到郝静在笑,就凑过来问:"笑什么?"

郝静吓了一跳,听见是宋宇的声音,就长长地舒了口气。

宋宇打趣道:"都是乞丐,有什么好怕的?你以为你是谁,你是名主播吗?你只是一个乞丐,知道不?"

全场大笑。导师指挥大家两个人一路沿路行乞,但两个人也不要离得太近了。

郝静忐忑地走在街道上,她从橱窗的玻璃上看见自己的乞丐形象,突然担心会不会被老板轰出来?会不会被人家瞧不起?会不会……

可是郝静转念又想:我就是个乞丐,你瞧得起瞧不起又有什么意义呢?

于是郝静勇敢地弯着腰拄着那根打狗棍走了进去说:"老板,能不能给点钱?"

老板猛然抬头看着她,郝静突然意识到自己说了一句标准的普通话,吓了老板一跳。

老板惊愕地看着她突然又笑了,说:"你的普通话说得真是好呢。"

老板从里面的柜子里拿了一些钱过来。

郝静本来是等着对方问她要钱干什么,她都提前准备好了如何回答,但是老板并没有问,郝静一下子明白了过来,谁会问一个乞丐要钱做什么,自己真是自作多情。

没一会儿,郝静就遇上了麻烦,她的声音无论怎么掩饰,都是那么好听。其实她从第一个店里出来后,那老板就给附近四五个店铺的老板发微信:刚才有个乞丐到我这儿乞讨,她的声音好听得要命,嘿嘿,你们听听。"

郝静为了掩饰自己的声音,已经用了很多口音,但是丝毫无法掩饰声音的甜润。

有家店的老板看到了第一家店老板的微信,随即就看见郝静进来了,他笑嘻嘻地喊郝静:"来来来,过来,过来坐。"

郝静不知道该怎么应对,只好低头说:"行乞之人不能随便落座。"

"嘿,你这还是古代人呢!你这声音果然好听。"

"我,只是乞讨点钱,别无他求。"

"来,我看看,你这是化的妆吧?"

郝静一阵慌乱,她真的不知道该怎么应对这场面。

"说说看,你们为什么要假装乞丐呢,装个别的不好吗?"

郝静想要离开,那老板却拉住了郝静的手:"哎,别走呀,我这还没有给你钱呢,再说,你还没有告诉我为什么要装成乞丐呢!"

郝静恐惧极了,她不知道会发生什么,她只想尽快摆脱这个老板,离开这家该死的店,可是那个老板仍死死地拽着她的手说:"怎么?都做乞丐了还这么矜持呀?我也只是好奇,你只要告诉我,我便给你钱。"

郝静快要哭了,说:"你先放开我,不然我喊人了。"

郝静一急,恢复了标准的普通话。

"哎哟,我就说不对嘛,刚才的地方话也是装的,你到底是做什么的?"老板说着把脸凑了上来。

郝静被他拉住手的时候就已经很恶心了,这张肥脸凑过来让郝静真的是忍无可忍,她大声地尖叫起来。

这时,一个乞丐一下子闪进店里,一拳打在那人脸上,那老板捂着脸,反应过来,才发现屋里多了一个男乞丐。

郝静也惊诧地回过神来,以为是郑小磊,却听到一个急切而熟悉的声音:"你没事吧?"

郝静一听是宋宇,顿时心安了很多,满腹的委屈一下子变成眼泪流出来了。

宋宇伸手去擦拭她的眼泪,说:"别怕,有我呢。"

店老板一边捂着脸一边拨电话,嘴里嘟囔着:"一群假扮的乞丐,看我怎么收拾你们,我现在就报警。"

宋宇拉住郝静,说:"走,我们快跑。"

宋宇带着郝静跑出了店门,这一跑,后面的店老板跟着跑出来喊着:"你们还想跑,门都没有,快点来人呀,大家一起抓住那两个假乞丐,我已经报警了,快点抓住他们!"

街两旁的店主们不知道发生了什么,他这么一喊,有几个男的就把宋宇和郝静拦住了,大家好奇地看着两个乞丐,宋宇一直用胳膊护着郝静,小声地说:"别怕,有我呢。"

郝静本来就胆小,从来没有经历过这个阵势,已经吓得浑身发抖了,宋宇极力地安抚她。

一会儿,警察来了,带走了郝静和宋宇以及店老板去派出所录口供。

警察让宋宇打电话叫负责人来,苏可没用一会儿工夫就赶过来了,她哭笑不得,让郝静和宋宇先去洗个脸,把化的妆去掉。

郝静和宋宇洗掉了脸上的妆,露出了漂亮的面孔。一进屋子,所有人都被他们的美貌惊呆了。郝静讲了来龙去脉,现场所有的人恍然大悟,店主也消气了,一下子又回到了那个好奇的状态,说:"我说呢,声音就是不一样嘛,我问你为什么乞讨你就是不说,我能不觉得你是坏人吗?哪里知道是个主播!"

苏可赶紧表达了歉意:"真不好意思,我们这次拓展的目的就是想让主播们丢掉所谓的面子,放下优越感和架子,让内心变得简单。因为在我们自己城市做拓展的话,他们很容易被认出来,所以才来了曼城,真是给警察同志添麻烦了,也连累了这位店老板,您的这种警惕心和为社会治安着想的态度很棒!"

苏可一席话说得店主不好意思了,他说:"我要知道他们是主持人,我就绝对不会报警了,所以我也很惭愧。"

走出警察局,苏可问宋宇:"这条街不是郑小磊和郝静的路线吗,怎么是你俩被他们堵截了?郑小磊呢?"

原本郑小磊在郝静的另一边行乞,他事先练习了一段自己的家乡话,还故意把嗓子压低了,完全骗过了那些店员。他的乞讨很成功。

当郑小磊走到下一家的时候,那老板不耐烦地说:"今天怎么这么多乞丐?走吧走吧,刚走了一个,又来了一个,烦不烦!"

郑小磊一下子来火了,他心想:这条街明明是我的,谁在抢我生意?

郑小磊出了店,看见宋宇也在这条街上乞讨,他气哼哼地快步走过去。

"哎,宋宇,你不是在隔壁那条街吗,怎么跑到我这儿了?"

"我哪知道这条街是你的地盘,这两条街通着,我讨着讨着就拐过来了,我都过来了,你就去那条街呗,那条街店更多。"

几个刚放学的孩子围过来看,笑嘻嘻地议论:"乞丐在争地盘呢。"

郑小磊突然意识到自己不是真正的乞丐,再这样争下去会被笑话的。他突然明白了,当你穿上什么样的外衣,就会自然地进入什么角色,人真的是种很奇怪的生物,非常容易被外在环境控制。

其实,宋宇就是担心郝静会被欺负,他拐到了郑小磊的街上后,安艺从第一个店里出来,看见对面有一个男乞丐,心里就踏实了。其实那个是郑小磊,她完全无法分辨是谁。

宋宇一边乞讨,一边暗中保护郝静。当他听到郝静的尖叫时,就箭一般地跑过去了,然后就发生了刚才的那事情。

行乞一天,境遇各异。晚间,大家聚到一起,每个人都眉飞色舞地讲述着自己经历的事情。准备总结的环节,宋宇的手机突然响起,他走出去接了,回来后,原本心情愉悦的宋宇好像突然有了心事,郝静一眼就看出来了。整个总结会议上他也几乎没说话,郝静心想:他到底遇到了什么事呢?

十六、尚昊集团的潜在危机

郝静一直关注着宋宇的一言一行,她知道宋宇有心事,但是是什么心事呢?

当晚的导师课,宋宇只听进去了导师的一句话:凡所有相皆为虚妄。这几个字一直在宋宇的脑海里回响,但是他着相了。

苏可宣布,晚上大家在曼城海边的沙滩上住帐篷,晚上有篝火晚会,明早在海滩看日出。大家欢呼雀跃,像是出笼的鸟一样。

郝静一直想找个机会问宋宇有什么心事,可是安艺一直在宋宇的身旁喋喋不休,完全不顾宋宇的心情。她显然没有注意到宋宇的情绪变化,她只知道宋宇不喜欢热闹罢了。其实,只有郝静懂得,宋宇是一个对生活非常有激情的人,可是理解他的人并不多。

郝静一向都很被动,她不太好意思主动去找宋宇,心里希望宋宇能够主动找过来,可是安艺一直在他的身旁缠着他说话,所以郝静就想一个人去走走。郝静一个人走在海滩公园的林荫小道上,灯光幽暗,很是惬意。郝静一个人走着,她闻到了掠过鼻翼的梨花香气,她突然想起了幼时的自己,郝静看见小时候的自己,眼泪突然流出来了。她穿着单薄的衣衫,随风瑟缩着。风疯狂地灌进她的嘴里,呛得她喘不过气。爸妈又吵架了,她的心里很恐慌,她饿着肚子,担心妈妈会不会像小漫的妈妈一样再也见不到了。郝静站定了身子,僵在树下的月光里泪流满面。轩然曾给她做了一段拥抱内在小孩的冥想,那画面居然在这曼城的梨花的香氛里清晰地呈现出来了,她想起轩然的话,于是抱着自己的双肩,像是拥抱那个小时候的自己。她突然感受到了一份温暖,一个声音在呼唤她。

"郝静。"声音很轻,很温和,是一个熟悉的声音。郝静没有动,她渐渐从刚才的画面里走了出来。宋宇靠近了她,她依然没有动,她说不出是什么力量让她一动不动。

宋宇靠近郝静,轻轻地喊着她的名字,站了一会儿,他发现她在啜泣,于是轻轻地从她的身后抱住了她。

宋宇轻声说:"你已经长大了,有能力照顾好你自己了,而且你还有我,不要怕。是不是梨香让你想起了小时候?"

郝静那根脆弱的神经被碰触到了,她任眼泪扑簌簌地落下来,哭得更凶了。

宋宇紧紧地抱着她,他的个子很高,他把自己的头埋下来,贴在郝静的脖颈上,给予她最大的抚慰。

过了许久,郝静回过身来,紧紧地抱住了宋宇,任泪水洒在宋宇的衣衫上。郝静分不清这是什么感情,她只知道自己无法抗拒它。

不远处安艺在喊宋宇:"宋宇,你在哪呀?"

郝静听到后赶紧松开了宋宇。在这样的环境里,苏可让大家自由组合,聊自己的感受,其实就是想让郝静和宋宇对接一下,看宋宇对演讲的恐惧是不是消除了。但是安艺永远不懂得体会别人的感受,将一个安静而平和的夜吵得嘈杂起来,像是乐曲里突然蹦出来的怪异音符。

安艺还在喊宋宇,宋宇只好和郝静往安艺的方向走去。

"在这呢,怎么了?"

"哎呀,吓死我了,这样黑的路,地面都看不清,万一有虫子怎么办?"安艺刚要拽宋宇的胳膊,突然看见旁边身着黑衣的郝静。

宋宇说:"恰好看见郝静,就聊了几句,那一起走吧。"

"好呀好呀,一起走,免得遇到蛇虫的,好吓人,我再也不要出来了。我们都订了酒店,为什么要退了房在海滩上睡?一定会有虫子的!"

郝静被安艺从她刚才的回忆里彻底地拽出来了,郝静说:"因为这样可以一睁开眼就看到日出了吧。"

"如果住酒店,我们就可以舒舒服服地睡一觉,早一点起来不就好了?"

宋宇说:"小时候,我还站着睡过。"

"啊,站着怎么睡?"安艺惊奇地问。

郝静在月光下的树荫里笑了。

"好巧,小时候我也有这样的经历。有天,姨家的表妹来玩,和我住一屋。我们突发奇想,为什么人要躺着睡而不能站着睡呢?所以那晚,我和表妹披着被子,站在床上睡的。"郝静说。

"哇,你们睡着了吗?"安艺问。

"反正后来是睡了,但是不是站着睡着的就不知道了,因为醒来的时候,我已经倒在床上了。"

三个人不约而同地笑了,各自说起了自己小时候的糗事。

夜深了,大家各自躺在帐篷里,想着心事。郝静突然想起苏可交给她的任务,就给宋宇发短信。

郝静:今天有收获吗?

宋宇:当然,你呢?

郝静:我的收获也很大。

宋宇和郝静同时发给对方三个字:说说看。

然后两人又同时发给对方一个笑脸的表情。

郝静:你觉得你现在还害怕演讲吗?

宋宇:我也不知道。

郝静:你试想一下呢。

过了一会儿,宋宇回:我试想了一下,好像真的不害怕了,通过这次在曼城当乞丐的经历,我突然明白了,乞丐和主播,都是我们自己造出来的相,那是个虚妄的外壳,导师就是让我们用自己的行动把那个外壳敲碎了。

郝静:你理解得好深刻,但总结的时候你没有说这些。

宋宇:是呀,那个时候有心事,不想说话。

郝静:是什么心事?

宋宇:说来话长。

原来宋董喊宋宇回家,说公司遇到了大麻烦。宋宇觉得自己从未参与过公司的运营,自己肯定不如公司内部人员更明白如何解决问题。所以他说自己正在执行重要任务,不能马上回去。宋董只好打电话给苏可,可是苏可的手机刚刚静音了,大家的手机都一起放在了房间外的桌子上,谁也不许在总结会议上看手机和接电话。所以,宋宇接完电话回来也把手机静音放在了桌子上,进入了会议室。

宋董的确遇到了大麻烦,他发现公司的资金运转出了问题。他把各部门的财务人员召集起来开了个会,才发现宋翔干的那些事。由于宋董过于相信宋翔,所以把当初不敢投资的一个项目也签了。宋翔不但没有等到初青公司的签约和付款,还因为按照初青提的前提条件投入了大量资金购置绿化花卉,又是一笔不小的开销,而所谓的初青公司现在已经查明,居然是深蓝集团的下属企业,这分明是个陷阱。但即便手段如此拙劣,宋翔却完全被蒙在鼓里,这让宋董有些措手不及。加上前期李硕欠账不还,导致货方追到欠账后,赶紧解除了合同,不敢再继续合作。工期延误,与合作方承诺的合同又遭到了起诉,赔偿数额巨大,这让宋董一下子乱了阵脚。最重要的是,他现在急需大量资金把他新投资的项目款项付清,否则,他积攒多年的信誉将荡然无存,这个项目的资金损失也将十分惨重。

宋董在最紧急的时刻,第一个想到的是宋宇,上次尚昊集团与深蓝集团的人才大战,就是靠宋宇扳回了一局,这次,宋宇能否再帮父亲渡过难关呢?

宋宇并没有和郝静讲这么多,他只是说父亲那边有些事需要他帮忙,所以开会时有些心不在焉。

郝静也没有多问,毕竟她也不懂生意上的事情。郝静见宋宇半天没有回消息,便从帐篷的小窗子往外看宋宇的帐篷,她只看到月光下那顶帐篷,有风吹过,略微飘摇了一下。

郝静问:怎么不说话了?

宋宇依然还是没有动静,郝静就翻开了购物网站的页面,看她新买的东西到哪里了。

过了一会儿,宋宇说话了。

宋宇:我刚才突然想起了小时候的事情。

郝静:好奇怪,我今晚走在林荫下,也突然看到了小时候的自己。

宋宇:你是因为什么看到了小时候的自己?

郝静:我闻到了一阵梨花的香味,然后闭上眼睛就浮现出了小时候的自己。你呢,牵引你思绪的是什么?

宋宇:就是突然想起来的。小时候,有次在学校里演讲突然卡壳了,我觉得大家都在嘲笑我,而这段记忆,好像被遗忘了很久一样,这么多年像是第一次被想起来。

郝静:是没有背过稿子,还是?

宋宇:是我在演讲的过程中突然走神了。

郝静:那个时候你在想什么?

宋宇:那会儿我想起了有一天下午,我组织了一群同学去一座路边的旧屋,我给他们讲书。天快黑了,我正讲得起劲,爸爸突然出现在我面前,我一般见不到爸爸,正高兴,爸爸却迎面给了我一巴掌,我一下子被打蒙了,不知道爸爸为什么会打我,直到爸爸骂我,我才明白老师向他告状了,说我不写作业。然后他来爷爷家逮我,可是我放学后没有回家,爸爸四处找我,找到了就气不打一处来,当时就把我痛打了一顿。

郝静:我懂你的感受。

宋宇:那次演讲很重要,我却突然走神了,想到了那天爸爸揍我的情形。每次演讲都是全校第一的我,那次是代表学校和别的学校比赛的,最后连个优秀奖都没有拿到,从那以后,我就开始害怕演讲了。

郝静:原来是这样。

宋宇:在今晚之前,我完全不记得有这段记忆了,好像是我不愿再去体验这份痛苦,于是把它深埋在了一个地方。今天当乞丐的经历,把我的很多顾虑消除了,心里的这个痛苦就显现出来了,原来我身上还有这样一段往事。

郝静:我一定能够给你找到克服它的办法的。

宋宇:无所谓,我不想做的事情不做就是了。

郝静:可是你答应过我一定要参加首席男主播最后的决赛的,你不能逃避了。其实,人生哪有什么后路可退。

突然一声尖叫划破夜空,好多人跑出去看,郝静也跟着跑了出来,有个女生吓得只把脑袋探出来,身子还缩在帐篷里。

宋宇听到是安艺,跑过去问她怎么了。

安艺惊魂未定地跳出来,钻到宋宇的怀里,继续尖叫着。

宋宇见安艺如此惊恐,像抚慰小妹妹一样拍了拍她的头,说:"不怕不怕,发生什么了?"

苏可和导师也过来了。

安艺上气不接下气地说:"蜘蛛,有蜘蛛!"

所有人都哭笑不得,那个探出半个脑袋的女生松了口气,接着把自己藏进帐篷里,嘟囔着:"我以为是蛇呢,一只蜘蛛有什么好怕的?"

苏可小声问导师:"蜘蛛而已,能给人造成这么大的恐慌吗?"

导师说:"是呀,这也算是心理障碍的一种。"

"那怎么处理呢?"

"这样吧,我们用大笑静心法来试试。"

导师让大家盘腿而坐,在沙滩上围成一个圈,圈里是安艺和导师。沙子很干净,如果弄到衣服上,只要把衣服一抖,沙子就全部滑下去了。

导师说:"其实,恐惧是一种神经记忆,一般是小时候的某段经历给了你一份不好的记忆,虽然过去很久了,但身体没有忘记,只要你一看到与之相关的东西,你的神经就会告诉你遇到了危险,你就会产生恐惧的感受。"

大家惊奇地听着,这都是以前没有接触过的知识。

安艺说:"别说是看见,就是听见这个词,我都觉得难受。"

"嗯,没错,连听见都会很害怕,那现在,我们来做一个有趣的实验,现在你想到蜘蛛这个词后,如果是十分制,你给自己的恐惧打几分?"导师问安艺。

"十分制的话,就是十分呀,不,我觉得应该是十二分!"

大家大笑了起来。

"好的,那现在你闭上眼睛去想蜘蛛,一边想一边大笑,周围的同事们可以陪她一直大笑,你们的脑袋里也去想一个你们最害怕的东西,或者是一想起来就愤怒或者痛苦的事。"

大家齐声表示好。

"好,现在开始,安艺,闭上眼睛,去想蜘蛛,然后拼命地大笑。"

安艺听话地闭上眼睛,哈哈大笑起来。所有人一起大笑,整个海滩上一片笑声,那个没有爬出帐篷的女孩也忍不住笑出声来,原来笑是可以传染的。

大家笑累了,渐渐停了下来。

导师说:"好的,我们先停一下,安艺,你再去想一下蜘蛛,现在感觉如何?如果是十分制可以打几分?"

安艺想了一下,说:"哎,好像是没那么吓人了,至少没起鸡皮疙瘩,打分的话,应该是七分左右。"

"很好,那接下来,你一边想着蜘蛛,一边说着蜘蛛,一边大笑,要求还是和上次一样,就是加了一条,你要不停地说蜘蛛这个词。"

大家觉得很好玩,就继续进行了下去。

安艺一边不停地说着蜘蛛一边哈哈大笑……

几次之后,安艺对蜘蛛的恐惧还有三分了,导师开玩笑说:"万事留三分,你问问周围的同事,对蜘蛛,谁还没有一丝害怕的感觉呢?有些人,遇到一条毛毛虫也会吓得要命。"

一说毛毛虫,有个同事跳了起来说:"哎呀,天哪,你千万别提毛毛虫,我宁愿到处是蜘蛛,也不要看到毛毛虫。"

大家再次疯狂地大笑起来……

大家又都回到帐篷里去了,郝静拿出手机翻看微信。

轩然:休息了吗?去了曼城是吧?拓展训练还顺利吗?

郝静:一切顺利,刚才有个同事因为怕蜘蛛怕得要死,拓展导师让大家用大笑静心法给她从十二分的怕,降到了只有三分的怕,真是太神奇了,要不是我们都在现场看着,真是很难相信呢!

轩然:心理学的很多实操都是很有用的,你的那个害怕演讲的同事怎么样了?

郝静:问过他了,他说还不知道效果,我觉得这些辅助方法会有作用,但是他需要多做几场演讲去锻炼。

轩然：这是属于心理障碍型的，过几天我教你一个新的疗法，叫敲击法，效果会更好的。

郝静：哎呀，太好了，原来你也留了三分，你还有好多我不知道的本事。

轩然：还有谁留了三分？

郝静：我们的拓展训练导师呀，她说万事留三分。

轩然：哈哈哈，她才留了三分。

郝静：你的意思是你还留了好多分呗？

轩然：我不是故意留的，你也就才问过我几件事而已，等你需要的时候我会一一教给你的。

宋翔惹了大祸，极其郁闷，他经常一个人待在自己的项目处，在河边的石头上坐着，嘴里仍叼着随便从哪里摘的草，百无聊赖地看着河里的水鸟捉鱼。

宋翔实在想不明白，他一直竭力地证明自己，想给父亲看到自己比哥哥强的地方，可越是拼尽全力去证明，越是出了更大的差错。宋翔自问自答："宋翔，你说说你，你怎么就这么倒霉呢？做的所有的努力都付之东流。"

说完这些，他用手里的一根野草穗子撩着水面，目光呆滞地看着前方。

一个女孩在他身后喊："喂，你在做什么？"

宋翔听到声音回头看去，他以为是先前的那个布衣女子，他真希望这时候能有个人听听自己的苦楚。回头却看见一个比布衣女子活泼很多的女孩，干练又好看，但又说不出来哪里好看，就是看着很舒服的那种感觉。

宋翔一回头，女孩愣了一下，说："你？"

"本人宋翔，在此发呆，万分想不开，正准备跳河呢。"

"哇，跳河，你会游泳吗？"

"当然会，这跟跳河有什么关系？"

女孩说："我听说呀，这会游泳的人想自杀可不能跳河，因为出于本能，一下水会自动启动游泳模式，所以很难如愿以偿。"

宋翔眉头一皱，说："你这人有没有同情心，人家要跳河，你就不能劝阻一下吗？"

"说说看，你为什么要跳河呀？"

宋翔指了指旁边的一块石头说："你坐，我跟你讲讲我有多倒霉吧。"

女孩大方地走过去，坐到石头上，也折了一根草穗子撩着水面，水面漾起了一圈圈涟漪。

"我有个哥哥,他和我是双胞胎,可是,我这一辈子都活在他的阴影里。我爹从小就拿我哥和我比,你说,我哥比我大,我能比过他吗?"

"你们不是双胞胎吗,怎么会比你大?"

"你这人真是……哥哥就是哥哥,大一秒也是大呀,我要是哥哥,就一定会比他强。从小我爸就嘲笑我,他说我要是有我哥的十分之一就好了。要是我爸说我比我哥差一点也行,他说我连他的十分之一都不如,我能不郁闷吗?"

"我倒觉得每个人都有他的长处,你爹也就是随口说说而已,只是你当真了。"

宋翔看着女孩,认真地说:"你说我爸是说说而已?你错了,他是天天说月月说年年说,我已经被洗脑了,我就拼命地证明自己呀。说来也奇怪,我越想证明自己,越容易把事情弄糟。就比如这块地吧,这方圆几百亩地都是我发现的,我爹也允许我把这买下来开发了,可是我急于给我爹一个好成绩看,就急功近利了。我一开始,还是想开发好了再运营盈利的,可是偏偏有个公司看上了这里,想拿走三分之一的地,出的价格超过了我买所有地的钱,你说我能不动心吗?接下来出的问题,我就不说了,反正证明了我的智商果然差我哥好几个次元。"

女孩歪了一下脑袋,笑了起来,然后说:"你这叫忘了初心,所以才会急功近利。"

"为什么倒霉的总是我,我哥的运气怎么就那么好?"

"你哥的运气好是怎么看出来的?"

"我在集团是从小兵做起的,打拼多年才爬到项目经理的位置上。你再看我哥,我爸直接让他接任人教科总监的职位,他还不干,居然去做电台主播了,当然我也明白,这叫欲擒故纵!"

女孩晃着脑袋笑着说:"或许你哥就是不喜欢在你爸那儿工作也未可知。"

"不可能!他那么聪明我还不知道他吗,他刚回国那会儿,也到集团工作了一段时间,还给中层进行了团训,他一定是觉得职务不高,就跑了,这样我爹就觉得他香呀,就追着让他回来,他可好,就是不回来。得不到的永远是最好的,我爸就一直把他当神仙一样供着,其实,他要是来这里做这些,指不定连我都不如。"

"你就不反思一下自己的问题吗?再说了,没有经历过失败的人生是不完整的,你去经历就会比别人多一些经验呀,如果你能在失败中发现自己缺失的那些东西,然后去补回来,你不是会有一个更大的提升吗?"

宋翔歪着头看了一眼女孩,说:"你说的似乎有道理,我失败就失败在我太大意了,我选那个李硕做助理就不对,他骗了我,把工程款骗走了。我去他老家找他,却发现他父母年事已高,而且这个李硕多年前和父亲大闹了一场后就再也没有回过家。这两个老人实在可怜,所以我都没去起诉他,也没告诉那两位老人,他们实在是太可怜了。"

女孩看着宋翔,眼里掠过一丝柔和的目光。

"还有,我也太相信那个初青公司了,我又被他们给骗了。"宋翔看见女孩头上有根青草,就一边伸手给她拿,一边说,"你别动,你头发上有根草。"

夕阳的红光照到水面上,映在两个人的脸上,宋翔回到自己的石头上继续用野草穗子撩水,嘴里嘟囔着:"这些年我一直在证明自己,我累了,不想再这样下去了。"

女孩心里不知道想了些什么,宋翔刚帮她拿掉草时,她似乎有些紧张。听到宋翔这样说就说:"其实每个人都应该做自己,而且那个自己是生来具足的,你不需要证明,你只需要去做就可以了。"

"是吧,我今天就一直在想,证明自己太辛苦了,我不想再去证明了。我是一步步从一个小兵做到现在的,我哥还不是靠我爸的喜欢,才可以一下子就登上人教科总监的宝座。"

"你还是在比较,等你不去比较了,就会开心了。"

"对了,我们好像是第一次见吧,你是这里的老师吗?"

"你猜?"

"这个地方很少会有人来的,我猜你是这里的老师,你们这里的老师都很有个性,但你的个性和其他老师还是不太一样。"

"说说看,怎么不一样?"

"你好活泼呀,女孩子就该活泼一点,这样多好呀,很可爱,让人忍不住想多看几眼,太安静的女孩总让人觉得有什么心事。我就喜欢你这样性格的女孩,有什么说什么,不拖泥带水,你这样的性格谁都会喜欢的。"

女孩噘了一下嘴,说:"人就怕遇到自己喜欢的,可对方却不喜欢你的人。"

"那还不简单,那就放弃那个,再找一个喜欢你的呀。"

"我会想,凭什么我喜欢的不喜欢我?然后就想努力地争取,不然,我害怕错过后会后悔。"

"其实,你和我一样,你也在证明自己。人家越不喜欢你,你就越想证明自己优秀,想让对方喜欢你。可是你越努力情况就越糟,因为你原本的样子就很可爱。"

女孩一愣,低下了头……

"可是,我还是想争取一下,不然我会后悔……"

女孩说完,扔掉野草跑开了,宋翔在后面喊:"喂,你叫什么名字?你给我留个电话呀。"

女孩边跑边大声回应:"以后还会再见到的。"

宋翔遇见这个女孩后开心极了,他坐在河边的石头上,看着太阳慢慢落山。和清冷的布衣女孩相比,今天这个女孩,更加聪明伶俐,几句话就让他心里敞亮了很多,可惜不知道什么时候才能再见到这个女孩,宋翔心里期待着。

充满期待的宋翔突然顿悟了,他决定要做自己了,他不想再去证明什么了。

第六街咖啡店里,宋宇和郝静正坐在一起聊天,这是苏可安排的,让她好好和宋宇聊一聊,看一下宋宇的心理变化,鼓励他走完首席男主播大赛的流程。郝静也得到了轩然的鼓励,她知道自己还没有放下宋宇,所以她想试着争取一次,虽然她的争取方式在别人看来比较幼稚和笨拙,但对郝静来说已经非常不容易了。

宋宇接到郝静的邀约后非常惊奇,因为郝静一般不会直接约他的,他知道他们之间有很多误会。

"好久没有一起吃饭了。"郝静说。

"上次拓展训练时不还一起吃过吗?"

"那次是集体,这次是单独,安艺知道了会不会不开心?"

"她不开心是她的事,与我没有关系。"宋宇看着郝静说。

"好吧,这次呢,是苏总监让我找你谈谈。"

"怎么又是苏总监,她又要你做什么?"

"也没有什么,就是让我督促你走完首席男主播大赛的整个流程。"

"不就是个比赛嘛,我真的不感兴趣!"

"苏总监希望你能善始善终,你上次说演讲会紧张,苏总监还特意安排了一次针对你问题的拓展训练,她对你真的很用心。"

"是的,苏总监很用心,那次拓展让我受益良多。"

"那你的演讲恐惧消除了吗?"

"好像没有,你不是要找轩然给我疗愈吗?"

"我还需要时间和他好好说说你的事,他得有一个大体的了解后才能给你安排治疗,问清楚了我就告诉你。"

"好呀,还不知道管不管用呢。"

"我一定帮你做到,疗愈你童年的阴影。"郝静低了一下头去端咖啡。说完,郝静抬起头,勇敢地看着宋宇。

宋宇一下子被温暖到了,他深情地看着郝静。

突然,一个女孩一蹦一跳地走过来,坐在了宋宇旁边,郝静吓了一跳。

宋宇也惊得差一点站起来。

这女孩面带微笑地说:"宋宇,你是不是应该给我介绍一下,这位女士是谁呀?"

十七、温小夏回来了

宋宇看了看郝静,又看了看女孩问:"你怎么回来了?"

女孩继续微笑着说:"怎么,我就不能回来吗?为了不让这位女士好奇,我先自己介绍好了。"

女孩大方地站了起来,握了一下郝静的手说:"你好,我叫温小夏,是宋宇的女朋友,刚从新西兰飞回来。"

郝静被眼前的一切惊呆了,她机械地把手伸过来和温小夏握了一下。

"怎么,你们在谈事是吧?别受我的影响,我只是过来等你回家而已。"温小夏说。

郝静实在是太尴尬了,她拿起包说:"对不起,我还有点事,先回去了,基本上就是那些事,苏总监想让你坚持到底,不要半途而废。"

"郝静……"宋宇喊。

"温……小姐,我先回去了,再见。"

温小夏笑嘻嘻地说:"姐姐再见,以后叫我小夏就好了,你路上慢点呀。"

郝静走后,温小夏就坐到了宋宇的对面,宋宇又回到了在新西兰的模式中,他不想说话。

"我也不知道那位姐姐为什么这么着急要走,可能不想当我们的电灯泡吧,也罢,我们好久不见了,该好好享受一下二人世界。服务员,给我拿套餐具。"

"你这样做,不觉得很过分吗?"

"你又不是不知道,我一向如此,我也是担心男朋友被别人抢走了而已。"

"我说过了,我们不合适。"

"哪有什么合适不合适,只有习惯不习惯,只要我们接纳了彼此,习惯了就好。"

十七、温小夏回来了

郝静开着车,心里的那份慌乱还萦绕着她。

她好不容易准备勇敢一次,去争取自己喜欢的人,可是,突然就出现了一个温小夏,她是谁,她丝毫不知道。她突然觉得,宋宇的世界她根本不了解,她也根本不了解宋宇本人。郝静想起了轩然的那句话——你喜欢的或许只是那个人身上你喜欢的特质,而这个特质是你也有的,人最终要学会爱自己。难道真的是这样吗?

一路上,她的脑海中掠过无数个镜头。

候机大厅里被撞翻的行李、怪坡的疗愈、台风之夜的直播、海边的日出、曼城的梨、安艺和宋宇的手链、安艺和宋宇在咖啡店、送给宋宇的 ROSEONLY、今晚的温小夏……

郝静喜欢的那个宋宇是温暖的、俊朗的、正直的、有趣的、对爱情忠贞不一的,她现在看到的宋宇却是她特别不喜欢的那种,就好像个大众情人,仿佛全世界的人都在爱着他,他的世界真的太丰富了。她突然感到一丝焦虑和恐惧,她觉得世界上根本就没有真爱,包括轩然或许也是这样的,都是在骗人。郝静越想越怕,甚至有一些绝望和万念俱灰的感觉,她需要有个倾诉之人,但是她也不想找轩然了,因为轩然从来都不肯露脸,这说明什么呢?说明她还不够重要,如果她在他心里足够重要,他一定会冲破所有的障碍见她,绝对不会在意什么签约条款……

郝静把车靠在路边,发了一会儿呆,然后做了个深呼吸,继续开车。她决定,从今以后,她再也不要掺和进关于宋宇的任何事情里了,关于他去不去参加首席男主播大赛,那是他自己的事情,从今天开始一别两宽互不干涉。郝静最受不了的是让别人误认为她在和别人抢男朋友,这一点,她的自尊心特别强,要是这个女生直接表示他是她的男朋友,那么郝静就会躲得很远很远。

郝静回到家里,倚在床边,想着心事,难过得喘不动气。

她给毛小波打电话,问:"你在哪?"

毛小波说:"在高速上,有什么事吗?"

"没什么事,就是好久不见了。"

"今晚回来,明天就约你吃饭。"

为了不影响毛小波开车,郝静赶紧把电话挂了。

郝静想躺下休息,可是,脑袋里充斥着各种念头,她实在睡不着。

郝静还是忍不住给轩然发了微信:你在吗?

轩然:在的。

郝静:你在就好。

轩然:遇到什么事了?

郝静:没事。

轩然:你好像有心事。

郝静:我先安静一下,再和你说。

轩然:好的,等你。

郝静:我见到宋宇的女朋友了。

轩然:哦,然后呢?

郝静:然后我就走了。

轩然:你心里不舒服了是吗?

郝静:我只是觉得,我应该和宋宇彻底断了才好。

轩然:因为他有女朋友了?

郝静:我也不知道,但是现在完全不喜欢他了。

轩然:那你还要不要帮他疗愈他的演讲恐惧呢?

郝静:这个……

轩然:你还是想帮他是吗?

郝静半天没有说话。

轩然:没关系的,我尊重你的选择。

郝静:你愿意帮他消除演讲恐惧吗?

轩然:只要你愿意,我就愿意。

郝静:谢谢你。

轩然:我也谢谢你。

郝静被一股暖流包围了。

郝静:我想,我也不是喜欢他吧,只是因为他是第一个拉我手的男人。

轩然:所以你不知道那是不是喜欢是吗?

郝静:是的,我和你说这些,你会不会不舒服?

轩然:我还好,你说什么都可以的,我想知道你的心情。

郝静:你总是那么懂我。

轩然:你也是呀,虽然我一直在给别人做疗愈,但其实,很多时候你也在疗愈我。

郝静:我今晚感受到了强烈的焦虑和恐惧,这是怎么回事?

轩然:这感觉你之前有没有体验过?

郝静:好像是有的,比如害怕完不成任务的那段时间。

轩然：再往前回忆一下。

郝静：让我好好想一想。

郝静陷入回忆，寻找着初始的那份焦虑和恐惧感。

有画面出现了，还是父母吵架的场景。

轩然：你想到什么了？

郝静把刚才的回忆告诉了轩然。

轩然：找出我以前给你发的拥抱内心的小孩的那个音频，这个时候很适合去做那个冥想。

郝静答应着，这次，她完全体会到了那个时候的无助和恐惧，然后告诉自己，那时自己还是个孩子，没有办法帮助自己调整情绪，她现在长大了，可以照顾自己了，而且，父母都已经不再像以前那样疯狂地吵架了，母亲以前受了那么多委屈都没有放弃生命，现在就更不会了，所以完全可以放下心来，不要再想那些恐怖的事了。

轩然的疗愈让郝静的内心暖暖的，好像有一股能量补充进了自己的身体里。

轩然：你再找一下我特意给你制作的那个音频，关于拥抱自己负面情绪的那个，你去感受一下身体的哪个部位是难受的，去爱那个难受的感觉，去感谢那个情绪并给那个难受关爱，让它知道你看见它了，并且愿意接受这份情绪。

郝静答应着，她听着轩然的引导语，察觉到恐惧和焦虑总会集中在喉咙和肚脐的位置，她在心里感谢这份情绪，并用爱去接纳那份紧绷和闷胀感。她深深地吸气，轻轻地吐出来的时候，她觉得喉咙似乎放松了很多，肚脐周围的闷胀也变成了几个嗝打了出来。她做完这些，把结果告诉了轩然。

轩然：非常好，现在好多了是吧？

郝静：是的。

轩然：如果还存在，我再教你下一个办法，那个办法本来是想让你教给宋宇的，可以疗愈他的演讲恐惧。

郝静：真的吗，你到底还有多少令人惊奇的绝招？我真是越来越崇拜你了。

轩然：所以我不能全部都告诉你呀，我要保持自己的神秘，让你对我永远都带着那么一丝的崇拜感。

郝静：你可以继续学习呀，你不停地学，那我永远都学不完。

郝静醒来时已经是早晨了，她打开手机，看见有轩然的留言，赶紧翻过身子趴在床上认真地看着。

轩然：我用了一晚上的时间给你写了首诗，写得不好，请不要笑我。

你来了
——致郝静

时光依着干冷的枝丫
深情地望向冬日的尽头
你来了
挽着篱角的春风
暖了整个季节的期许

是谁用空灵的琴弦拨转过岁月
我还在阳光清淡的院落发呆
你就悄然地来到我的世界
穿过喧嚣的红尘
安静成一朵楚楚的莲

然而
你又从何处集结的能量
挥舞着乡愁
穿梭在细织的心绪里
将滩头的鹅卵
磨砺成一道如剑的亮影

光阴在流转
可你不曾停留啊
也不曾改变
你依然捧着好奇
捧着安静的素念
如一缕阳光
照进那些时间的缝隙

而我不曾等待
也不曾想起

因为

我们的灵魂

从来都在一起

　　郝静开心地读着,一遍又一遍。她嘴角上挂着微笑,眼泪却湿了眼眶。从来没有一个人像轩然这样懂她,她需要的不是什么物质,也不是什么帮助,而是懂她的心思,理解她的感受,能够在她黯然的时候,给她一个意想不到的惊喜,就足够了。

　　郝静给轩然留言:谢谢你,出现在我的生命里。

　　郝静向宋宇伸出的触角,被温小夏给怼回来了,她自此放下了对宋宇的念头,她想努力放下这份执着,因为她发现,轩然占据了太多她的心灵空间。

　　令郝静没想到的是,接下来发生的事让她更加尴尬。那个她原本放下了的赵冬,突然又掺和了进来。

　　郝静正在上班,妈妈打来电话。

　　"明天晚上是你生日,什么事也不要安排了,我找了一家很好的餐厅,你最爱吃的四个菜他们做得都很地道,明晚就去那里了。"

　　"哎呀,明晚?我的好朋友约我明晚一起吃饭了。"

　　"今天告诉你的目的,就是让你把这些事提早安排了,告诉他们你要和家人一起吃饭。"

　　"好吧,那我继续干活了,明晚就陪老爸老妈吃吧。"

　　"这还差不多。"

　　郝静刚接完妈妈的电话,毛小波的短信就来了:今晚一起吃饭。

　　毛小波一落座,就问:"你最后选择了宋宇还是赵冬,还是那个?"

　　"你就不能铺垫一下,问得委婉一点吗?"

　　"我们都这么多年的哥们儿了,要是再委婉,你不觉得怪怪的?"

　　"你先告诉我,温什么夏,是什么人?宋宇什么时候有这么一个女朋友的?"

　　"温小夏,你怎么知道她的?"

　　"你知道这个人?以前你为什么不告诉我?"

　　毛小波苦着脸说:"你以前也没问过呀!"

　　"你都知道,我却什么都不知道。"

　　"这有什么,都是以前的事情了。这个温小夏从大学那会儿就在追宋宇,宋宇一直没有给她机会,她就一直缠着他,后来,宋宇躲到新西兰读书去了,刚去了不久,温小夏也去了。总之,他去哪儿,她就跟到哪儿。"

"宋宇回国,她也跟着回来了呗?"

"她什么时候回来的我倒不清楚。"

郝静沉思了一会儿,又问:"那宋宇是什么态度?"

"我个人觉得,宋宇是不喜欢温小夏的。"

"可是那天在咖啡厅,温小夏突然坐到了宋宇身边,自我介绍说她是宋宇的女朋友。"

"哈哈哈,这就是她的个性,宋宇呢,最大的问题是不会拒绝,他总是担心伤害到别人,这让女孩觉得自己还有机会。"

"我不想再见宋宇了,一点都不想见。"

"你吃醋了?"

"并没有,我觉得一个男人不能给他喜欢的人安全感的话,那说明他并没有那么喜欢她。"

"有时候,男人也很难处处周全的。"

"我要是男人,我就会提前告知可能会发生的情况,免得发生了不好的事情让对方受伤害。"

"啧啧啧,你这就外行了,你怎么知道会发生什么?"

"罢了,我也算努力过了,那就把宋宇还给温小夏吧。"

"宋宇是不会娶温小夏的,宋宇的心,温小夏永远不懂。"

"我不喜欢暧昧的感觉,这让我很痛苦,人生很短,我只想和喜欢的人在一起。"

"我看呀,你也别找来找去了,最让你舒心的人也就是我了。"

"你再和我开这样的玩笑,我们连闺蜜都没得做。"

"好好好,我不开了,你上次见的那个导师怎么样了?"

"我们参加的是假面舞会,所以,还没有真正见面,但是我感觉非常好。只是,我不知道他为什么不想见我。"

"上次我这样问你,你给人家找了一堆借口,这下自己也困惑了吧?我就说嘛,一个男人如果真的喜欢一个女孩,他绝对不会让女生先提见面的。"

郝静茫然地看着毛小波……

宋董的资金链出现了问题,他急需一大笔钱来周转,但他的那些朋友都故意躲了起来。宋董思来想去,还是想问一下温氏集团,因为两个孩子的原因,温氏集团和尚昊集团的关系一直很微妙,温董事长一直都有意避开和尚昊集团的竞争活动。

十七、温小夏回来了

宋董知道宋宇不是很喜欢温小夏,但是在企业生死攸关的时候,他不得不试一下温董的意思,但是宋董不会直接向温董说自己的资金链有问题,也不会直接向温董借钱,他只是想让温董的建筑公司接手他的已经停工的项目,未来和温董分成,这样温董的建筑公司不会收费,就当投资了,宋董还赚了一个自己活多忙不过来的理由,心里会好受得多。

所以,宋董约温董见了一面,谈得还是非常愉快的,内情温董心知肚明,就欣然同意了。两人约好晚上一起吃饭,温小夏恰好进来,温小夏说,这么久没见宋伯伯,这个饭一定要吃,地点她来定,他们只管到时候去就是了,而且让宋董一定要带上宋宇,并要宋董不要告诉宋宇她也参加,她要给宋宇个惊喜。

宋董欣然同意,答应温小夏一定带上宋宇,温董见孩子如此开心,就由她去了。

温小夏当着父亲的面说:"反正我选哪个饭店,你们都不能说不好,我选哪就是哪,不得嫌弃。"

温董哈哈大笑:"好好好,女儿选的就是最好的。"

李阿姨和郝静妈妈商量好了,李阿姨负责把赵冬一家约到给郝静过生日的那家饭店,让他们偶遇,毕竟郝静妈妈也只看过赵冬的照片,并没有见过本人,同样,赵冬的妈妈也很想见一下郝静和她的父母。

在李阿姨的撮合下,赵冬妈妈配合李阿姨编了个理由,非要来这家餐厅吃饭,赵冬很愿意陪父母吃个饭,这局轻而易举地就布好了。

这天,郝静和父母前往了预订的酒店,大厅里有三张桌子,其中一张是郝静妈妈订的,一张是李阿姨帮赵冬妈妈订的。

郝静一家先到的,李阿姨和郝静的小姨一家也被邀请来了,几个人围坐在这里说说笑笑的,妈妈和小姨说起郝静小时候的事,郝静早都不记得了,她也分不清是真的还是父母演绎出来的。

刚上了几道菜,赵冬一家也到了,郝静一下子就看见了赵冬,赵冬也惊讶地看着郝静,他不得不和郝静招手打招呼,这时李阿姨装作很惊讶的样子看着赵冬的妈妈,站了起来。

"哎呀,什么风把你给吹来了?真是好巧呀。"李阿姨夸张地说。

赵冬妈妈也装出很惊讶的样子问:"这不是李阿姨吗,你这是和家人一起呢?"

李阿姨赶紧给郝静爸妈介绍说:"这是我的老闺蜜了,姓王,人家儿子是个大老板,就是那个大帅哥,叫赵冬。"

郝静妈妈的眼睛就盯着赵冬上上下下地看着,高兴地说:"哎呀,真是一表人才呀。"

李阿姨介绍的明明是赵冬妈妈,郝静妈妈却一直夸着赵冬,赵冬不好意思地说:"谢谢伯母夸赞,您过奖了。"

李阿姨赶紧介绍郝静给赵冬妈妈认识,赵冬妈妈也装作不经意地打量着郝静,看得郝静很不得劲。郝静心里已经明白了这是李阿姨布的局,但是又不能说什么,只好配合着演下去。

如果仅仅是这样,也就罢了,偏偏好事的温小夏,一回国就打探清楚了宋宇的感情状况,一个是追他的安艺,一个是与宋宇若即若离的郝静,依温小夏对宋宇的了解,她知道郝静是最大的敌人,只要把郝静驱除出宋宇的生活就好了。

温小夏有两个做私家侦探的朋友,每天都向温小夏汇报情况,他们查到郝静最近要过生日,预订了酒店,又查到同样订了这个厅的赵冬,并且八卦到赵冬正在追郝静。温小夏计上心头,让手下给她把剩余的一桌订了。

郝静和赵冬两家人寒暄了一番后,李阿姨建议大家拍张合影,在李阿姨的撮合下,一张合影出现了。

而拍这张合影的同时,宋宇正从大厅门口走进来,全家福的场面一下子映进了宋宇的眼帘。

这倒是温小夏不曾预料到的,她心里一阵窃喜。

宋宇看见了赵冬和郝静,他的心一下子沉了下去。

温小夏根本不懂宋宇的心,正得意地和宋董撒娇,宋宇吃了几口菜,站起来说:"爸,我单位有个策划案需要尽快拿出来,就剩几个小时的修改时间了,我得过去了。"

宋董责怪道:"你这孩子,正吃着饭呢,哪有那么着急的事!"

"抱歉,爸,温叔叔,这个材料的确很重要,我先过去了,你们慢慢吃。"

温董说:"孩子真是敬业,好样的,快去吧,路上小心。小夏,你嘱咐一下厨房的人,打包几份菜给宋宇带着,忙完了再吃点。"

好事不出门,坏事传千里,尚昊集团资金链出问题的消息已经传开了,连安艺都知道了。

安艺的婚恋宗旨只有一个,她必须要嫁入豪门。宋家的企业即将崩盘,她赶紧开始寻找着新的目标。

安艺的朋友圈里很快出现了一张她和一个富家子弟的合影。

安艺见了宋宇也不再是先前的模样,而是很客气很威风的样子,宋宇诧异地看着

十七、温小夏回来了

从身旁掠过的安艺,然后看着她高傲的背影消失在大门外……

更让宋宇尴尬的是,有天早上,他刚走到办公室门口,就听见了办公室里的对话,他不由得站住了。

"安艺,你和宋宇怎么了,以前你不都是等他下班一起走吗?最近你都是自己先走了。"一个主播问。

"我忙得很,我男朋友最近刚买了辆法拉利,非让我陪着去兜风,哪有时间等别人呀。"

"哎哟,你有新男朋友了,你不要宋宇了吗?人家可是尚昊集团的大公子,前途无量呀。"

"已经是三十年河东三十年河西了,很难说还是不是公子了。"

"发生了什么,尚昊集团出什么问题了吗?"

"好了,不说这个了,你知道郝静订婚了吗?"

"啊,没听说呀,是跟谁呀?"

"还能跟谁,当然是房地产老板赵冬啦。"

"真假,你这都听谁说的?"

"当然是真的,我还有照片呢,你看,这是我一个同学的妈妈拍的。"

"我看看,哇,全家福呀,双方父母都见面了。"

"我说的事,什么时候是假的了?"

"对了,听说宋宇喜欢郝静,这是真的吗?"

"我可什么都没说,你快干活去吧。"

宋宇听到这里,转身去了录音间……

郝静妈妈见了赵冬后满心欢喜,满意得不得了,当晚就加了赵冬妈妈的微信,开始撮合此事。赵冬妈妈对郝静也非常满意,觉得她很安静又知书达理。郝静妈妈觉得太有面儿了,赵冬身高一米八几,不胖不瘦,长得好看不说,又勤快又礼貌,到哪儿也找不到比他更好的女婿了。

郝静妈妈最近心情大好,看郝静父亲也没那么不顺眼了,所以两个人几乎不吵架了。

尚昊集团因为资金链断裂持续扩大,再也掩饰不住了。宋董焦头烂额,已经到了即将崩溃的地步,他不得不把事情全部告诉了宋宇。宋宇听闻大惊,不过他见事已如此,只好建议父亲去借一下,或许还有救。父亲说,该借的都借了,但缺口太大了,已经不是借就能堵住的。他希望宋宇能回来照顾一下公司,他已经力不从心了。宋宇见父亲疲惫不堪,只好答应了父亲。

宋宇建议父亲将股权出让,但宋董却在犹豫,他不舍得。

宋董有些撑不住了,他几乎绝望了,自己亲手建起的尚昊集团即将轰然倒塌,他真的无法接受,还好宋宇终于肯回公司帮助他了,让他略微有了一丝宽慰。可是这又有什么用呢,该倒塌的依然还是要倒塌。宋董病倒了。

宋宇要离开的决定让苏可措手不及,宋宇跟苏可讲了实情,苏可很理解宋宇的处境,便让他回去帮父亲渡过难关,节目暂时让别的男主播替班。

宋翔已经不敢在父亲面前露面了,他也想帮父亲渡过难关,可是自己的那些朋友一瞬间都不见了,似乎一下子都忙了起来,根本顾不上他这个朋友。宋翔很失望,也不想惹父亲生气,就一直待在自己开发的那片景区闭门思过。他坐在岸边的石头上发呆,有些时候是希望遇见上次那个古灵精怪的女子,有时候只想和大自然在一起。

就在宋翔出神时,一根毛穗子悄悄地从他的头旁伸到了他的脸上,宋翔猛一回头,看见了上次的那个姑娘,他很激动,一下子从石头上站了起来。

女孩说:"哎呀,吓死人了,你干吗这么激动?"

"你讲不讲理?明明是你在吓唬我。"

"少来啊,我又不是来吓唬你的,我只是想逗逗你。"

宋翔又坐下,示意女孩坐在上次坐的那块石头上,女孩发现那块石头上多了一个草编的垫子,草已经干了,看样子已经编好多日了。

宋翔说:"我给你编的,坐在石头上凉。"

女孩看了看垫子,又看了看宋翔,想说什么又没有说,只是听话地坐下去了。

"你怎么经常坐在这里?"

"我给父亲惹了麻烦,他不想看见我。"

"那你还是想跳河呗?"

"不想跳了,毕竟还要和父亲一起想办法渡过难关。我想不明白,为什么人一落难,朋友就都跑了呢?"

"这说明那些都不是真正的朋友呀,真正的好朋友,你富有时会祝福你,你落难时会帮助你,即便帮不了你也可以陪伴你。"

"平常他们需要我帮忙时我都会倾囊相助,我遇到事后,他们就都跑了。"

"没关系的,正好让你看清楚了他们的嘴脸呀。"

"我错怪哥哥了,以前我老以为他想争董事长的位置,现在看来,哥哥是个很负责的人,他在父亲最需要他的时候回来了,我呢,却逃得远远的。"

"世间哪有什么大不了的事,没有什么是过不去的。"

"喂,你真是站着说话不腰疼,你没经受过怎么知道我的痛苦?不像你,你好像一点烦恼都没有。"

"谁说我没有烦恼,我是觉得烦恼与否取决于你的态度。比如,你砸了一个花瓶,你可以认为你特别幸运,因为它没有割破你的手,你也可能觉得特别沮丧。其实呢,就是砸了一个花瓶而已。"

"你好厉害!"宋翔夸赞道。

女孩得意地说:"那是,我厉害的地方还多着呢。"

"对了,你上次说你还是要去争取一下,你争取到了吗?"

"我碰了一鼻子灰,他都不想理我了,但是,我绝对不会就这样放过他的。"

"你这又是何必呢,我跟你说过,他要是不喜欢你,无论你怎样努力都无济于事的。所以,你不要再去碰壁了,不值得。而且,在喜欢你的人眼里,你就是块宝,根本不需要你这么卑微。"

"可是,我不甘心,这么多年了,我怎么就打动不了他?我咽不下这口气!"

"爱情是不能置气的。"

女孩站起来准备离开,宋翔赶紧问她:"喂,加个微信吧?"

女孩一边跑一边回答:"不加。"

宋宇的心情很沉重,他开车来到海边。是个晚上,一片幽暗,海面反射着岸上的灯光,一晃一晃的,让他觉得很梦幻。他真希望这是一场梦,他最好还是在新西兰,还是那个夏天,父亲一切安好。他被父亲召唤回来,他没有去电视台应聘,而是帮助父亲经营尚昊集团,人事不会出问题,资金不会出纰漏,自己会严格把关,如果那样的话,是不是就不会有今天了?是不是自己确实太任性了?是不是自己确实做错了?

宋宇坐在车里,看着面前的大海,海风拂过面颊,他深深地吸了口气,缓缓地吐了出来。

宋宇的手机突然响了,他看是毛小波的电话,就接了起来。

"哥们儿,在哪呢?"

"在外面,有事吗?"

"刚吃饭的时候,听同学说温小夏回来了。"

"我知道。"

"你知道她为什么回来吗?"

"为什么?"

"我听同学说她得了癌症,还是晚期,好像没几个月的时间了。"

"你说什么?"

"我听同学说的,我觉得应该不是假的吧,毕竟谁也不会随便乱说这种事。"

"那温小夏自己知道吗?"

"她的家人一直瞒着她,可是这几天被她发现了化验单,她什么都知道了。"

"那她现在怎么样了?"

"情绪很低迷,好几天没吃饭了,一点精神都没有,我觉得你还是去看看她吧。"

"怎么会这样?"

"哎,世事难料,或许命中就是这样注定的。"

"我知道了。"

第二天,宋宇约了温小夏,他们在海边的木栈道上走着,温小夏看上去是有一些楚楚可怜的样子,嘴唇惨淡,没有血色,不知道是否是因为穿着比较宽松的缘故,人也显得消瘦了很多。

宋宇单刀直入地问:"什么时候的事?"

"你怎么知道的?"

"我怎么就不能知道?"

"我也是前些日子才知道的,妈妈把病历藏在抽屉里,我翻东西时不小心翻出来了。"

"你知道后,怎么打算的?"

"我先假装不知道的样子,瞒着妈妈去问了医生。"

"医生怎么说?"

"医生说这个病目前没法治好,保持心情愉快的话,最多还有三个月的时间……"

宋宇的心里掠过一丝疼痛,虽然他并没有爱过温小夏,但两人在一起很久了,就好像产生了亲情一样。

宋宇说:"你不要听医生的,这几天我处理一下手头上的事,再带你去医院看看吧,那里我有几个同学。"

"不用了,我就是去大医院看的,不需要再看了,我想好好享受最后三个月的时光,不虚度,做想做的事,开心地度过就可以了。"

宋宇痛苦地看着温小夏,把手放在温小夏的手上说:"不要胡说,你绝对不会有事的。"

"我有一个请求。"

"你讲。"

"你可不可以陪我度过第一个月？你不用担心,我这个病不传染,后面的两个月我就再也不想让你见到了,因为我会越来越难看……"

"不要说了,你不会有事的。"

宋宇难过地抱住了温小夏,他的眼睛湿润了。

温小夏也在宋宇的怀里哭了。

"为什么是我？我还这么年轻,我还想好好活着。"

宋宇紧紧地抱住温小夏说:"不要怕,你一定会好的,世界上本来就不存在不能治愈的病,人的病都是不爱惜自己的身体和伤害自己的本心造成的,你能造出来病就能把病请走。"

"那你答应陪我一个月了吗?"

"我答应你,一直陪到你的病治好了为止。"

温小夏哭得更凶了,宋宇就抱着她安慰她。

这一切,恰好被路过此处的郝静看到了。郝静很喜欢这个地方,她经常一个人来这里。郝静看见了宋宇和温小夏拥抱在一起的场景,温小夏穿着玫红色的外套,极其显眼。郝静默默地转头走远了。

十八、拯救尚昊的神秘人物

郝静的心里说不出是什么滋味,她的脑袋里一直闪现着宋宇和温小夏拥抱的镜头,她使劲摇头想把那些镜头甩出去,可是那些镜头像无数条虫子一样又瞬间爬了进来,撕咬着她的情绪。她深深地吸了一口气,把车停在路旁。她给轩然发微信:轩然,我需要你。

可是轩然并没有出现。

郝静闭上眼睛,绝望地趴在方向盘上。一般情况下,郝静是个特别拎得清的人,可是今天,她的心乱了。

郝静开着车,去了姥姥家后面的那片小山坡,她坐在那里,山里很安静,只有风轻悄悄地吹过来,掠过肌肤的时候会让你感受到一丝凉意,大自然在用无声的语言告诉你它的存在。

郝静陷入了回忆,从机场遇见宋宇,到一起做节目,到台风来了,到曼城的追踪,还有曼城的乞讨,当然还会想起安艺的手链,神秘的ROSEONLY,还有从天而降的温小夏……郝静想:难道这个世界上的男人都是如此花心的吗?

郝静开始反思自己到底想要个什么样的男人。首先他必须有宋宇的气质和温情,有轩然的智慧,有赵冬的干练和洒脱,最好再有毛小波的细心,当然还必须是专一的,郝静想完这些不由得笑了,其实宋宇、轩然还有赵冬,任何一个单拿出来都是在社会上很优秀的人了,那这个组合起来的人,在这个世界上存在吗?她突然想起来,曾经有人把公认最好看的眼睛、眉毛、鼻子和嘴全部画到一张脸上,但组合起来的脸看起来却很怪异。或许每个人都有一种最重要的特质,如果一个人最明显的特质恰好是你厌烦的,那就是我们说的三观不合了。

郝静坐在那里,突然就想通了。这是一片很偏僻的山坡,但这些花草仍蓬勃地生长着,它们陪伴着大自然一起呼吸,这难道不也是美好的一生吗?

或许在公园花坛里的那些名贵的花卉会觉得山涧的草木是孤独地度过一生的,无人知晓它们的生灭,然而,山涧的草木安静地扎根在大地,和大自然一起迎接着宇宙间的风雨雷电,这难道不是更胜一筹的大恢宏吗?郝静被自己的想法震撼到了,以前她从来没有想到过这些,今天因为自己问自己,就问出这样多的感悟。

平静下来的郝静拿出手机,看见轩然回微信了。

轩然:怎么了?

郝静:没事了,我想通了,我到了姥姥家后面的山坡上想通的。

轩然:能让我看一下山坡是什么样子吗?

郝静:当然可以,我拍给你看。

郝静将自己最喜欢的角落全部拍了照片发给了轩然,告诉他这个地方是自己多年来一直都非常喜欢的地方,有人喜欢将心事讲给树洞,而自己喜欢讲给这里的一草一木,她觉得这里的一草一木都有了自己的味道。

轩然:非常好,每个人都该有一个这样的心灵花园。

郝静:谢谢你,我今天本来很郁闷,但在这里待了一会儿后就释然了。

轩然:释然了就好,我有首诗是写给你,还没有起题目,发给你看下,你给它起个标题吧?

郝静:好呀好呀,我好喜欢读你写的诗,只要看你的诗,就会心生欢喜。

轩然:那我发给你看。

料峭的风

掠过时光的清浅

将夜幕雕刻成

深邃的蓝

天空的城堡

似乎有琴声飘过

不然

那暖暖的灯

为何映照出

金色的音符

或许是

季节用成排的枝丫
　　编排成一个季节的思念
　　也或许
　　它并不知道
　　远方的梨花
　　已在昨天
　　如雨般落过

　　郝静坐在山坡的石头上，草木散发出青涩的味道，她在这里读着轩然的诗，那诗就染上了大自然的味道。郝静深深地呼吸着这味道，不觉有些陶醉。
　　赵冬突然打来电话。
　　"郝静，在哪呢？最近都没有你的消息。"
　　"前些日子台里组织去曼城做拓展训练，出去了几天，再就是最近单位的事也比较多。"
　　"上次真是太巧了，遗憾的是不知道那天是你的生日，没带礼物，现在我准备好了，补给你。"
　　"我又不是小孩子了，你和我就是要说这事呀？"
　　"这事很重要，必须给你补上，我妈都催了我好几天了，还给我出了好多主意，看来我妈很喜欢你。"
　　"代我谢谢阿姨，我也很喜欢你妈妈。"
　　"那你妈妈喜欢我吗？"
　　"当然，她喜欢你喜欢得不得了，我就想，要不我们两个换个家吧，这样他们是不是都会很开心？"
　　"为什么要换家呢？我们可以组成一个家的。"
　　郝静一下子语塞，不知道该怎么回答了。
　　赵冬为了缓解尴尬大笑了起来："哈哈，我是开玩笑的，也还是得看你意愿呢。"
　　"不好意思啊，我现在还没有想清楚。"
　　"没关系，你慢慢想就是。我主要是想跟你说一下，你吩咐我做的事情，我都照做了。但是，最近他和策划部说他要放弃这个比赛了，所以我不知道还要不要继续和他联系。"
　　"他要放弃比赛了？"
　　"是呀，你可能还不知道，其实尚昊集团资金链出问题了，这次凶多吉少，宋宇应该是顾不上这个比赛了。"

"哦,发生了这么多事,那他父亲的公司还有机会翻身吗?"

"以我的经验,这么大的资金漏洞估计没人敢碰,很容易也被吸进去。宋宇没有参与过企业运营,他应该也无能为力。"

"怎么会突然这样?"

"这很正常,搞地产行业的哪有一帆风顺的,谁也无法预测未来会发生什么。"

"也是,那他不能接那个冠名的话,你打算怎么做呢?"

"后来,宋宇给策划部推荐了一个接手的人选,我一看,他推荐的人居然是你。"

"啊,他是不是知道底细了?"

"不可能,我们做得天衣无缝,可能他觉得你需要帮助,所以想到了你。"

"他不知道就好,我问一下苏可那边怎么安排,和她商量一下,再告诉你好吗?"

"好的,我等你消息,有空了喊我一起吃饭,好久没和你一起吃饭了。"

"好的,给你添麻烦了,谢谢你。"

"不要跟我客气。"

郝静挂了电话就赶紧打给了苏可。

"郝静,什么事?"

"苏总监,宋宇退出比赛了?"

"他暂时回尚昊集团帮他父亲去了,你也知道了?"

"我今天才听说的,那宋宇是不是就退出比赛了?"

"他父亲给我打电话让我劝他回去,我知道他家人特别需要他,所以我让他先回去帮忙处理一下,等家里的事情处理好了,他再回来比赛。"

"嗯,那赵冬集团的冠名先给宋宇留着?赵总刚给我打电话,问接下来谁给他服务。"

"本着为客户负责的态度,这个冠名我会找人帮他服务的,你让赵总放心。"

"那宋宇还会回来参加比赛吗?"

"不好说,虽然宋宇对主播行业无比热爱,但时过境迁,难保他的想法不会改变。"

"那好吧,我知道了。"

"宋宇现在遇到了困难,你要多支持他,安艺这个企图嫁入豪门的人已经离他远远的了,你一定要安慰和鼓励他。"

"好吧,我会鼓励他的。"

郝静突然觉得宋宇好可怜,怎么就这样了呢?安艺这个不仁义的家伙,本来对人家穷追不舍的,现在人家落难了,就躲得远远的,这得让宋宇多难受啊!

可是郝静又想起在木栈道上的宋宇和温小夏拥抱的情景,这种同情瞬间崩塌,她不会像安艺那样躲着他,但是她也看清了,温小夏是非宋宇不嫁的主,自己根本不是她的对手,也不屑于当她的对手。可是宋宇到底是一个什么样的人呢?一边是安艺,一边又来了一个温小夏,就连自己都在猜测他是不是也在喜欢自己,这算不算在搞暧昧?难道宋宇只是个喜欢暧昧的人?郝静的同情心被内心的猜测赶跑了。

这种猜测让郝静有一种被抛弃的感觉,她觉得宋宇一定是在她们三人之间难以抉择,男人总是理智的,从各个层面考虑,他可能最终放弃了自己,郝静开始怀疑是自己不够好了。

为了让心里好受一点,郝静想自己还有轩然,虽然还没见过面,退一万步讲,她还有赵冬,如果父母逼婚,还是有人喜欢她的,她不是没人要的主,也不是那么差的,这种自我安慰只是暂时让郝静舒服了一点,但是很快,一种被打败的感觉再次充满了郝静的大脑。

宋宇坚信,温小夏一定会康复的,因为他曾经看过一篇文章,说有个大老板得了不治之症,一开始也是每天不停地抱怨疾病,后来,他的病情越来越严重,再后来,他放下了抗拒,开始爱这个癌细胞并和癌细胞和谐相处,他每天都要和癌细胞对话,对身体表达歉意,对癌细胞表达爱。其实病是需要爱的,身体早已经用各种方式提示过它的需求,只是你一直视而不见,最后它不得不跑出来给你颜色看了,因为你看不见呀,那就让你感受到疼。所以,我们健康的时候就应该时常去内观自己身体和心灵上的不舒服感,不能等到它忍无可忍了才肯去爱。

宋宇为了温小夏能开心一点,她想去哪里,宋宇就会带她去哪里。

温小夏说自己要去很远的郊区,看那片小时候就有的,叫作粉黛的草时,宋宇立马就同意了。

宋宇开着车,温小夏开心地唱着歌,她欢声雀跃的,宋宇看了很欣慰。他暗暗地想,只要心情愉快了,人的身体素质也会变好的。坏的细胞是需要用坏的情绪喂养的,如果你都是好的情绪,坏细胞不就饿死了吗?

宋宇给温小夏讲完这些后,温小夏闭上眼睛说:"我感受到了,我的快乐的情绪蔓延到了全身的每一个细胞里,坏细胞饿得眼都绿了,我要让我的坏细胞饿死。"

宋宇的心情也放松了很多,他想到自己是在帮温小夏疗愈,自己应该先放松下来,不然病人会感知到这份沉重的,就跟着温小夏一起唱了起来。

温小夏很少见到宋宇如此活泼的一面,不禁非常感动。他们很快赶到了有粉黛的地方,两人飞奔下车,温小夏一边大叫一边朝面前大片的粉黛跑去。

那是一片粉色的海洋,大片大片的粉黛随风摇曳。小时候,温小夏经常在这片粉黛里打滚,把大片的粉黛压倒,她觉得好有征服感。现在,温小夏再也不会去扑倒那片粉色的草了,她只是拉着宋宇的手,围着粉黛跑。宋宇看见温小夏开心的样子也跟着笑起来。

温小夏大声说:"喂,宋宇,这一个月的时间你就陪我去玩小时候玩过的一切吧!我要把小时候没有你陪伴的日子补回来,这样我就可以安心地离开了。"

"不要乱说,你不会有事的。"

"但愿如此,我只让你陪我一个月,我也不想拖累你太久,而且你爸爸的公司还需要你。"

宋宇猛然想起了父亲,他深吸了一口气,说:"我会处理好的,其实这件事,也给了我很大的警醒,有些时候,人不能只考虑自己,还应该为自己的家庭,为自己的父母,或者说为他人着想一下。"

"你在家里快乐吗?"温小夏问。

"并不快乐,我只有在做主播的时候是快乐的,或许一个人只有找到了最爱的事,才能感受到由内到外的快乐吧。"

"那今天我们就玩到这里吧,你还要回家照顾家里的事,我一有时间就喊你出来,你也可以顺便释放一下压力。"

宋宇送温小夏回家后,赶紧回到自己家中。他离开电台后,就一直在想帮父亲渡过难关的办法。他做了一份股权转让计划,但试了几次都不怎么顺利,无法进一步推进。

宋董看了一下目前的状况,决定放弃了,他看着自己多年来的心血毁于一旦,十分痛心。

"爸,其实也不用太可惜了,一切事物的发展规律都像一条抛物线,从起点开始上升,再下降,哪有一直上升不降的?就算是氢气球,升到一定高度都会爆炸,何况我们人呢?"

"我这把年纪已经撑不起东山了,全靠你和宋翔了,你们两个,一定要相互扶持形成合力,不要各自为战。尤其是你弟弟,他经历的事情太少了,还像个孩子。"

"爸,先别想那么多了。"

"没有办法了,我已经决定放弃了。"宋董正说着,他的电话突然响了起来,是个陌生的号码,宋董说,"大概又是催债的吧,我还是不接了。"

"都会好的,我们一定会想出办法的。"

宋董的电话又响了，还是刚才那个号码。

宋董接起来问："喂，哪位？"

"宋董你好，我姓邵，我知道你现在有经济困难，我想帮助你，下午可否见面聊聊？"

宋董一惊，问："我们认识吗？"

"我们并不认识，但是请宋董放心，我只是想帮助你，并没有别的意思，不过，帮你渡过难关后，你也要适当地感谢一下我。"

宋董像突然抓住了救命稻草，又生怕用力过猛会把稻草拽断一样，赶紧沉住气说："那好，先行感谢，我们见面谈，只要能帮我渡过难关，我必当涌泉相报。"

"好，宋董真是个爽快人，那你定好地点发给我，我按时赴约。"

宋董接完电话，长长地吐了口气。

宋宇问："爸，是谁找你？什么事？"

"我也不知道是谁，他只说想帮助我。"

"可是，你怎么知道他是想帮助你？"

"那我也要孤注一掷了。"

"那到时候，我在远处保护你。"

"你去给我订地方，订好告诉我，但是你不能出现，也不能让对方感知到我们的戒备，不然，人家会觉得我们没有诚意。再说，他应该也是有所求的，他希望我们渡过难关后给他一些分红。"

"我马上去订地方，我会全程陪在您附近，请父亲放心。"

宋宇从父亲房间出来后，就赶紧打电话给自己最熟悉的那家茶庄，那是毛小波的伙计赵云龙开的，茶庄很大，可以安排各种休闲娱乐活动。

宋宇确定好了房间和时间就告诉了父亲，然后宋董发短信告诉了那个陌生人。这个陌生人到底是谁呢？宋董也是一头雾水。

宋翔每个黄昏都会去往河边，他期待再次遇见那个女孩，之前从来没有一个女孩对他有这么大的吸引力，看来，人是要先走进心里，才能走进眼里。

宋翔一次次抬头望向那个路口，可是每天都是失望而归。过了很久，那个女孩终于风风火火地跑来了，宋翔激动地站起来，开心地喊："喂，你终于来了！"

十九、她到底是谁

"喂,什么叫我终于来了,难道你天天在这里等我吗?"
"是呀,自从第一次见面后,不管是雨天,还是晴天,每天我都来。"
"你傻呀,下雨天你也来,你不怕被雨淋吗?"
"不怕,我怕你来了,却看不见我。"
"你,还真是傻。"
"能告诉我你的名字吗?我们可以加个微信吗?"
"不能,还不到时候。"
"为什么?再说,我的消息这么灵通,我要是想查你是谁,还需要你告诉我吗?"
"你真无聊,这么沉不住气,你要慢慢地认识我呀。"
"我也是这么想的,所以从来没有调查过你。"
"人呢,就是要学会等待,享受等待。"
"那滋味并不好,怎么享受?"
"人就是只喜欢甜的不喜欢苦的,其实酸甜苦辣咸涩香都只是一种味道而已,没有什么区别。甜真的好吗?吃多了甜食会生各种病,吃苦的呢,反而对身体有很多好处。所以,每种味道都要品尝,都要享受,只有这样,才能过得精彩。"
"喂,你是学哲学的吗?"
"我也是耳濡目染,被别人熏陶的。"
"你好特别,有智慧,而且人长得也特别好看。"
女孩开心地问宋翔:"我有那么好看,那么智慧吗?"
"是呀,从第一眼看见你,就觉得你很特别,很好看,要是能一直看到你就好了。可惜,你总是神出鬼没的。"

"所以呢,你要学会享受等待,不要急躁,所有美好的东西都是需要慢慢体会的。"

"好吧,我不急了,我相信你不会辜负我的等待的。"

"这个很难说。"

"我们一起抓蝗虫吧,蝗虫眼神不太好,这个时间,特别容易被抓到。"

"好呀,我看你抓。"

宋翔和女孩一起跑到山坡上抓蝗虫去了,两人开心得不得了……

到了约定的时间,一个老板模样的人走进了茶庄,询问宋宇订的房间的位置。服务生将客人引到房间里,宋宇装成了服务生端茶进入,房间内的服务生开始服务后,宋宇就出来了。

宋宇觉得来人很眼熟,可就是想不起来是谁了,他到底是谁,怎么会突然冒出来要帮父亲呢?

来人其实是卖石头项链的那家店的老板。

那老板和宋董见面了,两人相互自我介绍了一下就落座开始聊天。

宋董问:"你是怎么知道我的事的?"

"我也是偶然听说的。其实,我可以算是你孩子宋宇的朋友,但他不一定记得我,他曾帮助过我。您也不要跟孩子提我,就说我和宋董是有一面之缘的人,继承了父辈的财产,自己不知道怎么投资,又相信宋董的人品,相信宋董一定可以靠这个资金翻身的,就决定帮您了。"

"这个完全可以按照您的意思来,可是我在想,是什么让您敢冒这么大的风险帮我呢?毕竟我们并不熟。"

"我是因为宋宇才这么做的,他帮助过我,如果不是他,可能我早就一无所有了。不说那么多了,我们各有所需,达成共识也是自然的事。"

"我只是资金链出了问题,需要资金周转过来,一切回归正常运作后,就会见到效益了,所以对于回报的问题你也可以提一下。"

"我不是趁火打劫的人,如果你盈利了,你看着给就行,不给我也无所谓。"

"那怎么能行?"

"不瞒你说,我也是死过一回的人了。当时,我家孩子得了抑郁症,我媳妇也有些抑郁,这个抑郁好像可以传染,我也觉得生活没有什么奔头了。其实,我确实是继承了父辈的一笔巨大的财产,可是又有什么用呢?如果我们一家人一起放弃了生命,那些钱就是一堆废纸,那所有的房子,也都只是一堆混凝土而已,有什么用呢?可是,通过宋宇,我们全家得救了。所以,那时候我就想,也许是我继承了父辈的财产,自己担不起才会这样。上天让我认识了宋宇,帮我得到了解脱,我也应该找个机会报答一下宋宇的恩情。也许这就是能量的流动,这样对我们都好。"

"你这样说,我真是很受启发。我这个孩子,我一直想让他继承我的家业,可是这个孩子自小就喜欢当主播,气得我是七窍生烟呀。"

"原来宋宇还有这么一段经历。"

"他偷偷去电台应聘的时候,得了第一名,还是我打电话跟他们台长说千万不能录取他的。"

"哎呀,你这个爹可真是调皮了。"

宋董露出多日来少有的微笑说:"我当时也是恨铁不成钢,他怎么就不想做企业老板呢?非要做个主播,真是个奇葩的孩子。"

"如果当初他没去做主播,或许我们就不可能坐在这儿聊天了,我可能早就绝望了,说不定早就……"

"很多事,真的很难解释清楚,后来我一直想让他回来,他都不肯,可是,这次我遇到了问题,给他总监打电话,他居然回来了。"

"真是个好孩子,他在你顺风顺水的时候做他自己,在你遇到危险的时候又来保护你,你真是幸福。"

"我以前把财富看得太重要了,今天你给我上了人生中最重要的一课,财富这个东西,生不带来死不带走,我不应该抓得这么死,越是抓得死了,越是容易失去。"

"谢谢你,真是太感谢了,你不但帮我渡过了难关,还让明白了那么多,如果你愿意,从今天起我们结为兄弟,从此情如手足。"

"太好了!我们干杯茶,一言为定!你比我大,此生相识便是缘分,小弟先敬你一杯!等尚昊集团理顺好,我们再正式结拜。"

石头老板的钱很快就打了过来,宋董精神百倍地梳理了各项财务支出,一时间那些躲远的客户和朋友,都纷纷找上门来嘘寒问暖,个个给宋董竖大拇指,谁也不知道宋董是得到了石头老板的支持才站起来的,大家都以为这是宋董演的一出空城计。

宋董看了一场商场现形记,清楚地知道了哪一个是真兄弟,哪一个是逢场作戏了,所以,再继续合作的客户基本都是可靠的合作商,倒是给尚昊集团的合作伙伴洗了一下牌。

安艺一到办公室就听说了尚昊集团的消息,她万万没想到宋宇回家没几天就能让尚昊集团起死回生,后悔得肠子都要青了。她新结识的那个富家子弟只是和她玩玩而已,并没有要娶她的意思,所以她的梦想又破灭了。她坐在办公桌前,眼珠转悠了几圈,思考着如何把宋宇再抢回来。

中午,郝静窝在沙发里,收到了轩然的信息。

轩然:上次给你写的诗有没有想出标题来?

郝静:没呢,给我点提示。

轩然:看完那首诗,你的脑海里有什么画面?

郝静:脑海里……是一幅夜空的画面,路旁的路灯,发出暖暖的光晕……

轩然:果然厉害,我就是在路灯下看着天空写的。

郝静:那就叫《夜空》吧。

轩然:好呀。

郝静:你从什么时候开始写诗的?

轩然:其实一直很喜欢写诗,但只有情绪被触动了的时候才写,因为心里有个人,就会生出很多的灵感。

郝静:读你写的诗,会觉得生活不仅有眼前的烦恼,还有诗和远方,你就是我的远方。

轩然:我们还未曾谋面,你就确定我是你的远方了?

郝静:有时,两人不需要见很多次面,就可以确定对方是不是你喜欢的。突然好想写首诗给你。

轩然:太好了,那我们同时写,命题作诗吧?

郝静:好呀,那题目是什么?

轩然:就叫《如果我们不曾相识》如何?

郝静:好好好,我喜欢这个题目。

轩然:截稿时间,今晚十一点前。

郝静:好的,保证交稿,今晚我要沉淀一下,写得好一点,这可是我第一次写诗。

轩然:没问题,凡是发自内心的文字都是美的,因为人生来具足,每个人生来就是诗人。

郝静:那一言为定,我们晚上见。

郝静每次和轩然聊天都是以喜悦和期待结尾,她的脸上洋溢着无法言说的喜悦。

毛小波对人际关系的处理很有一套,他从不炫耀自己认识谁,但又和很多风云人物关系特别好。毛小波看出宋翔最后有些落寞,他自然知道宋翔沮丧的原因,就约了宋翔一起喝酒。

宋翔这段时间不敢去见老爹,当初一起胡吃海喝的朋友也都跑得远远的,宋翔也不想再和他们混在一起了。毛小波在宋翔春风得意的时候没有刻意去巴结他,在宋翔遇到问题的时候反而约请他吃饭,这让宋翔很感动。

毛小波说:"上次给你惹事的李硕找到了。"

"找到了?在哪?我真想千刀万剐了他!"

"赌博被人讹上了,钱早就输光了,现在人家要到法庭告他,但是对方也只是吓唬他,要是告了他,那个人也脱不了干系。"

"他罪有应得!要不我们去起诉他吧?他可是害苦我了。"

"当初他骗了你那么多钱,你都没起诉他,还不是因为你见他年迈绝望的父母太可怜了,不忍心让他们再受打击。"

宋翔叹了口气,说:"他的父母真是可怜,李硕和我年龄相仿,但他的父母看起来已经和我爷爷奶奶那么老了,但是这个李硕长此以往,绝对没有好果子吃,早晚是要进去的。"

"我觉得以你的善良和智慧一定可以挽救李硕。"

"挽救?我可没那个菩萨心肠。"

"其实,从那次我们一起去李硕的老家我就看出来,你是个很讲道义的人,就是因为他的父母实在可怜,你就动了恻隐之心,不想追责李硕。"

"那时,我确实很同情李硕的父母,可是现在李硕也差点毁了我。"

"是呀,我也挺恨这个李硕的,不过那时如果你追责李硕,钱还没有被他花完,你是可以追回一部分钱的,但是你都没有追。现在李硕已经身无分文了,他女朋友都离开了他,现在你再去追责,只会让他陷入更深的绝望和仇恨中。他也曾经踌躇满志,只是缺少引导,他才到了这般境地。"

"那你的意思是?"

"浇树浇根,教人教心,我觉得这个时候反而是你最容易改变他的时候。"

"这个人我连看都懒得看,你还让我拿回来接着使?我怕他再卷款而逃了。"

"现在他已经山穷水尽无路可去,你可以给他一个改过自新的机会,当然不能再给他要务去做,只是给他个苦差,让他有口饭吃就可以了。如果你现在去拉他一把,他会感激你一辈子的。"

宋翔喝了口啤酒,舔了一下嘴角残留的泡沫,说:"你的意思是让我去救他,然后他就会死心塌地地跟着我?"

"是的,而且你去救他是轻而易举的事情,他来了后交给我,先让他吃吃苦,我调教好了再说。我那天见你那么同情李硕的父母,我就想,希望有一天我们能一起把李硕送回家去,让两位老人安心。"

宋翔不说话了,拿起刚倒满的啤酒说:"来,再干一个,你心眼好,这次就听你的。"

几杯下肚,本来话就多的宋翔恢复了往日的神采,他说:"不瞒你说,我最近感触挺大的,我爹的集团危机,让我看清了很多人的嘴脸,不过也好,让我重新认识了他们。"

"是呀,每一次经历都会给你一些启发,每个人都能教给你一些事的。"

"对了,我最近在河边认识了个女孩。前段时间我很郁闷,每天就在河边发呆,她偶尔会来跟我聊天,每次和她聊完,我都豁然开朗,所以我很喜欢那个女孩。可惜我不知道她叫什么,不过我答应她,我不会去着急调查她,我要等她亲口告诉我。"

"哇,她长得好看吗?"

"好看极了,以前我都不知道什么是好看,现在明白了,好看就是她长的那个样子。"

"你这是找到真爱了,这个女孩不但漂亮,而且如此聪慧,真的太适合你了。"

两人喝得不亦乐乎,宋翔好久没有这么开心了。

"你说的李硕的事,我决定去救他了,像你说的那样,我想让他回归家庭,给他父母一个交代,最主要的是,我想给那个女孩一个惊喜,我觉得我以前做的事都太幼稚了,她一定会因为这件事佩服我的。"

毛小波看得非常准,李硕正在水深火热之中,他很怕自己会进监狱。就在这个关口,宋翔来了,他酷酷地走进那家茶馆,李硕一看见宋翔,赶紧跪在地上喊:"宋总,快救救我吧,我以后一定好好做人,再也不赌钱了,以后我一定改,一定改。"

正在要挟李硕的那个小混混一见宋翔来了,赶紧上前巴结说:"宋总怎么来?有失远迎呀,快请坐,来,给宋总添壶好茶。"

宋翔半天没有说话,等李硕诉完苦了,宋翔缓缓地抬头看着茶庄老板说:"你教训完了没有?教训完了,我可以带走了吗?这个小子还欠我一堆债呢。"

"宋总想带走就带走吧,听您的。"

"好,那我带走了。"

茶庄老板毕恭毕敬地说:"宋总先品壶好茶再走吧,好不容易光临一次寒舍,多坐一会儿吧。"

"我还有事,不多说了。"

李硕一路上也没敢说话,只是低着头,估计在心里算着自己给宋翔祸害了多少钱财。哪知宋翔带李硕来到公司,并没有说什么,只是跟毛小波说了句:"这个人就交给你了,调教好了再告诉我。"

宋翔走后,李硕就给毛小波跪下了。

"主任,手下留情。"

"上跪天,下跪地,中间跪父母,你这腿给父母跪过吗?"

李硕不说话了。

"站起来说话,你以为下跪就能消除你做的那些恶事的后果吗?这次宋总救你,你知道是因为什么吗?他是去了你的老家,看到了你病弱和绝望的父母,才动了恻隐之心。"

李硕低着头沉默不语。

毛小波摆摆手说:"坐吧,说说,你多久没回家了?"

"我也不知道多少年了,反正那年赌气出来后就再也没有回去过。"

"你就不想你父母吗?"

"怎么不想,想得难受,就用烟头烫自己的胳膊,再后来就赌博,赌博的时候就什么都忘了。"

"为什么要离家出走?"

"那个时候,我满怀壮志,想干一番大事业,可是父母不同意,抱着给我娶媳妇的钱不放,我把钱偷出来就跑了,可我不但没有干成大事业,还把钱全砸进去了,你说我还有什么脸回家?后来我就发誓,不立业,不回家。可是成功实在是太难了,我就放弃了。"

"你知道尚昊集团的宋董最初是做什么的吗?"

"人家是城里人,做什么都有底子,哪像我?"

"宋董是个地地道道的农民,后来是靠做建筑慢慢起家的,他最开始只是个垒墙的水泥工,你一个大学毕业生,有什么资格说自己基础差?"

李硕惊呆了,再次低下了头。

"宋翔是宋董的亲儿子,可是他毕业后,还不是从一个普通的工人做起,靠自己一步一步爬上来的,一切都是要靠自己。"

"那,宋总还肯留我吗?我可以从建筑工人做起,我什么都可以做,我保证会痛改前非。"

"你不用从建筑工人做起,你很聪明,可以从基本的办事员开始做,但我不会让你经手财务的,你能不能有未来,就看你自己的了,这是你唯一的机会。"

李硕一听,又要给毛小波下跪。

毛小波一把拽起李硕说:"不知道男儿膝下有黄金这句话吗?以后除了父母,不要再随便跪了!"

李硕低着头说:"我记住了,今天起,我要重新开始,您就是我的兄长,您说什么我就干什么,绝无怨言。"

"这是你一辈子都偿还不了的债,你为了满足自己的赌瘾,差点毁了宋氏全家,而宋翔为了让你的父母晚年不那么绝望,才给你机会,让你重新做人,他是期待有一天,你能做出一番事业,找个媳妇,回家!"

李硕一下子哭了出来……

自此,李硕真的像换了个人一样,做事认真负责,从不多言。其实,挽救李硕的事都是宋宇在背后安排的,当时,宋董对宋翔做事很不放心,就派宋宇监督弟弟,宋宇就安插了毛小波在宋翔的团队里。李硕的问题也是毛小波发现的端倪,最后毛小波和宋翔一起去李硕家,回来后毛小波就和宋宇交流了一番,宋宇不断调查李硕的去向,终于找到了他,便发生了之前宋翔去要人的一幕。毛小波不禁暗暗佩服起宋宇来,假如当时把李硕送进去,这个人以后就更破罐子破摔了,那他的一生就毁了。当然,最让毛小波期待的是,宋宇将会借宋翔之手,把李硕培养成一个优秀的人才,让他的父母在晚年能得到温暖的疗愈。

宋翔被自己的壮举感动得不行,他想起了河边的女孩,他想:要是她知道了,一定会夸赞自己的。想到这儿,宋翔不禁笑了起来。

郝静和轩然约定的诗歌交换时间到了。

轩然:你写完了吗?

郝静:当然,你呢?

轩然:没写完不敢给你发消息。

郝静:那你先发。

轩然:我们一起发吧,你读我的,我读你的。

郝静:也是,那一起发。

如果我们不曾相识
——致郝静

如果

我们不曾相识

谁来填补生命沟壑里的孤寂与彷徨

如果
我们不曾相知
我用什么抚慰那些岁月里封缄的伤痕
如果
我们不曾同行
谁剪下冬野的枝丫随风排成诗行
柔声地念给你听

如果你不曾陪伴着我
我将如何解读每一个四月
遍野桃花落英下的
寂静与欢喜

如果你不曾与我同行
那天鹅湖畔的落雪声
又与谁聆听？
我看见上天的怂恿
令我们在今朝相逢

我愿约定你每一寸时间的光影
约定燕北的冬阳
故宫的红墙
抒写天涯的距离
约定
世间的每一个角落
都有我们共同走过的时光

如果我们不曾相识
　　　　——致轩然

我时常预感
有一个惊喜还未曾落地

直到华灯下的两相回眸
我才知道
原来是你

我以为
岁月忘记了高贵的恩典
直到遇见你
我才懂得了每一颗石头
都有故事

我不曾在漆黑的夜里漫步
因为我惧怕无状的潮汐
那冰冷的河流
曾在我的灵魂深处冰封
直到你的沉默与热烈
消融了彻骨的寒意

我时常感恩每一缕夏日的风
吹过寂静的海滩
将海星的味道
传递给每一丝甜润的空气
从夏呼吸到秋
从秋蔓延到冬
你眼眸里的笑意
暖到生命阡陌万里

如果我们不曾相识
我的世界将是一片孤寂
你是一盏点亮生命的灯
在黑暗的夜里
陪我等待黎明

我曾经惧怕严冬

那飞舞的雪

是梦里瑟缩的凄冷

因为有你

那洁白的梦境

早已幻化成烟粉色的憧憬

我捧起一缕阳光

只为描摹笑靥如花的喜悦给你

夜光下的天空之城

有我生命的光亮

消融你岁月的孤寂

每一丝疼痛都将被融化

在我们的世界里

读完对方的诗后,两人许久没有说话,然后两人互相发给了对方三个拥抱的表情。

郝静看着轩然发给自己的表情包,闭上眼睛深深地去体会这个拥抱,虽然她脑海里只有轩然模糊的轮廓,但屏幕上的拥抱却那么真切和温暖。

郝静:我好想见到你。

轩然:我也是。

郝静:我们什么时候才能相见?

轩然:我的合同快要到期了,大概还有两个月的时间。

郝静:两个月,太好了,可是还是觉得很漫长。

轩然:总算是有个期限了呀,不然都不知道什么时候能见到呢。

郝静:为了见你,我也需要时间准备。

轩然:你需要准备什么?

郝静:我要让自己更好看一点。

轩然:你原本的样子就很好看。

郝静:真的吗?

轩然:是的,非常美好。

郝静:就要见面了,你有什么感触?

轩然：我既害怕去见你，又特别渴望见到你。

郝静：你惧怕什么？

轩然：我怕的是失去。

郝静：为什么会惧怕失去？

轩然：高中的时候，我认识了一个女孩，每天放学我都会等她一起走，陪她吃饭，送她去宿舍，我以为我们会天长地久的，可是有天，她告诉我，以后不要再跟着她了。

郝静：哦，你受过伤害。

轩然：是的，没人能懂我，我也不想和任何人说话，我心里只有仇恨和羞愧感，我觉得我糟糕极了，我也觉得她可恨极了。

郝静：我理解你，后来呢？

轩然：后来，我不敢再谈恋爱，我怕被伤害，我怕失去，我怕那种孤单的焦灼和痛苦的感觉。

郝静：现在，你还恨她吗？

轩然：不恨了，但是也没有了最初的好感，那就是一段被尘封的记忆而已。

郝静：嗯，不管未来发生什么，都希望能和你一起面对。

轩然：谢谢你，我也是这样期待的。

郝静：我不会离开你的，因为我们是灵魂相通的人。

轩然：谢谢你，我也会一直陪伴着你。

郝静想用爱来疗愈轩然，她决定一辈子都不离开他。这个不离开，有两种可能，一个是做好朋友，像毛小波一样；另一个就是嫁给他，和他一起生活，那样无论发生什么，只要他的本质没有变，她就会一直爱着他，永不离弃。用爱疗愈一个人的一生，是一件了不起的事情。

宋翔为了能再遇见河边的女孩，依旧在每天的黄昏时分去河边等她。

秋天的河岸开满了各种颜色的花，宋翔就采了一大束花，放在岸边女孩以前常坐的石头旁。

"喂，你干吗呢？"

宋翔吓了一跳："哎呀，吓死我了，你什么时候来的？"

"我刚到呀。"

"这是我给你采的花，好看吗？"

女孩接过宋翔的花说："嗯，小时候的味道。"

"你的事怎么样了？"

"你能给我保密吗?"

"放心好了,我连你是谁都不知道。"

"好吧,我最近干了一件很痛快的事。"

"快说说,你干什么了?"

"我故意在同学间散布了一个消息,说我得了癌症,只有三个月的时间了。"

"你怎么可以这样咒自己呢?"

"那怕什么,又不是真的,我奶奶说,小时候他们都被叫成狗蛋、臭丫,他们都臭了吗,我奶奶还不是大富大贵了一辈子?"

"他什么反应?"

"他当然是非常难过,我让他陪我一个月的时间,他却告诉我要陪到我康复,说我绝对不会有事的,我好感动呀。"

"他真是个好人。"

"是呀,他真的是个好人,人长得又帅。"

"他要一直陪你到康复,而你一直骗着他,你要和他过一辈子了呗?"

"那倒没有,一开始,我觉得很新鲜,很刺激,他像变了个人一样,对我小心翼翼的,特别在意我的感受。可是这几天我越来越觉得没意思了,因为我发现,原来他是那么细心的一个人,而以前,我在他身旁那么久都不曾感受到。这说明什么?说明他根本就没有爱过我。"

"那你怎么打算的,想和他明说吗?"

"我不能告诉他我是骗他的,不然他会恨我,我知道他是个不懂得拒绝别人的男人,他总是怕伤害别人,我也不想伤害他,所以我打算告诉他我是被误诊了,不然他真的会恨我。"

"你看,他的不懂拒绝影响着你,你的不想坦白又在拖累着他,你们这是在浪费彼此的感情,还不如找一个自己真正喜欢和合适的人在一起。"

女孩噘着嘴用野草的穗撩拨着水面,水波里的红光照在她的脸上,她的眼睛亮晶晶的。

"那你有什么建议?"

"你应该尽早告诉他你误诊了,不要让他有情感负担,你也不必再继续演戏,那个你不是你,虽然现在,他听你的了,但那个是感情胁迫。"

女孩抬头看着宋翔,说:"你说得对。"

"对了,我要给你讲个故事。"

女孩点点头,认真地听着。

宋翔就把自己被李硕骗,到他的老家去找他,又因为他可怜的爹娘放过了他,以及在他落难之际救赎他的全部经过讲了一遍,女孩听得入迷,果然对宋翔大加赞赏。

"这都是电视剧中才会发生的事呀,你怎么这么厉害?"

"其实也没什么,当时我只是觉得他的父母好可怜,不忍心再给他们任何打击了。"

"我懂了,你是在说不能骗人,不然注定没有好结果的。"

"也不全是这个意思,我只是希望你能做自己,不要去演一个不是自己的人,在不喜欢你的人那里,你再努力都没有用,他是不会因为你演的那个角色喜欢上你的。"

女孩百无聊赖地用野草穗子抚弄着水面说:"你说的我都懂,但是,做起来好难。"

"是呀,我到现在都没有去见我的父亲,我知道是逃不开的,毕竟他是我爹,可是我就是没有勇气再面对他。"

"以前有个学心理学的同学告诉我,只有正视恐惧,才能穿越它,逃避只会加深恐惧。我相信,你爸爸经历了这场危机之后,他也是有很大的收获的,他一定也思量了自己以前都做了哪些错事和好事,哪些是伤害到你们的,哪些是帮助你们成长的。所以,不要担心,你的父亲会原谅你的。"

"有时候想太多反而让我忘记了我不想见他的原因,原来我是怕他不原谅我。"

"其实,你的父亲也不容易,他也是和我们一样慢慢长大的。他不是神,也无法做到完美,他可能不懂教育孩子的方式,但是他也是个英雄呀,他做到了白手起家,做到了东山再起,我们应该原谅父母,他们也是平凡的人。"

宋翔看着女孩说:"你说的太有道理了,你是谁,来自哪个星球?"

女孩笑着说:"我当然不是地球上的人,我来自一个你没有听说过的星球。"说完,女孩大笑着跑了。

宋翔爬起来追上去,拉住女孩说:"这次我必须要知道你的联系方式,我怕再也遇不到你了。"

女孩惊讶地看着宋翔,她的眼睛亮晶晶的。

宋翔拽住她的胳膊说:"加我微信,给我号码,不然不让你走了。"

"喂喂喂,你怎么这么霸道,我还不想现在就告诉你呢。"

"反正,你不告诉我就别想走,我又去不了你的星球。"

"你别说,我还挺喜欢你的霸道的,和我的那个男朋友一点也不一样。"

"你那个算什么男朋友,他基因不好,以后不要再去见他了。"

"不行,我还有好多故事没有告诉你,还有,我和他还没分手,现在不能给你我的联系方式。"

"你这样会急死我的,你信不信,不用半天时间,我就可以调查到你的所有信息?"

"我当然相信,但是那样的话,我就再也不会来见你了。"

"好吧,我吓唬你的,你不想让我做的,我都不会做。"

"这才乖,那你打算什么时候去见你父亲?"

"今晚吧,我已经好久没有回家吃饭了,就是为了躲着我爹。听了你的话,我决定去见他了。"

"太棒了。"

"对了,我去见我爸,那你呢,你什么时候和你那个基因不好的男朋友摊牌?"

"干吗说他基因不好?"

"像你这么好的女孩都不珍惜,不是基因不好是什么?"

"这几天,我尽量找个机会跟他说。"

"如果方向错了,越早回头越好,不要犹豫,因为这个世界上还有别人正爱着你。"

女孩一愣,她怔怔地看了宋翔几秒钟,突然挣脱了宋翔的手,拼命地跑开了。

宋翔也被自己突然冒出来的话惊呆了。

女孩跑了一段回过头来喊:"我去我的星球了,再见。"

宋翔开心地笑了,问:"以后,可不可以带我去你的星球?"

"看你的表现了。"

宋翔笑着看她跑远,脸上的笑容久久没有散去……

二十、突发的疫情

自从石头老板帮宋董渡过了难关,两人就拜了兄弟。他们经常在宋董办公室的阳台上喝茶聊人生。

石头老板姓邵,叫邵磊,可能是名字的缘故吧,邵磊一直很喜欢侍弄石头。宋董问他为什么那么喜欢石头,邵磊说:"我以前也在单位上班,但感觉人情交往是一件特别心累的事,不如摆弄石头简单,所以就辞职了。"

宋董哈哈大笑,说:"可我们毕竟不是石头,无论是自己干还是在单位里,一到让自己感觉不舒适的区域就想立刻逃离,那怎么行,生活又不是真空的。"

"是呀,那个时候年轻,我想我对付不了还躲不了吗?"

"日后,如果你在和我的交往中有什么看不惯的地方,不要不好意思说出来,不然,我们的情谊就变味了。"

"我很赞同,我愿意对宋兄保持坦诚和尊重。"

"我一直想问你一个问题,你是如何认识宋宇的,他又是如何帮你的呢?"

"那时宋宇是为了一条石头项链不远千里跑到成都去的,能为一串石头跑那么远的路还要四处打听新店的地址,太难能可贵了。"

"宋宇是为哪块石头去的?从来没有听说过宋宇这孩子也喜欢石头啊。"

"据说是他们电台的一个女主播去旅行的时候想买那条项链,犹豫后又没买,留下了遗憾,他为了了却那个女孩的遗憾,才跑到我那里去的。"

"你们还聊什么了?"

"那天恰好孩子和他妈妈闹了起来,我们都不会教育孩子,店里鸡飞狗跳的,宋宇就说,这样教育孩子会让他受伤害,可以听一下他的女搭档做的一档心理节目,对教育孩子很有帮助。"

"然后你就听了?"

"是的,我找到这个节目一听,还真不错,后来有个喜欢石头的朋友告诉我他的孩子终于戒掉网瘾了,我很惊诧,帮助我朋友的人居然就是这个女主播。"

"这个女主播这么厉害?"

"嗯,这个女主播是挺厉害的,而且有一个非常厉害的网络心理导师也在背后支持着这个女主播。这个导师实在是太厉害了,但是他从来不接受面诊,我那个朋友就是通过这个女主播才得到导师辅导的。"

"当时,在你最茫然无助的时候,宋宇帮了你是吗?"

"是的,我跟那个女主播不熟悉呀,通过宋宇,我终于联系上了那个女主播,最后,那个背后的导师疗愈了我们一家三口,还好,宋宇帮了我们一把,他为我出了好多主意,不过宋宇不让我把这些事说出去,我们就一直守口如瓶。后来我想,将来无论他遇到什么困难,我都会出手相助的。"

"宋宇只是帮了你一个小忙而已,我却得到了邵兄这么大的帮助。"

"人这一辈子,遇见谁,成就谁,解救谁,都是注定的,就像每一块遇见我的石头,它们怎么不遇见其他人呢?这也是注定的。所以,我要珍惜每一块遇见我的石头。"

宋董和邵磊两人都有过生死攸关的经历,他们之间便有了惺惺相惜的感觉。

宋董的手机响了,是苏可打来的。她知道尚昊集团转危为安后,想问问宋宇回去上班的事。

宋董爽快地邀请苏可来办公室,并要把苏可介绍给邵磊认识。

没过多久,苏可就赶到了宋董的办公室。苏可讲述了宋宇这段时间的进步,首席男主播的头衔显然已经非他莫属,她希望宋宇能从这次比赛中找回最初的自信,所以她想邀请宋宇回去工作。而且已经有很多粉丝在抗议了,宋宇很受听众们的喜爱。

"台里需要宋宇,我现在就告诉他,让他回去工作。"宋董爽快地说。

然而,事情并没有宋董想象得那么简单,温小夏得了不治之症,加上尚昊集团遭遇的这次危机,宋宇思考了很久,他觉得从前的自己太自私了,他不忍心让父亲继续一个人担负着一切重担。

所以,尽管宋董全力支持宋宇去做主持人,但宋宇却告诉他说:"我不想去了,我已经经历过了。"

宋董很震惊,但也无能为力,他的这个儿子想做主播时他没拦住,不想做主播了他照样也没有办法,所以他能做的就是把宋宇的情况告诉了苏可。

苏总监很为难,每个月几个频道都要根据收听率进行排名,结果要贴到一楼的大厅不说,收听率还严重影响到他们频道的绩效,这该怎么办呢?

首席男主播大赛马上就要进入最关键的时刻了，候选主播所有环节的分数都出来了，宋宇的总分遥遥领先，但是偏偏又和宋宇一开始来参加面试一样，拿了第一的分数却不能来。苏可想：难道宋宇来电台上班的经历要首尾呼应吗？那这个世界也太魔幻了。

最后一个环节的比赛时间确定了，因为马上就要过春节了，时间就定在春节回来后的第一个周末，地点正在协调。

郝静再一次从薛兰那里听到宋宇弃权的事，当时，郝静正在收拾桌子上的材料，薛兰过来汇报工作，说完了重要的事，薛兰就开始八卦了。

"郝总监，你知道吗，生活频道的宋宇居然弃权了！不然那个首席男主播的头衔就是他的。"

"你怎么知道的，宋宇确定弃权了吗？"

"当然，我的消息什么时候不准过？我还听说，宋宇是个很重感情的人呢。"

"这话怎么讲？"

薛兰见郝静感兴趣，就来了兴致，眉飞色舞地讲了起来。

"听说宋宇有个很漂亮的女朋友，还给他送过ROSEONLY，这得多痴情呀！听说从大学开始，这个女孩就追着宋宇不放，可是宋宇一直没有松口，直到后来，她追到了国外，宋宇才终于被感动了。"

郝静有些不舒服，便挪动了一下身体，拿起杯子喝了口水。

"事情还没有结束，听说宋宇担心女孩是冲着他的家业来的，所以就和父亲上演了一场集团破产的大戏来考验她，这一下，真是一箭双雕呀。"

"一箭双雕？"

"对呀，宋宇不但检验了这个女孩的真情，就连宋宇的父亲，也检验了生意场上的那些朋友，那简直就是一场商场现形记呀，一听说他破产了，大家都跑得远远的，现在，他们的肠子都悔青了。"

"哦，还有这事？"

"这些你都不知道吧？你天天在单位里忙，哪像我们，经常凑在一起聊八卦，不过，后面还有更惊奇的。"

"还有什么？"

"那个女孩刚通过了宋宇的考验，却查出了癌症，现在还剩三个月的生命了！"

郝静一下子惊呆了，问："啊？你说的都是真的？"

"当然了，你别说，宋宇这个人还是很重情义的，女孩追他追了那么多年他都不松口，现在女孩查出了不治之症，他反而说，他坚信她一定能好，要陪她一辈子。你说,宋宇是不是让人很暖心?"

郝静点头,她一下想起了在海边看见宋宇和温小夏拥抱的画面,原来是这样,郝静的心绪有些乱了。

郝静想:让宋宇安心地照顾温小夏吧,再也不要去惊扰他们了,再也不要动摇内心的天平了。

转过年来,单位召开了中层会议,会上宣布曼城出现了不明原因的流感病毒,曼城的很多人都感染了,而且这种病毒的传染性特别强,希望大家注意防范,同时也得做好曼城来的人员登记和隔离观察工作。

起初大家都觉得疫情离自己很远,可是没过几天,大家就不这么觉得了。从曼城回来的几个人先后被确诊为流感病毒携带者,同时伴有发烧咳嗽的症状,大家全都戴起了口罩。商超、影院、剧场全部暂时暂停了业务。郝静这段时间更是加班加点,不断更新节目内容,既让大家提高防疫意识,也得让大家能够在家待得住,主持人的陪伴性彰显了出来。

郝静的压力不仅来自单位,还有家人那边,谁也不想让自己的孩子跑出去冒风险,再严密的防护也无法让他们放心,所以每次郝静跑出来上班都异常艰难。

轩然问郝静:你也是宅在家里吗?

郝静:我一天没有休息了,一直在工作呀。

轩然:辛苦了,你要注意防护,不能掉以轻心。

郝静:你呢,一直宅在家里吗?

轩然:是的,我一直在家通过网络和大家沟通,尽力消除大家的恐惧心理。

郝静:我们做的其实是同一件事。

轩然:流感病毒出现后,你有没有害怕?

郝静:有,其实我一直很紧张,而且我对消毒水很敏感,嗓子会不舒服。

轩然:别怕,你一定要严格按照规定做好防护。

郝静:知道你一直在,我就什么都不怕了。

轩然:谢谢你。

郝静:谢谢你。

这段时间郝静每天累得躺下就想睡觉,以至于好几次第二天醒来才看见轩然的微信,她实在是太累了。

首席男主播大赛就这样搁浅了,谁也不知道病毒什么时候会被消灭。

温小夏一个人坐在卧室的飘窗上看着冷清的街发呆,她是个特别喜欢热闹的人,这也就是她静不下来的原因,她被迫待在家里的这几天,突然的,她的心穿越了那份安静,她突然找到了自己,她本来想告诉宋宇她是被误诊的,可是今天她突然做了一个决定,她想实话实说,毕竟就要分手了,更没有必要骗他了,他生气更好,那样会更快地放下她。

温小夏给宋宇发短信。

温小夏:宋宇,我要跟你说件事,说实话你会生气,不说实话你会开心,那你想听实话还是假话?

宋宇:说实话。

温小夏:那你保证不会生我的气!

宋宇:保证。

温小夏:那好,这可是你说的,我就说实话了啊。

宋宇:说吧。

温小夏:我得癌症的事情是骗你的。

宋宇:你又在想什么?别闹,你没事的。

温小夏:我为了让你陪伴我一个月的时间,才骗你的。

宋宇:骗我的也没事,我会继续陪着你的。

温小夏:喂,我这次说的是真的,你不用再陪我了。

宋宇:疫情期间,去不了人多的地方,但是我可以带你去海边。

温小夏:我今天就是想告诉你,我的病是假的,另外,我喜欢上别人了,不会再纠缠你了。

宋宇:别担心,你不会有事的,我会陪着你的。

温小夏急眼了,一下子把电话打了过去。

"宋宇,你连人话都听不懂吗?你从来没有爱过我,你就不能直说吗?说实话你会死吗?你是不是把我看得太脆弱了?我都告诉你我是骗你的了,你还不肯醒来吗?你就一直想当个保护者是不是?你为了自己的光辉形象,永远都不好意思伤害别人?你只是不想破坏你在别人心里的良好形象罢了,你这是自私的表现,你就是一个自私的人,好了,我们到此为止了。"

宋宇被骂得一时没有反应过来。

宋宇打电话给毛小波,毛小波告诉宋宇温小夏的病的确是编造出来的,这件事被温小夏的妈妈知道了,朝温小夏发了一顿火。

宋宇如释重负,他不但没生气,反而释然了,生死面前,什么都是小事,他只希望每个人都能好好活着。

郝静一直忙碌地做着各种采访,她想用忙碌来忘记宋宇带给她的那份创痛,虽然轩然一直陪伴着她,但是,她割舍不下和宋宇一起的那些回忆。

那天,郝静在一家医院做采访,这家医院的一批医生自愿去支援曼城,因为曼城疫情相对较为严重,医院人手不足。每个志愿者都明白这一去很有可能会被传染,可是那份发自内心想帮助别人的情怀是滚烫的。

这家医院还支援给曼城一大批口罩和隔离衣,市委书记听说此事后也亲自赶到了现场,志愿者们备受鼓舞。郝静在现场看到市委书记询问了大家的专业、工作和家庭,表达了对志愿者的感谢,最后市委书记和志愿者们把手放在一起喊加油,这场面真的让人泪奔。当市委书记说完那句"你们一定要健健康康地去,健健康康地回"时,大家的眼泪都止不住了,所有人都被一股暖暖的感动和直击灵魂的人间大爱包围着。

一双眼睛突然闪进了郝静的眼帘,她吃惊地看着那双眼睛,那双眼睛也紧紧地盯着她不放,郝静忍住了泪,轻轻地问:"你怎么会在这里?"

"我也去支援曼城,那里有我扮乞丐的记忆。"宋宇轻轻地说。

郝静笑了一下,眼泪再一次扑簌簌地流下来。她问:"你又不是医生,去那里做什么?"

"你忘了,我有心理学学位,我去帮忙疏导他们的心理,这个也很重要。"

郝静的眼泪不断地涌出,宋宇怜惜又无奈地看着她,他的心里不断地告诉自己,郝静就要和赵冬结婚了,自己不能再打扰她。

宋宇无奈地看着郝静说:"我走了,你多保重。"

郝静难过得不行,她看着宋宇说不出话来。宋宇朝她挥挥手便跟着那批志愿者走了,郝静看着车远去,大家都在挥手,她却木然地站着,出神地看向车开走的方向……

后来,郝静从苏可那里得知,宋宇是代表电台,作为心理疏导师前去曼城的,顺便可以第一时间传递回曼城的最新消息。

小漫的婆婆因为感染病毒住院了,小漫也被隔离了,小漫这些天几乎天天跟郝静倾诉着她的恐惧,郝静用轩然教她的招数疏导小漫。

轩然给她发微信,她懒懒的,不想回复。轩然追问她怎么了。

郝静只好实话实说:宋宇去曼城了。

轩然:哦,他是被派去的记者吗?

郝静：他主动请求去的，他有心理学学位，完全可以胜任心理疏导师的工作。

轩然：我也要去曼城了，很多病人真的很需要心理疏导，而且，我还是个医生。

郝静：你不要去了吧。

轩然：为什么？

郝静：宋宇已经去了。

轩然：他是他，我是我，那里需要更多的心理医生。

郝静：那我也去。

轩然：你不能去，你留下来，你有更重要的事情做。

郝静：你能不能不要去？

轩然：可是我已经决定了。

郝静：这里的市民也需要你的心理疏导。

轩然：我可以晚上给大家疏导。

郝静：可是如果……

轩然：我不会有危险的，你放心。

郝静：你不要轻敌。

轩然：放心吧，我懂得如何保护自己。

郝静：既然你非要去，我去送你。

轩然：答应我，不要送，我会好好地回来的。

郝静没有说话，眼泪顺着她的脸颊流下来。

轩然：听我的，你也要好好地等我回来。

郝静：……

郝静让自己好好地哭了一场，泪里有对宋宇的痛，有对轩然的不舍……

轩然：曼城有你童年的伙伴小漫，还有你对小漫莫名的歉疚，这次，我去帮你了却，我保证让她好好的，不会让你失去她的。

郝静哭成了泪人：谢谢你，轩然，你一定要好好地回来，你发誓。

轩然：我轩然对天发誓，坚决服从郝静的命令，一定健健康康地回来。

郝静流着眼泪笑了……

宋翔每天下午都会跑到河岸边等待那个外星女孩的出现，他已经等了两个星期了，一直没等到那个女孩。

他百无聊赖地坐在河边，心情异常烦躁，突然一阵叽叽喳喳的声音打破了河边的寂静，宋翔心里一阵狂喜，这声音让他太高兴了。他站起来迎接那个女孩，那女孩一边喊"我自由啦,我来啦"一边疯狂地奔向宋翔。宋翔欣喜若狂地站起来跑向她,将她一下子抱起来转了好几个圈,两人笑得喘不过气来。

最后,宋翔终于放下了女孩,问:"这些日子你干吗去了?"

"我去做你交给我的任务了。"

"你和他摊牌了?"

"是呀,我把他甩了,哈哈哈。"

"干得好!早就该甩了,来,奖励你。"

宋翔从兜里摸出一个包着的东西,递给女孩。

"是什么?"

"自己打开看呀。"

女孩小心翼翼地打开了那个包裹,发现里面是一个手工烧制的杯子,杯子里是一束野菊花。

"你怎么知道我喜欢野菊花?"

"你上次说的呀,你还说那是你童年里最好的味道。"

女孩感动地看着宋翔说:"从来没有人像你这样在意我说的每一句话。"

"从此之后,我就是世界上最在乎你的人了。"

"那我告诉你,我叫温小夏,以后,永远不能把我弄丢了。"

"你在哪里,我就在哪里,你就是我的全世界。"

温小夏从来没有这样幸福过,她在那段一厢情愿的感情里感受到的除了卑微,没有别的,她已经很久不曾做自己了,爱一个人太用力,真的可以把一个人扭曲,不知道被爱的那个人会不会也很痛苦。在宋翔身边,温小夏才知道原来真正的爱是不费力气的。

宋翔邀请温小夏见自己的家人,温小夏退缩了。

宋翔一再邀请,温小夏只好和盘托出了。

"有件事,我不知道该怎么跟你讲。"

"你还有什么小秘密没有告诉我?"

"我不知道你会不会因为这个排斥我。"

"放心吧,就算你再不堪,我也认定你了。"

"我的前男友叫宋宇。"

宋翔一下子惊呆了……

郝静接到了紧急的宣传任务,但她觉得近期大家都很累,也不想让太多人聚集在一起,所以决定自己搞定。因为材料比较多,她赶紧先告诉父母,自己要到第二天才能回去。每次她都故意多说一点,免得一到时间母亲就会一遍一遍地打电话催促她回家。因为需要好几个人干的活都要由她一个人做,所以做完的时候已经很晚了。她坐在办公室的椅子上闭上眼睛喘了口气,想休息一会儿,却不小心睡着了。

轩然给她发了自己安全到达曼城的消息,她没有看见,轩然问她在忙什么,她没有看见,轩然让郝静好好保护自己,郝静依然没有看见,轩然最后发了一条:我突然担心起你来了,看到后,尽快给我回复好吗?

郝静醒来时已经凌晨四点了。

郝静伸了一下胳膊,感觉浑身上下都在疼。她一看手机,全是轩然的留言,她疲惫地笑了一下,回复轩然:我在加班,没想到刚做完就睡着了,刚醒。

消息刚发过去,轩然就立刻回过来:我好担心你。

郝静:对不起,我没事的。

轩然:我想和你说的是,从明天起,不,是从今天起,我就没办法及时回复你的消息了,因为我要给被隔离的病人做心理疏导,如果你一整天都等不到我回复,也不要担心,我一旦可以看手机,一定第一时间回复你。

郝静:你这么晚了都没睡就是在等我回复你吗?

轩然:是的,我要知道你是安全的,才会心安。

郝静一边流泪一边打字过去:谢谢你,轩然。

轩然:你还在单位里?

郝静:是的,我现在就回家,不然爸妈又该打电话催我了。

轩然:好吧,那你回去吧,我陪着你,先去开车。

郝静:你快睡吧,这么晚了,明天你还要工作,我开车很快就到家了。

轩然:你先去开车,你到家我就睡。

郝静为了让轩然早点休息,就赶紧下楼去开车。

轩然在微信上陪着郝静到了家。

郝静说了晚安,其实根本就没了睡意,她感受到了前所未有的被关心、被照顾、被理解、被陪伴的温暖。

她也不由得想起了宋宇,他在曼城还好吗?

郝静的眼泪再一次流出来。她使劲地想删除掉脑袋里的这些念头,不知过了多久,她才又睡着了。

郝静再醒来的时候,发现自己浑身发烫,根本爬不起来。郝静不觉一惊,赶紧爬起来找到温度计,量了一下体温。

量体温的时候,郝静看见昨晚轩然发来的信息。

轩然:郝静,你大概已经睡着了,我却迟迟无法入睡。这段时间,很感谢遇见你,你让我感受到了世界的美好。虽然因为公司的原因,我还没能和你正式见面,但是,我感觉你就在我身边。可是,也许你自己都不知道,你的内心深处仍有一个深爱的人,他就是宋宇,我也在等你放下他,可是事实证明你现在还是深爱着他的,我不知道是什么原因使你们两个之间始终存在着误会,也不知道你们为什么不能真正地沟通一下,爱与不爱都给自己一个交代。如果你选择了宋宇,我就后退一步。还好,我们还没有迈出第一步,我们依然还是知己,未来,我们仍旧可以成为好朋友的。所以,我做了一个决定,最近我就不联系你了,直到我结束这段志愿者的日子,你也好好理清一下你的感情,和宋宇好好聊聊。总之,不管怎样我都尊重你的选择,望你安好。

郝静被震惊到了,她没有想到轩然会这样说。她抬起头看着天花板,眼泪流了下来。她想:是的,我是深深地爱着宋宇,可是宋宇有温小夏呀。

郝静回过神来,想起体温计,她一看,惊呆了,居然有三十八点五摄氏度!搁以前也就是个感冒发烧而已,但现在的三十八点五摄氏度可不是闹着玩的,郝静不敢出自己房间了,她打电话给妈妈,妈妈给她挂了,推门进来说:"你是有多懒,在家里还要打电话吗?"

郝静赶紧戴上口罩把妈妈推了出去,说:"妈妈,你别进来,我发烧了。"

"什么?多少度?咳嗽不?浑身疼不?乏力不?怎么会发烧了呢?让你别去上班你不听,这可怎么办?"

"三十八点五摄氏度,昨晚我在办公室睡着了,估计是着凉了,没你说得那么吓人。"

妈妈也戴上了口罩,喊来爸爸:"你快点,你快点,先戴上口罩,静静她发烧了……"

爸爸担心地说:"哎呀,那我们快带孩子去医院检查一下吧!"

"我自己去就行,你们两个在家好好待着,免得被一起隔离了,我又不是不能走。"

郝静换好衣服戴好口罩,准备先去医院看看。这个样子,也没法去上班的。

郝静给台长助理苏可打了个电话,告知了自己的情况,苏可一听,也紧张了起来,忙问:"从什么时候开始的?没有其他症状吧?"

"从今早上吧,我好害怕,因为,我乏力、浑身疼痛,虽然目前还没有咳嗽,但是我真的很害怕。"

苏可赶紧安慰郝静说:"没事的,你就是累的,就算是咳嗽了,那也只是感冒的症状,你现在去医院检查一下,检查结果一出,你就能放心了。"

郝静的父母死活要跟着郝静一起去医院，郝静生气了，就算她被确诊了，也可以靠免疫力撑过去，但万一父母被传染了，她简直不敢想。

她连哄带吓地把父母说服了，一个人开车去医院了。一上车，郝静就忍不住哭出声来。她觉得自己真的需要有个人陪，这个人不是父母，不是亲友，而是一个对你爱之如命的人，他拿你的命比他的命还要紧，他愿意在任何时候保护你的周全。她一边流泪，一边开车，一边忐忑地向医院驶去。

郝静刚才给苏可打电话的时候，恰好分管电台的副台长正在跟苏可探讨疫情下节目制作的问题，安艺也被叫去了。苏可顺便和台长汇报了郝静的事，安艺在一旁一惊一乍的，并迅速把消息传播到了自己的小群里，宋宇恰好在那个群里，等宋宇看到这条信息的时候，已经发酵成郝静被传染了病毒发烧到三十九摄氏度了。

宋宇很惦记郝静，他几次想打电话给她，但是他想起这会儿郝静应该有赵冬陪伴着，自己这么紧张，人家赵冬会怎么想？

宋宇忍住了，他思来想去好不容易想到了安艺，他觉得安艺或许会知道一些事情，但是他又不能一开口就问郝静的事，所以，还是要委婉一点，这一委婉，却让安艺的心里无比受用。

"安艺，你在干吗？"

"听说，问别人你在干吗的意思就是我想你了。"

宋宇一笑，说："我在曼城，这里情况还挺紧张的。"

"知道你去曼城了，那天看新闻就看到你了，你真是超级无敌的帅呢。"

"单位里是不是很忙？情况怎么样？"

"当然忙啦，你知道的，我们媒体单位总是如此，无论发生什么事情，我们总是要冲在最前面，这几天我都快累死了，你怎么才打电话来呢？"

宋宇不知道该怎么回答她，有点结巴地说："我，我这里打电话也挺不方便的，需要时刻穿着防护服，不怎么碰手机……"

宋宇不知道怎样才能问出郝静的情况，所以有点心急。

"那你千万注意防护呀，据说病毒的传染性是极强的，你千万要照顾好自己。"

"放心吧，我会注意的，我们那里的确诊人数今天有增加吗？"

宋宇好不容易想出来一个接近的问题。

"据说今天又确诊了两个，新媒体正在做公众号，数据马上就发出来了。"

"哦，又增加了两个，咱们单位的人没事吧？"

安艺终于说到关键点上了，她说："对啦，我忘了告诉你，郝静发烧了，还浑身酸疼、乏力、咳嗽，被送去医院了，现在还没动静，不知道什么结果呢！"

宋宇紧张了起来,郝静现在的症状居然跟感染病毒的症状一模一样,他有些慌了。

"这么可怕,她是不是接触过确诊患者?"

"直接的接触肯定没有,但我们这些电台主持人,去的地方多了,我觉得,郝静这次妥妥的是被传染了。"

"啊,你怎么这么确定?"

"你想想看,领导都不允许她来上班了,发烧、咳嗽、乏力、浑身疼,天哪,不是被传染了还能是什么?"

"兴许她只是普通感冒呢?"

"她平常很少感冒的,你也和她搭档过,你见她感冒过吗?为什么偏偏这次突然感冒了?还不是因为这次传染病毒太强大了,她一定是被传染了。"

"这个,得等医院的消息才能定论。"

"你等着看就是了,我把话撂在这儿,她如果不是感染了这个病毒,我就……算了,我不乱说了,不过,我还真有点后怕,我昨天好像还和她用一部电梯下过楼,天哪,不会传染给我吧?"

"别自己吓自己了,你也别乱想了,等医院的结果吧,知道了就尽快告诉我。你一定要认真做好防护,单位电梯的按钮要用纸隔着按,钥匙、手机、包,回家后一定要喷一下酒精消毒。"

"知道啦,你总是这么细心,你也要经常给我打电话哦。"

"我先去忙了,回头你别忘了告诉我结果。"

"好,你去忙吧,记得想我啊。"

宋宇打完电话就有点后悔了,他在想,是不是应该直接打给郝静比较合适,可是又回到了一开始的顾虑上,所以宋宇还是忍住了。宋宇想:郝静如果想联系他,就一定会主动联系的。或许,她还有其他人可以联系呢。

郝静此刻很焦虑,她很想告诉轩然,可是又怕他担心,而且,她没有轩然的手机号,根本无法直接联系上他。她又想告诉宋宇,想告诉他她的焦虑和恐惧,毕竟有个人分担焦虑,心里会好受一些。

二十一、郝静被隔离了

到了医院门口,郝静更紧张了,可是她还是没有按下宋宇的手机号码,因为她想到了温小夏。宋宇在意的是温小夏,一个人的心里一旦有了另一个人,那他对别人就不会那么在意了,你郝静的生死和宋宇有什么关系呢?你告诉他,他也许会宽慰你几句,可是宽慰有用吗?说不定人家根本不会在意。郝静第一次觉得,只有自己爱自己才是可靠的,至少自己不会背叛自己,不会放弃自己。郝静深深地吸了口气,走进了医院的发热门诊部……

宋翔苦苦等了两个星期,才终于等到了他的心上人。在宋翔的世界里,从来没有一个人能够如此有力地占据着他的心灵。

令宋翔没有想到的是,这个温小夏居然是哥哥的前女友。他知道哥哥的脾气,不喜欢的人是不会碰的。他不知道哥哥到底是怎么想的,万一哥哥还喜欢着这个温小夏,他真的没法从哥哥手里抢回温小夏。

宋翔虽然在温小夏面前没有表露什么,温小夏却看出了宋翔的顾虑,她说:"我给你五天时间,想好了,就告诉我,我们再见。五天之内等不到你的电话,就等于你放弃了,想不好就不要给我打电话。"说完,温小夏像阵风一样跑走了。

从河边回来,宋翔就把毛小波约出来了。毛小波住的小区管得特别严格,出入都要签字、量体温,毛小波好不容易才从小区出来,找到宋翔。宋翔直截了当地告诉毛小波,把他叫出来是想告诉他他和河边女孩的进展的。

毛小波差点笑岔气,说:"大哥,你在电话里不是一样可以讲你俩的发展吗?你知道我从小区里出来费了多少劲吗?"

"我管你费多少劲,这么重要的事情当然要当面讲。"

"好吧好吧,快快讲来。"

"我也没想到后来发生的事情这么刺激,你一定要有心理准备。"

"你就别卖关子了,我都快让你急死了,你快点讲!"

"我终于等到了那个女孩,我等了整整两个星期呀,我的耐心都快要被磨没了。还好,我等到了期待的结果。"

"她终于和她男朋友摊牌了是吗?"

"是的,他们彻底分手了。"

"那她答应和你交往了?"

"是的,可是就在她答应完了之后,我才知道了一个让我崩溃的问题。"

"什么问题?难道,她怀孕了?"

"呸!胡说什么呢?"

"那还有什么事能让你崩溃呢?"

宋翔深深地吸了一口气,说:"她的前男友是宋宇!"

"啊,温小夏?"

"你认识她?"

毛小波大笑不止,呛得咳嗽了几下。

宋翔又气又惊地看着毛小波,说:"你,你居然早就知道了还不告诉我,你安的什么心呀?"

"喂喂喂,你可不能怪我,你没告诉过我她叫温小夏呀,你要是早说我当然会告诉你呀,哈哈哈。"

宋翔被笑得恼羞成怒,追过来要揍毛小波。他生气地说:"笑什么笑,有那么好笑吗?"

"好了好了,我不笑了,我们冷静一下,说说你的想法。"

"我担心……我哥是不是还喜欢着她?还有他们是不是已经……"

"这事儿你真找对人了,对于他们俩,我真是太了解了。"

宋翔凑过来问:"那你说,我是不是要退出?我觉得抢哥哥的女朋友很丢脸,可是我第一次遇到这么喜欢的人,我太不甘心了。"

"这么说吧,我觉得宋宇会感谢你的。"

"为什么?"

"宋宇从一开始就不喜欢温小夏,但他不好意思直接说,他可是时时刻刻跟她保持着距离,之前尚昊集团紧急喊宋宇回国,他为了逃脱温小夏的纠缠,二话不说就回了国。"

"这样呀,那为什么温小夏骗宋宇她只有三个月的生命时,宋宇说要陪伴她一辈子?"

"你就是你们家族的基因问题了,李硕那么十恶不赦,你见他父母那么可怜,还不是慈悲心泛滥都不肯把李硕绳之以法,怕再伤害到那两位老人。"

"你的意思是宋宇也是一个心软的人,所以和小夏既保持距离,又敷衍着逃避?"

"哎呀,太对了,你刚才说的这句话太贴切了,用在宋宇身上简直完美。"

"那太好了,你确定宋宇和温小夏分手了吧?"

毛小波又一次忍不住哈哈大笑。

宋翔瞪了毛小波一眼,毛小波赶紧双手合十说:"好好好,我好好说话。这么说吧,宋宇和温小夏从未开始,又哪来的结束?这一切都只是温小夏的一厢情愿罢了。"

"我明白了,她根本就不是我哥哥的女朋友,那我就放心了,以后,温小夏就是我宋翔的女朋友了,以后见了她,你要喊她嫂子,听见没?"

"在下明白,下次见了就叫。"

宋翔得意地挥挥手说:"好了,你回去吧,我知道该怎么做了,对了,我哥他没有喜欢的女孩吗?"

"他应该有喜欢的女孩,只是他喜欢的人,现在还不好说是不是也喜欢他。"

"他有喜欢的人就好,那你帮帮他,让他尽快追到手,别再惦记我的温小夏了,我要尽快和父亲汇报去。"

毛小波向宋翔竖起了大拇指,说:"果然厉害,速战速决,一点都不含糊,你这么快就私订终身,不怕以后会后悔?"

"爱这个东西,第一眼就已经决定了,还啰唆什么?不如痛快一点。"

宋翔悠闲地坐在河边,突然看见那个布衣女孩向这边走来。虽然戴着口罩,但是她的穿衣风格没变,他笑着问:"好久不见,你要去哪里,不是都停课了吗?"

女孩一愣,看见是宋翔,便说:"我来给教室消毒,等疫情结束,我们还是要上课的。"

"我去帮你吧?"

"不用,我自己就可以。"

"这都是男孩子该干的粗活,不行,我得去帮你。"

"真不用,我自己就可以。"

"你不用怕,我是开发这块风景区的负责人,我叫宋翔,你们校长认识我。"

"你都没戴口罩。"

二十一、郝静被隔离了

"放心吧,我健康得很,兜里也有口罩,我现在就戴上。"

宋翔把口罩从兜里拿出来戴上,女孩没再拒绝。

其实,宋翔一直觉得这里很神秘,他想从这个女孩这里打探到更多信息。

教室里很干净,宋翔一边帮女孩撒消毒水,一边试探地询问着:"你们学校的老师都是义工?"

"是呀。"

"你们老板真厉害,怎么做到让你们不要工资还这么勤快的?"

"人活在这世界上,有时候不仅仅是为了钱。"

"这是很高的境界呀,你这么年轻,怎么就会有这么深刻的感悟?是不是你经历过什么特别的事?"

"每个人的经历都是不同的,重要的是你在那段经历中学到了什么,感悟到了什么。如果你经历了创痛却没在创痛中有所收获,那才是白痛了。"

"你是怎么来到这里工作的?"

"说实话,我是因为喜欢听一档叫《你在听吗》的节目,我比较崇拜那个导师,就来了。"

"导师?他是这里的负责人?"

"是呀,之前父母离婚给我造成了巨大的伤害,我就是在他的疏导下走出来的。"

"哦,你曾经这么苦呀,不过,一直往前走,一切都会不同的,你看见前面那条河了吗?那里的水一直在向东流,每一分钟的水流都是不一样的。"

女孩听到这句话,抬头朝宋翔笑了一下,说:"没想到你一个男孩子,心思居然这么细腻。"

"我的经历里也有很多痛楚,但是,我不让它痛,它就不痛,我让它痛它才痛,有意思吧?"

"我的导师说过,没有什么可以伤害你,除非你允许。"

"哇,你导师总结得太到位了,哎,你导师是谁,有机会能见一面吗?我也觉得他好厉害。"

"我只知道他叫轩然,虽然他是这所学校的创始人,但是没有一个人见过他,负责这里事务的一直是那个聋哑人。"

"啊?你都从来没见过你的导师,就这么崇拜他?"

"对呀,我崇拜的是他的思想和智慧,和你想的不一样。"

"轩然?你们学校叫夏轩,轩然的轩,那夏呢,为什么用夏这个字?"

"这个我就不知道了,是不是因为是在夏天创办的呀?"

宋翔的脑海里闪过一个念头：夏轩、轩然、温小夏，他们之间会不会有什么关联？为什么温小夏会突然跑到这么偏远的地方来玩呢？这是偶然吗？

宋翔想到这里，有点按捺不住了，于是说："哎呀，真不好意思，有件事我得马上去处理一下，你一个人能行吗？"

"快去吧，本来我一个人就能做得了，谢谢你的帮助。"

宋翔告别女孩，风一样地跑到河边，坐到那块有草编垫子的石头上，他拨通了温小夏的电话。

郝静一进医院，立刻就被穿着隔离衣，全副武装起来的医生仔细地进行了检查。由于郝静正在发烧，所以医院格外小心，郝静被这个架势吓得腿都有点软了。还好，郝静的检测结果显示肺部正常，属于普通感冒，郝静的心一下子放了下来。郝静本想尽快回家，好好休息一下，但是，事情还没有结束。

薛兰半个月前采访过一个人，那人刚从曼城回来，采访的时候，大家还不知道曼城的疫情那么严重，谁也没有在意，现在那个人确诊了。当时薛兰采访时，郝静也在场，卫健委根据这个确诊信息，立刻联系上了曾与他密切和间接接触过的人，因为这种病毒有近二十天的潜伏期，所以所有与他接触过的人都要隔离观察。郝静因此被医院隔离了。台里一下子炸了锅，特别是安艺，她得知郝静被隔离的消息后，第一时间就打给了宋宇，但是宋宇没有接，安艺就紧张无比地给宋宇留了言。

安艺的留言非常简单，和她说话一个风格，从来不解释前因后果的那种。她说：宋宇，郝静去了医院后就没有回来，被医院隔离了！

这条信息发给宋宇的时候，宋宇刚给一个心情极其烦躁的隔离者做完疏导，他正想休息一下，也想顺便看一下手机，但一个护士又招呼他，让他过去。

"宋医生，有位被隔离的女士，她的心情极其糟糕，总是很焦虑，每天都睡不着，还经常一个人哭，您给她做一下疏导吧。"

宋宇看了一下被隔离人的资料，不禁一惊，他抬头仔细看了一下里面的被隔离者。

宋宇隔着窗子轻轻地问："是小漫吗？"

小漫听到一个很熟悉的声音，回过头来看他。

穿着隔离衣的宋宇是无法被辨认的。

"小漫，还记得我吗？我是郝静的朋友宋宇，我们之前见过。"

"是你？你不是主持人吗，怎么会来这里？"

"我也是心理医生呢。"

小漫笑了一下,看上去好像很久没笑过了,笑得有些僵硬。

"郝静挺好的吧?"

宋宇一下子不知道该说什么好,想了想回答道:"她还不错,你们是不是经常联系?"

"是的,我被隔离后,什么也做不了,就经常和郝静聊天。"

"你们台平常也是连轴转吗?"

"是的,忙的时候,我简直像个陀螺,现在突然停下来了,就不太适应了。"

"这很正常,你在跑步机上跑过步吗?"

"跑过,怎么?"

"我们在跑步机上被动地跑着,当你结束跑步跳下跑步机时,你会发现很不适应。"

"是的呢。"

"我们每天都在奔波忙碌,突然暂停,就像跑步机突然停电了一样,所以心里不舒服是正常的。"

"我老惦记着家里,心里就很烦躁,睡不好,也吃不下,不过你别说,我见到你后,心里好受多了。"

"嗯,那太好了,情绪上你还有什么感受?"

小漫低下头,眼泪流了下来。她说:"我婆婆感染了病毒住院了。"

"她是不是还有一些其他的疾病?"

"嗯,之前她的心脏就有问题,这次还不知道会怎样。"

宋宇用专业的方式,很快让小漫接受了婆婆住院的事实,同时也清除了小漫内心怕也被感染的恐惧。她看到婆婆感染住院,觉得自己也有感染的可能,加上老公在外出差,曼城封锁后他也暂时回不来了,小漫一个人支撑着这个家庭不说,还没有人陪伴、理解、倾听。好在,宋宇来了,就好像郝静陪在身边一样。她知道郝静喜欢宋宇,虽然后来她没有过多地问此事,但她从郝静以前的描述里猜到,郝静是用心地爱着宋宇的。

宋宇果然是个很厉害的心理医生,不但让小漫的情绪得到了安抚,还教会了小漫一个招数——用敲击法处理焦虑情绪。

小漫拿出手机隔着窗子给宋宇拍了张照片,说:"我要记下咱俩这次特殊的相遇,我要发给郝静看看。"

"拍吧,我也给你拍一张,让郝静知道你一切都好。"

宋宇想发给郝静,这正好是一个可以说话的理由。他拿出手机点开微信,刚要找郝静,却看见了安艺的留言。

宋宇一下子愣住了,他深深地吸了口气,又看了一遍。

郝静被隔离了。

宋宇眉头一皱,心抽紧了。郝静上午去检查,下午被隔离,这意味着她确诊了,如果仅仅是感冒,当天会安排回家观察治疗。

小漫说:"郝静估计很忙,我昨天给她发的信息她还没看见呢,我们这个职业就是这样,别人放假我们忙,别人忙我们还在忙。我把照片发给她了,等她看见后,一定会很惊喜的。"

宋宇看着小漫说:"是啊,她看见后,一定会惊喜的。"

宋宇黯然地回到宿舍,他已经没心思把照片发给郝静了,反正小漫已经发了。她现在怎么样了?是不是很孤单,很恐惧,很焦虑?会不会一个人在哭?会不会正在胡思乱想?

宋宇痛苦地想象着郝静现在的状况,他不知道该怎么办,毕竟郝静马上就要和赵冬结婚了,离开台里后,郝静也再没有给自己发过任何信息。自己多问的话,会不会惹人厌烦?

宋宇难过地坐在那里,根本吃不下饭。他很想现在回去,想办法找到郝静陪伴她。可是即便真的回去了,也要被隔离十四天,出来后,郝静还不知道去哪儿了。宋宇痛苦地抓着自己的头发,恨自己当初不该来这里。可是转念一想,曼城这里那么多被隔离的人得到了他的疏导,台里的新闻信息也都是自己整理的第一手资料……

宋宇终于无法忍受这种被思念折磨的痛苦了,他拨通了郝静的电话,居然通了。

宋宇急切地问:"郝静,你怎么样了?"

"啊,你好,我是赵冬。"

宋宇尴尬地说:"赵冬啊,你在就好,好好照顾她,让她早日康复回单位上班哈。"

"当然,好的,我一会儿让她给你回电话。"

"不用了,我这边也挺忙的,没时间接电话,因为安艺刚跟我说她被隔离了,就顺便打电话问问。"

"好的,你多保重。"

"谢谢你,你们也是。"

宋宇简直悔青了肠子,他恨自己明明推理得那么准确,非要撞到南墙上才死心。打完这个电话,不但没有知道一点新情况,还陡然增加了自己心里的负担,他在心里发誓,以后再也不会主动给郝静打电话了。

可当夜深时分,那份难过渐渐退潮后,宋宇的担心和思念再一次漫上了心坎,他无法控制住自己的那份焦灼的担心,他告诉自己:郝静不会有事的,有赵冬在呢,你担心什么?

赵冬怎么会拿着郝静的电话呢?

原来郝静去医院检查的时候,把手机放在了检查室外的护士台上,她被诊断为普通感冒后,就急忙往家赶了。

护士看见那个手机时,恰好电话亮了,护士就接了起来,是赵冬打来的。

然后赵冬就开车过去替郝静拿手机了。

也是这个时候,台里接到了通知,薛兰和郝静曾经采访的对象确诊了,需要隔离与他接触过的人,而此时郝静正发着烧,所以,台里很快通知了街道办事处。

当郝静把车开到小区地下车库门口时,早有医护人员在那里等着了。

宋宇只知道郝静被隔离了,赵冬和她在一起。宋宇虽然很失落,但心里依然还怀揣着一丝希望——郝静会不会给自己回电话?

就这样,郝静和宋宇的感情再一次被误会深深地封存起来,虽然在封存的世界里,两人的感情依然在发酵,可是表面看起来却风平浪静的。

宋宇一直在等郝静的电话,可是她会打来吗?

二十二、温小夏订终身

宋翔拨通了温小夏的电话。

温小夏开心地接起来问:"这么快就想好了?"

"这还要想? 只要你和他是真的彻底分手了,我都不需要想,我担心的是你们会不会死灰复燃。"

"嘻嘻,你还真是有趣。这么说吧,我也不在乎面子什么的了,反正这么多年,他从来都没有主动拉过我的手,我们之间真的没什么。"

"那就好,你在哪里?"

"我在家呀,你呢?"

"我在河边,你能来一下吗? 我有重要的事要和你说。"

"你不是已经做了决定了,还有什么更重要的事吗? 电话里说不行吗?"

"不行,这件事情很重要,我要见到你后才能说。"

"好吧,那你等我一会儿,我马上就到。"

其实宋翔就是想知道那个轩然是不是和温小夏有什么暧昧关系,他得彻底弄明白,因为他对温小夏是认真的。

没过多久,温小夏就出现在宋翔的面前。

"你急着叫我来干吗?"

"调查你的历史呀。"

"你问吧,想调查我什么?"

"这夏轩小学跟你有没有关系? 如果有,那个轩然是谁?"

温小夏不由得愣了一下。

宋翔凑上前来,盯着温小夏的眼睛说:"还真跟你有关系,轩然是谁?"

温小夏不说话,坐到草垫子上,看着河面发呆。

宋翔没有追问,坐到了原来的位置上说:"好吧,除了我哥哥,你还有一个喜欢的人对不对?"

温小夏还是不说话,拽起一根野草去撩水面。

宋翔抓住温小夏的手,拉她面向自己。

"你只需要告诉我真相就可以了。"

"那些都是过去的事了,你问那么多干吗?你要是那么计较我的过去,就不要找我来呀,你现在反悔都没有关系。"

"小夏,我想知道你的过去,并不是因为我计较,我就是想知道过去你都经历了什么,这样我们才能更好地相处,因为,我这辈子已经认定你了。"

温小夏突然被感动到,她一下子扑进了宋翔的怀抱里。

"那是很久之前的事了。我是独生女,他是我少年时期唯一的伙伴了吧,我俩平时无话不谈。有次写生课,我俩起得很早,我和他看见一个小男孩穿着很破的鞋子和衣服,背着一个很旧的书包在赶路,我们就拦下小孩子问他这么早一个人去干吗,你猜,他是去做什么?"

"是去上学吗?"

"他是去上学,可是,他居然要走九里山路才能到学校!"

"九里山路?那是挺远的。"

"所以呀,我和轩然都很震惊,我们用野草量了那个孩子的脚长,第二天,我俩逃课在那里等那个孩子,给他换了新鞋子。那个孩子居然是第一次穿新袜子,非要回去好好洗个脚再穿。轩然还给他买了个新书包,那孩子可开心了,我和轩然也很开心。"

"轩然长得怎么样,有我帅吗?"

"比你可是帅多了,又高又帅,哈哈。"

"不可能,我就没见过比我帅的,你肯定看走眼了!这所学校呢,是怎么回事?"

"我们回去后,轩然就一直在做计划,看起来很忙的样子,居然还去摆摊,每天晚上都去。他做事从来都不和别人商量,后来我才知道,他居然是在筹钱。于是我就跑去帮他卖东西,销售收益很高,那个给他供货的公司老板很惊讶,就和他见了一面。轩然讲了他的营销策略和目的,那个老板非常欣赏轩然,然后就帮轩然建起了这所学校,那些需要走九里山路上学的孩子和上不起学的孩子都到这里上学了。那个老板的条件是,轩然必须和他的公司签约,要为他的公司服务,他们公司也会另付酬金。另外,公司还提出,做公益活动时他只能叫轩然这个假名字,并且不能透露给任何人,将来合同到期了,他可以继续签,也可以选择不签,但是就算不签了,也不能把轩然的真实名字透露出去,他们可以再签其他人,继续用轩然这个人设。"

"那轩然现在到期了吗?"

"其实我不该告诉你这些,这是我当年对轩然的承诺,所以,我只能告诉你这些,我记得应该马上就要到期了吧。"

"那为什么叫夏轩?"

"他觉得我帮他在夜市上卖了很久的货,而且这里是我们一起发现的,我也很支持他做这件事,他就把我的名字写在前面了,表示对我的感谢。"

"那后来呢?"

温小夏把目光从宋翔那挪开,说:"后来,他与那家公司签约了,再后来,他转学了,我们就再也没有联系,之后,我认识了你的哥哥宋宇,我们毕业后,宋宇跑到了新西兰,我就追去了新西兰,轩然把这里做得越来越大,他找的执行校长是个聋哑人,为的就是掩藏自己的身份。"

"你喜欢他吗?"

"就是一种好感,那个时候谁都没有说破,时间久了,就淡了。现在,就连最初的那点喜欢的感觉也没有了,就成了一件往事。"

"那你不觉得遗憾吗?"

"不觉得,因为,他一定也不怎么喜欢我,真正的喜欢是忍不住的,如果能忍住,说明还不够喜欢。"

"也是,你看,我就忍不住。那你们现在还有联系吗?"

"我们都有对方的微信,但一般不联系,他现在应该有女朋友了,未来,我可以介绍你们认识。关于轩然的事,你可不能再对任何人说了,因为轩然签了协议,如果他暴露了身份就惨了,要支付巨额的赔偿金,你得向我保证。"

"那不好说,除非,你答应做我的女朋友。"

"你这人,居然敢威胁我。"

宋翔一边躲避一边解释说:"我能告诉谁呀?我都不知道轩然是谁!"

"也是。"

"你说未来可以介绍他和我认识,什么时候介绍呢?"

"看你急的,怎么也得等他的合同到期吧。"

"我也觉得他是个难得的人才,想和他商量一下,我把这所小学买下来,继续做公益教学,我想做得更大一些。"

"哇,你的想法不错,那等他合同到期我就和他说说,我估计他一定会很喜欢的。"

"那太好了。"

"我再告诉你一个秘密吧。"

"什么秘密？"

"其实,你比轩然帅很多。"

"那你刚才干吗骗我？把我难过得不行不行的。"

温小夏一边笑一边跑。

温小夏第一次感受到被爱的感觉,长久以来求而不得的爱情,在宋翔这里出现了,她真的很感谢轩然,如果不是当年的那个决定,温小夏就不会知道这里,更不会来到这个河边,那就永远不可能遇见宋翔。

温小夏突然顿悟,发生在我们身上的每件事,都不能简单地用好事和坏事来概括,面对困境,只要你不逃避,全力以赴,最终你会发现,它会给你一个让你惊喜的结果的。

这天后,宋翔琢磨起与轩然的合作方案,结合父亲建的民办大学,他有一些很大胆的想法,他想借助轩然的力量,在父亲面前扳回一局。他一定要成为尚昊集团的接班人。他相信,轩然将是他打出的最好的一张牌。

虽然宋宇已经猜到郝静不会给他回电话,但他还是一直等着。他睡得浅浅的,只要有一点动静他就醒了。正当他半睡半醒时,电话还真响了,宋宇一个机灵爬起来,却是安艺打来的,他像个泄了气的皮球一样心里满是失落。

"安艺,这么晚了,有什么事吗？"

"晚吗？平常这个时间大家都不睡的,你怎么突然睡得这么早了？"

"每天都挺累的,所以睡得早了些。"

"哦,也是,我给你发的信息你看见了吗？"

宋宇突然想起来忘了给安艺回复信息,便说:"看到了,不好意思,当时正忙就没顾上给你回。"

"没事没事,你知道了就行,我就觉得她那个症状不简单。对了,你知道吗,听说郝静要结婚了。"

"是吗,什么时候？"

"郝静被隔离后,听说赵冬去陪护了,估计一解除隔离,他们就要结婚了。"

"如果需要随份子,你到时候提醒我一下,我怕忘了。"

"她好幸运呀,被隔离的时候还有人陪着她,不然得多么孤单和恐惧呀。"

"是的,挺好的。"

"你从曼城回来后是不是也要被隔离一段时间?"

"那是肯定的。"

"你结束隔离后最想去见谁呀?"

"最想见谁?这个我还真没想过。"

安艺:"那你好好想想,想出来再告诉我吧,快睡吧,你听起来很困倦的样子,要多保重。"

"好的,你也多保重。"

两人道了晚安,宋宇的睡意全消。

宋宇之前的猜测已经让他非常痛苦了,现在,安艺又告诉他郝静要和赵冬结婚的消息,宋宇并不知道这消息其实是安艺猜测的,他完全相信了,因为安艺所言恰好与他推理的完全吻合,宋宇难过地闭上了眼睛,想起了和郝静一起走过的日子:第一次在机场相遇、第一次搭档主持、第一次一起看日出……这让他非常痛苦和焦虑,他只好坐起来,在黑暗里,默默地看着窗外,窗外的一切渐渐模糊了起来……

宋宇决定了,从明天起,全身心地投入到工作中,不再回忆过去,不再期待和郝静能有未来。活在当下,没有了期待便也没有了失望。

宋翔开始规划他扩展学校的计划了,他让毛小波写了份报告,想让市政府批块地,一边做学校,一边做周边产业,等轩然解约后他就会高薪聘请他到集团来。他的小算盘算得响当当的,他要在父亲的房地产产业不景气的情况下力挽狂澜,然后拿到继承人的位子。父亲遭受了上次的打击后,整个人苍老了很多,他知道父亲一定也意识到是该换舵手的时候了。

这次,宋翔的策划非常周密,他一定要一炮打响。

李硕被宋翔救了之后,一直跟着毛小波工作,毛小波一直用宋宇教给他的招数帮助着李硕,李硕整个人真的变了,比以前踏实多了。

宋宇也叮嘱毛小波,把这一切都记在宋翔头上,这样对大家都好。

宋翔跟李硕说:"继续努力,一年之后,我给你开十万的奖金,你带回去给你父母。另外,我给你介绍个女孩,是在夏轩小学做义工的女教师,很不错的。"

宋翔通过跟布衣女子的几次接触,感知到她是个心地善良但是缺乏安全感的人,她又有强大的慈悲心。李硕的孤独和创伤感,需要布衣女孩的慈悲心疗愈,女孩的不安全感,恰好又需要李硕的霸气和勇敢特质。宋翔决定撮合两人认识。

郝静被隔离后，并没有得到赵冬的陪伴，赵冬只是恰好那个时间打电话给郝静，才被护士叫去拿手机的。总有一些好事者把他们的见面编成华丽的爱情故事。

赵冬把电话还给郝静的时候，把刚才宋宇打来电话的事也如实告诉了郝静。

"刚才接到了宋宇的电话，他说听说你被隔离了，给你打个电话验证一下，没别的事，让你不用回了，因为他那里也比较忙，好像那边有很紧急的事情一样匆匆挂了。"

郝静多么希望宋宇是因为听到她被隔离万分担心才打给她的，然而宋宇只是听同事说她被隔离了想验证一下，郝静也考虑到会不会是宋宇听到了赵冬的声音，为了避免尴尬才那么说的，可是如果他真的惦记她，晚些时候他一定会再打过来的。

那天晚上，郝静认真地审视了一下自己对宋宇的感情，从机场相遇到两人搭档主持……她忘不掉这些回忆，怪不得轩然会洞察得那么清楚。

如果我们都学会了有效沟通，或许就不会生出那么多误会了吧。

郝静默默地想着那些美好的往事，然而，她很快又回到了现实中，她想起了温小夏坐在宋宇旁边介绍自己是宋宇的女朋友时的自信和得意。郝静希望，她爱的人也在深深地爱着她，所以，她拿出手机，等待着宋宇再次打给她，然而，她并没有等到……

郝静也做了个决定：从此她不再和宋宇往来，就这样在彼此的世界里消失，她要清理自己的情感战场，直到那里草青水蓝，她也好迎接下一个春天。

李硕被安排到了夏轩小学附近的那片办公区，是宋翔之前搭建的一座现代派风格的建筑。这个办公加居住区虽然去年就安置好了，吃住设施一应俱全，只是宋翔觉得有些潮湿，就一直没有搬过来。李硕很喜欢这里，毛小波还教给他一些打坐静心的方法。

学校一直不能复课，孩子们也都在家里不能出来，布衣女孩主动要求来学校住了，她每天都要给学校消毒，照顾教室内外的花草，并给孩子们上网络直播课。

布衣女孩叫赵小诺，她的父母早年间离婚了，她跟着母亲。后来母亲再婚了，赵小诺无法接受那个新爸爸，所以她离开了家，住到了学校里。考上大学后，她回去的次数就更少了。疫情出现后，她就搬到夏轩小学来住了，她喜欢这片寂静的山野。

发现赵小诺住在这里的人是宋翔，所以宋翔安排李硕搬到了这里。

可能同频的人很容易被互相吸引到。小诺想将一盆刚浇完水的花搬到屋里，恰好在附近散步的李硕就过去帮忙，两个人就认识了。

同频真的很重要，宋翔从见到小诺到现在已经那么长时间了，他都不知道她的名字,也没有她的联系方式,可是李硕和她仅仅遇到了一次,两人就非常熟络了。

小诺偶尔也会到李硕的布置得像禅房一样的房间里小坐一会儿,她很喜欢李硕的禅房,因为她也很喜欢打坐。

慢慢的,她也知道了他的创痛,李硕将自己所有的事情都告诉了小诺,他决定等疫情结束,就回家看望父母。他不想等攒到十万了,因为他突然明白了,哪有什么来日方长,谁也不知道明天和意外哪一个先来。

小诺也将自己的创伤和盘托出,李硕很同情小诺,于是告诉她,如果她愿意,他可以一直陪伴着她。

郝静还在隔离,赵冬与她的联系频繁了很多,他会经常送一些好吃的过去,但是见不到面,只能打个电话问候一下。郝静意识到,原来走不到自己心里的人再怎么努力也无济于事。

赵冬从郝静为宋宇的首席主播比赛做出的努力中就已经意识到,宋宇才是郝静的选择。

宋宇备受情感的折磨,他逃避的办法就是拼命工作。这天夜里,宋宇实在睡不着,就起床做了个小程序的框架,他一下子找到了情感寄托的点,十天后,一个非常全面的便民服务系统被做出来了。因为疫情,各类消息铺天盖地,真假不一,这个小程序整合了互联网公开的数据和防疫服务工具,权威的数据会实时呈现在受众面前。只要你有疑问,就可以点开窗口留言,各职能部门会根据受众留言进行解答。宋宇交给了苏可让她去台里报备,台里一看,这个做得太好了,因为需要各职能部门的配合,就报到市里审批了。市里领导觉得这个小程序就是一个政务服务的一站式网上窗口,正是当下需要的东西。

很快,这个小程序投入使用了,宋宇非常欣慰,他在这段时间里以痛苦为支撑,将自己的价值在另一个领域发挥了出来。

因为得到了市领导的肯定,台里给宋宇记了一功。

毛小波是后来才知道郝静被隔离的,他打给郝静的时候,郝静还有几天就能出来了。

"哎呀,哥们儿,你是什么时候被隔离的?身体怎么样了?"

"要是指望你,我早就完了,幸好我还有其他朋友,不然我得死好几回了。"

"罪过罪过,我确实一点消息都没听到,再说,我们俩都是有事就打电话,所以就以为你一直在忙。你看看,我怎么能这么粗心呢!"

"花言巧语,我郝静从此不再有你这个朋友了。"

"那怎么使得,你最近一直闷在那里,都是谁陪着你呀?"

"哪有人陪我。"

"我知道宋宇去了曼城,你是不是也很担心他?"

"我干吗要担心他?我担心的人是轩然,他也去了曼城。"

"轩然也去了曼城?那你一定很孤单吧!"

"我一点都不孤单,单位里的事儿在这里一样可以处理,什么都不耽误。"

"你和宋宇真的没有余地了?你确定选择轩然了?"

"当然,轩然是和我是心灵相通的人。"

"好吧,在这个世界上,有人懂你就是件幸福的事情。你还要被隔离多少天呀?"

"就这几天了,等我解除了隔离,我一定要跑到海边去喊一会儿,真是憋死我了。"

"你有没有特别想见的人呀?"

"我最想见的人就是轩然。"

"你一点都不担心吗?"

"他不是有温小夏吗,还用我担心什么?"

"哎呀,我正要告诉你,温小夏居然假称自己患了癌症,只有三个月的生命了,宋宇信以为真,决定陪她到康复,可怜的宋宇前几天才知道温小夏是骗他的。"

"你说宋宇被温小夏骗了?"

"对呀,后来温小夏骗不下去了,告诉了宋宇真相,可是宋宇死活不信温小夏是骗他的,他以为温小夏是真得了癌症,哎呀,我都被说糊涂了,你能明白我的意思吗?"

"我听明白了,温小夏最后说了实话,宋宇反而不信了。"

"对对对,还有更刺激的,你知道温小夏为什么会突然决定说实话不再骗宋宇了吗?"

"为什么?良心发现呗。"

"我知道你肯定猜不出来,温小夏居然喜欢上了宋宇的弟弟宋翔!"

"啊?这合适吗?"

"温小夏和宋翔真的是一见钟情,两相情愿。"

"哦,那温小夏和宋宇摊牌了呗?"

"温小夏跟宋宇说清楚了,她不会再纠缠他了,一切都结束了。"

"温小夏是个干脆利落的人。"

两人聊了一会儿,郝静的心又开始波动了。

然而，郝静并没有像以前那样冲动，因为她想起了轩然。轩然感知到她喜欢宋宇，就没有贸然地接受她的感情，而是给郝静时间去理顺自己的感情。所以郝静决定不联系宋宇了，既然他已经和温小夏说清楚了，如果他心里还有她就一定会主动打电话的。郝静想给宋宇一点时间让他理清楚自己喜欢的人到底是谁。

于是，郝静一天天地等待着宋宇的电话，等待的感觉比被隔离要难熬得多，如果你也曾等过某人的电话就会明白这种感觉——多进一步没有资格，后退一步感觉遗憾。

二十三、一场突如其来的大火

　　天越来越暖和了,李硕和小诺日渐亲密,每天的黄昏时分,李硕会约小诺一起在山野那条安静的小径上散步,小诺从来没有感受过这样的温暖,仿佛从此,世间的风雨和自己再无关系,因为身旁的这个人会帮她挡住。

　　疫情终于到尾声了,曼城的病毒得到了有效的控制,宋宇已经准备回来了。

　　这天,李硕正在洗漱,突然听到了爆炸声,他发现夏轩小学那边起了大火,于是扔掉手里的东西,飞奔向起火的地方,一边喊着小诺的名字,一边冲进了大火中。

　　谁都不知道发生了什么,只知道爆炸的宿舍旁的仓库里,有很多捐来的酒精。

　　李硕救出小诺,又冲进火海里去抢小诺书桌上的那张照片,那是小诺手里唯一的一张家庭合影,小诺曾说过她爸妈离婚的时候,妈妈把他们所有的合影都烧掉了,唯有这张是小诺藏在自己书本里才幸存下来的,世界上再也不会有这样一张照片了。对他们来说,合影是最痛的记载,而对孩子来说,却是唯一的慰藉。

　　然而,当李硕将相框先行扔出门外的时候,附近再一次发生了爆炸,这次,李硕再也没有出来,赵小诺喊着李硕的名字昏死过去。

　　当赵小诺醒来的时候,她看见了身旁的相框和旁边的毛小波。

　　"李硕呢?"赵小诺问。

　　毛小波低头叹了口气,说:"忘记他吧,他已经……再也回不来了。"

　　"不可能……不可能……"

　　"接受现实吧。"

　　"都是我害了他……如果他没有来救我,如果他不是去拿那个相框……"

　　赵小诺猛然抓起那个相框,使劲地扔到墙上,相框碎了……

毛小波默默地捡起那张从相框中脱落的照片,轻轻地说:"失去了就是失去了,不会再回来了,不要让李硕拼命保护的你和你的照片再受到伤害。"

赵小诺放声大哭起来……

她原以为他能为她挡一辈子的风雨,却没想到,他却成了她一生中最大的那场风雨……

宋董和邵董也在做一个关于民营大学的项目。邵磊觉得应该把心理课程加到教学里面,宋董觉得很有道理,宋董想让宋宇来执行这个项目,而且,他总感觉把家业逐渐交给宋宇,他才安心。

宋董把这个想法告诉宋宇时,宋宇无比兴奋,他早就想在民营大学里加入心理学课程,而且他还有很多更好的想法,这让宋董非常开心。

宋翔却不开心了,他觉得自己的前途都被哥哥阻断了,好在他还有轩然这个法宝。

宋翔找温小夏商量对策,温小夏告诉他,轩然是解约了,可是他依然要终生保守这个秘密,否则他是要负责任的。

宋翔绞尽脑汁也没有想出任何办法。

温小夏说:"在这个世界上,只有自己是最可靠的,未来我可以介绍你们认识,但是,你不能把他当成某种砝码去战胜谁。"

郝静看上去依然像往常一样生活,但其实她的心里也十分煎熬。

郝静想:假如失去了轩然,自己该如何度过余生呢?如果她选择了宋宇,轩然就会退出,轩然以后也会遇到自己喜欢的人,也会结婚。想到这里,郝静觉得非常不舒服。而宋宇自从打了那个确认电话后,就再也没有联系过她。

疫情结束后,一切都回归了正常。首席男主播大赛还是要进行的,到了最后一个环节,宋宇因为得到了台里的嘉奖,首席男主播的荣誉基本上非他莫属了。可是如果他放弃了本次比赛,那就没有办法拿冠军了。按照宋董和苏可的约定,他拿不到冠军,苏可就放他回尚昊集团。

宋宇觉得他只是爱主播这个行业而已,而且父亲的公司真的很需要自己,他要好好整理一下自己的发展方向,做自己想做的事。他把这个想法告诉苏可时,苏可说:"选择权在你的手里,我会等你到比赛那天,你来与不来,我们都等你。"

其实,谁也不知道宋宇想放弃这个比赛的终极原因在郝静身上。

这段时间,宋宇经常一个人在郝静姥姥家后面的山坡上坐着,一坐就是一个下午。他的脑袋里空空的,什么都没想,却又有无数个念头萦绕着他。他想:假如生命中从此没有了郝静,他该如何度过余生呢?

宋宇一直想给她发条短信,编辑完后又觉得不妥就删掉了,删掉再编辑,再删掉,最后他扔掉了手机,两个人长时间不联系已经让他不知道说什么好了。

宋宇坐在山坡上,孤独地看着远方。他觉得,郝静如果真的喜欢自己,就一定会联系他的,但显然她已经选择了赵冬。他也想留下来比赛,在主播生涯中抹下漂亮的一笔,然后继续在郝静待过的直播间做自己喜欢的事,可是,那个地方到处都有郝静的影子,郝静的味道,郝静的声音,他不愿意去承受那样的痛苦,就像他不愿意碰触幼年里被父亲伤害后产生的情绪。然而,一切的不如意都活生生地摆在那里等着你,不管你是否排斥,一切都不会为你改变……

二十四、郝静终于见到轩然

郝静在心里给了宋宇一段时间,如果在这段时间里他没有打来电话,那她就选择轩然了。时间到了,郝静并没有等到宋宇的电话。郝静决定晚上就告诉轩然,她想好了,她想见他。

当郝静编辑完"你好吗"三个字,发出去的那一刻,轩然立刻回过来了"你还好吗?"四个字。

郝静的眼泪滚滚而下。夜晚那么寂静,那些痛苦嘶叫着,化作眼泪流了出来……

郝静:我不好。

轩然:我也一样。

郝静:为什么这么久都不联系我?

轩然:我知道你很难过,我也一样,可是,你需要选择,虽然选择是痛苦的。

郝静:我曾以为,在我最痛苦的时候,你一定会陪着我,可是后来发现,倘若你成了我的痛苦,我就没有任何防护了。

轩然:我懂你的感受。

郝静:坦白说,放弃宋宇,我很痛苦,放弃你,我也很痛苦,我也不知道该如何选择。

轩然:你对爱是怎么理解的?

郝静:我期待那是一份相互接纳,相互提升,因为对方而成为更好的自己,因为遇见而拥有更多快乐的感受。

轩然:我也一样。

郝静:我们能见面了吗?

轩然:如果,你能放下宋宇,我们就相见,如果放不下,我们就永远不能见面了。我已经和公司解约了,我要永远消失了,轩然这个身份将会属于另一个人。但我们可以保持联系。

郝静：现实为什么如此残酷？

轩然：任何事情都不能伤害到你，除非你同意。

郝静：……

轩然：我会在你姥姥家后面的山坡上等你，如果五天内你没有出现，我就选择离开。

郝静纠结着。其实，怎么做都是正确的，那只是个选择，而未来从来不可能被你完全掌控，我们所有的纠结都源自对无常的恐惧。

而且，世界上也不存在什么选择，只需要顺应心的方向就可以了，一切殚精竭虑的思索都是白费力气的，自然还是那样简单地运行，你要把握的是每一个当下。

赵小诺出院了，毛小波和宋翔去接她。

樱花绽放了，路旁的小草也抽出了新芽。对一棵草来说，它的一生不过就是四季，人类何尝不是如此呢？

赵小诺想起李硕的话，他想在春暖花开的时候去看望父母，他虽然还没有赚到很多钱，但是他害怕来不及。赵小诺决定去看望李硕的父母，她想告诉他们，她是他们的儿媳，李硕一直很忙，没能顾上回家，他想要赚到更多的钱后再回来看他们。她想：李硕是为了救自己死去的，我要为他照顾他的父母。

宋翔将李硕这段时间的工资交给了赵小诺，让她带给李硕的父母。两位老人看到活生生的儿媳妇和她带来的钱，感动得老泪横流。小诺根据毛小波的描述给李硕的父母买了一些衣服，两个老人觉得世界好像一夜间变成了春天，那个寒冬永远地过去了……

郝静等到了最后一天，她决定去见轩然，哪怕错了，也认了。

郝静开着车，流着眼泪，向姥姥家后面的山坡驶去……

来到那片山坡附近，她看见轩然穿着一件很长的风衣，背对着她站在那里。

郝静一步步走近轩然，当她走到离轩然不到两米远的时候，她停了下来，她的眼里满是泪水，轩然还是背对着她站着。

郝静站在他的背后，他一定是知道的。

郝静轻轻地喊了一句："轩然，我不能没有你。"

轩然慢慢地转过身，他的泪水已经顺着脸颊流了下来。

郝静惊讶地看着轩然问："怎么是你？"

"郝静，我已经在这里等你很久了，从无尽的冬，到迟来的春。"

轩然深深地拥抱着郝静,郝静将身体紧紧地靠着他,她闭上眼睛,眼泪哗哗地流下来,脸上却挂着幸福的笑容。因为,轩然竟然就是宋宇!

"你为什么放弃了宋宇?"

"因为宋宇和轩然,一个在我的心里,一个在我的灵魂里。"

"答应我,我们永远都不要弄丢了彼此。"

"嗯,你是我的。"

"你也是我的。曾经,我以为你真的要和赵冬结婚了。"

"你为什么不问问我?"

"我害怕验证了结果,只有不问,才可以欺骗自己。"

"傻瓜,我被隔离的那些日子,像是被世界给遗忘了。"

"我说给你时间梳理和宋宇的关系,我以为你会给宋宇打电话,可是你那么绝情,我等了你那么久。"

"我没给你打电话,是因为我一直在等你先开口。"

宋宇更紧地抱着郝静。

"对不起,从今以后,没有猜测,没有假如,只有我爱你。"

"我好怕失去你。"

"我也怕。"

宋宇轻轻地擦掉了郝静眼角的泪水,深情地看着她的眼睛,可是那眼睛却像泉眼,不断地涌出新的泪水。

宋宇心疼地看着她,轻轻地吻上了她的泪水……

郝静闭上眼睛,抚摸着宋宇的脖颈和头发,那个她曾日夜思念的轩然和宋宇两人居然合二为一了,她深深地陶醉在这份爱里……

山野的风轻轻地拂过郝静的长发,宋宇深情地吻上了郝静颤抖的唇……

郝静没想到宋宇和轩然居然是同一个人。轩然签约的公司要求他任何时候都不能暴露自己的真实身份,直播音频和冥想课程都是经过变声处理的,这才瞒过了郝静和任何一个熟识他的人。而那个石头老板邵磊,就是和轩然签约的公司的老板,只不过轩然不知道他。邵磊知道宋宇和轩然的一切,他了解轩然的人品,很想和他续约,但是轩然显然已经有了自己的人生方向,所以邵磊在宋宇父亲陷入危机的时候帮助他渡过了难关,邵磊和宋董有新的合作计划,宋宇也就自然而然地加入了进来。只要一切出于爱,那就不会错,世间万物皆是如此。

首席男主播大赛如期而至,离开始还有十分钟时间,苏可依然没有等到宋宇,她拿起笔准备画掉宋宇的名字,这时舞台上十名候选人陆续走到台前亮相,令苏可震惊的是,最后时刻,宋宇走上了舞台……

宋宇终于拿下了首席男主播的桂冠,父亲和邵磊的想法得以实现,夏轩小学和尚昊集团的民营大学进行了衔接,中间的初高中学校也在创立完善中,那些需要戒掉网瘾的孩子和上不起学的孩子,依然能继续得到学校的救助。

尚昊集团的学校在邵磊和宋宇的共同打造下,显现出完全不一样的风貌,每个学生都能从自己热爱的领域找到自己的价值。

赵小诺辞去了原本的工作,到了夏轩小学全职教课。她住进了李硕原来的那间房子,仍保持着房子里原来的摆设,不增不减,仿佛李硕仍陪伴在她的身边。赵小诺每天晚上都会在房间里做冥想静坐,她内心的伤痕渐渐地像沉香树一样结出香来,那香纯净而温和,仿佛可以渗透到灵魂里。

在一个再平凡不过的早上,满园的梨花都盛开了,各种颜色的蝴蝶在花间飞来飞去,唱着谁也听不懂却很醉人的音符。大自然总是不动声色地用世间万物提醒着人类,她用冬警示着失去,用春示意着拥有,又用四季的轮回提醒着人们没有什么是永恒不变的。

赵小诺的微信上突然收到了李硕的消息。

李硕:小诺,如果我还活着,你能原谅我吗?

赵小诺的眼泪扑簌簌地落下来,她回道:我愿意用一切去换你活着。

李硕:那你开一下门。

赵小诺疑惑而慌张地跑到门口,她紧张地打开门,竟看见李硕微笑着站在门口,他瘦了很多,脸上还有一道不是很明显的疤。

小诺抓住李硕,仿佛怕他会突然消失了一样,她激动地喊道:"李硕,是你吗?我不是在做梦吧?"

"是我,小诺,对不起。"

赵小诺抓了一下李硕的胳膊,又掐了一下自己的手,才知道这不是梦。

赵小诺泪眼婆娑地说:"他们说你再也回不来了呀……"

"是我逼他们那么说的,那时候,我失明了,我害怕连累你,你该有更好的选择。"

赵小诺一下子扑进李硕的怀抱里,说:"你好傻,在我眼里,你就是我的光明,没有你,我就是个瞎子,再也看不见这世间的美好……"

宋宇和郝静远远地看向这里,脸上挂着欣慰的笑容。宋宇拉起郝静的手,走向那片芬芳的梨花世界。

图书在版编目（CIP）数据

王牌男主播/陶晓著.—济南:山东文艺出版社,2021.8
ISBN 978-7-5329-6364-5

Ⅰ.①王… Ⅱ.①陶… Ⅲ.①长篇小说—中国—当代 Ⅳ.①I247.5

中国版本图书馆 CIP 数据核字(2021)第 051866 号

王牌男主播
陶 晓 著

主管单位	山东出版传媒股份有限公司
出版发行	山东文艺出版社
社　　址	山东省济南市英雄山路 189 号
邮　　编	250002
网　　址	www.sdwypress.com
读者服务	0531-82098776（总编室）
	0531-82098775（市场营销部）
电子邮箱	sdwy@ sdpress.com.cn
印　　刷	山东新华印务有限公司
开　　本	710 毫米×1000 毫米　1/16
印　　张	17.5
字　　数	340 千
版　　次	2021 年 8 月第 1 版
印　　次	2021 年 8 月第 1 次印刷
书　　号	ISBN 978-7-5329-6364-5
定　　价	58.00 元

版权专有，侵权必究。如有图书质量问题，请与出版社联系调换。